"MONDES ARABES"
série dirigée par Farouk Mardam-Bey

W0238843

PLUIE DE JUIN

DU MÊME AUTEUR

ROSE FOUNTAIN MOTEL, Actes Sud, 2009.

Titre original :
Matar huzayrân
Editeur original :
Dâr An-Nahâr, Beyrouth
© Jabbour Douaihy, 2006
Représenté par Raya Agency / Agence littéraire Pierre Astier & Associés

© ACTES SUD, 2010
pour la traduction française
ISBN 978-2-7427-8999-3

Pour Samir Kassir

I

La nuit du dimanche au lundi, ils nous avaient laissé dormir sans savoir. Là-haut, au dernier étage de l'aile est, dans ce dortoir où nous parvenaient, par les fenêtres grandes ouvertes, l'odeur du fleuve tout proche et aussi, à l'aube, les chants des muezzins. Où dans la chaleur des nuits de juin, nous guettions le bruit des rares voitures qui passaient dans les rues du souk. Où nous nous lancions dans des bagarres qui permettaient aux cancres, aux chahuteurs et autres fortes têtes de prendre enfin leur revanche sur ces porteurs de grosses lunettes que les professeurs nous donnaient en exemple.

Ils ne nous mirent au courant que le lendemain.

Il était environ 7 heures du matin quand le directeur entra dans la salle de classe, suivi du concierge de l'école. Même ceux d'entre nous qui luttaient contre le sommeil, et ils étaient nombreux en ce lundi matin, levèrent la tête. Car frère Ambroise n'aurait pas fait venir Jamil al-Rassi pour nous parler des mauvais résultats de la composition de mathématiques. Ni de ce que nous avions fait la veille. A la chapelle de l'école, où des familles maronites et grecques catholiques venaient assister à la messe dominicale, nous avions agrémenté nos cantiques latins de quelques refrains à la mode. Devant ce genre d'incartades, le directeur répliquait dans un français qu'il émaillait des mots les plus cinglants. Le ton qu'il adoptait alors nous affectait bien plus que ces noms d'oiseaux des tropiques ou de reptiles du désert qu'il nous lançait, au pluriel ou au singulier.

Malgré la minceur de sa silhouette et son naturel taciturne, Jamil était l'œil de l'école et son lien avec l'extérieur. Les jours de manifestation, quand la foule se pressait devant l'entrée principale du bâtiment, qui donnait de l'autre côté sur le

Souk du cuivre, c'est lui qui négociait avec les meneurs. Il savait leur ôter tout espoir de perturber les cours et d'entraîner les élèves dans leur marche de protestation contre l'agression tripartite de l'Egypte. Il prêtait de l'argent à ceux qui se trouvaient à court et transmettait aux internes les recommandations lapidaires de leurs parents : "Anis, mange bien ! et ne sèche pas les cours pour traîner dans les rues. En ce moment, la ville n'est pas sûre." Si l'un d'eux descendait en ville pour faire des courses ou pour lever une hypothèque à la préfecture, il passait voir Jamil et lui laissait pour nous un peu de fromage de chèvre ou quelques macarons au sucre. C'est sur Jamil et sur lui seul que pesait la charge de ce genre de choses qui, nous le sentions, ne pouvaient être exprimées en français. Car cette langue qui nous coûtait tant d'efforts, cette langue dont nous nous efforcions de déchiffrer les symboles dans nos livres aux images mélancoliques, celle-là même qui courait, si fluide, sur la langue des Frères drapés de noir, désignait à nos yeux des choses qui existaient sous d'autres climats et qui n'avaient aucun équivalent dans le monde qui nous entourait. Nos réalités à nous, les noms qui étaient les nôtres, portaient en eux leur propre langue, une langue qu'ils avaient eux-mêmes engendrée.

C'est pour toutes ces raisons que Jamil ar-Rassi s'adossa alors à l'embrasure de la porte et dit d'une voix éteinte :

— Ceux de Barqa, rangez vos livres…

C'était le genre de besogne dont on le chargeait. Annoncer un jour de congé exceptionnel aux élèves musulmans pour l'Aïd al-Adha, aux grecs orthodoxes pour les Pâques orientales. Libérer deux heures plus tôt les enfants des villages de montagne où il y avait eu des chutes de neige. Pour peu que la surveillance des professeurs se fût un instant relâchée, ces annonces étaient accueillies par des hourras et des sifflets. Lorsqu'elle s'abattit sur nous, les enfants de Barqa, la nouvelle de ce départ imprévu plongea les plus grands dans la perplexité et emplit d'une joie secrète les plus petits, ravis de voir cette semaine de cours avorter dès le premier jour et inquiets cependant des pénibles nouvelles qui ne manqueraient pas de frapper chacun d'entre nous.

En entendant cette annonce, nous ne fîmes aucun bruit, nous ne nous précipitâmes pas pour ranger nos affaires, comme le faisaient toujours les élèves concernés par les avis de Jamil ar-Rassi. En ce moment critique, frère Ambroise ne put s'empêcher, malgré la consternation qui se lisait sur nos visages, de donner un ordre en français, confirmant ainsi ce que nous soupçonnions, à savoir qu'il comprenait l'arabe mais qu'il le cachait bien afin de mieux nous prendre au piège :

— Et gare au bruit dans les escaliers !

Comme s'il tentait par là de reconquérir un peu de l'autorité de son école, soudain mise à mal par cette libération anticipée à laquelle, évidemment, il n'avait consenti qu'à contrecœur, quelqu'un lui ayant démontré qu'on ne pouvait faire autrement. Un silence soudain s'abattit sur les centaines d'externes qui arrivaient à l'école. Ils nous regardèrent comme s'ils nous voyaient pour la première fois, tandis que nous traversions la cour, nos affaires sur le dos, en longeant au passage la petite estrade de bois qu'on installait tous les ans et sur laquelle chaque classe, avec son professeur, venait poser pour Photo Davidian. Nous, ceux de Barqa, nous n'apparaîtrons pas sur les photos de classe de cette année noire, l'année 1957.

Jamil, qui nous avait conduits jusqu'à la porte, s'était muré dans le silence, malgré les questions qui fusaient à ses oreilles, malgré les petites mains qui s'agrippaient à son épaule, au risque de déchirer sa veste. Pour finir, et comme pour se dégager de toute responsabilité, il nous lança :

— Demandez à Maurice !

Jamil avait raison de rejeter la question sur le chauffeur du bus. Car Maurice était de chez nous, alors que lui, Jamil, venait d'un lointain village du Akkar, près de la frontière syrienne. C'est Maurice qui nous rendait à nos familles lorsque l'école consentait à nous libérer, une fois par mois tout au plus. C'est que pour nos parents, plus nous restions loin du village, plus grandes étaient nos chances d'être sauvés. Tenant le volant des deux mains, il regardait droit devant lui, dans le vide, en attendant que nous montions.

— Maurice !

Il refusait de répondre, lui aussi.

Nous l'avions pourtant appelé sur tous les tons, nous l'avions assailli de questions. Mais peut-être ne voulait-il pas parler devant un étranger, devant Jamil ar-Rassi, qui restait là, debout, témoin de notre départ, garant de notre bonne conduite sur les quelques mètres qui séparaient l'enceinte de l'école de l'autobus garé près du portail, cette portion de l'espace extérieur encore sous son contrôle.

— Maurice ! Qu'est-ce qui se passe ? D'où est-ce que tu viens ?

Vingt questions, posées avec la plus intense ferveur, ne lui arrachèrent pas un mot, pas un regard vers l'arrière. Pas même ce petit coup d'œil dans le rétroviseur par lequel il vérifiait toujours notre présence et notre bonne tenue à tous. Jamil ar-Rassi attendit que le dernier élève soit monté et referma sur lui la porte arrière en chuchotant, comme pour nous confier des secrets de la plus haute importance, comme pour nous faire ses adieux, une ultime recommandation :

— Et faites bien attention à vous !

En entendant la porte claquer, Maurice fit tourner le moteur et démarra sans faire son signe de croix. Entre nous, cette fois-là, pas de disputes pour savoir qui prendrait les places du côté des fenêtres, pour nous partager les immenses sièges arrière où l'on pouvait allonger les jambes ou même s'étendre de tout son long, pour mieux oublier la pénible position assise de rigueur dans les salles de classe.

Maurice s'employa d'abord à sortir de la ville. C'était comme si les embarras des petites rues lui permettaient de repousser à plus tard nos questions incessantes. Il n'était pas disponible. Il nous le prouvait par ce mécontentement exagéré qu'on lisait sur son visage tandis qu'il évitait tant bien que mal les charrettes de fruits, les vendeurs de sirop de réglisse, les cyclistes téméraires chargés de leurs livraisons de fèves ou de pois chiches. Il ne disait rien. Il ne se plaignit pas, ce jour-là, du désordre qui régnait dans le marché au blé. Il n'insulta pas les portefaix qui bloquaient la circulation, le dos ployant sous leurs énormes charges. Il fit même preuve de patience envers le conducteur d'une voiture à cheval qui barrait complètement le passage, au beau milieu des étals de légumes.

Maurice nous l'avait répété jusqu'à plus soif : pour lui, tout cela montrait de façon éclatante la raison pour laquelle les Arabes étaient incapables de gagner la moindre guerre. Il se gardait d'ailleurs de préciser s'il se réjouissait de ces défaites ou s'il les déplorait. Mais, ce matin-là, il semblait ne plus savoir parler, ses petits bras s'escrimant à tourner l'immense cercle du volant dans les virages pénibles et innombrables qui montaient vers “l’école des Américains”. En tout cas, pour la première fois dans l’histoire de nos voyages à bord du bus de Maurice, nous avions le sentiment qu’il n’était pas pressé de nous ramener chez nous. Autant que je me souvienne, nous n’étions pas pressés non plus.

Une fois dépassés les derniers bâtiments qu’on voyait de part et d’autre de la rue des Cèdres, nous prîmes le virage près du château d’eau. C’était le moment où, roulant à l’aise dans la grande ligne droite, Maurice nous expliquerait pourquoi il nous ramenait tous à la maison alors qu’on était lundi. Dès qu’on put voir les hautes montagnes, encore noyées à cette heure matinale dans une brume légère, nous entendîmes un sanglot. Comprenant alors qu’il ne parlerait pas, nous cessâmes de l’interroger, nous contentant de le regarder dans le large rétroviseur qui lui servait d’ordinaire à nous surveiller. Ses immenses yeux verts avaient la couleur des pommes, de celles que mon grand-père paternel nous empêchait de cueillir, prétextant toujours qu’elles n’étaient pas assez mûres.

Quand apparut la plaine menant au village, Maurice pleurait toujours. Ceux qui étaient assis du côté des fenêtres n’avaient pas sorti la tête pour sentir le grand air et jouir du spectacle des oliviers qui, dévalant vers la ville que nous venions de quitter, rompaient la monotonie du paysage. Dans la plaine, nous nous sommes regardés, nous nous sommes comptés. Nous étions dix-huit élèves de différentes classes, mais nous n’étions pas tous de Barqa. Deux étrangers s’étaient glissés parmi nous. Leurs parents habitaient notre village, mais c’étaient des étrangers. Jamil, lui, ne faisait pas de différence entre eux et nous. Mais ce n’étaient pas des enfants de Barqa, seulement des habitants de Barqa ; ils avaient choisi de monter dans le bus avec nous, au risque de partager les dangers qui nous attendaient, plutôt que de rester sur les tristes bancs de la classe.

Maurice pleurait comme s’il était seul, comme s’il n’y avait pas tous ces yeux qui le dévisageaient. En tête à tête avec lui-même. Maurice, c’était notre voisin. Il n’avait pas eu d’enfants. Je le voyais souvent, après avoir reconduit tous les élèves chez eux, s’asseoir près de sa femme à l’ombre d’un jujubier, sur une banquette de bois, comme pour attendre la tombée du soir, en compagnie d’un poste de radio qui passait des chansons de Mohammad Abdel Wahhab[1]. Maurice était le premier adulte que je voyais pleurer sans retenue. Il n'essuyait pas ses larmes, il les laissait rouler sur ses joues, et on voyait des gouttes tomber sur le volant du bus. Pleurer ainsi, ça ne se faisait pas. Sauf dans quelques films d'amour que les grands allaient voir au cinéma *Le Roxy*, en séchant les cours. Dans le vaste rétroviseur, ses yeux verts étaient encore plus grands. Il pleurait, et nous, nous le regardions, dans un silence absolu qui nous permit de découvrir la quantité incroyable de grincements et de tremblements que produisait l'autobus chancelant de Maurice, vacarme que couvraient d'ordinaire nos cris ininterrompus.

Seule réussit à nous détourner de Maurice notre arrivée en haut de la pente d'al-Akbeh, d'où l'on pouvait voir le village, massé au sommet de la colline et encore enveloppé d'un peu de ce brouillard blanc qui montait du fleuve. Après avoir ralenti, Maurice prit la descente dans les piaillements aigus des freins, et nous aperçûmes le pont de fer et la foule attroupée autour d'un tank d'où dépassait le casque d'un soldat couvert d'une peinture de camouflage. Il n'y avait que des femmes et des soldats. Dans l'attroupement, je reconnus la sœur de ma mère. Elle portait une robe rouge et ses cheveux étaient tout ébouriffés. La plupart des femmes étaient en noir. Me demandant pourquoi ils avaient envoyé ma tante me chercher, je supposai que mon père et ma mère étaient trop occupés par ce qui se passait pour venir. De loin, je la voyais croiser les bras sur sa poitrine, secouant nerveusement les épaules. Elles étaient une vingtaine de femmes serrées les unes contre les autres, ne formant qu'un seul bloc. Un petit groupe de soldats se tenait, en ordre dispersé, sur le pont et aux alentours. En descendant de l'autocar, nous entendîmes la conversation de deux d'entre eux qui contemplaient l'eau boueuse, fusil à l'épaule, l'un racontant à l'autre que la fonte des neiges avait tardé l'année dernière, que le fleuve avait débordé et emporté le pont de pierre, et comment on avait bâti à la place ce pont de fer. J'essayai d'interroger ma tante sur ce qui se passait, mais elle me fit taire, plaquant sa main sur ma bouche, comme si je commettais une faute grave. Le groupe de femmes s'ébranla, avec les

1. Tous les mots suivis d'un astérisque sont explicités p. 313.

écoliers, en direction du village. C'était un étrange convoi. Ma tante m'entraînait par la main. Je crois m'être souvent retourné pour savoir ce qu'allaient faire mes camarades que personne n'était venu chercher et qui restaient là à attendre, avec les soldats. Personne n'était venu à la rencontre des deux étrangers. Sans doute leurs parents ne s'attendaient-ils pas à les voir rentrer à l'improviste. Sans savoir pourquoi, je m'inquiétais pour eux. Pourtant, je le savais bien : quand il y avait des problèmes, les étrangers n'étaient pas concernés.

Al-ghirb, *ou encore* al-ghorb, *selon les accents, est le pluriel du mot* al-gharîb ("l'étranger") *et désigne ceux qui viennent d'ailleurs; dans la même famille, le terme* al-gharb ("l'ouest") *évoque la direction d'où viennent ceux qui ne sont pas des nôtres, mais que le hasard a conduits parmi nous. Nous nous plaisons à dire et à redire que, parmi ces gens-là, nul ne saurait nous réjouir le cœur. Dès qu'ils ouvrent la bouche, ces intrus qui vivent parmi nous révèlent leur étrangeté. Car ce qui dénonce en tout premier lieu l'étranger, c'est son accent, qui est souvent du plus haut comique. Le changement survenu dans la prononciation de l'un des nôtres, un cousin, un voisin qui passe un an ou deux dans une école près de la capitale et se met à parler un peu comme les natifs de Beyrouth ou du Kesrouan, est pour nous un sujet d'étonnement inépuisable. Ces accents-là, nous ne les apprécions guère. Sans grand succès, nous tentons de les imiter pour nous moquer de ceux qui parlent de la sorte, qu'ils ajoutent le son* ch *à la fin des mots ou qu'ils prononcent la lettre* qaf *à la manière gutturale des habitants du Chouf, et non pas en l'allégeant, en l'effaçant même à la manière de chez nous. Ces caractéristiques ridicules font sans nul doute de leurs possesseurs de parfaits idiots, des gens si stupides que c'en est vraiment insupportable. Et s'ils nous rendent la pareille en moquant notre accent où abondent les* ô *(ainsi, le terme* khayyi, *"mon frère", devient* khayyô, *et* bayyi, *"mon père", devient* bayyô*), nous rétorquons que c'est là l'héritage de la langue syriaque, que nous prétendons volontiers être notre langue originelle. Il n'y a donc aucune honte à avoir; bien au contraire, notre prononciation est un motif de fierté, une marque d'authenticité. En outre, l'étranger se révèle, il se trahit même, à sa nourriture. Car on ne sait que trop bien ce que mangent les étrangers; on les reconnaît* *tout particulièrement à leur façon de préparer le* kebbeh* *en couches trop épaisses, en y ajoutant toutes sortes d'épices pour lui donner du goût; ou alors, à ces plats dont nous ne connaissons que les noms, sans jamais les avoir vus sur nos tables: l'*arnabieh, *l'*ablama *et tant d'autres. Enfin, l'étranger est celui qui ne compte pas. En rapportant les événements qui ont fait des victimes ou des blessés, on ne mentionne pas les étrangers: on ne cite pas leurs noms, on ne dénombre pas leurs morts. Si la nouvelle d'un assassinat ou d'un accident de la route se répand, y a-t-il meilleur moyen de calmer les inquiétudes que d'annoncer que la victime est étrangère? Aussitôt, on cesse de guetter les nouvelles, d'attendre dans l'angoisse, et chacun retourne à ses occupations. Quant à l'épouse qu'un jeune homme amène de l'extérieur du village, elle n'a pas de nom. Elle sera toujours "l'étrangère". De façon générale, ce choix n'est pas à conseiller, car l'étrangère sera forcément exigeante, elle épuisera son mari, tandis qu'une fille du pays aurait su le supporter. Ce n'est pas à quelques kilomètres du village que commence le territoire de l'étrangeté, mais à quelques centaines de mètres à peine, là où les vergers du village voisin se confondent avec les nôtres. Quant au temps nécessaire à l'intégration" des nouveaux venus, rien n'est certain. Ainsi, qui pourrait prédire à quelle époque on cessera de chuchoter, en parlant de toi, de tes parents, de ta famille, que vous êtes des étrangers? De rappeler que c'est Asaad Bek qui vous a fait venir du Akkar pour lui bâtir sa maison? Celui qui ne sait pas pourrait croire, à les entendre, que cette émigration du travail date de la veille; mais s'il se renseigne sur la biographie de ce notable local issu d'une grande famille, quelle n'est pas sa surprise quand il découvre que ce voyage a manifestement eu lieu avant 1887, année où prit fin la construction de cette maison dont tes ancêtres bâtirent les voûtes et assemblèrent les pierres taillées…*

Le destin des deux élèves étrangers qui s'étaient joints à nous ne cessa de me préoccuper, jusqu'au moment où j'entendis retentir le klaxon du bus. Pendant que chacun de nous rejoignait celle qui était venue le chercher, Maurice était resté assis à sa place, à attendre. Ses yeux verts étaient encore mouillés de larmes silencieuses. Ses mains frappaient lourdement le volant. C'est alors qu'il appuya sans le vouloir sur le klaxon, ce qui fit tressaillir les femmes; dans un réflexe inconscient, certaines se cramponnèrent aux enfants. Je demandai à ma tante pourquoi Maurice ne nous avait pas conduits, comme d'habitude, à proximité de nos maisons. Elle me rabroua, m'ordonnant de me dépêcher et d'arrêter de regarder en arrière. Après le tournant disparurent de mon champ de vision l'autocar, les soldats et le pont de fer sur le fleuve.

Le groupe de femmes et d'élèves s'amenuisait à mesure que les uns et les autres, se hâtant de rentrer, disparaissaient dans les petites ruelles qui partaient des deux côtés de la rue principale. Les femmes regardaient de tous côtés. On entendait sonner la cloche de l'église Notre-Dame, celle du quartier bas; ce n'était pas l'appel ordinaire de la messe, ni les trois coups du deuil, mais un son que nous n'avions jamais entendu auparavant. Des coups qui planaient sur la ville muette, suivis d'un long silence. Un coup, puis un silence... J'avais remarqué que, lorsque nous passions devant une des minuscules venelles menant au quartier intérieur, ma tante prenait soin de me faire marcher de l'autre côté, m'offrant un rempart de son corps tout le temps où nous restions visibles de l'intérieur de la rue. Sur le moment, je n'eus pas conscience du fait qu'en me faisant passer ainsi de sa droite à sa gauche, elle prenait le risque d'être elle-même touchée, si un tireur s'avisait de nous prendre pour cible du fond de l'une ou l'autre de ces rues étroites. Elle pressa le pas, me tirant par la main jusqu'au tournant qui menait au bas du village.

Là, les rôles s'inversèrent. C'était elle, maintenant, qui regardait en arrière pour s'assurer que personne ne pouvait l'entendre. Il me semble soudain que nous étions poursuivis, et cette fois, je marchai plus vite sans qu'elle me le demande. Mais à peine avions-nous pénétré dans notre quartier qu'elle parut déjà plus rassurée. Elle se mit à parler. Sans que je comprenne pourquoi, elle déclara que la meilleure chose qui lui soit arrivée de toute sa vie, c'était de ne s'être jamais mariée, même si les meilleurs jeunes gens l'avaient "demandée", et elle se mit à les énumérer: Selman Abou Chalha, Saïd Antoun et un troisième encore qui avait émigré au Mexique, où il était devenu immensément riche; d'ailleurs, il avait contribué à la construction de la nouvelle église du village. Ça oui, elle avait été bien inspirée! Elle s'arrêta et me dit, avec une moue de dégoût exagérée, combien elle détestait les hommes. La grossièreté des hommes, leur odeur. Et les enfants, c'était pareil, à quoi pouvaient-ils bien servir?

Comme un espace entre les maisons nous laissait soudain voir l'horizon, elle se tut. M'attrapant par l'épaule, elle me retint pour me montrer le petit village perché sur l'une des montagnes qui dominaient notre village, à l'est. Là-bas, m'annonça-t-elle, il ne resterait bientôt plus deux pierres l'une sur l'autre. Je n'avais pas la moindre idée de ce qui se passait, si ce n'est qu'un grand malheur était survenu, dont les grands ne voulaient pas nous donner les détails; mais, par leurs allusions, par ce qui se lisait sur leur visage, ils nous faisaient nettement sentir que le monde s'écroulait autour de nous. Ce n'est qu'en rencontrant un camarade de mon âge, l'un des petits voyous du quartier de la Bande, que je compris vraiment ce qui se passait. Lui, il me parla mon langage. Ce qu'il me dit alors est resté gravé dans mon esprit comme le premier récit des faits.

A notre entrée dans le passage couvert, ma tante eut soudain le hoquet. Le premier spasme fut si fort que sa poitrine partit en arrière, que tout son corps tressaillit. Elle se figea et faillit se retourner pour voir d'où provenait ce bruit. Mais elle ne se tut pas pour autant. Elle parlait de plus en plus vite, toute seule, ne s'adressant plus à moi. Son rythme s'accélerait, ses paroles fusaient de tous côtés; je compris qu'elle devenait de plus en plus nerveuse à mesure que nous nous approchions de la place de l'église. Elle maudissait l'humidité qui était notre lot à tous ici, le rhumatisme qui frappait chez nous même les plus petits, le manque de religion, la cupidité. Elle citait les noms de ceux qui avaient trahi la confiance des autres, de ceux qui avaient volé et tué... Je lui demandai d'arrêter de parler, car elle allait de nouveau avoir le hoquet.

Depuis qu'elle m'avait pris par la main à ma descente du bus de Maurice, c'était la première phrase que je prononçais. Mais elle n'y prêta pas la moindre attention. Elle continua, maudissant ceux qui avaient décidé de nous faire vivre dans un endroit pareil: pourquoi n'avaient-ils pas choisi un autre endroit? Au bord de la mer: là au moins, on pouvait voir le visage de Notre Seigneur! Mais non, il avait fallu qu'ils aillent nous coincer ici, entre les deux fleuves... Devant le portail du couvent, nous entendîmes, haut et fort, la voix d'une femme qui pleurait un mort. Ma tante s'immobilisa à nouveau lorsque la voix enrouée lui parvint puis elle déversa les mots les plus durs sur la pleureuse.

— Ah ! la garce ! Elle est là depuis 6 heures du matin ! Elle n'a jamais voulu se taire, elle n'a même pas repris son souffle. Rien à faire, elle ne laissera personne vivant !

Puis, le hoquet lui coupant maintenant la parole à une fréquence de plus en plus rapide, elle me demanda si je savais rentrer tout seul à la maison. J'acquiesçai d'un signe de tête.

— Dis à ta mère que sa sœur, ta tante, n'est plus bonne à rien.

Elle se pencha sur moi et m'avoua à l'oreille que, depuis la veille, elle n'avait pas mis les pieds sur la place de l'église, là où se trouvait notre maison. Elle avait passé chaque heure du jour et de la nuit à rôder aux alentours, risquant un coup d'œil de temps à autre derrière les maisons sans oser regarder vraiment. A chaque fois, elle avait fermé les yeux et s'était enfuie.

Je continuai le chemin seul. Deux cents mètres à peine. Avant que la place ne se découvre à mes yeux, je vis le Poète de la rose debout dans le clocher. Il était là-haut, là où logeaient les hirondelles après leur vol de parade, au printemps, quand elles passaient si bas qu'elles frôlaient parfois nos petites têtes avant le coucher du soleil. C'est lui qui faisait la crèche de Noël, lui qui la peuplait de grands personnages et y faisait couler de vraies rivières, avec des cascades. Le Poète de la rose fabriquait des cerfs-volants et couvrait les murs du quartier d'inscriptions au charbon appelant à l'unité du "Croissant fertile", glorifiant le *zaïm*, le grand *leader*, et signées de son nom d'emprunt : le Poète de la rose. Je le vis s'adosser à la cloche, se balançant doucement d'avant en arrière sans qu'elle émette le moindre son. Il montrait du doigt des points précis en bas et comptait à haute voix : "un, deux, trois"... jusqu'à dix. Là, il se frappait la poitrine de toutes ses forces, le choc l'entraînait en arrière, et la cloche sonnait un coup. Puis il comptait à nouveau : "un, deux, trois"...

Ils étaient dix. Dix hommes, couchés sur dix lits.

On avait sorti les lits des maisons voisines pour y étendre les victimes. Ma mère avait donné celui de mon frère, qui avait deux ans de plus que moi ; cette faveur resta pour nous un sujet de dispute tout au long de notre adolescence, lui tirant fierté de l'événement, moi feignant d'en être dégoûté. Ce qui m'étonna le plus, ce fut notre voisine qui insista pour qu'on couche le corps de son frère sur son lit à elle. Elle ne lava plus jamais ces draps-là, pour que l'odeur de son frère y demeure et qu'elle puisse toujours la sentir et s'en repaître. Les draps sont devenus crasseux et noirs, et, à ce que je crois, la voisine a arrêté de humer leur odeur. Mais elle ne les a pas lavés, car, chaque fois qu'elle s'apprêtait à le faire, le souvenir de son frère l'en empêchait.

La place était pleine de femmes et d'enfants qui s'attroupaient autour des lits. Les épouses, les mères, les sœurs ; surtout les sœurs. Les filles des voisins, encore petites, imitaient les grandes : elles se tiraient les cheveux à pleines mains, et leur tête oscillait de droite à gauche. Dans la foule, je vis le marchand de tissus – le bossu, celui qui avait une voix de fausset et qui passait son temps à chanter des chansons d'amour aux filles dans un français lamentable, avant de leur pincer les cuisses dès que l'occasion se présentait. Je vis un prêtre qui pleurait. Je ne vis nulle trace des hommes, hormis ceux qui gisaient sur les lits dans leurs habits du dimanche, l'expression de leur visage désormais figée pour toujours. Je vis cette femme que je n'avais jamais vue dans notre quartier, grande et blanche. Elle passait d'un lit à un autre, s'asseyant aux côtés des victimes, arrangeant leur nœud de cravate, relevant une mèche de cheveux sur leur front, essuyant sur leur joue une trace de sang ou de poussière, contemplant leur visage un instant, avant de reprendre sa tournée.

II

Elya était bien le fils de notre quartier, qu'on appelait *Hârat al-Isâba*, le "quartier de la Bande". Nous, les enfants, nous étions fiers de prononcer ce nom à notre manière : *Hôret laasôbeh*. Sur les cartes d'identité de ceux qui y résidaient en ce jour de 1932 où ils furent surpris par le recensement, on lisait pourtant "Quartier Ouest Notre-Dame". Ce jour-là, un fonctionnaire du ministère de l'Intérieur avait entrepris de diviser le bourg en cinq quartiers distincts, dont les frontières peu familières ne nous revenaient en mémoire que le jour des élections. Dans ce quartier qui était le nôtre, donc, Elya jouissait d'une immunité reconnue par tous. L'étaler par terre, lui jeter des pierres, même de loin, étaient des actes aux conséquences incertaines. A dire vrai, il n'était pas le seul à bénéficier de ce statut spécial. Nous étions bien conscients du fait qu'il partageait ce traitement de faveur avec plusieurs autres garçons : les fils de ceux qui avaient, comme on disait, "payé de leur sang". A nous, en revanche, s'appliquait la loi générale. Nous qui n'avions perdu aucun des nôtres, nous qui étions toujours restés dans le giron de nos pères et mères, jamais il n'était injuste de nous insulter, de se montrer brutal envers nous : nos parents s'étaient rendus coupables de n'avoir pas accompli leur devoir, de s'être mis à l'abri. Mais, si quelqu'un s'en prenait à Elya – et comme ils étaient fréquents, ces échanges d'insultes, de coups et de pierres ! Comme on avait souvent besoin d'user de ses muscles, de sa force physique ! – Kemleh, sa mère, allait débusquer l'imprudent jusque chez lui, sitôt que son fils, après bien des hésitations et des larmes, avait accepté de dévoiler son nom. Car Elya, qui était fier, refusait de dénoncer son persécuteur avant d'avoir épuisé tous les moyens de vengeance qui se trouvaient à sa portée. Peut-être savait-il que s'il usait trop souvent de son privilège, il n'aurait bientôt plus aucun ami, plus aucun soutien parmi nous. Kemleh sortait en trombe de sa maison ; une lueur mauvaise brillait dans ses yeux. Elle s'élançait, une épingle à chignon dans la bouche, attachant ses cheveux derrière sa tête. Nous lui faisions escorte en poussant de grands cris de joie, quelques-uns d'entre nous ayant préalablement aidé le coupable à s'enfuir en direction du fleuve. Kemleh se postait devant la porte. Elle n'entrait pas, mais, les deux mains sur la taille, elle criait à la mère :

— Eduque-le, sinon c'est moi qui m'en chargerai !

Pour la calmer, la femme menaçait son fils, ce démon, de toutes les punitions possibles ; mais, bien vite, dès que Kemleh avait le dos tourné, elle échangeait avec une autre voisine des clins d'œil moqueurs.

A cette époque – à la fin des années 1960 donc –, Elya était l'un des rares enfants à porter de grosses lunettes.

— Il est de santé fragile !

Ayant émis à l'endroit de son fils cette fatwa médicale qui ne s'appuyait sur aucun antécédent sérieux, Kemleh l'obligeait toujours, en dépit d'une résistance acharnée, à enfiler une veste de plus, ou bien un tricot de laine dont le col lui montait jusqu'aux oreilles, tandis que ses amis se pavanaient en chemisette à manches courtes même quand le ciel était menaçant. Lors de ses rares sorties dans la rue, Elya aimait se mêler aux bagarres, y compris à celles qui ne le regardaient pas. A peine le défi lancé, il ôtait ses lunettes pour ne faire courir aucun risque à ses yeux, obéissant ainsi aux recommandations de sa mère. Les ayant confiées à un ami, il fonçait joyeusement dans la mêlée, sans plus s'inquiéter de rien. Choisissant le camp le plus faible, celui qui avait le plus besoin de renforts, il se faufilait entre les jambes enchevêtrées des plus grands, griffait, pinçait, mordait, poussait des cris de guerre. Pour mieux humilier les adversaires, il s'en prenait à leurs pères et même à leurs oncles maternels, qu'il gratifiait d'une salve d'injures particulièrement élaborées, s'étendant sur plusieurs générations. Ces insultes, personne ne savait comment il pouvait bien les inventer, ni d'où lui venait ce don. Mais, avant que les combattants ne remarquent sa présence et ne lui donnent sa part de claques et de coups de pied – puisque, cette fois-ci, c'était lui qui avait commencé – on entendait tonner la voix de sa mère. Elya se retirait alors sous les sifflets de ses amis, triste, désolé, comme si la sollicitude maternelle seule le privait de la concrétisation d'une victoire certaine, épargnant du même coup à ses ennemis un châtiment encore plus cruel.

Le jour où Elya rentra à la maison les lunettes cassées, l'air terrifié, sa mère décida que la coupe était pleine. Elle n'eut même pas à insister pour savoir, car cette fois il voulait absolument raconter ce qui lui était arrivé. Il commença à parler, haletant. Elle posa la main sur sa poitrine pour sentir les battements de son cœur, tandis qu'il lui disait comment il avait accompagné deux garçons à la chasse, deux véritables voyous, du côté de la colline, près de la vieille filature de soie. Ce jour-là, ils avaient décidé de se débarrasser de leur chien de chasse. A ce qu'ils disaient, il était trop vieux maintenant. Depuis un mois, il mangeait les cailles qu'ils avaient abattues au lieu de les rapporter. Tandis qu'Elya racontait, Kemleh se frappait les cuisses des deux mains, sentant déjà arriver le pire. Au sommet d'une pente, sans mettre Elya au courant de leur plan, ils avaient appelé le chien.

— C'était là-bas ! Regarde ! Viens voir ! dit Elya à sa mère en s'approchant de la fenêtre.

Près de la haie, l'un des garçons avait dégoupillé une grenade et l'avait lancée le plus loin possible pour que le chien aille la chercher. Le chien avait couru après et l'avait saisie dans sa gueule. Mais justement, il l'avait attrapée par le détonateur, bloquant ainsi tout le mécanisme. La grenade allait exploser à l'instant précis où le chien desserrerait les dents. En expliquant tous ces détails, Elya avait si bien su faire revivre la peur qui l'avait envahi là-bas que Kemleh avait poussé un cri au moment où le danger s'approchait de son fils. Fébrilement, elle palpait chaque partie de son corps, de peur qu'il n'ait été touché sans oser le dire. Bref, le chien, allant pour une fois à l'encontre de cette gloutonnerie qui lui faisait depuis peu dévorer les oiseaux, décida, Mère, de rapporter la proie à ses maîtres. Alors, ç'a été la panique. On s'est tous mis à hurler, on s'est crié de courir chacun de son côté, pour disperser le danger. Mais, contre toute attente, le chien avait choisi d'ignorer ses deux maîtres, pour se diriger vers leur compagnon d'un jour :

— Et c'est moi qu'il a suivi, Mère, c'est à moi qu'il voulait donner la grenade !

Kemleh poussa un nouveau cri. Heureusement, Elya avait trébuché et roulé à terre, écrasant ses lunettes. Elya termina son récit, toujours haletant : le chien, qui s'était soudain détourné de lui, inexplicablement, pour partir dans une autre direction ; l'énorme détonation qu'on avait entendue ; les lambeaux de la pauvre bête, qui avaient volé par-dessus les branches des orangers.

— Rentre vite et va te laver la figure, dit Kemleh. Tu peux leur dire adieu, à ces enfants maudits !

Prenant à témoin haut et fort ses voisins deux ou trois fois par jour, elle décida d'éloigner pour toujours Elya du quartier de la Bande, et même du village tout entier. Elle s'adressa à sa cousine, religieuse chez les Sœurs de la Croix, pour le faire inscrire dans un internat tout proche de la capitale. Faveur exceptionnelle, elle obtint de la direction la permission de venir sur place inspecter la cuisine et les dortoirs. Elle flaira profondément les draps, se pencha sous les lits pour vérifier qu'on n'y voyait pas de crottes de souris, elle ouvrit les fenêtres pour s'assurer que son fils ne risquait pas d'attraper une pneumonie à cause d'un courant d'air. Avant le jour de son départ, Elya réussit au moins deux fois à déjouer la surveillance de sa mère pour se joindre aux garçons du quartier. Une première fois, ce fut pour aller pêcher des anguilles avec des bâtons de dynamite ; une autre fois, pour participer au concours de celui qui avait la plus grosse, en s'alignant en file indienne sur le toit du moulin, devant un expert plus âgé qui désignait les mieux lotis par la nature, ce qui leur vaudrait une réputation et une fierté qui dureraient de longues années.

Elya, c'était son seul enfant. Elle ne l'avait eu qu'après des épreuves terribles. Et voilà que maintenant, sous ses yeux, il se mettait à mal tourner ! Il faut reconnaître que Kemleh fut assez forte pour sauver son fils. Car, bien vite, l'éloignement porta ses fruits. Peut-être même plus tôt qu'elle ne s'y était attendue. S'il était parti pour quelque pays lointain, nous aurions dit à son retour, comme toujours en pareil cas, que la mer lui avait tourné la tête. Or, il n'avait pas été plus loin que

Beyrouth, à une heure et demie de voiture du village. Nous ignorions tout de ce qui lui était arrivé dans sa nouvelle école. Mais certains d'entre nous se disaient qu'en étudiant, Elya avait fait l'épreuve de la vie. Il avait quitté à ce moment-là son état d'avant, celui d'une enfance prolongée, pour entrer sans crier gare dans une adolescence pleine de tristesse et d'inhibitions. Nous en avons discuté plus d'une fois entre nous. Pourtant, ce qui est certain, c'est que cette soudaine métamorphose ne fit qu'accroître la réputation dont jouissaient chez nous les écoles de Beyrouth. Entre Noël et Pâques, il devint timide. L'école l'avait comme poli : trois mois d'éloignement avaient suffi à le transformer. Pour le Jeudi saint, il rentra chez sa mère, où il ne resta qu'une semaine.

Il passait son temps couché sur le balcon, se contentant de ce petit carré entouré des fleurs multicolores qui avaient éclos aux premiers jours du printemps. Comme s'il était devenu ici même, dans sa maison du quartier de la Bande, un exilé provisoire, comptant les jours qui le séparaient du retour au pays natal. Il avait entre les mains un gros livre, duquel il ne levait jamais les yeux. Au moindre petit vent frais qui aurait pu lui causer un "coup de froid", vraiment, on n'avait pas besoin de ça ! Kemleh venait jeter sur lui une couverture de laine. Quand ils passaient devant la maison, à dessein ou par le plus grand des hasards, les camarades d'hier l'appelaient. Mais lui ne répondait pas. Pour attirer son attention à l'insu de Kemleh, qui s'affairait dans sa cuisine, ils lui lançaient des petits cailloux ou alors, pour le provoquer, ils sifflaient entre deux doigts. Mais Elya semblait les ignorer. Comme s'il ne les entendait pas, comme absorbé dans le monde de ses livres. Alors, les garçons se regardaient, perplexes ; l'un d'eux haussait les épaules en signe d'indifférence, puis ils décidaient de laisser tomber. Ils avaient passé l'âge de courir après les amitiés.

L'année suivante, pour les vacances du Jour de l'an, il arriva chez sa mère avec un accordéon. Comme le taxi l'avait déposé loin de la maison, il attacha sur son dos l'instrument rouge bordeaux qui brillait et marcha sous la bruine jusqu'à chez lui, tel un soldat discipliné portant son paquetage, suivi par une horde de petits curieux.

L'après-midi, la pluie cessa, et, au moment où Elya tira de son accordéon la première mélodie, les enfants du quartier s'interpellèrent à grands cris pour se retrouver autour du balcon de Kemleh. En silence, ils le regardèrent déployer l'instrument jusqu'au bout, de toute l'étendue de ses bras. Il ouvrait l'accordéon et le refermait, tantôt se penchant au-dessus, tantôt fermant les yeux comme s'il souffrait avec sa triste mélodie, tantôt faisant danser ses pieds entraînés par le rythme joyeux, de plus en plus vite. Il ondulait, il dansait avec son instrument, enfonçant avec dextérité les innombrables touches noires et blanches. Alors sortait de l'instrument ce son nouveau, si limpide, ce son que les ruelles tortueuses et humides du quartier n'avaient jamais connu. D'autres passants s'arrêtèrent pour l'écouter. Pour commencer, il avait joué à la petite foule éberluée une chanson que tout le monde connaissait par la radio, *Zourouni koulli sana marra*[1]. Cependant, en l'écoutant ensuite interpréter avec tant de ferveur des mélodies occidentales qui leur étaient inconnues, ils comprirent, consternés, que toutes leurs tentatives demeureraient vaines : ils comprirent qu'Elya avait bel et bien quitté leur monde. Il avait quitté les rives du fleuve, les prunes et les nèfles qu'on vole à la saison des fruits, les défis et les querelles ; il les avait abandonnés sans retour, cette fois, pour un ailleurs qu'ils ne connaissaient pas. Certains eurent même l'impression qu'Elya avait oublié jusqu'à leur nom. S'il avait changé, ce n'était pas par souci de son avenir, comme l'aurait voulu sa mère, ni par orgueil, comme on l'aurait cru volontiers. Non, c'était plutôt comme si à présent, des affaires autrement plus importantes le préoccupaient. Ainsi, ils ne pouvaient comprendre par quel mystérieux concours de circonstances il avait réussi à remporter le premier prix de poésie d'expression française destiné aux élèves des écoles. Et pourtant, ils avaient bien vu, dans *Al-Telegraph*, la photo sur laquelle il recevait des mains des organisateurs un oiseau en métal brillant qui se tenait sur une seule patte, les ailes déployées. Quant à eux, ils avaient gardé cette rudesse qui était celle de leurs pères. S'ils trébuchaient sur une pierre du chemin, ils insultaient les saints et les morts. Si un passant les dévisageait, ils l'arrêtaient pour lui demander ce qu'il voulait, sur un ton lourd de menaces. Ils cessèrent de convier Elya à leurs jeux, et même de lui adresser la parole.

1. *Venez me voir une fois par an*, succès de la chanteuse Fayrouz.

La guerre éclata. L'école d'Elya était proche des lignes de démarcation. Kemleh déclara alors :

— Nous avons eu notre part une fois, ça suffit comme ça !

Elle tenta d'éloigner son fils de Beyrouth pour un temps en l'envoyant à la montagne, dans un village d'estive où la congrégation de sa cousine possédait un monastère. En montant là-haut, ils tombèrent sur un *check point* armé. Dans la cohue des voitures, ils ne surent pas dire, ignorants qu'ils étaient de cette région où ils passaient, si c'étaient des chrétiens ou des musulmans que ceux du barrage recherchaient. Kemleh se contenta d'avoir peur. Elle confia Elya à la religieuse. Mais il ne passa pas plus de deux nuits là-bas : la guerre gagnait du terrain du côté de la montagne, et les obus se rapprochaient du monastère. Les religieuses ne lui avaient pas plus tôt installé un lit au sous-sol que déjà, Kemleh accourait pour reprendre son fils dans sa maison du quartier de la Bande, après un long détour par de petites routes de montagne escarpées.

Elya demeura donc chez nous en résidence forcée. Mais, là non plus, il ne resta pas en otage bien longtemps, car les dangers ne tardèrent pas à le suivre jusque-là. A la manière de l'eau, la guerre s'infiltrait dans toutes les régions qu'elle pouvait atteindre. Elle nous parvint tout d'abord sous la forme de rumeurs tenaces qui annonçaient une attaque imminente, en vue de laquelle le camp adverse avait massé des combattants de nationalités et même de couleurs différentes. Mais c'est lorsqu'apparurent les premiers postes de tir, lorsqu'on commença à voir passer des jeunes gens en tenue de combat, au volant de jeeps d'allure militaire couvertes d'inscriptions renvoyant à des guerres vieilles de plus de mille ans, que Kemleh prit la décision la plus difficile de toutes.

— Là-bas, à l'étranger, dans le vaste monde de Dieu. Il m'en est mort un ; celui-là ne mourra pas.

Elle profita d'un cessez-le-feu pour organiser le voyage. Elle fit les valises de son fils, qu'elle bourra si bien de pullovers, de chemises et de sous-vêtements que ses bagages pesaient le double du poids autorisé. Le propriétaire de l'agence de voyages accepta de faire jouer ses relations haut placées à l'aéroport pour qu'on la dispense d'une énorme taxe de surcharge. Personne ne sut jamais par quels subterfuges elle parvint à accompagner Elya dans la salle réservée aux voyageurs et, même après, jusqu'au dernier point de contrôle, où elle se disputa avec les douaniers de peur qu'ils n'obligent son fils à abandonner là l'une ou l'autre de ses affaires. Mountaha, sa voisine et compagne de vie, qui l'avait accompagnée, raconta ensuite dans le quartier que Kemleh, trop préoccupée par les bagages d'Elya et par ses provisions de nourriture, n'avait même pas trouvé le temps de verser une larme sur son départ.

Il ne revint pas. Deux ou trois fois par an, elle recevait une lettre qu'il lui envoyait de New York. Une courte page, quelques lignes, comme d'habitude ; tout juste de quoi lui donner l'assurance qu'il était encore en vie. A cela s'ajoutait ce que lui racontaient les étudiants rentrés au pays après avoir achevé leurs études dans tel ou tel Etat voisin : ils avaient entendu parler de lui, sans jamais le voir en chair et en os. On peut quasiment affirmer qu'aucun des jeunes du village, qui avaient maintenu entre eux des liens très étroits – leur nombre, en plein cœur de la guerre, atteignant une bonne dizaine –, ne l'avait jamais vu, ni aux réunions qu'ils organisaient régulièrement, ni à l'inévitable messe du dimanche matin à l'église Saint-Maron, ni aux réjouissances qui suivaient : déjeuner, dégustation d'arak, préparation de taboulé, larmes qui montent aux yeux en écoutant les chansons de Fayrouz. Soucieux de ne manquer aucun de ces rendez-vous, certains venaient en avion depuis un autre Etat. Mais, à défaut de le rencontrer, ils avaient beaucoup entendu parler de lui. Son nom figurait en bonne place dans la liste des enfants du village qui s'étaient illustrés dans un certain domaine, même si sa "spécialité" à lui demeurait mystérieuse. Quant à ceux qui l'avaient vu une fois ou deux, ils en parlaient comme de quelqu'un d'autre : très imbu de lui-même, obnubilé par sa propre intelligence, parlant avec un authentique accent du Middle West, balayant toute chose d'un regard acéré, comme s'il était lui-même l'un de ces Américains qui s'intéressent à l'Orient et qui, sans craindre la langue de bois, dissertent sur les écrans de CNN, tard dans la nuit ou aux petites heures du matin, au sujet de la réforme "structurelle" dont le monde arabe a tant besoin. Car il leur ressemblait de façon frappante : grand, mince, cravate aux couleurs vives mais télégéniques, éloquent, trouvant les expressions adéquates à une vitesse étonnante, comme s'il lisait ses réponses dans un livre...

Là-bas, Elya avait donc disparu corps et biens. Jusqu'à ce que tout récemment, ici même, dans le quartier de la Bande, un garçon du pays retrouve sa trace. C'était justement l'un de ceux à qui il avait tourné le dos pour s'en aller au bout du monde. Mais il ne pouvait leur échapper. Ils finirent par mettre la main sur lui. Ce fut donc l'un de ces petits génies locaux qui le repéra, un soir où il cherchait à tromper sa mélancolie en surfant au hasard sur la Toile, dans ce village qui s'endort si tôt. Il l'avait cherché sur Google, que l'on connaissait depuis peu. Google l'avait renvoyé vers d'autres sites, et c'est ainsi, en naviguant d'une adresse à l'autre, qu'il finit par arriver sur une page bien singulière, laquelle, affirmait-il à ses camarades, ne pouvait être que l'œuvre d'Elya, même si on n'y trouvait pas son nom exact, mais seulement une forme dérivée qui laissait deviner un lien avec le prophète biblique Elie. Il donna l'adresse du site aux autres garçons, qui prirent l'habitude d'y faire un tour de temps en temps, entre un site pornographique et le service de chat grâce auquel ils communiquaient sous divers pseudonymes – conversations qui tournaient bien vite à l'échange d'insultes, grâce aux quelques mots d'anglais appris en regardant les films d'action américains les plus violents. Ils ne découvrirent rien qui pût renvoyer avec certitude à la biographie d'Elya, ni même à son lieu de naissance. Car celui-ci avait tout fait pour effacer ses traces. Aucun nom propre, aucune allusion au Liban ni au village, pas plus qu'aux pays où vivaient les Arabes, ni à la langue qu'ils parlaient.

Un jour, il mit en ligne une photo qui le montrait à demi-nu sur le sable d'une plage, aux côtés d'une fille blonde, elle aussi en tenue de bain, en direction de laquelle il lançait un regard éperdu. Ils eurent alors la confirmation de son identité, malgré le fait qu'il ne portait pas de lunettes. Ils s'amusaient de temps en temps à lire les nouvelles citations qui venaient chaque jour agrémenter son journal. Il avait choisi l'une de ces pensées comme emblème permanent :

J'écrirai ici mes pensées sans ordre, et non pas peut-être dans une confusion sans dessein : c'est le véritable ordre, et qui marquera toujours mon objet par le désordre même.

Cependant, l'eau noire de la cataracte avait fait de sa mère une quasi-aveugle. Peu à peu, son monde s'était rétréci. Plus il se réduisait, plus il lui était facile de se déplacer. En effet, depuis qu'elle avait abandonné les chambres et le salon, elle passait ses journées debout dans sa cuisine obscure, devant l'évier, ou encore assise sur le balcon, dont l'ombre profonde résistait même à la chaleur du mois d'août. Kemleh avait la main verte. Chaque jour, elle faisait pousser une plante nouvelle. Mais sa préférée, disait-elle, c'était la "fleur du tribunal", qui refermait ses pétales à midi, heure de suspension des audiences. Assise là, le regard dans le vague, elle reconnaissait les voisins au rythme de leurs pas : la maîtresse d'école, qui faisait claquer ses talons hauts, toute contente de sa nouvelle voiture maintenant que les concessionnaires s'étaient remis à faire crédit aux clients à revenus modestes ; le chanteur aveugle, que sa fille accompagnait jusqu'aux cafés du bord du fleuve ; et même les sabots de l'âne qui rentrait chargé des bottes d'osier avec lesquelles son maître, l'homme au sarouel, fabriquait des paniers de toutes tailles. Elle repérait aussi les étrangers, les bruits de pas inédits. Elle adressait la parole à qui elle voulait et, si quelqu'un lui reprochait de l'avoir ignoré, elle prétextait sa mauvaise vue. Kemleh restait de longs moments assise seule. Elle semblait vivre le déclin de sa vue comme le contemplatif assiste, serein, à la disparition de la lumière à l'horizon, juste après le coucher du soleil.

Un beau jour, elle reçut une lettre d'Elya. Une lettre qui semblait arriver à un moment inopportun – suivant de trop près une autre lettre ou venant au contraire après un trop long silence. Un sentiment étrange la saisit. Incapable de lire, elle dut appeler Mountaha. La voisine lut d'abord toute la lettre puis lui en livra le contenu, petit à petit ; habituées l'une à l'autre, les deux femmes avaient coutume de se taquiner sans méchanceté. Kemleh sourit en apprenant que son fils allait lui rendre visite. Mais elle ne cria pas de joie pour autant.

Il arriva à l'aéroport de Beyrouth un dimanche après-midi. Kemleh alla l'attendre, escortée de quelques voisins venus dans deux voitures. Au terme de longues négociations, ils l'avaient convaincue de rompre le deuil et de revêtir pour l'occasion la robe bleue qu'elle s'était confectionnée elle-même en vue de son ultime voyage. Ce n'est qu'une fois sur place, dans le hall des arrivées, perdus dans la foule de ceux qui attendaient leurs proches rentrant au pays, qu'ils s'avisèrent que Kemleh ne pourrait pas voir son fils et qu'eux-mêmes ne le connaissaient pas. Certes, ils étaient plusieurs à l'avoir vu enfant, mais ils n'étaient pas sûrs de le reconnaître, maintenant qu'il avait peut-être les cheveux blancs, voire même plus de cheveux du tout.

— Mais lui, il me reconnaîtra !

Kemleh mit ainsi fin à l'embarras puis elle tira de son grand sac une photo de lui, prise le jour où il avait obtenu son baccalauréat avec la plus haute mention. Une photo grand format entourée d'un large cadre, qu'elle brandit au-dessus de sa tête tandis que les voisins la poussaient en avant, vers le premier rang des gens qui attendaient. Ils espéraient l'apercevoir parmi tous ceux qui, poussant leurs bagages, cherchaient impatiemment du regard les proches venus les accueillir. Elya passa sans se retourner. Mais il entendit quelqu'un l'appeler :

— Elya ! Elya !

Il revint sur ses pas, et les embrassades furent longues. Kemleh flaira son visage, ses vêtements, elle le tâta des deux mains pendant que les voisins patientaient debout. Elle causa un vaste embouteillage dans le hall de l'aéroport, en serrant la tête d'Elya pour l'embrasser. Il ne réussit à lui échapper que sous le flot impérieux des autres voyageurs et de leurs valises. S'écartant un peu pour contempler sa mère, c'est à la lenteur de ses mouvements, à sa façon d'utiliser ses mains qu'il se rendit compte qu'elle avait perdu la vue. Quelques larmes coulèrent de ses yeux, et sa lentille de contact faillit même tomber de son œil droit. Il serra la main de sa mère dans la sienne tout au long du chemin dans la voiture, jusqu'à leur arrivée au village. Il faisait déjà nuit.

Deux jours après l'arrivée d'Elya, quelques proches parents se réunirent chez Kemleh, dans l'ombre de son balcon, pour la féliciter du bon retour de son fils et se repaître de nouvelles. Ils venaient rarement lui rendre visite, car ils la craignaient. Malgré son âge avancé, ses griffes étaient encore bien acérées… Qui sait, peut-être le retour d'Elya pourrait-il adoucir son tempérament? Chacun y allait de son commentaire.

— Si tu sais y faire, Kemleh, tu ne le laisseras plus repartir. Tu ne crois pas que tous ses diplômes lui suffiraient bien pour trouver un travail ici?

— Ah! si seulement c'était possible! Mais il n'a qu'un congé d'un mois, il est obligé de repartir, disait-elle, l'air résigné.

Elle mentait.

— Enfin, que voulez-vous! Ça ne vaut plus la peine, ma vie est finie, il ne me reste plus qu'un ou deux jours à vivre! soupirait-elle.

Ils s'éfforcèrent de lui remonter le moral puis lui exposèrent un projet parfaitement convaincant:

— Ta maison est grande. Il peut encore ajouter un étage au-dessus. Tu pourras bien le convaincre de te faire deux ou trois petits-fils. Déjà, tu commences par te faire opérer des yeux. C'est une opération de rien du tout, sans chirurgie, juste au laser! On ne passe qu'un seul jour à l'hôpital...

On eût dit qu'un serpent l'avait piquée.

— Me faire opérer des yeux? Et pour quoi faire? Le paysage, je le connais par cœur. Et puis d'ici, qu'est-ce que j'aurais à regarder? La femme d'Ibrahim al-Halabi, cette grosse vache qui vient se dandiner sur le toit de sa maison pour étendre ses dessous? Ou bien la façade de la maison d'Abou Mansour, qui est toute pelée? Je ne vivrai pas assez longtemps pour la voir repeinte, ça, c'est sûr! Ils ont autant de dettes que de cheveux sur la tête...

Elle était donc de retour, fidèle à elle-même... A peine ouvrait-elle la bouche que des rafales partaient dans toutes les directions. Rien à faire. Ils durent se résoudre à changer de sujet, guettant le moment opportun pour aller retrouver leur foyer et leurs occupations. Sentant qu'elle les avait déçus, elle voulut coûte que coûte ajouter un mot pour se rattraper:

— Je savais bien qu'Elya allait venir cette année. Je savais même que ce serait ces jours-ci, justement.

Comment auraient-ils pu la croire?

— Mais tu as dit que tu avais reçu une lettre où il t'annonçait son retour...

— Même avant la lettre, je m'attendais à le voir. Je pensais bien qu'il allait arriver comme ça, d'un coup, sans me prévenir. Et même avant que Mountaha me lise la lettre, chaque fois qu'on frappait à la porte, je me mettais déjà à crier "Qui est là?", en espérant que ce soit lui qui me réponde...

— Et comment pouvais-tu le savoir?

— Une mère sait toujours ces choses-là.

Cette prétention, c'était bien d'elle! Elle savait tout. Pas moyen de discuter. De guerre lasse, ils lui demandèrent:

— Mais comment ça? Alors que ça fait plus de vingt ans qu'il n'est pas revenu?

— C'est qu'à la fin du mois d'avril il aura l'âge qu'avait son père le jour où on l'a tué à Borj al-Hawa...

Aucun des visiteurs n'ajouta le moindre mot, le moindre soupir. Ils attendirent que quelqu'un donne le signal du départ, se firent un clin d'œil et se levèrent tous ensemble.

— Et, encore une fois, Dieu soit loué de t'avoir ramené Elya sain et sauf!

Depuis longtemps déjà, Kemleh ne se levait plus pour reconduire ses visiteurs.

III

Le jour où Farid réussit à tailler un pantalon d'homme sans consulter maître Boulos ni faire trop de gâchis dans le rouleau de drap de laine, il ne le fit savoir à personne. S'il n'eut pas un mot pour s'en vanter, c'est que pour lui, le silence était un gage de virilité; or, on était justement à une époque où la virilité tenait le haut du pavé. Mais cette performance ne suffisait pas à valoir à Farid le titre de maître. A chaque coup de ciseaux, sa main restait toujours aussi lourde, et jamais encore il n'avait pu prendre place devant la machine à coudre. Le temps seul pourrait lui permettre de conquérir ce titre; mais pas avant qu'il ait ouvert sa propre boutique, qu'il se soit constitué une petite clientèle.

Ce succès dans l'art de la coupe sans assistance et sans gaspillage eut lieu en 1956; la laine anglaise grise à fines rayures faisait alors la fierté des jeunes gens, avec les Lucky Strike dans leur paquet en papier souple, bien visible, par transparence, à travers la poche de la chemise. Nasser nationalisait le canal de Suez. La Société universelle du canal de Suez, comme il disait dans son discours.

Farid Badwi as-Semaani
24 ans
Numéro de registre: 124/65
Célibataire
Nom de la mère: Soussân Wardeh
Profession: Néant
Yeux: Couleur de miel
Moustache: Fine
Cheveux: Noirs et frisés
Signes distinctifs: Verrue sur la joue gauche

Les élections étaient proches. Deux sièges étaient en jeu pour le *caza**. Quatre candidats, quatre familles. La concurrence s'annonçait rude. Farid ne laisserait pas tomber les siens au moment où ils avaient besoin de lui. On l'appelait parfois *Abou Ali*, surnom qu'on donnait aux braves, aux héros. On parlait de lui. Quand il passait devant les maisons aux portes ouvertes sur la rue, les femmes le dévoraient des yeux. Il ne décevrait pas leurs espérances. Tout le monde connaissait ses exploits, que l'on se racontait volontiers; il en faisait sans cesse de nouveaux. Mais lui, il agissait sans rien dire. Il se lançait sans qu'on lui en donne le signal, sans qu'on ne lui demande rien.

Un jour, il avait entendu dire que le maire d'Almat-al-Fawqa menaçait leurs partisans de graves représailles s'ils s'avisaient de voter pour les Semaani. Qu'avait-il donc à soutenir les autres, comme s'il était l'un des leurs, ce maire d'Almat-al-Fawqa? Farid le connaissait bien. Il alla le trouver chez lui, un soir. Tout seul. Il avait demandé à un copain de l'emmener en voiture jusqu'à l'entrée du village, puis de le laisser là. Dès qu'il l'aperçut, debout dans l'encadrement de la porte, le maire prit peur. Il avait l'âge qu'aurait eu le père de Farid s'il était resté en vie. Sa femme et sa fille se mirent à pleurer, suppliant Farid de lui pardonner.

— Rase-toi la moustache d'un seul côté. Maintenant. Devant moi.

C'est tout ce que dit Farid. L'homme faillit pleurer d'humiliation et de rage. Les moustaches du maire d'Almat-al-Fawqa étaient célèbres: depuis qu'il avait du poil au menton, personne ne l'avait jamais vu sans elles. Encouragé par sa femme, il finit par s'exécuter.

La nouvelle parvint aux oreilles de maître Boulos. Il lui conseilla d'arrêter de se livrer à ce genre de choses. S'approchant de lui, il lui prit des mains le coupon de tissu pour le forcer à écouter:

— Vous êtes une famille bien, Farid.

Sans doute voulait-il parler du père et des oncles de Farid. Des hommes qui s'étaient usés à la tâche, qui leur vie durant s'étaient levés avant l'aube et couchés avant la tombée de la nuit. Ils menaient les mulets. Des muletiers qui s'en allaient chaque jour sur un chemin différent. Son père avait vendu sa bête pour travailler la pierre : encore un métier honorable, un métier dur. Ses outils étaient restés dans la maison : le burin, la masse et la massette. Le chef-d'œuvre du père était toujours là, derrière la porte. Un mortier en porphyre rouge.

— …

— Ce chemin-là ne te mènera nulle part, Farid…

Le silence même de la virilité.

Farid passait de longs moments tout seul, dans une pièce de sa maison dépourvue de toute ouverture sur l'extérieur. Il s'y asseyait dans l'après-midi, face à un mur blanc et nu, orné seulement d'un vieux calendrier. Quand sa mère le laissait pour aller rendre visite aux voisins, il restait assis là, seul, une heure entière, voire deux.

Au café, c'était pareil. Quand il s'attablait, il restait sur ses gardes, choisissant soigneusement sa chaise cannée, qui devait être bien stable et bien propre. Malgré tout, il l'essuyait précautionneusement pour en ôter toute trace de poussière. Ils le connaissaient tous à présent. Ils connaissaient cette façon bien à lui de s'asseoir, en tournant sa chaise pour appuyer son coude sur le dossier, le corps raide, le dos à découvert ; caressant son chapelet d'ambre, il semblait savourer son propre silence.

Ses cheveux étaient bien peignés, tout luisants de Brill-Cream. Perdu en lui-même, Farid.

Les photos des candidats commençaient à fleurir sur les vitres des voitures, sur les chapeaux. Quelques enthousiastes leur confectionnaient des cadres de bois doré qu'ils exposaient dans leur maison, à côté du Sacré-Cœur de Jésus. Farid aimait le chef de sa famille ; mais il n'aimait pas les photos. Les rares fois où il en parlait, il appelait tout cela "les apparences".

Et c'était quelque chose qu'il n'aimait pas.

Il avait encore le souci constant de lui-même, de son apparence à lui. Les codes de la séduction masculine étaient alors en pleine hésitation, se cherchant encore, depuis qu'était passée la mode des bottes montantes, des culottes de cheval et des fines moustaches recourbées vers le haut. Après maintes tergiversations, Farid avait acheté un chapeau américain qu'il portait incliné sur l'oreille – le dimanche seulement. Et, petit à petit, il se mit à veiller aux moindres détails. De l'épilation des poils sortant des oreilles au choix de teintes mieux assorties, en passant par la douche: toutes ces petites choses qui font l'élégance.

Puis ce fut le revolver.

Son nom arabe, *al-musaddas*, "le sextuple", "le six-coups", vient du fait que sur les premiers modèles le barillet contenait six balles.

Comme un fléau, le revolver avait envahi la région, entraînant à sa suite tout un jargon qui lui était propre, toute une gamme de marques et de variétés.

Le pistolet, al-fard, *mot qui, en arabe, renvoie sans doute à l'idée d'"arme individuelle"; celle que tu glisses à ta ceinture, sur ta hanche droite – à moins que tu ne sois gaucher. Si tu sens que ça va chauffer, qu'on risque de se faire trouer la peau, garde-le dans la grande poche de ta veste, bien en main. Mais ça, c'était avant qu'on ne découvre, grâce aux films américains, qu'il pouvait aussi se loger à portée de main, près du cœur ou même le long de la jambe, pour prendre l'ennemi en traître, au besoin. Tu dégaineras. S'il est chargé, s'il est armé, tu tireras à bout portant (de très près) ou au jugé (sans regarder dans le viseur). Sinon, l'adversaire te prendra de court, et il t'arrivera quelque chose de fâcheux. Là-bas, pour décrire le revolver, on eut recours à des termes propres aux oiseaux, aux végétaux, aux bêtes de somme: ainsi le chien s'appelle-t-il* ad-dîk, *"le coq"; un tir bien ajusté, un tir "à l'œil du moineau"; le guidon, repère de visée placé au-dessus de la bouche, "le grain de blé",* al-qamha, *et l'orifice même du canon, "la gueule",* al-bouz. *A l'homme, ils prirent* al-qabda, *"le poing", pour désigner la crosse, ils prirent* al-zifr, *"l'ongle", pour nommer cet ergot de fer qui caractérise les anciens revolvers,* al-misht, *"le peigne", c'est-à-dire les os de la main, pour désigner le chargeur; jusqu'à l'étui, qu'on appelle* al-bayt, *"la maison", ce logement de cuir flanqué de deux petites niches destinées à abriter les deux chargeurs. Pour désigner le viseur, ils empruntèrent autre part le mot* al-nishân, *"la médaille". Tu insisteras pour qu'on te le livre avec des balles au phosphore, des balles perforantes, des balles explosives. Tu le bourreras lentement, pour qu'aucune n'aille se mettre de travers, bloquant le mécanisme dans ta main au moment crucial. Avec ou sans nickel blanc, à barillet, 9 indécis. Un Ceska, un 12, un 14 (allusions au revolver Herstal, de fabrication belge).*

Un Colt américain, le luxe suprême jusqu'à l'apparition des Smith & Wesson.

— Un Colt 9!

— Mais ça, c'est trop cher pour toi, Farid! Et le tien est encore tout neuf. Tu n'as vidé que deux chargeurs. C'est moi qui te l'ai vendu, alors je le sais bien.

— Un Colt 9!

— Un Herstal 12, ça vaut mieux qu'un Colt.

Farid mit le doigt sur sa tempe:

— C'est comme ça. Une envie!

La discussion prit fin.

— Tu l'auras demain.

— Combien?

— 540 livres. Et là-dessus, je ne fais que 40 livres de marge, parole d'honneur! Mais mon bénéfice, je veux bien t'en céder la moitié. Disons 520, et ce sera mon dernier mot.

Farid sourit. Il savait que l'armurier était un menteur, mais il l'aimait bien.

— Je te donne la moitié. Pour le reste, tu attendras bien un mois.

Il n'avait pas beaucoup d'argent, mais il payait.

Alors on lui laissait le temps.

Ses amis apprirent la nouvelle. Ils demandèrent à voir le Colt 9. Ils le tournaient et le retournaient, jouissant de sentir au creux de leur main la large crosse, de refermer leurs doigts dessus. Certains visaient une cible imaginaire puis, laissant retomber la main, hochaient la tête, admiratifs, sans expliquer la cause de cette satisfaction si manifeste. Farid ne quittait pas le revolver des yeux tandis qu'il circulait ainsi de main en main parmi ses amis, redoutant qu'il ne s'abîme, qu'il ne tombe. Il n'était tranquille que lorsqu'il le récupérait enfin et le remettait dans l'étui fixé à sa ceinture.

C'était son jouet, son œuvre d'art.

Son père, Badwi as-Semaani, avait conçu un chef-d'œuvre de ses propres mains. Il avait traîné la pierre depuis les carrières d'Aïn Tourin, en mettant à contribution deux mulets. Il l'avait jetée bas devant la porte de sa maison, juste au pied du quinquina. Il y avait travaillé le soir, en rentrant de ses chantiers. Les jours de pluie, les jours de congé. Une année entière à la tailler, à la sculpter. Un mortier fait pour le plaisir des yeux, comme il disait. Pas une fois il ne permit à sa femme de s'en servir pour piler la viande du *kebbeh.* Il préféra lui fabriquer un autre mortier à cet effet.

Mais son chef-d'œuvre à lui, Farid l'avait acheté. C'était le Colt 9. Il s'était privé de tout pendant trois longs mois ; maître Boulos lui donnait 200 livres mensuelles, qu'il épuisait une à une bien avant la fin du mois. Dès qu'il était seul, devant sa table de tailleur, il ne se lassait jamais de tâter son revolver. Le colt l'empêchait de travailler. Pour mieux l'astiquer, il abandonnait la chemise dans laquelle il taillait des boutonnières. Il élevait l'arme dans les airs, au-dessus de sa tête, en la tenant par la crosse ; elle étincelait dans les rayons du soleil qui entraient à flots par la fenêtre ouverte sur la rue. Farid vérifiait qu'aucun grain de poussière n'était venu souiller le revolver. Il soufflait plusieurs fois dessus avant de le frotter bien comme il faut avec la doublure de sa veste, comme on essuie les verres des lunettes.

Maître Boulos se faisait du souci pour Farid. Il entrait dans la boutique, visiblement inquiet, lui arrachait le sarouel des mains, écartait le fer à repasser et l'interrogeait :

— Hier, tu étais aux funérailles du cheikh Milhem, à l'église Notre-Dame, pas vrai ?

— Oui, j'y étais. Ma mère et lui, c'est la même famille.

Maître Boulos fronça les sourcils, cherchant à se remémorer quels pouvaient être ces liens de parenté. Avec un petit sourire, Farid ajouta :

— Il ne s'est rien passé aux funérailles du cheikh Milhem... Les gens exagèrent. Qui est-ce qui t'a raconté ?

Maître Boulos se contenta de soupirer.

Rien passé...

Ils étaient arrivés là avec leur chef ; personne ne savait qui les avait conviés. A vingt. Oui, vingt hommes, rien que ça ! Toujours sur le qui-vive, ils ne l'avaient pas quitté d'un pouce. Ils marchaient, la mine sombre, lançant aux autres des regards de feu. De loin, l'œil de Farid les guettait, curieux de leur élégance. On disait que leur jeune chef – un avocat récemment diplômé de l'Université des Jésuites de Beyrouth – avait rencontré sir Anthony Eden* lors de son passage à Beyrouth, au cours de sa tournée des capitales du Moyen-Orient destinée à gagner divers soutiens contre Nasser. C'était la première fois que Farid le voyait en chair et en os, n'ayant vu jusque-là que sa photo placardée sur les murs. Il était loin d'imaginer un homme aussi petit que celui qu'il voyait là, chaussé de ces souliers marron et blancs que lui, Farid, n'avait pas encore réussi à s'offrir. Mais il les commanderait un jour. Après le Colt 9. Après la cravate pure soie. Farid savait reconnaître à on reflet la soie véritable. Trois ou quatre des compagnons du jeune chef étaient en sarouel et coiffés d'un tarbouche. Il faisait chaud en ce mois de mai, mais tout le monde portait la veste. Certains, peut-être parce qu'ils n'avaient pas de veste d'été, avaient mis une veste d'hiver, ce qui contribuait à faire monter la chaleur et la tension nerveuse.

Sur chaque hanche, donc, il y avait un revolver.

Sous chaque veste, un revolver.

Dans la ceinture de chaque sarouel, un revolver.

Du côté des cousins de Farid et de leurs partisans, c'était la même chose. Les Semaani l'emportaient en nombre sur leurs adversaires ; qui plus est, ils étaient dans leur propre quartier, et en route vers leur église. Si seulement les autres, ceux qui restaient attroupés autour de leur chef – le jeune avocat – pouvaient commettre un faux pas ! Ah, si seulement ! La bousculade commença au moment où le convoi s'engagea dans une rue étroite. On se poussait des épaules. On n'entendait que le martèlement des pas sur le goudron dont venait d'être recouverte la rue menant à l'église ; les compagnons du chef semblaient lui frayer un chemin, écartant de lui tous ces corps qui, à cause de l'étroitesse du passage, venaient se coller au sien. Ils veillaient à maintenir autour de lui un espace vide.

Les visages se crispaient. Farid vit beaucoup d'hommes, de ceux qui n'avaient ni lien de famille ni intérêt personnel à se trouver là, quitter la procession en s'enfonçant, à droite ou à gauche, dans les ruelles qui partaient de la rue principale. Ils prenaient la fuite sans se retourner ; des gens pacifiques qui préféraient rentrer chez eux. On n'entendait alors que les chants des membres de la confrérie qui portaient l'étendard de la Miséricorde, au premier rang.

Le revolver de Farid était chargé. Le Colt 9. Aussitôt qu'il avait senti planer le défi, il avait choisi sa cible. Il savait sur qui tirer et avait prévu très exactement comment procéder, dans quelle direction s'élancer, que faire de sa main gauche, pour que les compagnons du jeune avocat n'aient même pas le temps de faire écran de leur corps. Il l'atteindrait à la tête, trois balles au moins. Les balles restantes, il les garderait pour couvrir sa retraite. Ils poussaient leur chef plus qu'il ne marchait lui-même.

Ceux de la confrérie achevèrent leurs cantiques au moment même où la tête du cortège parvenait à la porte de l'église ; il y eut alors un silence, on n'entendit plus que le souffle des hommes et les corps qui se heurtaient. Arrivant sur la grand-place devant l'église, la foule se dispersa quelque peu ; mais, même de loin, les regards restaient menaçants.

De fait, il ne se passa rien.

A tel point que dans les derniers rangs, il y avait des femmes qui ne s'étaient même pas rendu compte de la bousculade, continuant leurs sempiternels bavardages dans le cortège qui s'étirait le long du chemin menant à l'église.

C'est que les obsèques du cheikh Milhem n'étaient que la répétition générale de ce qui devait se passer moins d'un mois plus tard, en juin, à d'autres funérailles, dans un autre village, juché celui-ci au-dessus des terrasses de la montagne voisine.

Maître Boulos était sur le point de perdre tout espoir d'amender la conduite de Farid. La seule solution qu'il voyait, c'était de le pousser à émigrer :

— Pourquoi n'irais-tu pas en Australie, Farid? Tu as plusieurs membres de ta famille là-bas, et qui ont de bonnes situations, pas vrai?

Les épingles que Farid tenait entre ses lèvres l'empêchèrent de répondre.

— Regarde ton frère Chafiq! Lui, il reste en dehors de tout ça.

Farid sourit, goguenard. Non, Chafiq n'était pas son idéal dans la vie.

Maître Boulos n'entretenait aucune illusion sur l'avenir du métier de tailleur. Cette profession ne ferait pas vivre une génération de plus. Bientôt, il arriverait aux tailleurs ce qui était arrivé aux cordonniers avant eux. Quand on avait inauguré le nouveau magasin de chaussures dans la grand-rue, les cordonniers étaient allés tout saccager, et les gendarmes les avaient mis en prison. Mais à quoi bon? Du moins les cordonniers avaient-ils agi en hommes ; mais les tailleurs – maître Boulos les connaissait tous – étaient bien plus lâches que les cordonniers. Le métier était difficile, et Farid n'était pas doué.

— On dit que c'est un beau pays, l'Australie..., ajouta maître Boulos.

Parmi ceux de la génération de Farid, beaucoup s'étaient établis à l'étranger. Certains, partis à la grâce de Dieu sans le moindre parent pour les accueillir là-bas, n'avaient pas eu la vie facile. Plus d'un avait passé ses premières nuits dehors, sur un banc d'église ou dans un jardin public. Quant à Farid, son voyage était garanti de A jusqu'à Z. Le programme était déjà prêt. Il quitterait le Liban au début de l'été ou en octobre, à sa guise. Il prendrait le bateau au port de Beyrouth. Le voyage était long, mais distrayant. Le mari de sa tante, la sœur de sa mère, lui enverrait de quoi payer le voyage, cette somme qu'ils s'obstinaient à appeler le *nawloun*, comme au temps des Ottomans. Là-bas, il rembourserait l'argent à son aise, une fois qu'il travaillerait et qu'il aurait touché ses premiers salaires. En Australie, on était payé à la semaine.

Le travail l'attendait à la fabrique. On manquait d'ouvriers, à Sydney.

Dans la couture, pourquoi pas ? Mais ils lui avaient dit que là-bas c'était surtout un métier de femmes. Ou bien dans la fabrication de chaussures, s'il préférait. Et, dès qu'il aurait réuni une certaine somme, il pourrait ouvrir un pressing ou une épicerie.

Ils lui avaient envoyé une photo de famille, une photo de leur maison, avec une balustrade de bois peinte en blanc, et une troisième photo, qui représentait un kangourou portant son petit sur son ventre. "Nous habitons sur la plage", lui avaient-ils écrit, "à Sydney, dans le quartier de Coogee. Parfois, les vagues montent jusqu'au pied des marches du perron. Parfois, l'été, quand on s'installe sous les parasols, les vagues viennent nous mouiller les pieds."

Ils lui avaient demandé de leur apporter une petite pierre de leur maison, en souvenir.

La dernière lettre qu'il avait reçue d'eux contenait une photo de sa cousine. Un visage large, une fille ronde et souriante qui ressemblait à sa mère à lui.

"Elle t'attend", lui avaient-ils écrit au dos de la photo.

Il l'imagina, occupée à l'attendre dans un rocking-chair, les vagues lui léchant les pieds. Sans même attendre sa réponse, ils lui avaient envoyé l'argent d'Australie, croyant ainsi l'aider à franchir le pas. Jusqu'à satiété, sa tante de là-bas avait montré à tout le monde la photo de Farid avec son chapeau américain légèrement incliné sur l'oreille, chantant partout ses louanges, exagérant sa belle allure.

— Prendre le bateau, ça ne me dit rien. Qui laisserait son âme à la merci de l'eau? dit Farid, quand il eut piqué toutes ses épingles dans le tissu qu'il venait de couper.

Il mentait, et maître Boulos le savait.

Les heures étaient longues, et, dans la couture, le travail avance lentement. Il faut bien se distraire un peu en discutant. Cette fois, on parla filles et mariage.

— Soit tu pars, soit tu te cherches une fille bien.

Une fille bien? Non, ce n'était pas son fort. Si l'amour est un langage, Farid était un piètre orateur.

Khawkh ad-dibb: une vraie prune-aux-ours, ce Farid Badwi as-Semaani. Comme disaient ceux qui, dans le bistrot de la place, n'épargnaient personne de leurs flèches. Ces hommes aux langues bien pendues n'hésitaient pas à parler de Farid, mais ils évitaient soigneusement de s'en faire un ennemi.

C'est qu'elle avait une allure appétissante, la prune-aux-ours, avec sa teinte vert clair et son beau reflet rose.

Mais attention à ne pas mordre dedans, car son goût est amer…

Ils lui faisaient parfois entendre ce surnom – tiens, voilà Prune-aux-Ours qui arrive! –, dès qu'ils le voyaient surgir de l'une des petites rues étroites et se diriger vers le café. "Salut, Prune-aux-Ours!" lui lançaient-ils, quand il s'asseyait avec eux en souriant, sans rancune, pour suivre en silence leur partie de cartes. Tous, ils jouaient, ils perdaient, ils se fâchaient, ils gagnaient; lui, c'était l'éternel spectateur. L'un d'eux disait que Farid ne connaissait même pas les règles. Malgré tout, il restait là à suivre la partie.

Il disait que, s'il ne jouait pas, c'était parce qu'il lui fallait vite rentrer à la boutique. Maître Boulos lui reprochait de laisser en plan son travail pour aller au café, tout ça parce qu'en regardant ses souliers il avait jugé que leur éclat laissait trop à désirer. Il sifflait le cireur de bottes, qui le rejoignait à l'intérieur du café, se penchait avec lui pour examiner la chaussure, lui demandait de ne pas ménager le cirage, de bien passer la brosse sur le talon.

La couture était pour lui un art difficile. La concentration qu'elle demandait l'épuisait. Il marquait le tissu avec la craie de tailleur, il surjetait le revers de ses pantalons ; pour ses boutonnières, il trouvait des ruses, choisissant les fils les plus fins. Ses doigts épais lui obéissaient mal. S'il était forcé d'enfiler une aiguille, il passait un bon moment à essayer sans succès ou demandait à quelqu'un d'autre de l'aider. Alors, manquant d'air, il s'en allait souvent au café, et maître Boulos laissait faire.

Le saut qu'on lui demandait d'accomplir en une seule génération n'était pas chose facile. D'abord, il y avait eu les mulets : les ferrer, les charger au maximum. S'ils s'effondraient sous un poids trop lourd, faire du feu sous leur queue pour les forcer à se relever, les fouetter jusqu'à ce que le sang leur coule des cuisses. Ou leur mordre l'oreille, comme faisait le frère de son père. Ensuite, la pierre *summaqi*, le porphyre rouge. Et maintenant, sans transition, le coton anglais.

Prune-aux-Ours faisait peu de cas de ce que disaient les gens.

Il tolérait la plaisanterie ; mais il ne baissait les yeux devant personne. Le regarder, c'était chercher à l'intimider. Malgré ses airs flegmatiques, il ne se laissait pas faire.

C'est au restaurant tenu par Oum Raymond qu'on le mit à l'épreuve. A la table voisine, buvant de l'arak et mangeant, il y avait Saïd Ibrahim et Antonios al-Khouri. Le regard de Farid croisa celui de Saïd. Un gars redoutable, ce Saïd Ibrahim. On y réfléchissait à deux fois avant d'avoir affaire à lui. Ils se regardèrent, sans ciller. L'affrontement dura longtemps. Farid ne baissait pas les yeux : impossible ! L'un après l'autre, les clients se retirèrent. Personne n'a envie de mourir par erreur.

Le président de la République briguait un nouveau mandat. C'est en tout cas ce qui se disait, même si, pour sa part, il tardait à confirmer que tel était bien son désir.

Or, l'apprenti tailleur Farid as-Semaani était l'un des partisans de ce renouvellement.

Sa famille aussi, ainsi que le chef de famille.

Il entendait le marchand de journaux crier les gros titres à travers les ruelles, et cela lui suffisait.

Il n'achetait pas le journal, car il avait trop de mal à lire.

Aux élections régionales, les adversaires du président avaient été éliminés tour à tour. Des fraudes, des pressions, des pots-de-vin, à ce qu'on disait.

Il ne restait plus que leur gouvernorat, celui du Nord, où les élections devaient avoir lieu deux semaines plus tard.

Farid rendrait l'argent à sa tante. Il le confierait au premier villageois en partance pour Sydney. Non, il ne demandait l'aumône à personne. Il se contentait de ce qu'il avait. Il allait rendre cet argent, parce qu'il resterait ici. Farid Badwi as-Semaani, 24 ans. Nom de la mère: Soussân Wardeh. Taille: 182 cm. Signes distinctifs: une verrue sur la joue gauche. Il resterait, pour aller s'attabler, le soir venu, dans le petit restaurant que tenait une femme encore belle qui avait atteint la cinquantaine. Avec un ami ou un cousin, il s'installait devant deux brochettes de viande de chèvre et un plat de *hoummos*, et ils trinquaient, pour saluer la première lampée de leur arak allongé d'eau. Ils buvaient avec violence; comme si, dans chacune de ces gorgées d'arak distillé trois fois, ils buvaient la plus amère des douleurs. Farid ne mangeait rien; pas plus d'ailleurs qu'il ne parlait. Si, devant l'insistance de son compagnon, il finissait par ingurgiter quelque chose, c'était presque rien, à peine une ou deux bouchées. Au lieu de dîner, il fumait cigarette sur cigarette. Des Lucky Strike. Au troisième verre d'arak, sa face rouge rayonnait, tandis qu'il semblait s'enfoncer toujours plus profondément en lui-même. Sans rien dire, il écoutait son compagnon. Peut-être tendait-il l'oreille pour entendre une voix enfouie en lui-même et qui lui disait de mystérieuses paroles. Assailli par un sentiment étrange, il levait à nouveau son verre, le regard perdu au loin.

La nuit venue, il lui fallait retrouver cette femme.

La nuit, c'est une maquerelle à qui nul ne peut résister.

Cette femme, c'est en vain qu'il avait tenté de s'en défaire, car en elle résidait tout le plaisir de son existence.

La nuit, s'attabler pour le dîner, les Lucky Strike, l'arak.

Et elle.

Certes, c'est pour sa famille qu'il allait rester, pour l'enthousiasme de la lutte, pour le Colt 9; mais, plus sûrement encore, il resterait pour elle. Pour fredonner à voix basse, vers les 11 heures du soir, un petit air de *'atâba**, puis prendre congé et s'en aller à pied. Pour ses amis, son histoire n'était plus un secret. Avec un sourire, ils lui souhaitaient bonne chance. Ils savaient.

Il descendait, dans l'obscurité la plus totale. C'était bien la seule chose dont il eût peur: ce coup de feu qui, jaillissant dans le noir, aurait pu le frapper soudain. Il descendait vers le fleuve, passait le pont de pierre, prenait le chemin de terre qui longeait le monastère, bordé de figuiers de Barbarie, pour arriver à la petite maison aux fenêtres bleues où elle vivait. Chaque nuit, à son intention, elle laissait ouverte la porte de derrière. Une odeur de bouse de vache montait de l'étable voisine. Elle l'attendait, toute nue sous une chemise de nuit rose, transparente. En arrivant, il aimait la voir nue sous sa chemise. Elle, ça ne lui plaisait pas. Mais il avait insisté, et elle ne lui refusait rien.

Quand elle entendait la porte grincer, elle savait qu'il était là et se hâtait de retirer culotte et soutien-gorge avant qu'il ne soit auprès d'elle. Elle lui demandait juste de se taire, pour ne pas réveiller les enfants, qui dormaient dans la chambre contiguë. Il enlevait son revolver et les deux chargeurs, les posait sur la chaise près du lit. Il l'attrapait par les épaules, elle frémissait de plaisir et fermait les yeux. Elle n'osait pas lui demander de l'épouser; elle avait peur qu'il ne vienne plus la voir. Il lui lançait un regard intense au fond duquel se dissimulait un désir incontrôlable. L'arak distillé trois fois lui engourdissait l'esprit. Il la jetait sur le lit sans sc déshabiller. Un homme n'enlève pas ses vêtements. Les premières fois, elle s'était laissé faire. Comme avant, du temps de son mari. Mais une voisine qui connaissait son secret lui avait appris l'art de se refuser.

— Les hommes aiment qu'on leur résiste. Essaie, au moins! lui dit-elle. Serre les cuisses, fais mine de vouloir lui échapper, et tu verras…

Il écume, il rugit, il la mord; ses doigts laissent des marques rouges dans son dos. “Elle lui a jeté un sort, elle l'a ensorcelé”, affirme une autre femme. Des amis à lui disent que c'est la femme de sa vie. Il la frappe encore et encore. Il la soulève bien haut, il la jette sur le lit, il se laisse tomber sur elle, jusqu'à ce qu'enfin elle se soumette pour de bon et le supplie d'arrêter. Il passe la nuit chez elle, dans le petit village voisin, son revolver à portée de main. Il ouvre les yeux, il tend l'oreille, attentif au moindre craquement, au plus léger miaulement. Il aime la toucher, il ne s'en lasse jamais. Il ne ferme pas l'œil de la nuit.

Comment la vie pourrait-elle lui réserver un plaisir plus grand que celui qu'il éprouve en rentrant de chez la jeune veuve, quand commence tout juste à poindre la lueur de l'aube? Il marche lentement dans le chemin bordé de hauts peupliers, tandis que du fleuve monte un brouillard transparent dont les volutes blanches rappellent le voile brodé qui recouvre la tête des anges, à l'église, sur l'image de la Vierge Marie. Il marche en sifflotant. A son passage, les oiseaux ne s'envolent ni n'interrompent leurs cris, comme s'ils s'étaient habitués à le voir passer le long des figuiers de Barbarie, au petit matin, prenant tout son temps, la tête en l'air, pour traverser le fleuve au pont de pierre, légèrement euphorique, poussé vers une nouvelle journée.

IV

Chaque jour, il quittait la maison aux environs de 10 heures.

— Elya se lève bien tard ! Mais comment ça se fait?

Ainsi questionnaient-ils Kemleh, comme si son fils ne devait avoir aucun droit à la paresse.

En marchant, il tournait la tête à droite et à gauche, comme s'il voyait le quartier de la Bande pour la première fois. Quand il passait dans la rue, les petits jeunes du quartier se parlaient à l'oreille.

C'était bien lui : ils le reconnaissaient grâce à son blog, Eliano.org, où ils pouvaient lire, voisinant avec une citation d'un philosophe allemand dont ils auraient été bien en peine de prononcer le nom, une recette de soupe à l'oignon, avec la mention du vin rouge qui l'accompagnerait le mieux. La jeune Américaine blonde qu'ils avaient aperçue à ses côtés en tenue de plage n'avait pas fait le voyage avec lui. Elle ressemblait, disaient-ils, à Gwyneth Paltrow, et ils mouraient tous d'envie de la voir.

Il marchait seul, l'air hagard, déambulant sans but apparent.

Dès le premier jour, ils étaient allés le dénoncer à Kemleh.

— Mais où as-tu été pendant tout ce temps? lui demanda-t-elle à midi, quand il fut de retour.

— Je me suis promené dans les rues.

Elle ne parvint pas à le croire.

— Tu es venu de là-bas, de l'autre bout du monde, pour te promener dans les rues?

Il sourit.

— Qu'est-ce que tu portes sur ton épaule?

— Ça se fait, là-bas. Les hommes portent des sacoches.

— Qu'est-ce que tu dessines, qu'est-ce que tu écris dans ce cahier?

Il rit.

— Pourquoi prends-tu en photo les vieilles maisons et les petits enfants?

— Les nouvelles arrivent jusqu'à toi, alors que tu ne bouges jamais d'ici?

Elle s'emporta soudain.

— Tu me mens! Pourquoi es-tu revenu d'Amérique?

Il répondit sur le ton de la plaisanterie:

— Je suis revenu pour vous voir, madame Kemleh!

— Si c'est pour me voir que tu es revenu, alors reste assis là, avec moi, à la maison. On dirait que cette maison n'est pas la tienne. Et pourtant, c'est votre bien, elle est à vous! Elle appartient à la famille Kfouri.

Jamais il ne lui arracherait le moindre sourire de contentement.

Levée à 5 heures, elle se postait sur le balcon, où elle allait et venait comme une sentinelle en faction. Au lieu de palper les fleurs, de tâter le terreau comme chaque matin, dans un chuchotement, elle intimait aux enfants l'ordre de déguerpir de dessous sa fenêtre et d'aller crier plus loin. Sans succès, elle levait la main en signe de protestation chaque fois qu'elle entendait un conducteur prudent klaxonner là-bas, à l'entrée du virage – lequel causait inévitablement au moins un accident par semaine. Si une voisine demandait des nouvelles de "lui", elle penchait la tête de côté, posant la joue sur sa main et fermant les yeux, pour signifier qu'il dormait encore, et l'invitait d'un geste à baisser le ton.

Lentement, elle lui préparait son petit-déjeuner: café, oranges pressées, poires au sirop. Elle n'avait pas oublié combien il les aimait, du temps où il vivait avec elle.

— Tu tenais la poire dans ta main, tu l'élevais en l'air entre deux doigts et tu la faisais descendre toute entière dans ta bouche!

Quant à lui, il n'avait pas le moindre souvenir d'avoir un jour aimé les poires au sirop.

Il s'éveillait, enfilait vite ses vêtements, avalait un morceau pour ne pas la fâcher et se hâtait de sortir.

Le lendemain matin, elle lui préparerait un petit-déjeuner exactement semblable. A chaque fois, au moment où il allait passer la porte, elle l'appelait:

— Elya! Elya!

Alors il rebroussait chemin.

— Et au moins, ne les laisse pas se moquer de toi!

— N'aie pas peur.

Les craintes de Kemleh étaient fondées. Il y avait quelque chose dans sa démarche, dans sa manière de regarder de tous côtés, qui attirait l'attention des gens. Les premiers jours, le marchand de fruits et légumes ne le quittait pas des yeux, tout en remettant un peu d'ordre dans son étal, qui s'étendait jusqu'au milieu du trottoir; comme le faisait d'ailleurs le gros boucher, qui, assis devant sa boutique comme tous les vendredis, aiguisait tranquillement ses couteaux en vue de l'abattage du lendemain. Aucun de ses pas n'échappait au regard des agents de police en fonction devant la préfecture qui, pour tromper l'ennui, se racontaient force blagues, agrémentées de certains mots qu'ils s'efforçaient d'épargner aux oreilles féminines. Sur la place, les chauffeurs de taxi qui attendaient les rares clients le guettaient eux aussi, protégeant leur tête de l'ardeur du soleil écrasant sous des casquettes de sport qui juraient risiblement avec leur âge, avec leurs corps avachis.

Son aspect avait gardé quelque chose de familier, malgré les améliorations tout américaines apportées à sa tenue; mais son comportement restait étrange. Quelque temps après son arrivée, il faut croire qu'il changea d'allure. Avait-il pris l'habitude de presser le pas même quand il n'allait nulle part? Ou eux, de leur côté, s'étaient-ils accoutumés à sa présence, au point de ne plus lui prêter la moindre attention? Un Sémite parmi les Sémites, avec son nez fort et ses cheveux noirs. Comme dans la ville d'où il venait, il évitait autant que possible de descendre du trottoir. La municipalité repavait alors les vieilles rues avec des pierres de basalte noir, grâce à un prêt à taux zéro de la Banque mondiale. Il s'enfonçait plus profondément dans les ruelles; elles se faisaient toujours plus étroites, plus tortueuses, et les regards plus scrutateurs encore. Mais il n'y prenait pas garde.

Lentement, il longe les façades des maisons, juste avant l'heure de midi. S'arrêtant soudain, il jette un coup d'œil à l'intérieur par les fenêtres ouvertes; une femme assise devant la porte de sa maison, comme si elle montait la garde, le dévisage. Elle lui demande s'il cherche quelqu'un. Il sourit. Il se souvient.

C'est par là qu'il passait en rentrant de l'école : de chacune de ces portes basses émanait un parfum différent. A chaque fois, les enfants tentaient de deviner quel pouvait être le menu de midi. Il leur arrivait de ne pas pouvoir tomber d'accord sur tel ou tel plat ; mais ils levaient le nez d'un air dédaigneux dès qu'ils sentaient l'odeur triviale de la *fassoulia** et du riz ; le vendredi, ils étaient pris d'une envie de plus en plus terrible de se jeter sur le poisson frit, que leurs mères leur interdisaient de manger brûlant. Il sourit, cherchant, trente ans plus tard, à faire la même chose. S'immobilisant devant une porte ouverte à deux battants, il pointe le nez vers la pièce propre et bien tenue, et hume de toutes ses forces. Rien. Sans doute les parfums étaient-ils plus intenses au temps de son enfance.

A son retour, il trouve le déjeuner prêt. Celui de sa mère, Kemleh, qui a passé toute la matinée à le préparer ; c'est-à-dire à le mitonner à feu doux, avec du yaourt et du riz. Car, pour Kemleh, se nourrir, c'est avaler un plat chaud qui se mange à la cuillère, tout le reste n'étant que de petites choses à grignoter qui ne sauraient ni réconforter le cœur ni sustenter le corps.

Elya se mettait en colère. Il la réprimandait d'un ton sévère.

— Toi, tu fais la cuisine, pas question d'en faire plus ! Et encore, si j'ai accepté, c'est parce que tu es têtue… Mais tu dois attendre que je sois rentré et que je mette la table. Ça suffit ! Arrête de te fatiguer comme ça !

Car Kemleh tenait aussi à mettre le couvert, ce qu'Elya ne pouvait supporter.

Il jeta un œil à la table.

Contrairement à ce que croyait Kemleh, le bouquet de fleurs artificielles dont les couleurs avaient pâli au fil des ans n'occupait pas le centre de la table. Sans doute avait-elle tâtonné un bon moment pour repérer l'emplacement exact. Sans succès. Entre les assiettes, les couteaux et les cuillères, les distances étaient irrégulières ; la nappe était tachée par endroits, du fait de ses efforts maladroits pour verser l'eau dans les verres. Il la menaça.

— Si demain, quand je rentre, je trouve la table mise… je ressors et je m'en vais manger au restaurant.

Quand il veut blesser sa mère, un fils sait où frapper.

Le jour suivant, Elya tenta donc de mettre la table lui-même. Entendant depuis la cuisine le tintement des verres, le cliquetis des couverts, Kemleh cria :

— Qu'est-ce que tu fais?

Sans répondre, il demanda :

— Comment arrives-tu à faire la cuisine?

— Je prépare tout de mémoire. Mes plats n'ont jamais changé depuis que j'ai appris à cuisiner, et même depuis que ma vue a baissé... Et maintenant, tu vas me goûter ces pissenlits aux oignons frits, ils sont bien dorés. Je suis sûre que tu n'en as pas mangé depuis vingt ans. Ils ont toujours le même goût.

Le seul moyen que Kemleh ait trouvé pour manifester cet amour maternel, que lui avaient volé ces longues années de séparation, c'était de traiter Elya comme s'il était encore mineur. Comme si son fils était encore celui pour lequel, à chaque fois, elle recommandait au chauffeur de taxi de ne pas rouler trop vite ; celui qu'elle mettait en garde à chaque fois qu'il se dépêchait de boire sa *labniyyeh** : c'est trop chaud, tu vas te brûler...

Elle s'asseyait à table avec lui, mais ne mangeait pas.

— J'ai déjà mangé, répondait-elle, quand Elya l'invitait à l'accompagner.

— Quand ça?

— Quand le plat était sur le feu, j'en ai pris un peu pour goûter...

— Moi, quand je suis parti pour l'Amérique, je croyais encore que tu ne mangeais jamais...

Elle se croisa les bras pour mieux écouter. Elle avait des questions précises à poser :

— Ta maison est grande, là-bas?

Il sourit.

— Combien de pièces?

— Une seule.

— Une seule pièce?

— Une grande pièce.

— Qui est-ce qui te lave tes vêtements?

— La laverie du quartier.

— ...

— La machine...

— Et tu manges bien?

— Ne t'inquiète pas pour moi.

— Qui est-ce qui te fait la cuisine?

Il rit et dit:

— *Le Relais d'Arcachon*...

Elle ne comprit rien, mais ne chercha pas à en savoir davantage.

Ce fut à peu près tout. Le reste, c'étaient des détails. Elle ne lui posa pas la moindre question sur le mariage.

C'était maintenant à son tour d'interroger Kemleh. Après quelques hésitations, il avait bien mûri son plan. Comme si l'idée venait de lui traverser l'esprit, il demanda:

— Mère, il ne nous reste rien de mon père?

— De ton père?

— Une photo? Des objets?...

Il n'était pas parvenu à la surprendre. Cette question, elle s'y attendait, depuis l'heure de son retour sans doute. Sans un mot, elle se leva et se dirigea vers sa chambre. Ses pas n'avaient rien d'hésitant, elle connaissait le chemin; même si peut-être elle avait craint, depuis qu'Elya séjournait à la maison, qu'il ne déplace un meuble ou ne mette une chaise en travers du passage étroit. Elle n'avait peur que d'une chose, c'était de faire une chute et de se rompre les os. Car alors, elle aurait eu besoin des autres, d'une fille pour la servir, et elle ne voulait avoir personne avec elle.

Elle revint, les mains chargées d'une boîte en bois de forme ronde, et s'arrêta:

— Voilà, prends ça. C'est tout ce qu'il y avait dans les poches de ton père quand nous l'avons trouvé à l'hôpital, ma mère, Mountaha, Hamid as-Semaani et moi. Prends-la, elle est à toi. Emporte-la en Amérique si tu veux.

— Et le reste?

Ses habits, elle les avait donnés aux pauvres: tout le monde le faisait, ici, avec les vêtements des morts. Il possédait aussi des cartes à jouer et des jetons de casino. Elle les avait fait parvenir à Fouad et Boutros ar-Rami, ses partenaires de poker.

Elya s'étonna de n'avoir jamais trouvé cette boîte par ses propres moyens. Quand il l'ouvrit, une fois dans sa chambre, il n'y trouva pas grand-chose. De la monnaie, un chapelet qui, paraît-il, était en ambre véritable, et enfin des papiers, parmi lesquels une petite carte sur laquelle était imprimé le nom d'un photographe ambulant: Nichan Davidian.

Quand il chercha à le retrouver, on lui dit qu'il avait "fui vers la ville" depuis longtemps.

Au café, il était rare qu'ils lui posent des questions. Il s'attablait avec eux. Des figures renfrognées. Ils semblaient être nés ainsi. Des oisifs, dont certains portaient des vêtements luxueux et nouaient autour de leur cou des cravates venues de Paris. Téléphone portable posé devant eux sur la table, ils buvaient le café et fumaient sans discontinuer. Ils s'informèrent seulement de la santé de sa mère et de cette longue période d'exil. De temps à autre, il entrevoyait un revolver sur la hanche de tel ou tel, au moment où l'homme bougeait pour mieux se carrer dans sa chaise, ou sortait l'argent de sa poche pour payer le cireur de bottes qui passait d'un client à l'autre.

Ils parleraient de lui dès qu'il aurait franchi la porte vitrée, après avoir désespérément tenté de régler l'addition. Car d'emblée, ils avaient fait au serveur un clin d'œil entendu, pour s'assurer qu'on ne le laisserait rien payer. Ils parlaient peu, mais leurs jugements étaient sans appel. Ils vivaient ici, dans des maisons héritées de leurs ancêtres. Ils ne descendaient en ville que rarement; ils n'avaient rien à y faire, disaient-ils. Et s'ils prenaient la décision du départ, c'était du jour au lendemain, et le plus loin possible. Ils partaient pour une ville au bord de l'Orénoque. Ayant ouvert une boutique de prêt-à-porter, ils fréquentaient les femmes du lieu en dehors des liens du mariage. Soit demeurer dans le quartier de la Vigne-aux-Figuiers, sans jamais quitter frères et cousins, soit vivre à Saint-Félix, près de l'équateur.

Si Elya allait rejoindre ces hommes-là au café, c'est parce qu'on lui avait dit que l'un d'eux, celui qui ressemblait à Luca Brasi dans *Le Parrain* – le plus renfrogné et le plus brun de tous – se trouvait avec son père lors de son assassinat.

Un jour où le petit groupe s'était dispersé, il réussit à le voir en tête à tête. Avec lui, il commença par le commencement:

— On m'a dit que tu savais ce qui s'était passé… Pourquoi ont-ils tué mon père?

— Ils l'ont tué parce qu'il était là, debout, dans ce coin-là. C'était son destin.

— Debout?

— Oui. Il était debout à côté de moi, sur la place.

— Ce qui voudrait dire qu'ils l'ont tué par erreur?

— Non, pas par erreur.

— Ils voulaient vraiment le tuer?

— Est-ce que c'est ce qu'ils voulaient ça, je ne sais pas. Ce que je sais, c'est qu'ils l'ont vu, qu'ils l'ont reconnu et qu'ils lui ont tiré dessus. Ils l'ont touché dans le dos. Deux balles. On m'a dit qu'il n'était pas mort sur le coup.

— Et lui, est-ce qu'il tirait?

— Non. Mais il était dans la ligne de mire.

— Comment ça? Je ne comprends pas.

— Il était au milieu de la bagarre, mais sans chercher à y être. Il n'était pas de ces hommes de guerre, ton père. C'était un brave gars. Il plaisantait avec tout le monde, il prenait toujours bien la plaisanterie. Quand on comptait combien d'hommes on avait pour les combats, lui, on ne le comptait pas. Et d'ailleurs, lui non plus, il ne voulait pas être du nombre.

— Est-ce qu'il y a des innocents qui sont tombés?

— Oui, beaucoup.

— Et qu'est-ce qui te fait dire qu'ils étaient innocents?

— C'étaient des étrangers, ils n'y étaient pour rien. Leur seul péché, c'était d'être allés à la messe…

— Est-ce que mon père portait une arme?

— Oui, pour se défendre. Nous étions tous armés. Il avait acheté son revolver quelques jours plus tôt.

— Avait-il déjà tiré sur quelqu'un?

— Non. Ton père, c'était un homme bien…

La discussion s'interrompit, puis l'homme reprit:

— Pourquoi es-tu revenu?

— Pour voir ma mère, après vingt ans d'absence.

— Dieu te bénisse… Un conseil: n'écoute pas n'importe qui.

— Je croyais qu'en arrivant d'Amérique je verrais les fleurs blanches sur les amandiers. Dans mon souvenir, c'était en cette saison.

— C'est que le printemps a été précoce cette année. Les fleurs sont tombées avant ton arrivée. Mes salutations à Kemleh.

Elya reprit son cheminement à travers les rues du village. Il tentait de se rappeler les frontières, de les redessiner. Dans son cahier, il écrivit: “Les lieux sont restés les mêmes, les gens aussi; les yeux des femmes, le silence des hommes. Au temps de notre enfance, c'est à l'abri des frontières de notre quartier que nous pouvions jouer, aller et venir; et à présent, me voilà en train de m'y promener, en descendant vers le fleuve. Aucune maison n'a changé, les grands faisaient leurs courses dans les boutiques du quartier et priaient dans l'église du quartier. Ils allaient moudre leur blé au moulin du quartier... Le quartier de nos adversaires, nous en entendions parler, mais sans jamais le voir. Quand je suis parti pour New York, je n'avais jamais traversé leur quartier à pied. En voiture, nous y étions passés deux fois en tout et pour tout. Et j'avais eu peur, même lors de ces rapides traversées: peur qu'ils nous barrent la route, nous fassent sortir de voiture pour nous aligner contre un mur et nous descendre. C'est bien à ça que je pensais. Et pourtant, je les voyais circuler dans les rues, converser entre eux, indifférents aux voitures qui passaient et aux passagers qu'elles transportaient. Leur quartier. Nos pas ne risquaient pas de nous y mener. Dans nos sorties, nous savions qu'une fois parvenus ici, à la croisée des chemins, nous aurions franchi les limites de la zone de sécurité. Alors nous revenions sur nos pas, sans que le sujet soit jamais abordé entre nous, sans qu'aucun de nous ait besoin de mettre les autres en garde. A présent, je visiterai leur quartier; mais j'ai perdu le tracé des frontières... Peut-être suis-je déjà en train d'y marcher en ce moment même, sans le savoir."

En haut de la page, Elya trace une rose des vents; il dessine les rues principales et quelques-unes des rues adjacentes, indique par des repères les maisons des chefs de famille et par des croix l'emplacement des églises. Chaque quartier possède son église. Chaque quartier a son prêtre, son boucher, son cordonnier. Lorsque ceux du quartier bas ne purent vraiment plus transférer les dépouilles de leurs morts jusqu'au cimetière public, il leur fallut trouver une solution; ils élirent pour cela un petit verger plus facile d'accès. Après s'être un peu éloigné, il retourne à la plantation d'amandiers. Son père est enterré là. Il avait bien songé à lui faire faire une tombe particulière, mais il savait que sa mère s'y opposerait. Il fallait qu'ils restent tous ensemble. Ensemble ils étaient morts, ensemble ils seraient enterrés. C'est ce que disait Kemleh. Ce que tout le monde disait.

Il photographie les maisons des chefs, les églises. Il arrête un passant pour lui demander à quel endroit se trouvait la ligne de front.

— Quel front?

— Celui de 1958.

Les yeux de l'homme sortent de leurs orbites, tant il est surpris de se voir ainsi ramené des décennies en arrière; avant de se résoudre à répondre, il l'interroge:

— Qui es-tu? Un journaliste?

— Elya al-Kfouri.

L'homme hésite.

— D'où est-ce que je te connais?

— Tu ne me connais pas.

— Et tu es le fils de qui?

L'homme ne dirait rien, avant de savoir dans quelles oreilles ses mots tomberaient.

— Le fils de Youssef Farid Mikhayl al-Kfouri.

Une réponse complète, qui couvre quatre générations. L'homme le reconnaît; il lui fait confiance, ses traits se détendent.

— Tu es le fils de Kemleh!

— C'est bien ça.

L'homme l'embrasse, il l'a connu enfant; oubliant la question, il s'enquiert de sa santé, de sa situation. Elya fait une nouvelle tentative. L'homme tend la main vers sa droite, puis vers sa gauche.

— Les postes de tir étaient là-bas, sur le toit du pressoir à olives.

— Où se termine le quartier bas?

L'homme se trouble. Il le sait bien, mais comment le montrer? D'un geste de la main, il trace une ligne droite à travers les maisons. Il a du mal à parler, il n'a rien à dire. Il sait ce qui s'est passé, il l'a vécu, il en a entendu parler. Mais ne semblant pas trouver le moindre intérêt à raconter, à entrer dans les détails, il finit par changer de sujet.

Elya continue sa tournée, talonné par quelques enfants à cause de son appareil photo et de cette sacoche qu'il porte à l'épaule. Il débouche sur la place de l'église. Son parcours ne pouvait se terminer qu'ici, au cœur de ces ruelles humides. C'est par la porte arrière qu'il pénètre dans l'église Notre-Dame – par la porte des femmes, comme quand il était petit. Agenouillée au milieu de la nef, levant les bras au ciel, une vieille le dévisage. Il plonge les doigts dans le bénitier, il regarde les angelots entourant la Vierge, fait un signe de croix d'une ampleur exagérée, et vient s'agenouiller sur l'un des bancs des premières rangées, penchant la tête dans sa méditation.

Il note dans son cahier: "Mon village est plein d'images de saints et de statues peintes de couleurs vives, plein de petits sanctuaires au bord des routes. Ces images ont des couleurs gaies, elles fourmillent de détails. On y voit toutes sortes d'animaux: le terrible dragon de saint Georges crache des flammes rouges, les animaux de la ferme qui entourent saint Antoine regardent ceux qui prient. Mais le visage des saints est toujours empreint de tristesse."

Il retourne au café, où ils le noient sous un flot de lieux communs.

— Nous étions comme ça, dit l'un: un seul cœur et un seul Dieu.

L'homme qui ressemble à Luca Brasi dans *Le Parrain* l'aborde sans préambule, reprenant pour ainsi dire leur conversation au point précis où ils l'avaient laissée la veille:

— Ton père et moi, nous sommes arrivés ensemble, dans la même voiture, un taxi. Le chauffeur est reparti et nous a laissés là-haut. Nous avions prévu de nous débrouiller ensuite pour rentrer avec des amis. Nous ne sommes pas allés jusqu'à l'église, nous sommes restés devant la porte d'une boutique, sur la place. Nous ne comptions pas entrer, vu que ton père ne supportait pas les messes d'enterrement. Alors, pendant toute la cérémonie, on restait devant l'église, et puis, à la fin, on venait faire nos condoléances. Là, il faisait chaud. Chacun de nous avait en main une bouteille de Coca-Cola, quand soudain on a entendu les premiers coups de feu. Au moment où les balles ont commencé à pleuvoir, je l'ai perdu de vue. Je n'ai jamais su comment il avait disparu…

Il lançait des mots devant lui comme on jette son hameçon. Bien évidemment, il en savait davantage. Le reste, il le lui raconterait; mais pas au café, pas devant tout le monde.

Elya passait donc des heures hors de la maison, pour découvrir à son retour que Kemleh avait profité de son absence pour tout remettre en place. Comme si, pendant qu'il était là, elle avait enregistré le moindre de ses mouvements, repéré chacun des objets qu'il avait pu déranger. Dès qu'il s'apprêtait, sa sacoche sur l'épaule, à descendre les quelques marches qui séparaient la maison de la rue, elle s'empressait de refermer les fenêtres qu'il avait ouvertes sur l'extérieur, de rouvrir les portes qu'il avait fermées à l'intérieur de la maison. Puis elle remettait chaque chose à son emplacement originel, jusqu'à cette tasse qu'il avait emportée en bas et laissé traîner sur la table, une tasse à thé chinoise où l'on voyait Roméo et Juliette. Le rideau, elle le tirait à demi. Très vite, Elya avait choisi un siège où il s'asseyait tous les jours ; là, par la fenêtre, s'offrait à ses yeux un paysage de montagnes surmontées de hauts nuages planant à l'horizon, que venait gâcher, sur la gauche, la silhouette d'un immeuble lugubre ; c'est pourquoi, chaque fois qu'il venait s'asseoir là, il tirait le rideau juste assez pour ne plus avoir sous les yeux que le spectacle de la nature. Et chaque fois, à son retour, retrouvant sa place devant la fenêtre, il voyait immanquablement apparaître l'horrible immeuble dont les teintes sinistres juraient avec le beau paysage. Il s'apercevait alors qu'elle avait remis le rideau à son emplacement exact. De même pour cette photo de lui, prise un dimanche des Rameaux, où on le voyait, les yeux pleins de larmes, costumé en patriarche maronite, juché sur les épaules de quelqu'un. Il l'avait descendue pour pouvoir la contempler tout à loisir ; mais elle était allée la raccrocher au mur de sa chambre, ce qui avait dû lui demander beaucoup de temps, sans compter la fatigue de rester debout, l'effort de son corps tout entier pour atteindre le clou et y suspendre enfin la photo. Elle connaissait sa maison par cœur ; elle ne retrouvait la paix qu'une fois certaine que tout était rangé bien comme il fallait, comme au cours de toutes ces années d'une vie solitaire, sans la moindre négligence. Et si le soir, en rentrant, il omettait de verrouiller la porte d'entrée, elle ne pouvait fermer l'œil ; après avoir attendu qu'il ait regagné sa chambre à coucher, elle marchait à pas feutrés jusqu'à la porte, tournait la clé à double tour et essayait même de la tourner une troisième fois dans la serrure, jusqu'à ce que le fer heurte le fer. Alors seulement, elle pouvait s'endormir en paix.

A peine arrivé, il avait déjà commencé à ouvrir les tiroirs en catimini, ces tiroirs qui grinçaient tant ils servaient rarement. Dans l'armoire, il n'avait trouvé que les vêtements de sa mère et les siens, ceux du temps où il vivait avec elle, avant de partir. Aux murs, aucune photo de son père. Et pourtant, les murs étaient couverts de photos. Pas la moindre chaussure, pas la moindre cravate. En cherchant son père, il tombait sur ses propres traces. Sa mère n'avait rien jeté de tout ce qui lui avait appartenu. Deux blouses d'écolier, des livres, des jouets… et l'accordéon. Elle était fière de sa collection. Son premier berceau, dans lequel elle faisait maintenant pousser des fleurs; les carnets de notes de l'école, les diplômes, et cet oiseau en métal brillant juché sur une seule patte qu'il avait gagné au Concours de poésie de langue française.

Sortant du village pour retrouver les lieux où l'emmenaient autrefois les plus turbulents de ses amis, il écrivit dans son cahier: "J'emprunte un chemin de terre rouge qui serpente entre les éternels oliviers. Leurs branches tortueuses s'entrelacent, suggérant tantôt la ferveur, tantôt la révolte. Il y a quelques instants est passé devant moi un homme monté sur un âne; pour le faire avancer ou ralentir, il faisait entendre différents bruits avec sa bouche. Je n'ai pas eu le temps de sortir mon appareil photo. Il avait déjà disparu dans le tournant. Une vieille, enveloppée de pied en cap dans des haillons, semblait ramasser du bois mort pour faire du feu, à moins qu'elle ne soit de ces glaneurs miséreux qui viennent après la récolte pour ramasser les fruits oubliés sous les oliviers. Ici, on dit que, dans ces oliveraies, «même le fils du roi, passant à cheval, s'est un jour baissé pour ramasser une olive». Mais c'était autrefois. Aujourd'hui, au contraire, l'huile locale n'a presque plus aucune valeur tant la concurrence est rude; et, qui plus est, les médecins recommandent d'éviter de la consommer, à cause de la quantité d'acide qu'elle contient. Un troupeau de chèvres passe, interminable, sous la conduite d'un berger qui n'a pas 14 ans. Agitant un gros bâton, il monte vers les montagnes toutes proches. On entend tinter la clochette accrochée au cou du bouc. C'est la saison où les troupeaux gagnent les montagnes. Sentiments d'ancienneté et de vanité en même temps. Comme si, ici, les choses se superposaient dans le temps, mais pas dans l'espace. Car le lieu, lui, reste tel qu'il fut de toute éternité. Il ne porte nulle trace du passage des ans. Et dans l'arrière-pays, tout au fond de hautes montagnes sur lesquelles on voit des plaques de neige qui étincellent dans le soleil du printemps. Cette terre rappelle vraiment le Nouveau Testament. Comme si au prochain tournant, Pierre allait renier Jésus-Christ, son maître, à la porte du mont des Oliviers."

Le soir, il demanda à sa mère :

— Est-ce qu'Elias as-Semaani dit vrai?

Elle explosa :

— Tu l'écoutes, ce froussard? Il s'est enfui en laissant tomber ses compagnons et ses cousins paternels. Il avait tellement peur qu'il est redescendu à pied, dans les broussailles, et il a tout simplement disparu. Ils ont cru qu'il avait été tué. Ah! il aurait mieux valu qu'il soit mort! C'est un fardeau pour les gens de sa famille. Mais non. Il est réapparu deux jours plus tard, quelle honte! Il a raconté des histoires, des mensonges, sur lui et sur ceux qu'il avait laissés là-haut, dans la tourmente...

Elle s'emballe puis, se calmant soudain, revient au cœur du sujet :

— Voilà quarante-trois ans que ton père a été tué. Qu'est-ce que tu cherches encore?

Il sourit. Depuis son retour, il abreuvait sa mère de sourires.

V

La voix venait du dehors, de devant la porte d'entrée. Une voix rude.

Ma mère, c'était une étrangère. Elle nous avait appris beaucoup de choses – et même aujourd'hui, elle nous en apprend encore. Par exemple, à saluer les grandes personnes en leur serrant la main ; à ne pas les laisser nous étreindre par les épaules ou nous caresser le visage pour se faire bien voir. Et surtout, à ne tendre à personne notre joue à embrasser. Elle nous avait appris à éteindre la lumière en quittant une pièce, à refermer la porte de la maison derrière nous dès que nous étions entrés. Dans tout le quartier, elle était la seule à fermer sa porte.

“Si ça s'appelle une maison, ce n'est pas pour rien!”, disait-elle. Mon père était à l'intérieur, occupé à se raser. Il avait coutume de savourer chacun des gestes qu'il accomplissait, en prenant tout son temps ; s'il ne touchait pas à ses moustaches, il traquait jusqu'aux petits poils superflus à l'intérieur de son nez. Tout ce qu'il faisait, il le faisait bien.

Mon père n'entendit pas l'homme l'appeler.

C'était un dimanche. Vers la mi-juin. Dans le calendrier de ma mère, dans l'éducation qu'elle nous avait donnée, chaque jour de la semaine obéissait à des règles particulières. Habillés, propres, fin prêts, nous attendions mon père, occupés à fixer à l'avance la place que chacun occuperait sur la banquette arrière de la Chevrolet bleue.

Tous les dimanches, au printemps, les choses se passaient ainsi. Nous l'imaginions déjà au volant, une fois que tout le monde aurait pris place à bord, penchant la tête vers la gauche, sifflotant dans les virages difficiles. Dès que nous l'entendions siffler, ma sœur et moi, nous nous mettions à rire sous cape, à nous faire des clins d'œil. Le dimanche, nous allions visiter la grotte de Qadicha, toucher les longues aiguilles de glace qui pendaient du plafond, nous héler à grands cris pour guetter le retour de l'écho montant du fin fond de l'abîme; puis nous allions déjeuner au restaurant, et mon père commandait un verre d'arak pour accompagner le repas. Nous rentrions avec un cadre en bois de cèdre pour y mettre notre photo à tous les quatre, debout, alignés par ordre de taille de la plus grande au plus petit. D'abord, les deux filles. Après, nous, un garçon, puis un autre, car, disait mon père, deux garçons valent mieux qu'un.

L'homme cria une seconde fois, plus fort. Mais nous, nous l'avions bien entendu appeler, au lieu de sonner.

C'est étrange. Je me souviens que, la plupart du temps, nos visiteurs, quand ils trouvaient ainsi porte close, ne s'avisaient pas d'appuyer sur la sonnette. Peut-être en signe de désapprobation devant cette porte fermée.

Ma mère se regardait dans le miroir, donnant une dernière retouche à son rouge à lèvres, examinant de près, elle aussi, la peau de son visage, tout autour de ses beaux yeux. L'arrivée des rides la préoccupait. Elle se retourna vers nous en arrondissant la bouche et, d'un signe de l'index, nous interdit d'aller répondre et de faire le moindre bruit. Dans l'espoir que l'homme s'en irait. Elle craignait pour le programme de son dimanche, celui qu'elle nous avait promis; elle craignait les projets des hommes.

Mon père surgit enfin, muni de tout son matériel: rasoir à la main, serviette sur l'épaule, la moitié du visage couverte de mousse. Il ne portait que son maillot de corps blanc – sa chemise en coton, comme on disait chez nous.

— Qui est là?

— C'est nous.

Deux voix. Deux hommes.

Les ayant reconnus, il regarda ma mère.

Ceux de notre famille ne pardonnaient pas à ma mère sa qualité d'étrangère; ils ne lui pardonnaient ni son accent, ni sa cuisine, ni de tenir envers et contre tous à son rouge à lèvres et à ses habitudes d'élégance. Puisqu'elle était mariée, quel besoin avait-elle donc de se peinturlurer les lèvres? Ils ne lui pardonnaient pas non plus de tenir la maison fermée, comme si elle leur claquait personnellement la porte au nez.

Les deux hommes semblaient eux aussi endimanchés, dans la mesure de leurs capacités. Le plus gros, avec ses fines moustaches, ne nous était pas inconnu; il s'appelait Ayoub. Son costume gris avait déjà bien vécu, et quoiqu'on ne fût encore qu'aux premières heures de la matinée, on voyait de petites taches de sueur sur sa chemise blanche, qu'il portait ouverte sur sa poitrine. Quant à l'autre, il était grand, portait une cravate et un chapeau américain penché sur le côté, avait une cigarette aux lèvres et une verrue sur la joue gauche. Celui-là, c'était la première fois qu'on le voyait. Il regardait à l'intérieur de la maison d'un drôle d'air. Par la suite, nous apprîmes qu'il s'appelait Farid Badwi as-Semaani.

— Habille-toi, on monte aux obsèques.

C'est ce que dit alors le gros.

— Qu'est-ce qu'il y a?

— Des obsèques.

— Les obsèques de qui?

— ...

— ...

C'est alors que, pour la première fois, nous entendîmes le nom de Borj al-Hawa.

— Mère, c'est loin, ce village?

— Oui. Et la route est mauvaise.

Ma mère mit fin à sa séance de maquillage, à la fois par pudeur et par inquiétude. Elle écoutait attentivement ce que disaient les deux hommes.

— Plus loin qu'al-Mazraa?

— Oui, encore plus loin.

Al-Mazraa, "la ferme", c'était le village de ma mère. Nous l'apercevions par la fenêtre de la maison, sur le flanc de la montagne d'en face; la montagne de Feu, celle qui, disait-on, avait été un volcan autrefois. Le village de ma mère, c'était un amoncellement d'arbres et de maisons; il ressemblait assez à une petite oasis, que des gens, à force de patience, avaient construite de leurs mains au beau milieu de cette montagne pelée. Le jour où mon père nous acheta des jumelles, nous les pointâmes d'abord vers al-Mazraa, et là, par le plus grand des hasards, apparurent soudain à nos yeux le père et le frère de ma mère, occupés à cueillir des abricots Oum Hussein. Pour se protéger des rayons du soleil, ils portaient sur la tête un mouchoir blanc noué aux quatre coins.

La discussion qui se poursuivait à la porte s'était muée en un chuchotement :

— ...

— Le *bek** va y aller.

Ayoub dit ces mots d'un ton assuré ; manifestement, cet argument était censé suffire. Le type au chapeau de travers cherchait toujours à voir à quoi ressemblait l'intérieur de notre maison ; en fait, bien plus que nos personnes, il regardait nos vêtements et nos meubles, tandis que son camarade s'employait à convaincre mon père.

Ayoub le beau parleur, et son copain le taiseux.

Mon père ne les fit pas entrer. Il resta à la porte tout le temps qu'il parla avec eux, le visage couvert de mousse, la lame à la main, les épaules hérissées de poils noirs et drus. Le gros parlait des élections prochaines, de la campagne qui s'annonçait si difficile, et déclarait que nous devions maintenant "leur prouver notre *existensité*", expression qu'il accompagnait d'un grand geste de la main droite. Il se tut un moment pour attendre la réponse de mon père, comme si, venant tout juste de découvrir cette notion dans la bouche de quelqu'un qu'il tenait pour instruit et sage, il en essayait l'effet sur ses interlocuteurs dès que l'occasion se présentait. L'homme n'en finissait plus d'expliquer, prophétisant encore la nécessité de préserver cette "essence" qui était la nôtre et de nous méfier de "ces gens-là". Ce n'étaient que des traîtres, et il en apportait la preuve, usant et abusant de ces expressions littéraires dont ma mère avait appris à interpréter la portée symbolique. Or, c'est justement la raison pour laquelle plus le gros parlait, plus le visage de ma mère se rembrunissait. Elle connaissait mon père et ses cousins. Si elle ne disait rien, ils l'emmèneraient ; si elle intervenait, elle lui ferait honte devant eux.

Mon père écoutait en tenant sa serviette, avec laquelle il essuyait petit à petit la mousse de son visage. C'était sa façon de renouer un peu avec le plaisir du rasage et de se donner du temps pour réfléchir.

Ayoub s'interrompit soudain, comme s'il avait fait le tour de tous ses arguments, et aussi de tout son dictionnaire. Il attendit la réponse de mon père, qui ne vint pas. Un ange passa. Nous sentîmes ce que signifiait le silence de mon père : c'est qu'il nous préférait. Nous comptions plus que ces deux-là.

Puis vint le tour de l'homme au chapeau de travers.

— Si tu ne veux pas venir avec nous, donne-nous ta voiture. Il y a beaucoup de gars et pas assez de voitures...

Tous les quatre, nous criâmes de l'intérieur, d'une seule voix, sans même nous regarder :

— Oh ! non !

Sans répondre, mon père nous fit taire. Un autre silence éloquent suivit. Les deux hommes en comprirent aisément le sens. Ils tournèrent les talons et partirent.

Mon père referma la porte, le rasoir encore ouvert dans la main droite. Il ne se sentait pas bien. Tous les quatre, nous l'entourâmes pour l'embrasser. Ces baisers en toute occasion, c'était aussi une innovation qu'on devait à ma mère, ainsi que le bain, une autre de ses importations – tous les deux jours pour les filles, deux fois par semaine pour les garçons. Il tenta d'échapper à notre assaut.

— Non, non, poussez-vous ! J'ai la barbe pleine de savon !

Il ne devait nous embrasser ni à cet instant, ni dans les jours, ni même dans les mois qui suivirent.

— Laissez votre père tranquille.

Ma mère l'avait compris : le fardeau était lourd à porter pour lui, et nous embrasser ne confirmerait que trop bien qu'il venait de laisser tomber les siens, ceux de son clan.

Il retourna devant le miroir de la salle de bains pour finir de se raser. Nous l'entendîmes de la salle de séjour siffloter en discontinu, comme lorsqu'il conduisait la Chevrolet dans les virages dangereux. Ce sifflement, c'était sa façon à lui d'alléger le poids qui pesait sur ses épaules.

— Hamid !

Nous tremblâmes. Encore la voix du gros, du beau parleur. Ils étaient revenus à la porte. Ils ne laisseraient pas mon père leur échapper si facilement. Ma mère fit un signe de croix, et nous fûmes à nouveau sur le qui-vive.

— Oui ?

Mon père parla d'un ton sec, tout en leur ouvrant la porte. Cette fois-ci, son menton était net et les boutons de sa chemise fermés jusqu'au cou. Les deux hommes bafouillaient, s'invitant l'un l'autre à parler.

— Dis-lui.

— Non, dis-lui, toi !

Il haussa le ton.

— Alors, qu'y a-t-il ? Parlez !

Il était bien rare qu'il élève la voix. La colère le fatiguait. S'il lui arrivait de nous crier dessus, il ne tardait pas à réparer. Une bonne blague, un baiser, une petite pièce. L'homme au chapeau de travers se décida.

— Donne-nous ton revolver.

Le pistolet, al-fard, *celui qu'on appelle le six-coups,* al-musaddas. *Tu dégaineras, et s'il est chargé, s'il est armé, tu tireras à bout portant ou au jugé. Sinon, l'adversaire te prendra de court, et il t'arrivera quelque chose de fâcheux. Pour le décrire, ils empruntèrent à l'oiseau le coq, et "l'œil du moineau"... Tu insisteras bien pour qu'on te le livre avec des balles au phosphore, des balles perforantes...*

Mon père l'avait acheté dans une armurerie deux ou trois mois plus tôt. Il l'avait ramené à la maison en riant et nous avait raconté comment le marchand, après avoir soigneusement empoché les billets que mon père lui avait donnés, tout heureux d'avoir réussi son coup, lui avait souhaité :

— Et Dieu fasse que tu puisses l'étrenner dans de la chair!...

Mon père ne nous expliqua pas pourquoi il avait acheté ce revolver dont il ne comptait pas se servir. Il était probablement arrivé à un moment où il ne pouvait plus avouer à sa famille, à ses cousins, qu'il n'avait pas d'arme. En l'essayant, lors de la fête de la Transfiguration du Christ, il dut s'arrêter au troisième coup. Le revolver s'était enrayé.

— C'est le manque d'entraînement! plaisanta un de ses amis qui se tenait à ses côtés. Le genre de commentaire qui convenait à mon père mieux qu'à d'autres. Il arbora son revolver à la ceinture, une semaine tout au plus, puis le cacha quelque part dans la maison. Il était sans doute fatigué de porter ce poids sur la hanche. Nous savions qu'il y avait un revolver chez nous, mais nous n'aurions pas su dire où. Dans chaque maison, on avait prévu une cache pour les armes, dans l'éventualité où l'Etat, ayant soudain recouvré son autorité, déciderait de venir les saisir.

— Vous donner mon revolver?

Si peu familier des armes qu'il fût, la demande le surprit.

— On te le rendra ce soir ou demain matin. On pourrait en avoir besoin.

Le type à la verrue sur la joue gauche ajouta :

— Tu peux bien t'en passer. Il ne t'arrivera rien puisque tu restes avec ta femme.

Comme pour humilier davantage mon père, il n'avait pas dit "... puisque tu restes avec ta femme et tes enfants". Nous n'avions pas remarqué ce détail, mais ma mère nous en expliqua le sens par la suite, sur le chemin de la grotte de Qadicha. Et en effet, quelque chose s'était passé à l'intérieur de mon père. Mais pas dans le sens qu'ils attendaient.

Il passa devant nous, tout rouge, se dirigeant d'un pas résolu vers la cuisine. On lisait dans ses yeux combien la décision lui coûtait. Nous le suivîmes, quittant le coin du salon où nous étions tous restés à l'attendre. Il ouvrit le tonneau à pain, plongea la main tout au fond et en tira le revolver dans son étui de cuir noir. Une cachette si évidente... qui aurait pu y penser? Il aurait fallu que la réserve de galettes touche à sa fin pour que nous puissions le découvrir.

Il revint aussitôt; nous le voyions de dos, dressé dans l'encadrement de la porte.

— Tenez!

Comme les officiers dégradés par un tribunal militaire dans les films sur la seconde guerre mondiale, ou encore ce capitaine français dont nous avions vu l'image dans nos livres d'histoire, celui qui était juif, comme nous l'avons appris plus tard, et qu'on voyait, dans sa tenue bariolée, remettre son sabre à un autre officier, qui le brisait sur son genou. A compter de ce jour, ceux-là, et d'autres encore, nous rappelleraient à chaque fois mon père, debout dans l'encadrement de la porte, tendant son revolver d'une main pour le remettre au gros, tendant à l'homme au chapeau, de l'autre main, les deux chargeurs, dans la lumière matinale qui les baignait tous les trois et envahissait la salle de séjour.

Mais nous, les enfants, nous avions gagné. Nous eûmes notre sortie du dimanche. Une journée ensoleillée et chaude; je ne sais d'où a bien pu venir cette pluie que l'on vit tomber au moment des événements.

Mon père prit le volant sans mot dire. De temps à autre – sans le faire exprès, se défendit-il quand ma mère le lui fit remarquer –, il se mettait à accélérer, jusqu'à ce que ma mère lui rappelle qu'il avait tous ses enfants avec lui, sur la banquette arrière. Alors il ralentissait un bref instant puis appuyait à nouveau sur le champignon.

Au déjeuner aussi, il parla peu, riant très fort sans raison valable, pour s'enfoncer à nouveau dans le silence. Comme il devait nous l'avouer plus tard, il pressentait ce qui allait se passer ce jour-là. Nous le sollicitions sans cesse, alors il riait, il cajolait l'un puis l'autre ; jetant un œil à sa montre, il cessait de manger, à nouveau songeur. Le soir venu, nous rentrâmes à la maison.

Farid Badwi as-Semaani ne revint pas de Borj al-Hawa : l'homme au chapeau penché, le cousin de mon père du côté paternel, celui que nous avions vu à la porte de notre maison ce dimanche matin pour la première et la dernière fois. Et quand son corps fut étendu sur la place de l'église, juste devant l'entrée de l'école de filles où on avait mis le lit qui lui était destiné, sa mère était là, penchée au-dessus de sa tête, brandissant la chemise de soie de son fils, la portant elle-même ; ayant perdu la voix à force de crier, elle ouvrait la bouche et remuait les lèvres sans émettre un seul son.

Nazha Mrad, la pleureuse, dit de lui qu'il était le meilleur couturier qui soit, qu'il savait vous faire un costume qui ressemblait à s'y méprendre à du prêt-à-porter.

Ayoub, le gros, le beau parleur, est encore en vie aujourd'hui. Atteint à la bouche et à la cuisse, il fut compté parmi les morts dans l'édition d'*Al-Telegraph* parue le lendemain. Mais en fait, après avoir perdu beaucoup de sang et passé plusieurs heures dans le coma, il se réveilla. Ayoub aussi était un cousin de mon père, mais lui, il passait nous voir de temps en temps.

Après les événements, en tout cas, ils sont tous devenus cousins, comme si leurs pères avaient été frères.

Sur nous, la rumeur alla bon train. Sur nous, c'est-à-dire sur mon père. Sa faute, ce fut l'excursion à la grotte de Qadicha. Et ce fut aussi ma mère.

Les filles, ma sœur et moi, nous apprîmes à renfermer dans le secret de nos cœurs toutes les méchancetés qu'on nous lança alors. Mais mon frère, qui avait 10 ans, ne put supporter ces flèches si blessantes. Il ne pouvait pas comprendre. Un jour, il rentra à la maison avant l'heure, bien avant le coucher du soleil, moment où prenait fin sa permission de sortie. Il claqua toutes les portes derrière lui, plein de colère.

— Mounir, ouvre cette porte!

Attroupés derrière la porte de la chambre, qu'il avait verrouillée de l'intérieur, nous n'entendions que des coups sourds frappés sur le mur, avec ses poings ou peut-être avec sa tête. Inquiets, nous le menaçâmes d'enfoncer la porte s'il ne répondait pas. Mais, comme il s'obstinait, nous préférâmes le supplier, le presser de questions. Alors il retrouva la parole, sous la forme d'une demande:

— Je veux savoir!

Saisissant au vol l'occasion, nous voulûmes l'encourager:

— Tu veux savoir quoi?

— Dites-moi, là, maintenant, maintenant, où est le revolver de mon père?

Comme nous restions sans réponse, il tapa du pied.

— Qui est-ce qui l'a pris?

Car le revolver de notre père n'était pas revenu de Borj al-Hawa, lui non plus. Mais il n'était allé le réclamer à personne. Par pudeur. On lui avait dit qu'une fois les munitions épuisées celui qui s'en servait l'avait jeté par terre pour dégainer son autre arme, et qu'il l'avait perdu ainsi. Un peu plus tard, quelqu'un vint le trouver pour lui faire savoir que son revolver n'était pas perdu et que l'un de ses parents le detenait toujours. Il ne parut pas s'y intéresser. Bien évidemment, les soupçons se portaient sur Ayoub; mais celui-ci, en vertu de ses blessures, était immunisé contre toute question. Trois balles dans le corps.

Quoi qu'il en soit, mon père avait accepté de faire don de son revolver pour pallier son absence.

Mounir continuait à taper contre le mur. Il nous apprit que ses camarades l'avaient exclu de leurs jeux. Ils ne voulaient plus de lui pour jouer à la guerre, le seul et unique jeu qu'ils connaissaient, avec leurs armes en tiges de roseau, imitant de la bouche le bruit des rafales de mitraillette; ils refusaient qu'il joue le rôle d'un soldat, ou même celui d'un homme en cavale, sous prétexte que son père n'osait pas se servir de son revolver. Il les avait suppliés de le laisser faire au moins le gardien devant la prison prévue pour ceux qui fuyaient la justice; mais ils n'avaient rien voulu savoir. Furieux, il avait tapé du pied et, une fois rentré à la maison, il fondait en larmes, bien décidé à nous faire payer ça.

Nous, les filles, nous racontâmes à notre tour ce qui nous arrivait. Tout le monde reprochait à notre mère d'avoir abandonné le noir au bout de trois mois et de n'avoir fait porter le deuil à aucune de ses filles, alors que nous étions "déjà jeunes filles", "déjà majeures" ; c'était les mots qu'ils employaient.

Un peu plus tard, quand mon père rentra, nous lui apprîmes que Mounir s'enfermait dans la chambre. Avec un sourire, il s'approcha à son tour de la porte.

— Mounir?

— Comment je m'appelle, moi?

La question de mon frère nous prit tous de court. Mon père se mit à rire et lui répondit fièrement :

— Mounir Hamid Girgis as-Semaani.

— Non.

— Comment ça, non?

— Non.

— Et comment t'appelles-tu, alors?

— Ils disent que nous, nous ne sommes pas des Semaani.

Cette accusation ne datait pas de ce jour ; mais Mounir se défaisait maintenant de tout le fardeau d'humiliations qu'il avait eu à porter.

— Et qui est-ce qui te dit ça? lui demanda mon père, déjà vaincu.

Il avait vite compris de quoi il retournait.

— Mes copains.

— C'est aujourd'hui qu'ils t'ont dit ça?

— Non, ils me le disent tous les jours.

— Les fils de qui?

— Le chef, c'est Georges, mon cousin.

— Et qu'est-ce que tu leur réponds?

— Je ne sais pas.

Mon père réagit vivement, mais sa colère fut de courte durée. Comme toujours.

— Comment peux-tu accepter ça? Pourquoi est-ce que tu te tais? Tu ne leur dis pas que tu fais partie de la famille Semaani depuis bien plus longtemps qu'eux?

La voix de Mounir s'élevait, larmoyante, résignée à présent :

— Mais ils disent que nous, c'est le lait qui nous gouverne. Que nous sommes d'al-Mazraa…

— Et qu'est-ce qu'ils disent, encore?

Mounir se tut, comme s'il avait dit là tout ce qu'il avait sur le cœur. Mais mon père ne s'en contenta pas.
— Alors, quoi?
— Ils disent que tu n'es pas un homme.

Un homme, rijjalan, *avec un double* j*; son pluriel est* rjal, *ou* rjil, *forme irrégulière, alors que le terme* abaday, *"le héros", "le brave", qui donne* abadayat, *pluriel féminin régulier. Le terme a donné naissance à bon nombre de dérivés et de formes verbales, dont* rajjala *et* tamarjala, *"agir en homme, faire l'homme, crâner"; de vrais hommes, il y en eut, parmi ceux qui se pressèrent pour accompagner leur chef à cette messe anniversaire maudite – car c'est justement dans l'imprévu, dans l'urgence que se révèle la vraie nature des hommes. Et pourtant, ceux qui participèrent aux événements ne semblaient pas avoir les mêmes droits à ce titre d'hommes que leurs ancêtres, ceux qui avaient combattu aux côtés de Youssef Bek Karam* contre "l'armée turque", comme on dit là-bas. Peut-être parce que les anciens avaient affronté l'étranger, tandis qu'eux se bornaient à s'entretuer à coups de revolver. Peut-être aussi parce que la tuerie de Borj al-Hawa envoya plusieurs hommes dans la tombe, mais presque aucun en prison, alors qu'auparavant on était si fier de pouvoir dire "les vrais hommes, c'est ceux qui vont en prison".*

En ajoutant au pluriel rijal *une autre marque de pluriel, celle du féminin régulier, on obtient* rijalat, *terme qui, paradoxalement, désigne tout au plus une poignée d'hommes, ceux qui ont "fait l'indépendance", quatorze ans plus tôt. A l'opposé de celui qui agit en homme,* rajjala, *il y a celui qui agit en lâche,* ajbana. *C'est celui qui aurait eu l'occasion d'en découdre et qui ne l'a pas saisie. Il y a aussi ceux qui sont restés neutres; celui qui se tient à l'écart, choisissant de ne pas prendre les armes, parce que son sentiment d'appartenance à la famille est trop faible; il n'appartient pas au noyau dur de la famille, mais à sa périphérie. Or, le "fils de famille", lui, ne peut nullement se tenir à l'écart ni éviter de prendre parti, car cette neutralité sera toujours considérée comme l'aveu d'une défaite. C'est ainsi qu'à la même époque, quand la virilité fut devenue la valeur suprême, furent prononcés ces vers:*

Rien derrière moi, ni devant moi, ni à mes côtés;
Le hennissement des chevaux me ravit, et le bruit de leurs sabots,
O toi, ma selle, tu es ma tombe (ou encore "mon berceau") et mon linceul,
Lorsqu'on s'en prend à mon pays.

Pour expliquer le déclin de cette grande époque de la virilité, on se contenta volontiers de dire que les hommes, même ceux qu'on célébrait en ces termes, pouvaient devenir des femmes dès lors qu'il s'agissait de leurs intérêts, par une sorte de corruption qu'exerçait l'élément féminin. Certains affirment que la virilité a reculé au fur et à mesure que s'étendait l'autorité de l'Etat et que se renforçait sa puissance militaire. C'est alors qu'on vit apparaître la figure du frârî, *"l'homme en cavale" – pluriel* frârya *–, également appelé* touffâr *dans les régions voisines, et qui n'est autre que le* abaday, *le héros, le brave, qui fuit désormais la justice; selon d'autres, le revolver et même le pistolet automatique, s'ils n'ont pas suffi à mettre en péril l'existence de l'homme authentique, ont néanmoins ouvert la voie aux coups par-derrière, aux lâches embuscades, jusqu'à l'entrée en scène de l'arme automatique portative. Alors vint la kalachnikov aux trente coups, face à laquelle il n'y a plus d'acte viril qui tienne. Ainsi prit fin le règne des hommes de valeur; depuis lors, la parole est aux armes et non aux hommes.*

Mon père sourit, amer, et dit:
— Moi, je ne suis pas un homme? Ce n'est pas grave. Ouvre cette porte, mon fils, allez, ouvre!
Et il ajouta à voix basse, comme se parlant à lui-même:
— Rassure-toi, à partir d'aujourd'hui, tu n'entendras plus rien de tout ça…
Deux mois plus tard, jour pour jour, il nous emmenait jusqu'ici. Nous quittâmes le village sans faire de bruit, sans susciter de questions. Le déménagement eut lieu de nuit, pour éviter les regards. S'en aller de là-bas, c'était le grand rêve de ma mère. Ce fut notre deuxième trahison vis-à-vis de notre famille. Mon père avait choisi cette maison à louer parce qu'elle donnait sur la baie. Quelques années plus tard, nous pûmes l'acheter. A notre arrivée ici, nous allions nous

asseoir sur une vieille balancelle qui émettait un grincement permanent, et que les précédents occupants nous avaient laissée. Assis côte à côte, nous, les quatre enfants, nous suivions des yeux les lumières des bateaux de pêche, tandis que la lune se reflétait à la surface de l'eau, lors des chaudes soirées d'été. Si pour une raison ou pour une autre nous étions réveillés en pleine nuit, inévitablement, nous retrouvions mon père debout à l'extérieur; il semblait compter les étoiles tout en fumant. Nous finîmes par nous faire beaucoup d'amis. Mais à chaque fois qu'on nous demandait d'où nous étions, quand nous répondions “nous sommes de là-bas”, nos nouveaux amis écarquillaient les yeux, incrédules. Comment pouvions-nous venir de cet endroit-là, avec nos traits fins, notre accent si léger?

Dans une rue du souk, mon père ouvrit une quincaillerie. Tout ce qu'il fallait pour le menuisier et le peintre. Même si nous ne manquions pas d'amis, même si nos voisins étaient presque tous sympathiques, il garda quant à lui la nostalgie de son village et de ses cousins. Dès qu'il en apercevait un, il se précipitait à sa rencontre. C'est toujours lui qui les abordait le premier. Parfois, les reconnaissant à leur allure, car ils se trahissaient par leurs cheveux blonds et leur haute stature, il les interpellait par leur nom de famille. Puis, il les accompagnait là où ils avaient à faire, dans les administrations ou encore au consulat d'Australie pour demander un visa d'immigration; il allait avec eux jusqu'à Beyrouth, où ils se seraient perdus sans lui; il les aidait dans leurs démarches, les invitait à déjeuner au restaurant Al-Kobrosli, où il commandait son menu préféré: *kefta*, *hoummos* et deux verres d'arak. Il s'asseyait en tête à tête avec eux, refusant tout net que l'autre paie la moindre piastre, disant que s'il ne l'invitait pas à la maison, c'était juste pour ne pas embarrasser ma mère; il se ressourçait à leur contact et leur demandait des nouvelles de la santé et de la situation de chacun des siens.

Aujourd'hui, mon père est mort. Il est entré dans sa chambre pour faire la sieste, en emportant le journal, et il ne s'est pas réveillé. Nous l'avons conduit là-haut en formant un petit convoi de voitures et nous l'avons enterré au cimetière, sous le premier cyprès à droite de l'entrée, après avoir prié pour lui à l'église. Ils se sont massés autour de nous, ceux de la famille avec qui nous étions restés en contact et aussi des gens que nous ne connaissions pas, mais qui ne manquaient jamais aucun enterrement. En hommage à mon père, les femmes portaient des voiles noirs. Ils se sont tous assis près de nous, ont demandé de nos nouvelles, nous ont invités chez eux. J'ai senti que nous leur étions devenus redevables. Peut-être que si j'en voyais un errer à travers la ville, dorénavant, je n'hésiterais pas à m'en occuper, je l'inviterais à venir chez nous. Parfois, le village me manquait, et je le disais à ma mère. Elle ne s'en étonnait pas. Bien au contraire, cela la rassurait : c'étaient là des sentiments bien naturels. Quant à elle, je crois que son village, c'était nous.

Nous avons vendu notre maison de là-haut. Cette maison où ma mère insistait pour que nous refermions bien la porte derrière nous. Mais sous le premier cyprès à droite du portail, nous possédons encore un lieu où je viendrai apporter un bouquet de fleurs au moins une fois par an, un lieu que personne, je le sais, ne pourra jamais nous acheter.

VI

Depuis le moment où Mountaha m'a lu ta lettre, en prenant bien son temps, exprès pour me faire enrager; depuis qu'elle a fini par m'annoncer que tu venais me rendre visite, quand enfin je me suis fâchée et que je lui ai dit des injures: depuis ce jour, j'ai redouté l'instant de ton retour. C'est qu'à moi, rien ne m'échappe, Elya. J'avais vu clair dans ton jeu depuis le début. Depuis l'heure où nous sommes rentrés de l'aéroport de Beyrouth, quand, assis tout contre moi dans la voiture, tu me câlinais comme si j'étais une petite fille. Tu me donnais de petites tapes sur la joue, tu m'entourais de tes bras: ça a duré tout le long du chemin. Quand je t'ai demandé ce que tu comptais faire durant ton séjour, tu as changé de sujet pour me demander où était l'accordéon. On aurait dit que tu te moquais de moi. Mais j'ai joué ton jeu, et tous deux, nous nous sommes remémoré tes trois ans d'amour avec cet instrument-là, qui ne quittait jamais ton épaule; tu ne laissais personne y toucher, de peur qu'on n'abîme le vernis. Tu vois, je l'ai conservé avec soin, pour toi, accroché au mur du salon, là-bas. Et pourtant, Dieu sait si j'en avais assez de tous ces voisins ignares, surtout les femmes, qui allaient et venaient chez moi comme dans un moulin en me demandant ce que c'était, et à quoi ça servait, et pourquoi je l'avais accroché au mur comme ça, et si ça valait beaucoup d'argent...

Je n'y vois presque plus rien, c'est vrai. Je sais seulement à quel moment la lueur du jour commence à poindre, de derrière les hautes montagnes, et là, je me fais une tasse de café et je la bois tandis que vient le matin. Je sens aussi le moment où, venue de la mer, l'obscurité approche, s'apprêtant à envelopper le monde. Mais je ne suis pas bête. Non, je ne suis pas idiote. On dit que tu es intelligent; cette intelligence, c'est de ta mère que tu la tiens, pas de la famille al-Kfouri. Demande aux gens! Si tu aimes ta mère, pourquoi est-ce que tu ne cherches pas à en savoir plus sur elle? Demande aux gens du village, ils me connaissent tous, ils connaissent tous mon histoire. Ils te raconteront sûrement tout ce que tu voudras, si tu creuses un peu; et sur mon compte, ils t'inventeront des histoires inimaginables. Tu sais, tous les vêtements me vont bien; et les histoires, c'est pareil. Il y a des gens qui savent porter les histoires, et moi je suis quelqu'un comme ça.

C'est contre ma volonté que mon père m'a retirée de l'école. Un jour, en classe, au moment même où je levais le nez de mon livre d'arabe, je l'ai vu soudain, là, devant moi, debout dans l'embrasure de la porte. Je ne sais pourquoi, il avait ôté son tarbouche rouge, comme pour entrer à l'église. Après avoir demandé la permission à la maîtresse, il m'a appelée, il m'a dit de prendre mon cartable et de le suivre. Comme ça, sans discussion. Sans autre forme de procès. Il a remis son tarbouche et il est parti. Je l'ai suivi dans les ruelles, mes pieds refusaient d'avancer, je regardais en arrière en pleurant. A notre arrivée à la maison, il m'a embrassée. C'était peut-être la première fois. Il m'a donné un baiser sur le front et il a dit sur un ton sans appel:

— Ça suffit. A ton âge, l'instruction, ça devient mauvais pour les filles. Demain, tu aideras ta mère à la maison.

Je n'ai pas dormi cette nuit-là. Le lendemain matin, j'ai supplié ma mère d'aller trouver la sœur, pour qu'elle convainque mon père de revenir sur sa décision. Mon école était tenue par des sœurs de Saint-Vincent-de-Paul. La directrice, qu'on appelait mère Angèle, était française; elle avait demandé à sa famille, qui était noble et fortunée, de lui envoyer sa part d'héritage pour terminer la construction de l'école de notre village. Elle m'aimait beaucoup. Elle est allée parler à mon père, mais tout ce qu'elle a pu dire est resté vain. Mon père ne prenait presque jamais de décision. Dans tout ce qui touchait aux enfants et à la maison, il laissait ma mère choisir. Mais les rares fois où il lui arrivait de trancher, il s'y tenait jusqu'au bout, comme si sa vie en dépendait.

Non, je ne suis pas idiote. Je sais que tu vas chez les gens, que tu les interroges, que tu prends en note ce qu'ils disent. Ne ris pas. Les enregistreurs sont devenus tout petits maintenant, on peut les mettre dans la poche de sa chemise. Non, je ne veux pas fouiller tes vêtements, enregistre tout ce que tu veux. Moi aussi, j'ai un magnétophone, ici, dans ma chambre à coucher, juste à côté de ma tête. La nuit, quand l'insomnie l'emporte, je mets la machine en route. Elle contient une seule cassette, avec ma voix dessus. J'avais encore une belle voix il y a quelques années de ça. J'ai enregistré des chants de Bagdad, des *mawwal**. On dit que ce sont des prisonniers qui les chantaient pour alléger leurs souffrances :

> *Je t'ai élevé tout petit, ô Hassan, pourquoi m'as-tu abandonnée ? Est-ce ainsi qu'on récompense une bonne action, ô lumière de mes yeux ?*

Tu entends ? J'ai encore une jolie voix. Ces chansons, je les tiens de ma mère. Je te les ferai écouter, si tu veux. Pour que vienne le sommeil, je me passe la cassette, encore et encore. J'aime m'endormir au son de ma voix.

Si j'avais eu un peu plus de courage, j'aurais écrit moi-même mon histoire tant que j'en étais encore capable. Après ton départ, j'ai essayé. J'ai acheté un cahier neuf et je me suis assise à ma table. En me rappelant les bancs de l'école, je me suis sentie si triste que j'ai failli pleurer encore une fois sur mon sort. Sur la première page, j'ai écrit une seule phrase : "Ceci est l'histoire de Kemleh al-Hajj Obeid…". J'aime utiliser mon nom de famille. Nous autres, nous avons la réputation d'être soit très intelligents, soit fous. On dit quc dans l'ancien temps un de nos ancêtres, s'en retournant dans son village de Syrie après un pèlerinage à Jérusalem, fit par hasard la rencontre d'une fille dont la beauté l'ensorcela. C'est ainsi que notre ancêtre passa la nuit ici, dans ce village, espérant la revoir le lendemain. Comme il ne put supporter l'idée d'en être séparé, jour après jour, il demeura ici, puis il l'épousa. C'est de ce temps que date le nom de *al-Hajj*, le pèlerin. Oui, sur la première page de mon cahier, j'ai écrit : "Ceci est l'histoire de Kemleh al-Hajj Obeid, depuis le jour où elle a quitté la maison de son père dans sa robe de mariée brodée de perles, depuis ce jour où on l'a soulevée de terre pour qu'elle étale de la pâte à pain au-dessus de la porte, devant la maison de son mari, et même qu'elle ne s'était pas bien collée, jusqu'au jour où son unique enfant a pris l'avion pour l'Amérique et qu'il n'est plus revenu." Mais ça m'a tellement fatiguée d'écrire cette longue phrase… Elle m'a pris une bonne demi-heure, ce qui fait que maintenant je la connais par cœur. Je l'ai relue et me suis dit: "C'est une tâche bien difficile pour toi, et puis, de toute façon, qui va s'intéresser à ton histoire, Kemleh? Ton malheur n'est pas grand-chose à côté de celui d'autrui, et personne n'est prêt à souffrir pour les autres. Arrête-toi là, ça vaudra mieux." Et plus tard, à plusieurs reprises, j'ai failli, quand j'étais assise ici toute seule, sur le balcon… le jour où j'ai commencé à entendre les gens sans les voir, j'ai failli me mettre à raconter, comme ça, comme je te parle maintenant, et demander à Mountaha d'écrire. Mountaha, il ne me reste personne d'autre qu'elle, mon amie, ma voisine, qui vient me rendre visite presque chaque jour. Elle, elle ne s'est pas mariée, et moi, je suis devenue veuve.

Enregistre, si tu veux. Pourquoi poses-tu des questions à Elias as-Semaani et pas à ta mère? Que va-t-il te raconter, celui-là, à part des mensonges? Tu dis que tu vas voir des amis. Quand as-tu bien pu te faire des amis ici, si vite? On m'a raconté que tu es allé rendre visite au fils de Salim al-Assy. Qu'est-ce que tu as à voir, toi, avec le fils de Salim al-Assy? Il est malade. Dieu nous garde, mon fils! Son père est mort à cause du souci qu'il lui a donné. Tout le monde le sait. Mais avant ça, raconte-moi, tu ne vas pas te marier? Les gosses du quartier t'ont vu sur l'ordinateur, tu étais avec une jolie blonde. Est-ce que c'est vrai? C'est une Américaine ou une Arabe? L'essentiel, c'est qu'elle soit jolie, et qu'elle soit chrétienne. On dit qu'il n'y a plus de chrétiens aux Etats-Unis! Pourquoi est-ce que tu ris? Un peu trop chrétienne? Comment ça? Et son père est prêtre? Chez eux aussi alors, ils se marient, les prêtres? Mais pourquoi est-ce que je te demande si elle est chrétienne? Qu'est-ce que ça change? Nous sommes tous les créatures de Dieu. Moi, je n'aime pas la prière, ni les curés, je ne risque pas d'aller en voir un pour me confesser; si je veux me confesser, je dis mes péchés à Dieu, et, à l'heure de ma mort, je demanderai un prêtre que je ne connais pas. En tout cas, je ne mets jamais les pieds à l'église, sauf si j'y suis obligée. Je prie directement d'ici, de ma maison.

Tout ce que je veux savoir, c'est si ta fiancée a une mère qui l'attend là-bas, dans son village d'Amérique, comme moi je t'ai attendu ici. Est-ce que sa mère se réveille en pleine nuit comme une folle? Est-ce que, comme moi, elle court jusqu'à la porte, pieds nus, parce que du fin fond de son sommeil une voix l'a appelée pour lui dire que sa fille était revenue de ce long voyage et que, morte de soif, elle est assise sur le seuil, attendant que quelqu'un lui ouvre la porte? Est-ce que sa mère aussi va ouvrir, comme je le fais chaque nuit, d'une main tremblante, pour ne trouver personne sur le seuil? Alors elle s'y assied à son tour et attend, dans les ténèbres de la nuit, le cœur brisé, à l'affût du moindre mouvement, espérant comme moi un signe qui annoncerait le retour de sa fille. Est-ce qu'elle accourt chaque nuit, pieds nus, pour ouvrir cette porte, en espérant que cette fois-ci la voix a dit vrai, et qu'elle tiendra sa fille dans ses bras jusqu'à ce que le jour se lève sur elles deux? A-t-elle dans son pays, ton amie, une mère comme moi, qui ne l'aurait pas vue une seule fois depuis vingt années entières, depuis vingt ans? Et pourtant, elle commence sa journée en embrassant ses vêtements, en en respirant l'odeur, alors que tes habits, Elya, sont devenus ridicules, tes chaussures toutes petites maintenant. Lui prépare-t-elle les poires au sirop le samedi après-midi, le jour où il n'y a pas classe à l'école primaire? Puisqu'elle n'aime rien tant que les poires au sirop. Elle les prépare puis elle les fait trôner au milieu de la table, elle les contemple et elle attend. La journée finie, elle les offre toujours à tel ou tel enfant pauvre du voisinage, puisque, cette fois non plus, elle n'est pas venue les manger. Et elle recommence chaque samedi après-midi. Oui, je me suis obstinée pendant dix ans à te faire des poires au sirop tous les samedis, parce que j'avais fini par craindre que si j'y manquais une seule fois, il n'y ait un malheur qui te frappe et que plus jamais tu ne puisses me revenir…

Ne t'inquiète pas pour moi, Elya, je ne pleurerai pas. Voilà longtemps que j'ai cessé de pleurer. Mais donne-moi ta main, mon fils, donne-moi ta main pour m'encourager à parler. Je ne pleurerai pas. Et pourquoi pleurerais-je sur ton absence, quand c'est moi qui t'ai donné le signal du départ? La voilà, la véritable histoire de ta mère, de Kemleh : son enfant unique, celui qu'elle a fait de ses propres mains – oui, je t'ai fabriqué de mes propres mains –, elle s'en est séparée de sa propre volonté. Tu ne te souviens pas que je t'ai dit un jour :

— La coupe est pleine, mon fils! Ce pays est un pays de malheur. Boucle ta valise et va-t'en, tu ne resteras pas ici un jour de plus!

Je t'ai demandé de partir, moi qui m'étais mortifiée, moi qui avais imploré trente saints pour que tu viennes au monde. Dans tout le Liban, tu ne trouveras pas un seul saint qui n'ait reçu ma visite, de la chapelle de la Vierge de Kobayat jusqu'à ce monastère chrétien abandonné, à l'extrême sud, près de la frontière israélienne. Ils m'ont désensorcelée, au cas où quelqu'un m'aurait maudite pour me priver d'enfants. Ils m'ont appris toutes les recettes : "Mets beaucoup de sel dans les plats, Kemleh." Ils m'ont donné tous les conseils : "Couche avec ton mari cinq jours de suite", "Reste couchée un bon moment sur le dos et lève les jambes bien haut". Ils m'ont appris à compter sur mes doigts, avec le calendrier lunaire...

Je suis descendue pieds nus à Saint-Antonios de Qozhaya. Un chemin long et pénible, au milieu des épines. Quand je suis arrivée, j'avais les jambes en sang. Je tenais à la main deux pièces d'or d'une livre que j'ai posées pour lui sur l'autel, et je lui ai dit :

— Donne-moi un garçon, et tu seras content de moi. Je ne serai pas ingrate.

Oui, c'est ça, moque-toi de moi, Elya ! Toi, tu ne crois pas à ces sornettes. Et qui t'a dit que moi, j'y croyais ? Mais si je ne l'avais pas fait, aujourd'hui encore, je me dirais que je n'ai pas fait ce qu'il fallait. J'ai dormi devant l'autel de Saint-Antonios de Qozhaya, étendue de tout mon long dans la chapelle creusée dans le roc. J'ai passé toute la nuit chez lui, jusqu'à l'aube. J'ai failli mourir de froid, et depuis ce jour-là, dès que le temps se rafraîchit, j'ai l'estomac qui me fait mal.

Je me suis agenouillée mille fois devant l'image de Notre-Dame du quartier bas, en la suppliant de te faire venir. Oui, dans la vieille église. Toi aussi, tu es allé la voir. Je savais que tu irais regarder l'image, avec les petits anges tout autour. Moi, j'y entrais tard dans la nuit, à l'heure où plus personne n'y va, et je verrouillais la porte de l'intérieur pour rester seule, pour pouvoir parler fort. En pleurant, je lui disais : "Pourquoi es-tu si égoïste ? Tous ces petits anges autour de toi, en as-tu vraiment besoin ? Pourquoi n'es-tu pas assez généreuse pour m'en donner un ?" Et du doigt, je montrais l'angelot qui battait des ailes au-dessus de son épaule droite. Celui-là, je l'aimais plus que les autres. Parfois, elle me souriait. C'est ainsi que j'ai su qu'elle ne m'abandonnerait pas.

J'ai visité le monastère de Saint-Bandalamoun, dans la région de Miryata. C'est un saint des grecs orthodoxes, et sa chapelle est gardée par des musulmans. En secret, je suis même allée trouver un cheikh musulman. Mais les voisins ont eu vent de l'affaire, et ils ont ri de moi. Ton père ne m'accompagnait pas. Mais quand est venu le tour de saint Elias, on nous a dit que celui-là tenait à ce que l'homme et la femme viennent ensemble. J'ai dû supplier Youssef un bon bout de temps pour qu'il accepte, il avait tellement honte de ce genre d'affaires. Il a bien voulu venir, mais en pleine nuit, pour qu'aucune de ses connaissances ne le voie. Il redoutait ce qu'ils pourraient dire. Saint Elias, c'est le dernier saint que nous soyons allés voir avant l'assassinat de ton père. C'est pour cela que j'ai décidé de t'appeler Elya. J'ai eu peur pour toi. Si je ne t'avais pas donné le nom d'Elya, j'aurais eu en permanence le sentiment de te mettre en danger…

Tu ris de moi, au fond : eh bien, rigole ! Mais je ne souhaite à personne de vivre ce que j'ai vécu. Les médecins avaient fini par se lasser de moi. J'allais les voir toute seule, et à l'Hôtel-Dieu, le médecin français s'est moqué de moi, et il m'a dit, tout comme saint Elias :

— Ne revenez ici qu'accompagnée de votre époux : lui aussi, il doit se soumettre aux examens médicaux. Et s'il vous a mis en tête que le problème venait de vous, dites-lui bien que les hommes aussi peuvent être stériles…

Je ne suis plus retournée chez ce médecin. Le moment le plus dur pour moi, c'était celui où je sortais sur le balcon de notre maison, ici, et que je voyais le linge que les autres femmes avaient mis à sécher sur les terrasses et sur les toits voisins. Surtout lorsque j'apercevais les habits d'enfants, leurs petites chemises de couleur, leurs petites chaussettes, chacune accrochée par une pince à linge, leurs petits bavoirs, leurs langes qui séchaient. En ce temps-là, on lavait les langes et on les étendait, on ne les jetait pas comme on le fait aujourd'hui. C'étaient des temps de fatigues et de peines.

Avant d'être enceinte, quand ton père était encore de ce monde, je suis descendue au souk, à Tripoli. J'ai acheté des langes. Je les ai bien cachés, afin que personne ne puisse les trouver et se moquer de moi. Youssef a eu peur de me voir devenir folle. J'ai acheté des vêtements pour bébé, des paires de chaussures dans des pointures toutes petites, tout ce qu'il fallait : désormais, j'avais un trousseau complet. Quand mon mari n'était pas là, je m'amusais parfois à faire pour moi toute seule une exposition de toutes ces petites affaires. Je sortais tous mes achats, je les disposais dans notre chambre à coucher et je les contemplais. Pour finir, j'ai insisté pour que nous achetions un berceau. Je me suis dit que si je n'achetais pas de berceau, aucun enfant ne me viendrait. Un vrai berceau en bois, à bascule. Mais comment l'introduire secrètement dans la maison? Mon mari ne voulait pas devenir la risée du quartier. Nous l'avons donc sorti de la voiture au beau milieu de la nuit. Regarde, il est là-bas, près de la porte. Et puis tu as grandi, Elya, et le berceau n'a plus servi, alors j'y ai planté des fleurs.

Ma vie était devenue tellement dure. De rage, je me frappais le ventre. J'allais pleurer chez ma mère, et elle, elle me racontait les histoires de ces femmes qui étaient tombées enceintes après avoir perdu tout espoir. Une telle à 40 ans, telle autre à 45.

— Ne te résigne pas, Kemleh ! Ne laisse pas ton mari s'éloigner de toi !

Je m'étais mise à haïr les enfants des autres, à haïr la seule évocation des enfants, leur seule vue. Mes amies, peu à peu, évitèrent de parler de leurs enfants devant moi, elles qui, avant, racontaient leur vie dans les moindres détails pendant toute la durée de leur visite. Toutes les anecdotes les concernant, à la maison, à l'école ; tous les soucis que causaient leur éducation ; leurs premiers mots, les premiers signes de leur intelligence. Elles disaient désormais, feignant de se plaindre de leur sort :

— Pour qu'une âme grandisse, il faut toujours qu'il y en ait une qui meure !

Mais ce qui me faisait le plus de peine, c'étaient justement ces plaintes, ces soupirs sur l'éducation de leurs enfants. Sans doute avaient-elles senti combien j'étais mal dès qu'on parlait enfants. Alors elles cessèrent de faire le compte de celles de nos connaissances qui étaient enceintes, de celles qui allaient bientôt accoucher ; il ne fut plus jamais question de nausées, d'envies de femmes enceintes, d'histoires de sevrage et de tout ce qui s'ensuit. Je surprenais parfois les clins d'œil qu'elles se faisaient pour se rappeler qu'il était temps de changer de sujet, par pitié pour moi, même quand il ne s'agissait que de rapides allusions: grossesse, enfantement, baptêmes ou premières communions. Quelque temps plus tard, elles n'amenèrent plus leurs enfants avec elles. A la fin, elles ne vinrent plus du tout. Il n'était pas facile de continuer à me fréquenter. Les gens ne sont pas bêtes, ils avaient compris que tout ce qui touchait aux enfants me blessait, m'étouffait; et le pire, dans tout ça, c'est que les nouvelles des malheurs des autres finissaient par me consoler. Même les drames qui frappaient des gens que je connaissais. Mais ma mère, elle, est toujours restée optimiste. Elle était sûre que j'aurais un enfant. Elle me donnait en exemple des dizaines d'histoires de grossesse tardive. Sans faiblir, des années durant, elle m'a répété: "Tu es encore jeune, Kemleh." Elle m'encourageait à coucher avec mon mari.

Car il faut bien dire que nous commencions à nous lasser de coucher ensemble. Tu es un homme, maintenant, alors pourquoi je ne te parlerais pas de tout ça? Ton père veillait tard. Toute sa vie, il a aimé se coucher tard, et moi je me couche tôt. Quelqu'un est venu me dire qu'il fréquentait des femmes. Moi, je l'aimais, et je m'en fichais, je me disais: tant que je ne lui ai pas donné d'enfant, il a bien le droit d'en voir d'autres que moi. Ne t'étonne pas. Je suis comme ça, moi, je m'étais mis cette idée en tête. Votre génération à vous ne pense sûrement pas comme ça. Je ne sais plus si c'est moi qui m'étais arrangée pour le croire ou si c'est quelqu'un d'autre qui m'en avait convaincue. Je ne lui disais rien sur ses fréquentations. Jamais je ne me suis montrée jalouse. A vrai dire, je n'éprouvais pas de jalousie. Je savais bien qu'il m'aimait, et cette certitude-là me suffisait. Jusqu'au jour où je l'ai vu nettoyer son revolver, étalant les pièces une par une devant lui sur la table, les enduisant d'huile, jouant avec. Je lui ai demandé ce qu'il faisait. Il m'a dit qu'il se préparait à participer le lendemain, un dimanche, à la messe anniversaire célébrée en l'honneur du frère de l'évêque, au village de Borj al-Hawa.

— Et que comptes-tu faire d'un revolver, juste le jour où pour une fois tu vas à la messe?

Il me répondit en souriant:

— C'est le style de notre pays!

— Tu es obligé d'y aller?

Mon humeur était sombre. A cette époque, j'essayais souvent de le tenir à l'écart des grands rassemblements. J'étais plus rassurée s'il allait à des soirées de jeux et de femmes.

Je me rappelle lui avoir demandé ce jour-là:

— Est-ce que Fouad ar-Rami et son frère Boutros y vont aussi, à cette messe?

Tu les connais, ceux-là, Elya: les deux amis de ton père, ses amis de jeunesse. Malgré les problèmes entre familles, il continuait à les apprécier et à les fréquenter, il les invitait parfois à dîner chez nous, sur le balcon. Moi, je les accueillais et les servais jusqu'au petit matin. Avec eux, il jouait aux cartes, et je crois qu'il allait aussi voir les femmes, puisqu'ils étaient riches, célibataires et qu'ils aimaient le jeu, la boisson et les femmes. Après une brève hésitation, il a répondu qu'il n'était pas sûr qu'ils suivraient leur chef de famille. Ils n'aimaient pas se créer des problèmes.

— Tu les connais, m'a-t-il dit, ils aiment la vie!

Alors je lui ai demandé, au cas où il se retrouverait un jour face à eux, puisqu'ils étaient dans le camp adverse... s'il leur tirerait dessus. Cette idée l'a fait rire:

— Fouad et Boutros ar-Rami? Comment veux-tu que je me batte contre eux?

Mais ça ne m'a pas empêchée d'avoir peur pour lui. Je me disais que s'il mourait, je mourrais moi aussi, sur-le-champ. Et je me répétais: "Le meilleur moyen, c'est le poison! Il suffit de le boire, et j'aurai enfin la paix!" J'avais parfaitement imaginé comment je m'y prendrais pour me tuer. Mais en fait, personne ne se tue juste pour suivre quelqu'un d'autre.

Au début de la soirée, il s'est peigné, rasé pour la deuxième fois de la journée, comme toujours lorsqu'il avait décidé que la nuit serait longue. Après s'être aspergé de parfum, au moins la moitié du flacon, il a ouvert la porte, s'apprêtant à partir sans même me dire au revoir. Je me suis mise en travers de sa route:

— Cette nuit, je veux tomber enceinte!

Voilà ce que je lui ai dit. Il s'est moqué de moi et a tenté de m'écarter de son chemin.

— S'il avait dû y avoir de la pluie, il y aurait eu des nuages!

C'est la phrase qu'il répétait, sur un ton résigné, à chaque fois que j'évoquais ces questions-là. Mais je l'ai supplié. Lui aussi, il m'aimait. Il a accepté. C'est vrai qu'il se moquait de moi et de mes tentatives, mais au fond, il avait le cœur plein de tristesse. Je ne sais pas pourquoi, il cherchait à se faire passer pour quelqu'un qui se soucie peu des enfants. Il inventait des mots destinés à me réconforter, à se réconforter lui aussi. D'ailleurs, les gens, les amis le consolaient de même, en lui répétant que c'est Dieu qui l'avait voulu, ou que les enfants, c'est d'abord du souci : petits enfants, petites peines, grands enfants, grandes peines ! Avec les hommes de sa famille, il est parti à cette messe organisée pour l'âme du frère de l'évêque – à celui-là, que Dieu lui creuse une fosse bien profonde en enfer. Son frère était mort depuis un ou deux ans : quel diable lui a fait dire une messe en rameutant toute cette foule, une semaine à peine avant les élections ! Depuis ce temps-là, je ne supporte plus ni les curés ni les histoires de curés.

Youssef est parti à une heure de l'après-midi ; ils se sont retrouvés quelque part pour monter ensemble, en un seul convoi. Il est revenu à 5 heures du soir, avec les morts. Ils les avaient chargés dans une camionnette. Tous jeunes, tous grands. Leurs pieds dépassaient à l'arrière. Il avait reçu deux balles dans le dos. Il en avait une dans le cœur. On lui avait tiré dans le dos.

Non, je ne t'avais jamais raconté ça avant aujourd'hui, je ne t'ai rien raconté du tout. Avant ton départ, tu étais petit. Ou est-ce juste moi qui te trouvais trop petit pour te raconter ? Tu as entendu les récits des gens, ici et là. Aujourd'hui, je sais que tu es revenu pour poser des questions, et pourtant, tu ne veux pas m'interroger, moi. Tu vas trouver les veuves de Borj al-Hawa, et à moi, tu ne me demandes rien. Les gens racontent ce que bon leur semble. Avec eux, tu n'arriveras à rien. Ils vont te mentir. Celui qui a perdu un être cher là-haut va toujours vouloir en faire un héros, un homme qui a payé la tête haute le tribut qui lui incombait. Mais celui qui était là-haut et qui en a réchappé, lui, il ne sait pas quoi dire. Il préfère le silence. De deux choses l'une : soit il a choisi la fuite et il ne parlera pas. Soit il a blessé par balles l'un des leurs et il ne parlera pas non plus. Je sais, j'ai demandé au médecin comment mon mari a été touché. Il m'a dit :

— Regardez !

Et j'ai regardé. Les deux balles étaient entrées par là, dans le dos. Là, les trous étaient tout petits. Elles sont ressorties par là, par la poitrine, les trous étaient plus gros. Oui, ton père, son cœur se tenait prêt. Il savait tirer, il savait ce qu'il faut faire au combat. Mais ils l'ont eu par traîtrise. J'ai entendu toutes les histoires. On m'a jeté aux oreilles tous les noms, et rien… tout cela ne sert plus à rien, quarante ans après.

Je ne te dis pas ce que tu as à faire, car je n'ai pas mon mot à dire. Mais si tu te maries, insiste pour que ta femme te donne un fils très vite. Et je suis sûre que ce sera un garçon avec un visage splendide, blond aux yeux bleus, comme toi. N'aie pas peur, ne ris pas, n'aie pas honte de toi-même. Ça m'a rassurée quand ils m'ont dit qu'elle était belle. Le plus grand don de Dieu, pour une femme, c'est la beauté. Crois-moi, sans beauté, la femme ne vaut pas grand-chose. Fais-lui un garçon, arrache-le-lui et dis-toi bien que c'est la plus grande grâce que Dieu puisse accorder aux hommes.

VII

L'homme assis derrière la balance avait la soixantaine. Teint brun, silhouette mince. Il faisait un peu penser à un vieux nain. Les mains posées sur la table, il regardait vers l'extérieur. Les voûtes en vieilles pierres le protégeaient de la chaleur.

De là où il se tenait, il apercevait quelques mètres du chemin, une partie de la place, ainsi que la porte ouest de l'église. Les voitures qui passaient faisaient voler la poussière sur la place. Le soleil écrasant rendait plus profonde encore l'obscurité de la boutique où l'homme attendait son déjeuner.

Sa femme n'allait pas tarder à le lui apporter. Des gombos avec du riz, des olives, deux piments verts très forts ; un verre d'arak pour faire passer le tout. Il aimait le piment sous toutes ses formes, par fidélité au lieu de sa naissance, São Paulo. Un foulard à pois noué sur la tête, sa femme disposa les assiettes sur la table, près de la vieille balance, sans parler, avant de s'en retourner à la maison. Après une si longue fréquentation, il ne leur restait que peu de mots à échanger.

Sa boutique n'était plus comme au jour des événements. Elle avait périclité en même temps que la santé de son propriétaire. Les pannes de courant se multipliant, il avait cessé de vendre du yaourt, du fromage, de la *chanklicheh**, et tout ce qui devait être mis au frais. Lorsque le réfrigérateur était tombé en panne, il avait renoncé à le faire réparer. Ensuite, il avait abandonné tout ce qui pouvait se gâter – fruits et légumes, régimes de bananes, caisses d'oranges – pour se contenter de sachets de chips multicolores, de deux ou trois marques de cigarettes, de tous ces pots en verre vides, qui, on pouvait le deviner, avaient jadis contenu des céréales, et d'un panier métallique suspendu au plafond, dans lequel sa femme continuait à mettre l'excédent d'œufs frais que produisaient ses poules.

Malgré tout, il ne mettait pas la clé sous la porte. Il ne savait pas au juste comment les choses s'étaient passées pour chacune des autres boutiques. Il y en avait quatre ou cinq autour de la place, qui avaient fermé l'une après l'autre. Les enfants faisaient des études ou émigraient, et assuraient à leurs parents une retraite confortable. Il ne restait plus que lui, il était le dernier à persévérer. Arrivé à 7 heures du matin, il fermait à 8 heures du soir, après avoir passé la journée entière assis, à regarder dehors.

On disait que le patron du magasin "avait tout vu". Mais de quelle boutique s'agissait-il? Dans l'une d'elles, dès le début de la bataille, de nombreux hommes avaient trouvé refuge, comme l'indiquait expressément le rapport officiel. Elya parvint à s'en procurer un exemplaire, après quoi il loua un taxi. Une Mercedes d'un certain âge, à l'instar de son chauffeur, qui lui jetait de brefs coups d'œil dans le rétroviseur. Les virages étaient fréquents, la route étroite. Un énorme concasseur rongeait le flanc de la montagne: les deux hommes manifestèrent leur désolation devant ce spectacle. De part et d'autre de la route, on commençait à voir apparaître des maisons. Des villas éparpillées: copies conformes de celles qu'on trouvait en Amérique du Sud, avec des portails très hauts; façades imitant les temples romains; chalets suisses sous toutes leurs formes et, çà et là, au milieu, de petites maisons modestes. Et soudain, une bâtisse de pierres blanches d'architecture japonaise, ou quelque chose d'approchant.

— Qui a bien pu dessiner des maisons pareilles? Et comment peut-on vivre là-dedans? s'écria Elya en les voyant.

— C'est l'argent des diamants, l'argent du commerce. Ils sont allés faire main basse sur l'Afrique quand il était encore temps, expliqua le chauffeur, avec une pointe de jalousie.

Il voulait dire que ceux qui avaient émigré là-bas avaient pu amasser des fortunes colossales à l'époque où il était facile de rouler les enfants du pays – les Noirs de là-bas.

La voiture déboucha sur le vieux quartier.

Un amoncellement de maisons serrées les unes contre les autres.

— Il y a l'église et puis la place, avec les magasins, dit le chauffeur.

Il ne demanda pas à Elya qui il était, se contentant de jeter son mégot par la fenêtre :
— Où veux-tu que je te dépose ?
— Devant l'église.
Le chauffeur émit un son mystérieux et tourna le volant pour aller garer la voiture sous l'ombre épaisse d'un quinquina, où il resterait à l'attendre, lui dit-il.
— Prends ton temps… L'église est là-bas.
Puis il se dirigea vers la porte du magasin pour demander un peu d'eau fraîche. Elya le vit faire un brin de conversation avec l'homme qui y était assis, occupé à manger ses gombos et son riz. Après avoir suivi des yeux le passager qu'il venait de transporter, le chauffeur regagna la voiture. Sans doute ne tarderait-il pas à abaisser le siège avant, pour faire un petit somme bienvenu.

A l'ombre du quinquina, l'air était pur et agréable.

Elya se mit immédiatement à prendre des photos, comme s'il les volait, comme si le temps lui était compté et qu'on risquait de le prendre sur le fait, de l'empêcher de continuer. Un labyrinthe de ruelles et de maisons. Il contemple la place. C'est la première fois qu'il vient dans ce village. Dans le temps, personne n'avait accepté de l'y accompagner. De sa main droite, il abrite ses yeux des rayons du soleil.

Le patron de la boutique avait l'habitude des journalistes. Au début, ils étaient venus en nombre. Certains dès le lendemain, le lundi. Le nombre de victimes n'était pas encore connu, car les tués comme les blessés avaient été répartis dans les différents hôpitaux de la ville. Quant au rapport de mise en examen, il citait les noms de vingt-quatre morts, dont quatre femmes, et de vingt-huit blessés, "dont sept femmes et une religieuse". Sans compter "les nombreux blessés ayant pris la fuite et que l'enquête n'a pas permis d'identifier…". Les journalistes continuèrent à affluer tout au long de l'été 1957, jusqu'au début de la "révolution". Des journalistes de Beyrouth, mais aussi des correspondants étrangers venus de divers pays européens, photographiaient les passants et la place. Ils abordaient les gens et leur posaient toutes sortes de questions, tournaient autour de l'église, prenaient des notes dans leurs petits carnets, impressions du moment dont ils nourriraient leurs papiers.

La plus célèbre d'entre eux fut sans doute Aline Lahoud, une journaliste qui, malgré toute son expérience, ne put jamais se débarrasser de sa manie des métaphores scolaires. Qui plus est, elle s'efforçait en permanence de pallier les lacunes de son arabe oral à l'aide d'une poignée de termes français récurrents, comme "déjà" ou "somme toute". En signe de sympathie, pour faciliter le contact, elle prenait la main de ses interlocuteurs, hommes ou femmes, ou les saisissait par les pans de leurs habits. Trois jours après les événements, elle parcourut toute la région en compagnie du photographe Fouad Haddad. Elle qui d'ordinaire laissait volontiers voir les atouts qu'elle possédait, et dont elle connaissait bien le pouvoir, avait cette fois opté pour des vêtements gris et austères. Une tenue demi-deuil, comme ils disaient, en signe de respect envers les morts. En revanche, comme à l'accoutumée, elle choisit le titre de son papier bien avant de l'écrire, avant même d'arriver sur le théâtre du drame: "Les dieux regardaient ailleurs". Elle le répéta maintes fois à haute voix, le fit entendre sur différents tons à Fouad Haddad avant de l'adopter. Alors elle se mit en devoir d'écrire un article susceptible de s'accorder avec un tel titre. Sa longue enquête se concluait par une photo: tout le monde se demanda comment elle avait bien pu l'obtenir. On dit plus tard que cette image avait intrigué l'enquêteur, en lui donnant la preuve de la présence de photographes sur les lieux du drame. On pourrait donc mettre à profit leurs témoignages, sans parler de leurs clichés. D'ailleurs, dans la liste des blessés, il y avait bien le nom d'un photographe: "Nichan Hovzeb Davidian, 26 ans. Une balle dans la jambe droite". Sur la photo, on voyait cinq jeunes gens qui regardaient l'objectif avec intensité. Heureux d'être réunis sur la photo, ils se serraient l'un contre l'autre afin qu'aucun d'entre eux ne déborde du cadre. En guise de légende, Aline Lahoud avait écrit: "La dernière photo. Quelques minutes seulement après avoir posé devant l'objectif du photographe, ces cinq hommes vont mourir. A peine se seront-ils séparés que le feu de la traîtrise les fauchera l'un après l'autre, comme des épis." Il n'était pourtant pas difficile de vérifier que le jeune gars à lunettes qui se tenait debout à l'extrême droite – le seul à détenir un diplôme secondaire, celui qui avait un penchant pour l'écriture journalistique – était sorti indemne des affrontements. Dans la fusillade, il n'avait même pas été touché. Mais quand on donne une information de ce genre, on a tendance à préférer que les choses soient allées jusqu'au bout; on ignore volontiers l'exception, parce qu'elle pourrait alléger quelque peu ce poids terrible que la nouvelle doit faire peser sur l'âme des lecteurs. Fouad Haddad fit aussi des photos de la rue principale de Barqa, déserte à l'heure du déjeuner à l'exception d'une femme tout en noir qui marchait le long d'un mur. La première chose qu'elle ait entendue dans le village endeuillé, écrivait Aline Lahoud, "c'était le silence (sic): silence des hommes, silence des choses". Or, celui-ci, ajoutait-elle, "vibrait comme un arc tendu à l'extrême"; de ce silence – mentionné pas moins de quatorze fois dans son article –, elle passait sans transition au regard, choix stylistique prévisible ici, les yeux ayant évidemment pour fonction de révéler ce que les langues nouées ne pouvaient dire. Des yeux secs, brûlants de larmes qui n'avaient pas coulé, se guettaient les uns les autres derrière les fenêtres. Des yeux hostiles, sous les casques d'acier des soldats déployés à chaque coin de rue. Ici, au passage, un petit détour par la Corse et la Sicile: accrochés comme des reliques auprès des icônes des saints, les poignards voués à la vendetta avaient été dégainés et n'attendaient plus désormais pour frapper que le moment opportun. C'étaient les derniers préparatifs du deuxième acte. Il ne manquait plus que les trois coups annonçant le lever de rideau. Qui donc se chargerait de les frapper? Puis, au prix d'une métaphore usée, la journaliste élégante et bien mise soulignait le caractère littéraire et typiquement méditerranéen de cette violence: à l'image de ces portes fermées, les cœurs eux aussi étaient verrouillés, cependant que la douleur revêtait le masque de la haine et que le parfum des fleurs printanières se mêlait à une insondable colère... et, plus loin, pour parfaire cette évocation épique d'une particulière densité: le soleil est brûlant, et le ciel impuissant sent que les bras lui en tombent... Du moins avait-il tenté, en ce village de Borj al-Hawa, d'empêcher que la catastrophe ne survienne, par une de ces pluies battantes comme on n'en avait jamais vu au mois de juin; elle en profitait pour ajouter ici que cette odeur de terre mouillée qui montait sans doute dans l'air sur les lieux du drame, après une longue sécheresse, n'avait pas suffi à empêcher les hommes de régler leurs comptes, car désormais le temps n'était plus à guetter l'odeur de la vie, mais à se précipiter d'un bond insensé vers l'abîme. Dans l'article d'Aline Lahoud, pas une ligne n'échappait à cette rhétorique poétique; parmi tous les récits auxquels donnèrent lieu les événements de Borj al-Hawa, tous, sans exception, mentionnèrent cette pluie. La journaliste binationale et volage de la revue francophone Magazine *avait vu dans cette averse un signe prémonitoire de ce qui allait se passer; c'est tout juste si elle ne l'attribuait pas directement à tel ou tel dieu de la mythologie grecque. En effet, plusieurs témoins assuraient que l'ondée était tombée non pas avant les coups de feu, mais juste après. Ils avançaient une interprétation à ce phénomène: celui qui avait envoyé la pluie avait voulu séparer les combattants, pour limiter les torts qu'ils se faisaient les uns aux autres. D'autres cependant en tiraient une autre leçon, jugeant que toute l'eau qui s'était déversée alors – l'un d'eux insistant d'ailleurs sur le fait qu'il s'agissait en réalité d'une averse de grêle, avec des grêlons énormes, comme on en voyait rarement au mois de mai, et même, du reste, les autres mois de l'année – n'exprimait rien d'autre que le courroux de Dieu au vu de ce qui se produisait dans sa propre maison et aux alentours, ce jugement se résumant généralement à un seul mot:* al-ghadab, *la "colère". Deux semaines avant les élections législatives, cette tuerie annonça la chute du candidat de l'opposition face aux partisans du président de la République sortant, qui exerçait toutes sortes de pressions pour se voir réélu. Dans le contexte de cette lecture métaphysique, Aline Lahoud appelait en renfort le romancier américain Wilder: "Certains disent (...) qu'aux yeux des dieux nous sommes comme des mouches que tuent les petits garçons en un jour d'été, tandis que d'autres, au contraire, affirment que si un moineau perd une plume, il faut encore y voir la main de Dieu[1]." Etait-ce là une intervention de la providence divine ou plutôt un oubli de sa part? A la lecture de l'enquête d'Aline Lahoud, on s'imaginait aisément la fusillade sous l'aspect d'une peinture de style naïf. Double couche de peinture écarlate; en bas, les tireurs, l'église de Borj al-Hawa et son parvis; au-dessus, assis sur un petit*

1. Thornton Wilder, *The Bridge of San Luis Rey*, 1927 : "*Some say that we shall never know, and that to the gods we are like the flies that the boys kill on a summer day, and some say, to the contrary, that the very sparrows do not lose a feather that has not been brushed away by the finger of God." (N.d.T.)*

nuage bleu, un groupe hétéroclite de divinités et d'anges grecs et chrétiens arborant un sourire distrait, voire hypocrite, s'apprêtant à précipiter des trombes d'eau sur les combattants pour tenter de les séparer. Même le rapport de mise en examen établi à la suite des événements et daté du 27 juillet 1957 – seize pages grand format, sur papier ministre – n'oublie pas de mentionner cette manifestation d'une transcendance. En effet, dans le préambule de l'exposé des faits, on lit: "L'horloge ayant sonné 15 h 30. Tandis que le ciel envoyait une soudaine ondée, le cortège, ouvert par les dignitaires religieux, moines et religieuses, quitte la maison de la famille Abd pour se diriger vers l'église, située à 200 mètres de là. En raison de l'averse, les participants entrent par les portes latérales de l'édifice, orientées au nord et au sud. Le reste du convoi emprunte la «porte royale» (façade ouest), donnant directement sur la place du village. Aussitôt que les premiers éléments du cortège s'introduisent dans l'église, un brouhaha se fait entendre parmi la foule, à la suite de quoi un coup de feu retentit à l'extérieur du bâtiment. Etincelle ayant suffi à mettre le feu aux poudres, ce signal déclenche immédiatement les hostilités…". C'est ainsi que le juge d'instruction auprès de la cour d'appel de Beyrouth – tout comme d'ailleurs l'autre juge d'instruction, celui qui intervint devant le Conseil juridique réuni à l'occasion de l'atteinte à la sûreté de l'Etat commise le 16 juin 1957, et "ayant conduit à l'assassinat ou à la tentative d'assassinat de nombreuses personnes, ainsi que toutes les affaires qui s'en sont suivies, et concernant tous ceux qui ont pu y être impliqués à quelque titre que ce soit" –, c'est ainsi que ce magistrat, donc, ne put s'empêcher d'évoquer cette pluie; même si cette mention s'avérait manifestement inutile, dans le cadre de cette décision d'incrimination dont la suite logique était l'exécution d'une longue liste d'hommes, dont certains produisirent des témoins attestant qu'à cette heure-là ils se trouvaient dans un lieu fort éloigné du village où les affrontements avaient eu lieu. Le juge Adib al-Achkar – signataire de cette tentative de reconstitution, unique trace officielle écrite qui subsiste de l'événement après l'amnistie générale qui blanchit tous les participants et débarrassa l'institution judiciaire de la mission de reconstituer les faits, tâche qui s'annonçait d'une difficulté extrême – fut la cible d'une tentative d'assassinat à cause de son parti pris supposé en faveur de l'un des deux camps. Sur la route de Beyrouth, sa voiture fut dépassée par un véhicule dont l'un des occupants tira dans sa direction – attaque à laquelle il réchappa miraculeusement indemne pour une raison inconnue. Dans son rapport accusant les auteurs d'avoir voulu "mettre en péril la sécurité pour suivre leurs pulsions, pour assouvir leur cupidité", dans sa peinture détaillée d'une confrontation armée survenue "sur les marches mêmes de l'autel du Seigneur", le magistrat n'hésitait pas à recourir à une rhétorique teintée d'un romantisme quelque peu sentimental. Ces préliminaires passés, suivait un récapitulatif des faits révélant un talent littéraire refoulé chez le rédacteur de l'acte, lequel faisait remonter le début du conflit à quarante ans et des poussières, années durant lesquelles "les rancunes profondément enfouies dans les cœurs n'avaient cessé de se renforcer et de croître avec le temps, n'attendant que l'étincelle qui les rallumerait, cette fois sous la forme d'une véritable guerre civile, avec son cortège de tueries effrénées".

Les journalistes tournaient autour de l'église, notant leurs premières impressions, puis s'approchaient de la porte, qu'ils trouvaient verrouillée. Ils regardaient à droite et à gauche puis se dirigeaient vers le magasin. Pas âme qui vive sur cette place écrasée par le soleil de l'été, sauf dans la boutique.

— Bonjour, monsieur!

Dès qu'Elya s'approcha, le patron s'arrêta de manger. Les gombos, ça n'était pas son plat préféré. Mais s'il s'avisait de protester, il devrait se passer de repas. Quoi qu'il arrive, sa femme ne changerait rien à sa cuisine. Le verre d'arak l'aidait à en finir. Il avait sorti du tiroir la clé de l'église et la tenait prête dans sa main, depuis l'instant où le taxi s'était arrêté et où il avait vu quelqu'un descendre. Il savait d'emblée si les visiteurs venaient pour prier ou pour autre chose.

— Quand tu auras fini, referme la porte, s'il te plaît, et rapporte-moi la clé. A cause des vols. Il y a beaucoup d'étrangers qui passent par ici…

Elya prit la clé, tout en jetant un œil autour de lui. Il contempla les rares marchandises de la boutique. Ouvrant son cahier, il tenta de dessiner un plan général des lieux. La scène du crime. Malgré l'insistance d'Elya, l'homme refusa de lui faire payer son paquet de chewing-gums et son biscuit poussiéreux, car ce don qu'il faisait l'autorisait à parler.

— Ils ont repeint l'église depuis longtemps. C'est un homme émigré au Nigeria qui a versé tout l'argent, et ils ont tout retapé à neuf... Je t'en prie, viens partager mon déjeuner.

L'invitation venait vraiment du fond du cœur.

— Je vais jeter un coup d'œil et je reviens.

C'était une église comme tant d'autres. Pleine de statues, pleine d'images. La peinture dorée dominait. Des bancs neufs. Une église ancienne qui ressemblait à un nouveau riche. Les hommes s'asseyaient sur les bancs de devant, les femmes derrière.

Il photographia tout ce qu'il voyait.

Dans les murs de cette église, on avait tiré plus d'un millier de coups de feu, disaient-ils.

Tout avait été remis en état.

Beaucoup de gens s'étaient réfugiés dans la sacristie.

Ils s'étaient cachés ici, à ce qu'il paraît. Des deux bords. On disait qu'il n'y a pas eu un seul échange de tirs ici, que la sacristie formait un terrain neutre.

Les rayons du soleil matinal entraient par les vitres des fenêtres hautes et rondes.

Le soleil se levait, indifférent à ce qui s'était passé ici. Il s'était levé aussi, et sa lumière était entrée par les mêmes ouvertures vitrées, au lendemain des événements.

Elya prit place sur l'un des bancs de l'arrière, comme pour prier.

Les habitants du village avaient déployé tous les efforts imaginables pour effacer le souvenir de ceux qui étaient tombés ici. Pour qu'il ne reste pas le moindre signe suggérant qu'un coup de feu avait pu être tiré, que quoi que ce soit ait pu être endommagé. Pour que nul ne puisse affirmer avec certitude que tout ce sang avait coulé ici même, dans cette église.

Ils en avaient refait une église de village ordinaire, dont les angles renvoyaient l'écho des chants syriaques et les chuchotements des vieilles qui s'efforçaient, à genoux, de se remémorer leurs péchés pour les murmurer à l'oreille d'un curé qui appuyait sa joue sur sa main, dans un demi-sommeil.

Elya se lève, il ne peut rester en place.

Il retourne à la boutique.

— Tu n'as pas traîné..., ajouta l'homme, comme si désormais, il savait pertinemment ce que cette catégorie de visiteurs venait chercher.

— Ils ont tout effacé, sauf deux impacts de balles. Mais à part moi, personne ne sait où elles sont allées se loger.

Elya sourit et lui demanda :

— Ça t'ennuierait que je te prenne en photo?

Il se leva de sa chaise et entreprit de se présenter :

— Je suis né au Brésil. Je suis rentré au Liban quand j'avais 10 ans, juste avant la seconde guerre mondiale. Mon père faisait du commerce dans les forêts d'Amazonie, avec son baluchon. Il vendait aux gens de là-bas des morceaux de la vraie Croix et de la terre de Jérusalem. Ce sont des chrétiens fanatiques, dans ces pays-là, et les Indiens plus encore que les Blancs. La plupart des Blancs, là-bas, n'ont aucune morale.

Il sourit, montrant tout ce qu'il lui restait de dents. Il poursuivit, tout en allant s'installer devant sa porte :

— Mon père m'a appelé Pedro, selon la mode des gens de là-bas. Il avait deux femmes : une sur le continent, une autre à São Paulo. Moi, je suis le fils de celle du continent – une Brésilienne, à qui il m'a arraché de force pour me ramener ici…

Il rit à nouveau.

— Un jour, il a emmené le perroquet à la campagne. C'était un perroquet dont je me souviens très bien, avant qu'il ne meure. Il l'a emmené chez ma mère et le perroquet s'est mis à appeler l'autre femme de mon père, celle à qui il était habitué à São Paulo : "*Margarita, Margarita, te amo!…*".

Elya le fit changer de pose, afin qu'on voie mieux la vitrine du magasin. Il appela un jeune homme qui se tenait non loin d'eux et lui demanda de les prendre en photo. Le patron du magasin le regarda d'un air étrange et continua son récit, que plus personne n'écoutait :

— … Ma mère a eu des doutes au sujet de mon père et voulut savoir qui était cette Margarita que le père aimait tant. Il lui répondit que le perroquet était atteint de sénilité. Elle le suivit à son insu jusqu'à son autre maison, à São Paulo, et là-bas, il y eut un véritable pugilat entre les deux femmes…

— Qu'as-tu vu, le jour où ça s'est passé? l'interrompit Elya, d'une voix posée.

— Moi, j'étais petit, je ne me souviens de rien, mais ma mère m'a raconté comment elle l'avait attrapée par les cheveux et jetée par terre…

Elya sourit de cet excellent quiproquo.

L'homme se lança dans de nouveaux épisodes brésiliens, aussi colorés que le plumage du perroquet. Elya haussa un peu le ton pour protester, le malentendu étant manifestement volontaire :

— Ce qui s'est passé ici... Qu'est-ce que tu as vu ? Où étais-tu ? On dit que tu as tout vu. Est-ce vrai ?

Le patron du magasin cherchait à gagner du temps. Il interrompit ses histoires du Brésil.

— Entre, je t'en prie. Il fait plus frais dedans.

Il reprit sa place derrière la balance. Il se sentait plus en sécurité à son poste habituel.

— Saint Michel a été touché à l'aile par une balle de calibre 14. Et saint Joseph à l'œil. Une balle s'est logée dans le bréviaire que le père Antonios tenait à la main. C'est ce gros livre qui l'a sauvé. La crosse de l'évêque a été projetée au sol, et nous la lui avons fait passer par son intendant, qui est venu la chercher. Si quelqu'un te dit que le tabernacle a été touché, tu peux lui dire que c'est un menteur ! Moi, je l'ai vu de mes propres yeux. Le confessionnal, c'est vrai, a été criblé de balles, parce que quelqu'un s'y était caché et tirait de tous les côtés...

Devant l'air incrédule d'Elya, l'homme se rebiffa.

— Viens !

Elya hésita.

— Assieds-toi là, sur cette chaise.

Elya croisa les bras, obéissant.

— En ce dimanche maudit, moi, j'étais assis ici. Qu'est-ce que tu vois ?

Elya regarda dehors : la porte de l'église, la partie centrale de la place. C'est tout ce qu'on voyait.

L'homme dit :

— Ç'a été le sauve-qui-peut général.

— Qui se tenait ici, dans la boutique ? lui demanda soudain Elya.

— Il y avait ton père, avec un autre jeune de votre famille...

Elya tressaillit, avant de l'interrompre :

— Comment as-tu su qui j'étais ?

— J'ai passé les 70 ans, mon fils...

— Mais encore ?

Elya resta quelques instants saisi d'effroi, comme si un œil venu d'en haut le surveillait, suivait ses pas ; mais bien vite, il se rappela la présence du chauffeur de la Mercedes, le taxi, qui dormait à présent, étendu sur le siège avant, ronflant à l'ombre du quinquina. Cette découverte le rasséréna.

— C'est le chauffeur de taxi qui te l'a dit.

L'homme reprit sans commentaires, confirmant ainsi les doutes d'Elya :

— Il y avait un photographe, à côté de ton père et de son copain, qui s'est proposé de les prendre en photo. Je me souviens que ton père a mis une cigarette dans sa bouche pour la photo. A cette époque, c'était la mode, il fallait qu'un jeune homme ait une cigarette à la bouche. Moi, je ne cache rien, je raconte tout ce que j'ai vu. Quelques minutes plus tard, la fusillade a éclaté. Là, je me suis jeté derrière la devanture, et quand j'ai relevé la tête, le magasin était vide…

Il y a des récits où l'auditeur comprend d'emblée que le narrateur en sait plus long qu'il ne veut bien le dire. Des gestes de la main, des regards. Le patron du magasin, avec son père aux tendances polygames et sa mère brésilienne, aimait assaisonner ses récits de diverses manières. Ça semblait être dans sa nature.

— Mon fils, il y a des gens qui sont tombés sous les balles de leurs proches parents, ajouta-t-il d'une voix chuchotante, sous les balles de leurs amis…

Elya se retourna et l'homme ajouta :

— En tout cas, ne va pas croire tout ce que tu entends dire.

C'est ce que tout le monde lui disait, ici.

Le patron termina son assiette de gombos et de riz, et sirota encore le fond du verre d'arak posé devant lui sur la table, cependant qu'Elya allait jeter un dernier coup d'œil sur la place de l'église. Sur le chemin du retour, le chauffeur de taxi resta silencieux. Mais chaque fois que l'occasion se présentait, soit dans un virage difficile, soit lorsqu'il était contraint de s'arrêter, il examinait Elya d'un coup œil furtif dans le rétroviseur.

VIII

Parmi eux, ceux du bas peuple, autrement dit presque tous, vivaient dans des maisons petites et misérables. Une seule pièce, parfois deux, sanitaires à l'extérieur. Entassées les unes sur les autres dans des rues étroites. Humides, basses de plafond, avec leurs toits de terre sur lesquels on passait chaque hiver le lourd rouleau de pierre pour éviter les infiltrations et que le mois de mai couvrait d'une herbe printanière. Lorsqu'au début du XXe siècle, un notable local fit construire un bâtiment de trois étages en pierre sablonneuse, sans doute tira-t-il la somme nécessaire des profits récemment générés par la toute première vague d'émigration. Avec quelque emphase, on appelait cette bâtisse *al-imara*, "l'immeuble", le surnom *al-koubra*, "la plus grande", étant déjà pris. Il désignait une vaste et imposante demeure voûtée, agrémentée d'arcades, qu'un de leurs cheikhs avait fait bâtir plus d'un siècle auparavant. Dans les années 1940, faute de trouver un plus vaste édifice, l'Etat l'avait transformée en préfecture.

Mais à leurs yeux, ce qui faisait les "grandes maisons", ce n'étaient pas seulement ces pierres taillées avec art, ces voûtes doubles ou triples, ces arcades ou, un peu plus tard, ces tuiles L'Abeille venues de France – éléments que copièrent par la suite ceux qui, sur leur terre d'exil, purent réunir quelque argent, ceux qui surent tirer profit du trafic de haschich sur les chemins reliant la Békaa à la côte ou encore ceux qui, dans les premiers temps de l'Indépendance, dirigèrent des chantiers de travaux publics. Une "grande maison", c'était bien davantage : c'était une haute porte toujours ouverte, une table garnie de plats offerts ; c'était la résolution prise une fois pour toutes de souffrir la présence des gens simples : leur compréhension limitée, leur allure grossière, leurs questions naïves et leur dévouement sans bornes, à eux tous, à tous ces gens qui se faisaient une joie de venir s'asseoir là, en présence des enfants de la maison, juste pour écouter ce qu'ils disaient, juste pour profiter de leurs moindres faits et gestes.

Sur le chemin des hommes de lettres, des pèlerins ou des missionnaires quittant l'Europe pour l'Orient, ces "maisons" constituaient autant d'étapes obligées. Aussi ces voyageurs ne manquaient-ils jamais d'en faire état dans les rapports qu'ils adressaient aux ministères des Affaires étrangères de leur pays. Dans les récits littéraires qu'ils produisaient, quelques éloges leur étaient immanquablement réservés, qui vantaient l'admirable générosité des "gens de la maison", sans oublier le fait qu'ils usaient de fourchettes et de couteaux dorés, exception tout à fait remarquable dans ces contrées de l'Orient.

Les rejetons de la grande maison portaient des titres ottomans, le plus important étant celui de *bek**, le plus rare celui de *pacha*. Ces distinctions s'obtenaient d'ordinaire par une entrevue avec un ministre d'Istanbul, en vertu d'un *firman* signé par Sa Majesté le sultan Abdulhamid*. L'acte était conservé dans un tiroir fermé à clé, aux côtés de ces titres de propriété dont certains, disait-on parfois à voix basse, avaient été extorqués indûment, soit par la force, soit par le biais d'une hypothèque; même s'il est vrai que par la suite une bonne part de ces possessions, cédées dans un moment de faiblesse ou pour célébrer l'heureuse issue d'une grave maladie, était allée rejoindre les biens de mainmorte de l'Eglise maronite.

Au beau milieu du salon, un tableau représentait le "grand" de la maison, son fondateur, le teint frais, dans un costume ressemblant bien plus à celui des commerçants des villes côtières qu'à la tenue des anciens chevaliers. De part et d'autre de ce grand portrait, des photographies de dames coiffées de chapeaux à la dernière mode, jouant au tennis – passe-temps nouvellement introduit dans le pays –, ainsi que l'historique de la famille. L'arbre généalogique accroché au mur remontait jusqu'à une époque si reculée qu'on avait bien du mal à croire que la famille ait pu un jour plonger ses racines aussi loin dans la noblesse et dans le temps – un arbre qu'un moine maronite, ami de la famille, s'était mis en devoir de reconstituer, sans ménager sa peine…

La grande maison, c'était aussi des terres sans fin, une aire de battage à blé, un moulin à olives, une nurse étrangère pour les enfants, parfois aussi une chapelle où l'on disait la messe du dimanche pour la famille et les amis, et où ils seraient un jour enterrés. Et des épouses, tantôt belles, tantôt moins belles, mais toujours riches, venues d'autres familles du Mont-Liban tout aussi importantes, tout aussi splendides. Sachant qu'un jour, c'était inévitable, un conflit surviendrait avec les frères de ces mêmes épouses autour de la répartition de l'héritage, en raison de l'irrésistible propension qu'avaient ces familles à spolier les filles de la part qui leur revenait, pour laisser tous les biens aux mains des garçons.

Dans ces "maisons", on recevait des visiteurs qui ne parlaient pas l'arabe. Inévitablement, l'un des fils faisait office de traducteur auprès du consul de France à Beyrouth, s'employant du même coup à élargir le cercle de ses relations. A moins que le fils aîné, après avoir suivi – mais pas nécessairement achevé – ses études à Antoura* sous l'autorité du père lazariste Sarloutte, ne soit nommé parlementaire, sur la recommandation du haut-commissaire français, puisqu'une fraction de la toute jeune assemblée était désignée par les autorités françaises. Peut-être même, qui sait, deviendrait-il ministre de l'Education dans un gouvernement qui ne tiendrait pas plus de deux mois. Le père, lui, était chef de district ; sa nomination remontait au temps où le pacha Wassa, gouverneur du Mont-Liban, avait un faible pour les cadeaux et acceptait volontiers les invitations à des banquets ornés de belles dames à l'humeur mutine.

Les "gens de la famille" n'aimaient pas être trop nombreux. Si parmi leurs cousins il s'en trouvait un pour porter le même nom qu'eux, ils l'affublaient définitivement de quelque sobriquet moqueur, afin de rester seuls détenteurs du nom pur, inaltéré, preuve de leur authenticité et de leur légitimité exclusive. Si lors d'un enterrement, prétextant la parenté, certains osaient se planter aux côtés d'un notable pour recevoir les condoléances, celui-ci criait son indignation et intimait à ses cousins plébéiens l'ordre de s'éloigner. "Moi, mon frère et le fils de mon frère" : nul autre ne se tiendrait jamais devant l'église, à droite de la porte. Le notable parlait avec cette intonation étrangère dont personne n'aurait pu dire l'origine exacte, à moins qu'il n'ait tout simplement affecté cet accent dans le seul but de se distinguer des autres. Cette prédilection pour le petit nombre, ce souci de réserver toute autorité, toute propriété, à quelques héritiers triés sur le volet, les rendait parcimonieux dans leurs enfantements. Aussi ces grandes maisons se trouvaient-elles perpétuellement, comme ils disaient, "menacées d'extinction".

La figure emblématique de ces grandes familles se pavanait sur un cheval de bronze étincelant, œuvre du sculpteur Youssef Howayek*. Pour l'inauguration de la statue, on vit se réunir tout un aréopage de poètes et de chanteurs populaires venus des quatre coins du Liban. Sur le piédestal, on pouvait lire ces vers, dont l'auteur demeurait toutefois inconnu :

Par toi leur cœur fut empli de crainte,
Ils crurent que de la terre avaient poussé des hommes.

Les yeux fixés sur l'horizon, le cavalier levait haut l'épée sur le parvis de l'église Saint-Georges, dont le saint patron, lui aussi, brandissait son glaive, plongeant par-dessus l'encolure de son cheval cabré, dans le grand tableau accroché au-dessus de l'autel. L'œuvre portait la signature de Daoud Corm*, peintre qui s'était manifestement fait un devoir de doter la moindre église, sans exception aucune, d'une semblable effigie de son saint patron paré de ses plus beaux atours, dans le style Renaissance italienne.

Mais cette statue n'était pas celle d'un disparu, d'un être à jamais enseveli ; le corps du cavalier était toujours là, dans l'église, bien à l'abri dans son caisson de verre – et pas même embaumé. Car ils soutenaient dur comme fer que l'ancêtre n'avait pas subi d'embaumement. Voilà plus de cent ans que les visiteurs allaient et venaient devant lui, comme s'il n'était jamais mort. Au contraire même, quand au lendemain de la Grande Guerre eut lieu le premier recensement de la population – plus de trente ans après sa mort –, on inscrivit son nom en tête de la liste des habitants. Non content d'être le plus grand des morts, il devait être aussi le premier des vivants. Ils évoquaient volontiers son souvenir, sollicitant son intercession, son assistance, chaque fois qu'ils perdaient quelque chose qui leur était précieux, chaque fois qu'une pièce de monnaie tombait de la poche d'un enfant qui n'en avait pas d'autre.

Ils diffusaient des calendriers à son nom et à son effigie. Debout, à Rome, aux côtés de Sa Sainteté le pape. Le jour où les consuls européens avaient signé l'accord avec le patriarche maronite qui, selon eux, "tremblait devant lui". Et enfin, arborant un gilet brodé de fils d'or. Ils donnèrent son nom à l'équipe de football locale, à ces associations que leurs émigrés fondèrent au Mexique ou en Argentine. Ils firent fabriquer de petites figurines de bois, de fer et d'argile à l'image de sa grande statue ; les peintres illustrèrent ses batailles, celles de la deuxième moitié du XIXe siècle, avec les cadavres de ses ennemis qui formaient un grand tas. Si l'un d'eux avait quelque talent pour le dessin, il commençait toujours par représenter son visage radieux, ses traits virils. Tous les poèmes qu'ils composèrent, toutes leurs élégies furent en son honneur ; ils imploraient le ciel de faire luire pour lui et pour ses hommes une lune d'avril qui leur viendrait en aide dans la nuit du combat, dans la nuit des batailles, afin qu'ils triomphent de leurs ennemis. Ils le proclamèrent "héros du Liban". Il était pur, il était vierge. Son amour de la pudeur était tel qu'il défendait rigoureusement aux femmes de raccourcir leurs manches, fût-ce jusqu'au coude.

Après sa mort, pour lui succéder à la tête de la famille, on se tourna vers les enfants de son frère, qui étaient au nombre de trois. Trois garçons que les autorités de la *moutasarrifiyya** avaient su amadouer par divers postes administratifs. Cependant – comme c'est toujours à craindre chez ces fils de famille –, le premier resta sans enfants. On décréta alors que sa femme était stérile. Il mourut jeune. Le deuxième était pourvu d'un enfant mâle, mais celui-ci mourut à la fleur de l'âge d'un mal terrible qu'on appelait le "vent du bouchon*". La maladie dura des jours et des jours ; pour appuyer les vœux faits en faveur de sa guérison, ils firent jeûner les ânes, ils se mirent les genoux en sang pour monter jusqu'à la petite chapelle juchée au sommet d'une colline. La mère refusa catégoriquement qu'on enterre son fils avant elle. Elle le garda à la maison, dans un cercueil hermétiquement clos, jusqu'à ce que vingt ans plus tard, conformément à ses dernières volontés, ce soit elle qui sorte de la maison les pieds devant, avant lui.

Peu avant de mourir à son tour, le troisième des fils avait engendré un garçon, issu d'un second lit. Mais, sans attendre que l'enfant grandisse, ils prirent pour chef l'un de ses parents éloignés, issu pourtant du commun du peuple puisqu'il était cordonnier – ce qui ne l'empêchait pas d'être craint. C'est alors que le monde changea. Des concurrents se manifestèrent. Toutefois, les enfants des grandes familles conservaient leurs partisans dans les familles humbles qui venaient battre du tambour chez eux pour célébrer leurs noces et leurs naissances. Ils employaient à cet effet toute une série de tambours de différents formats, à chaque diamètre étant même affecté un certain numéro. Ils lançaient des youyous quand l'héritier de la maison réussissait tel ou tel de ses examens officiels, se pressaient autour de la maison s'il était atteint d'une faiblesse ou d'une fièvre passagère et déployaient les étendards noirs si un des hommes de la famille mourait. Même s'il s'agissait d'un vieillard grabataire, ils faisaient son éloge funèbre comme si la mort l'avait surpris sur le dos de son cheval, là où pour toujours se tenait désormais son grand-oncle juché sur sa monture de bronze, et déclamaient à son propos :

Toi la rousse, toi qui as des grains de beauté,
Ne dis pas que ton chevalier est mort;
Ton chevalier s'en est allé à Beyrouth
Pour te rapporter une paire d'étriers.

Au fil des divers changements de régime, le lien qui les unissait tous avait fini par se défaire. D'autant que ceux qui restaient encore liés aux fils des grandes maisons par des "liens du sang" en partie avérés, en partie imaginaires, avaient fini par ouvrir les yeux. S'étant souvenus que justement, ils descendaient tous d'un seul et même ancêtre, ils commencèrent par prendre conscience de ce que devait être leur nom. Ainsi comprirent-ils soudain à quel point ils étaient nombreux ; mais hélas en ordre dispersé, chacun ayant prêté allégeance à telle ou telle des grandes maisons. Et voilà qu'ils se découvraient capables de faire élire au Parlement un député issu de leur propre famille, puisque le mandat français, désireux d'instiller la démocratie dans les pays du Levant, à doses mesurées toutefois, avait instauré une loi organisant des élections, indirectes d'abord, au suffrage universel direct ensuite.

Ce fut une sorte de fièvre qui s'empara d'eux tous, et ce en dépit de l'épisode précédent. En effet, quelques années auparavant, la direction générale des Affaires intérieures leur avait déjà demandé de se présenter à la vieille préfecture de la ville – ce bâtiment qui n'avait pas de prix, car, pour le bâtir, ils avaient fait preuve d'une solidarité sans pareille, dans l'espoir de faire du village un chef-lieu de gouvernorat –, accompagnés sans faute de toutes les personnes qui pouvaient dépendre d'eux. Ils avaient répondu à l'appel en masse, effrayés par une rumeur selon laquelle ceux qui n'iraient pas s'inscrire ce jour-là perdraient leur nationalité libanaise. Cette fois-là, ils avaient déclaré leurs noms tels qu'ils les avaient hérités de père en fils, tels que le curé avait coutume de les écrire dans les registres au jour de leur baptême, au jour de leur mariage, à celui de leur dernière heure : "En cette nuit du lundi, le 14 juillet 1930, à deux heures et demie, a succombé à une mort soudaine et inopinée Boutros Antanios Khattar, lequel a reçu l'absolution conditionnelle de ses péchés des mains du père Elias al-Mardini." Désormais, ils mirent un point d'honneur à écrire chacun de ces noms de façon complète : Boutros Antanios Khattar *ar-Rami*. A présent, occulter le nom familial était un péché impardonnable commis à leur égard, un crime de lèse-majesté. La dénégation, en somme, d'une noblesse dont ils venaient tout juste de prendre conscience. C'est donc dans les années 1940 qu'ils se souvinrent de leur nom ; pour être plus précis, au milieu des années 1940. Alors ils se présentèrent une seconde fois à la préfecture, pour soumettre au juge une requête destinée à restituer la partie constitutive de leur nom, disparue, disaient-ils, par inadvertance. Exaspéré, le magistrat finit par charger le crieur public (celui qui était borgne) de faire le tour de tous les quartiers en s'arrêtant à chaque carrefour, pour faire savoir à la population que dorénavant les demandes de rectification concernant les noms de famille ne seraient examinées que le mardi. Parfaitement informés des démarches à accomplir, ils se passaient fort bien des services d'un avocat. Ayant fait enregistrer leur demande, ils n'avaient plus qu'à produire deux témoins et à répondre à quelques questions. Le greffier de l'état civil en personne ainsi que le vendeur de café installé à la porte du bâtiment venaient témoigner pour tout le monde, et le juge écumait de rage, prenant à témoin son greffier, se demandant ce qui pouvait bien leur prendre pour se rappeler tous à la fois ces liens de parenté qui depuis des générations ne servaient plus qu'à la répartition des terres et des successions, et à alimenter diverses chicanes.

Les fonctionnaires du service de l'état civil consultaient sans cesse les registres, qu'ils ouvraient en déployant largement les bras, pour corriger et compléter les noms, pour y rayer les défunts, y enregistrer les mariages ou les départs de filles mariées vers d'autres localités, y déclarer les nouveau-nés, si bien que les coins des plus grands cahiers s'usaient, que des pages entières se défaisaient, bien difficiles à recoller. Ce fut alors leur existence même qui se trouva mise en péril, puisque nombre de ces pages faillirent tomber en lambeaux ou s'effacer sans remède. Combien de noms risquèrent ainsi de se perdre tout à fait?

Quant au nombre d'électeurs que compte leur famille, ils peuvent à présent se tranquilliser. Un disque compact a sauvé leur liste de l'anéantissement pur et simple, et le ministère le distribue volontiers à qui en fait la demande. D'après les noms inscrits sur ces listes électorales, ils font à loisir l'inventaire de tous leurs parents connus, déplorant que ceux des leurs qui se sont installés dans des pays lointains – en Amérique du Sud, en Australie – ne se soient même pas donné la peine de faire inscrire leurs enfants, sans quoi la liste serait deux fois plus longue. Naviguant désormais grâce à Google à la recherche de leur famille, ils débusquent sur la Toile tel ou tel individu portant le même nom, et parfois le même prénom qu'eux, membre du Conseil des Pairs de Bahreïn ou de la sélection nationale de football du Maroc ; contaminés par la fièvre électronique, de tout jeunes experts créent des sites, comme Semaani.com, entièrement consacrés à leur famille. En son honneur, ils ont inventé un blason où l'on voit une épée, un livre et une crosse, emblème de l'autorité religieuse. Sur le site, ils consignent les naissances survenues au pays aussi bien qu'en exil, les mariages et les décès ; ils s'échangent leurs adresses électroniques et font circuler les nouvelles des notables de la famille, sans manquer de rappeler les raisons de leur célébrité – un historien qui professe l'éternité du Mont-Liban et dont les œuvres furent préfacées par le général de Gaulle ; un peintre qui, en dépit de ses voyages dans les pays lointains, conserva pour principale, sinon pour unique source d'inspiration, les paysages et les couleurs de son enfance. Signe de l'étendue sans limites, de l'infinie richesse de leur famille supposée, ils s'enorgueillissent de compter dans leurs rangs une figure californienne de la neurochirurgie, un magistrat candidat aux élections municipales de Mexico, un pilier de l'équipe nationale de rugby australienne.

Derrière chacune de ces familles, il y avait donc quelqu'un qui s'employait sans relâche à la rassembler ; un notable, un nanti d'abord, qui, dans la capitale, nouait des liens d'amitié avec M. Plafond, l'adjoint du haut-commissaire français, ou avec un fonctionnaire de la mission britannique ; leur ayant arraché des promesses de soutien, il rentrait au village à la fin de la semaine et s'appliquait alors à agréger à cette famille – qui prenait tout juste conscience de ses intérêts propres – tous les parents qu'on pouvait identifier, faisant volontiers d'un rapport de voisinage un lien de parenté ouvrant droit au nom de la grande lignée, incluant même ceux qui avaient ajouté à leur nom (celui d'une famille mineure) le nom plus glorieux de leurs épouses. La famille devait avoir son chef et aussi son candidat à la députation, qui, singeant les fils des grandes maisons, mettait un point d'honneur à se construire une demeure "de style libanais" et évitait soigneusement de prendre pour épouse une fille du village.

Ouvrant soudain les yeux sur leur nom et sur leur famille, ils avaient cru que ceux-ci existaient de toute éternité. C'est pourquoi ils restèrent sceptiques face aux explications délivrées par un jeune historien qui, s'étant rendu à Istanbul pour son propre compte, y avait consulté les registres ottomans du *Tapu Defteri*, qui remontaient au XVIe siècle, et dont le gouvernement turc venait d'autoriser la consultation. Leurs ancêtres, disait le jeune chercheur, portaient des noms tout simples. Un prénom masculin suivi de celui du père, comme *Rizk Ibn Girgis*, "Rizk, fils de Georges", ou même *Ishak Ibn Ibrahim*, "Isaac, fils d'Abraham". Ils ne prêtèrent nulle attention à ses découvertes sur le nombre des aires de battage, des moulins à huile, des veaux et des arbres fruitiers, sur les impôts que leurs ancêtres payaient au gouverneur de Tripoli ou à celui de Damas ; ils ne s'étonnèrent point que ces paysans frustes, qui luttaient contre une terre aride et enduraient des persécutions, aient produit ces hommes de religion pieux et purs, ces évêques, ces patriarches capables d'exposer les fondements de leur foi dans les pages de remarquables ouvrages traduits dans de nombreuses langues, ces moines qui introduisirent en Orient la première imprimerie, qui fondèrent dans leur village la première école, ici, dans ce Mont du savoir et de la sainteté. Rien de tout cela ne les intéressa; mais sur le chapitre des noms de famille, l'émotion fut considérable. Quand le débat s'envenimait, ils disaient que ces noms, ils les avaient payés de leur propre sang. Si ces noms-là n'existaient pas à l'époque, les avaient-ils alors inventés eux-mêmes, à l'heure de l'avènement de la démocratie?

Chaque famille se divisait en un certain nombre de branches, que l'on appelait *jibb*, "puits". Chacune de ces subdivisions possédait ses propres singularités. Les hommes de tel puits mouraient presque tous d'une maladie cardiaque congénitale, ceux d'un autre puits mettaient trop de sel dans tout ce qu'ils mangeaient, d'autres encore, qui étaient des lâches, enfilaient leur pyjama dès le coucher du soleil. Ceux d'un certain puits, enfin, ne payaient jamais leurs dettes, un ancêtre leur ayant recommandé de ne jamais s'acquitter de ce qu'ils devaient à autrui. Ils se mirent à tisser toutes sortes de récits d'exploits et d'actes de bravoure; chaque famille eut ses "héros" aux visages inexplicablement renfrognés, dont les réputations allaient croissant et dont les hauts faits furent connus jusqu'en des lieux fort reculés. Chacun d'eux avait acquis un surnom qu'il arborait fièrement. Chaque clan s'employa à faire le compte des "fusils" dont il disposait, de préférence à voix basse, alors qu'avant – avant cette division en "familles" – les hommes forts, ceux qui ne portaient pas les noms de telle ou telle grande lignée, leur appartenaient à tous. Ils en avaient le souvenir en partage et les citaient volontiers en exemple: Boutros Touma, parti à l'assaut des ennemis en portant le canon sur son épaule; al-Ghazal et al-Aqouri, tombés dans la haute montagne sous le feu des soldats turcs après avoir épuisé toutes leurs munitions; ou encore Sarkis Naoum, qui durant la Grande Guerre, au temps de la famine et de l'état de siège sur le Mont-Liban, leur permit d'être approvisionnés en blé sans restrictions avant d'être un jour fut tué par traîtrise.

Désormais, quel que fût celui de leur vaste famille qui passait de vie à trépas, ils étaient là, debout, à recevoir les condoléances. Si parmi les leurs, il se trouvait quelqu'un pour s'opposer à eux, c'était un communiste, un franc-maçon: comment pouvait-on renier ses parents de la sorte? Ainsi les liens du sang pesaient-ils de plus en plus lourd, même pour ceux qui n'avaient pas grand-chose à offrir. On en vint même à hésiter à prendre femme à l'extérieur de la famille. Certains, pensant ainsi se prémunir contre les dangers futurs, avaient loué ou acheté une maison proche de l'endroit où vivaient le gros des membres de la famille. Ils préféraient faire toutes leurs emplettes quotidiennes, leurs provisions, dans les boutiques que tenaient leurs cousins, même si elles n'étaient pas les plus proches de chez eux. Pourtant, entre gens de familles différentes, voire rivales, si l'on se rencontrait par hasard à Beyrouth ou n'importe où en dehors du village, on continuait à se saluer avec empressement, avec chaleur; on offrait ses services avec insistance et, dans l'enthousiasme du moment, avec sincérité. Ils emmenèrent ces divisions familiales jusqu'à Sydney, Caracas et Mexico, où, toutefois, ils n'osèrent pas recourir à la violence pour régler leurs comptes, se contentant d'organiser des réunions d'entraide et de proposer aux parents restés au pays un soutien qui se bornait à quelques dollars économisés à la sueur de leur front, tout juste de quoi augmenter un peu la cagnotte familiale. Ils exhumèrent de vieux proverbes: "Qui se dépouille de ses vêtements est condamné à avoir froid" ou "Le sang ne devient jamais eau." Des formules qu'ils brandissaient à la face de celui qu'ils sentaient hésitant, de celui qui aurait pu émettre un doute quant à leur "conduite". Force était de constater que, dans les autres familles, personne ne les aimait; c'est qu'eux, ils étaient vraiment "trop naïfs", toujours à se saigner aux quatre veines pour les autres sans jamais en retirer la moindre gratitude.

D'entre leurs rangs sortirent quelques orateurs éloquents, à demi instruits, qui se prétendaient connaisseurs du passé et des livres. Ils fabriquèrent à l'usage de leur famille une histoire orale anoblie, qu'ils étaient seuls à faire circuler et à transmettre – histoire qui assurait la primauté de leur propre existence, et attestait leur autorité immémoriale sur telle ou telle parcelle de terre, comme s'ils ne s'y étaient pas fixés, eux aussi, au terme d'un exode les ayant conduits là depuis un autre point du globe. Et s'ils acceptaient de revoir leurs ambitions à la baisse sur ce point, du moins fallait-il que ce soit pour descendre d'une famille française arrivée en Orient à la suite des armées des croisés. A leurs ancêtres, l'histoire qu'ils professaient attribuait toutes sortes de prouesses, remontant à l'époque où ils étaient alliés aux princes chéhabites. Ils avaient donc chassé les jacobites des environs de leur village ou étaient même allés, en pionniers, sonner les cloches dans des villages musulmans qui n'en avaient jamais connu le son. Il y en eut pour découvrir que leurs ancêtres étaient les *mouqaddam** du village, dont le pouvoir avait été usurpé par la ruse au cours du XVIIIe siècle : il était donc bien temps, en ce milieu du XXe siècle, de venir le reconquérir.

Un juge et homme de lettres issu de leurs rangs consigna par écrit leur filiation à tous, sous la forme de plusieurs volumes, avec un arbre représentant les liens de parenté qu'ils avaient tissés entre eux. Chacune de ses notations manifestait une prudence extrême, afin de ne blesser personne dans ses origines, ce qui n'aurait pas manqué de comporter quelque risque. Famille après famille, "puits" après "puits", chacun y lirait ce qu'il pouvait souhaiter de meilleur au sujet de ses origines. Il leur rappelait leurs hauts faits, les narrant comme ils auraient voulu les raconter eux-mêmes. Nulle bassesse, nulle trahison : un chemin ininterrompu fait de succès et de bravoure. Ils se remémorèrent les vices rédhibitoires qui sévissaient dans les familles adverses : leur avarice aiguë, leurs suffrages si faciles à acheter, leur voisinage éprouvant, surtout dans les vergers qui jouxtaient le village, où ils n'hésitaient pas à s'accaparer les propriétés d'autrui, qu'ils labouraient et plantaient avant d'en engloutir les récoltes si personne ne venait y mettre le holà. Ils se rappelèrent tout ce qui, dans la conduite de leurs femmes, montrait une coupable légèreté ; leurs racines n'étaient pas dans le village, et si on réexaminait l'ensemble de leurs actions, qu'il s'agisse de l'histoire ancienne ou moderne, on ferait aisément la preuve de cette origine douteuse : en témoignaient assez tous ces exemples de traîtrise, tous ces pièges tendus, tous ces actes de lâcheté. Se plaisant à examiner en détail tous ces points, ils en firent même un long compte rendu, annonçant qu'ils entendaient lever ainsi le voile sur les crimes du camp adverse, à commencer par les vols de bétail, la persécution des habitants des fermes voisines, dans le contexte des atrocités de la guerre mondiale, jusqu'aux assassinats organisés, dont ils rejetaient hautement la responsabilité sur d'autres. S'attribuant, ainsi qu'à leurs parents, l'apanage de la vaillance et du goût du défi, ils énuméraient les précieuses qualités de leurs notables : générosité, compassion envers les pauvres et les métayers – à qui ils demandaient des nouvelles de leurs récoltes de fruits ou de leurs vaches, qu'ils connaissaient d'ailleurs par leur nom –, sens politique, juste intuition des nouveaux rapports de force et des grandes tendances de la diplomatie mondiale.

Leurs femmes, plus encore que les hommes, s'acharnaient à réclamer vengeance, exigeant qu'un coup reçu soit rendu deux fois. Parmi elles s'illustraient toutes celles qui avaient déclaré à leurs fils : "Qui tarde à venger son frère se passera de l'héritage de son père", ou encore celle dont le mari était tombé sous les balles des soldats. Ayant couvert le cadavre d'un drap blanc, elle haranguait les cousins : qu'ils ne se retournent pas pour le voir, mais qu'ils continuent le combat. Les fils des familles de moindre importance, restées sans véritable pouvoir en dépit parfois d'une nombreuse descendance, demeuraient impuissants. Faute de trouver un notable capable de les fédérer autour de sa personne, ils se contentaient, pour ne pas sombrer dans le découragement, de contribuer à une caisse destinée à financer les funérailles de quelque parent indigent ; puis, ils offrirent leur loyauté à telle ou telle grande famille, pour pouvoir être surnommés *lafif** dans l'une, ou *arra* dans une autre, ce dernier mot désignant à l'origine, selon un ancien dictionnaire arabe, la tête de bétail étrangère venue rejoindre le troupeau. Ils en rajoutaient dans la fidélité, se dévouant corps et âme au service de ces familles. Composant en leur honneur de petits refrains quand venaient les élections, ils sortaient la tête par la portière des voitures en faisant le V de la victoire et venaient s'abattre en masse sur les villages voisins, sur les fermes, pour s'assurer sur place du bon vote de leurs affiliés. Regardant de travers les partisans de leurs adversaires, ils envoyaient des représentants dans tous les villages, dans les moindres bureaux de vote (ceux des hommes comme ceux des femmes), et sillonnaient nuit et jour localités et villes. Refusant ostensiblement d'entrer dans l'isoloir, ils préféraient mettre leur bulletin dans l'urne aux yeux de tous, affirmant ainsi qu'entre leurs chefs et eux la loyauté était sans faille : le lait n'était jamais coupé.

Le gouverneur du Nord redoutait de voir éclater des affrontements entre ces partisans ; il demandait donc à chaque camp de lui faire connaître à l'avance le programme de sa tournée, afin que les hommes ne puissent pas se croiser et ne soient pas tentés de faire parler les armes. Mais il oublia – ou plutôt, dit-on, il omit délibérément, pour des raisons politiques – de se rendre à la messe anniversaire célébrée en l'honneur du frère de l'évêque, dans l'un de ces villages accrochés à flanc de montagne, là où ils s'affrontèrent enfin, plongeant dans un fleuve de sang et d'actes de vengeance qui les suivit encore des décennies durant, dans une guerre ouverte où l'on dressa des postes de tirs, où l'on fit venir, pour jeter de l'huile sur le feu, des canons et des mitrailleuses lourdes. Bientôt, plus un seul innocent ne fut à l'abri d'un enlèvement, plus un seul passant n'échappa aux tireurs embusqués. Et l'Etat parvenait à ramener le calme, s'il déployait des troupes capables de s'interposer entre les combattants, de rétablir l'ordre, fût-ce pour quelques mois, la guerre ne disparaissait des rues que pour mieux se réfugier dans les cœurs, guettant l'occasion d'allumer un brasier plus terrible encore.

IX

A 5 heures précises, Hayfeh Abou Draa se mit à crier.

Elle lança un cri tranchant comme un couteau. Moi, j'étais à la maison. La maison de mes parents. Jusqu'à ce jour, je ne l'ai jamais quittée, et je n'en sortirai qu'à l'heure de ma mort, car je ne me suis pas mariée. Dans ma jeunesse, nous étions trois filles, trois amies; tous les jours, nous allions nous promener ensemble. A la tombée de la nuit, en nous donnant le bras, nous descendions faire un tour sur le chemin, au bord du fleuve. Nous avions mis nos plus beaux habits et nous faisions tout pour que les garçons viennent nous parler. Si parmi nos admirateurs il y en avait un qui nous plaisait, et qu'il nous abordait, alors, toutes rouges de confusion, nous détournions la tête. Et nous avons si bien continué à rougir et à détourner le regard que toutes trois, nous sommes restées sans mari.

Lorsque Hayfeh Abou Draa a crié, j'étais à la maison. Parce que moi, je n'aime pas les dimanches. Je ne sais pas ce que les gens lui trouvent, à ce jour; moi, je le passe à la maison, comme tous les jours de la semaine. Je n'aime pas en faire trop de cas, sauf pour ce qui est de la messe. Après la messe, je rentre me débarbouiller, faire la vaisselle et me disputer avec ma mère, comme chaque jour de la semaine. Le ton monte, le petit jeu commence: nous sommes en désaccord sur tout. Depuis mon enfance, j'aime les travaux ménagers, j'aime la propreté et l'ordre, et ça me fait du bien de me disputer avec ma mère.

Quand Hayfeh Abou Draa a crié, le son de sa voix ne m'a pas plu. Il n'a pas plu davantage à ma mère. Assise en face de moi sur la banquette, elle faisait le dessus d'une courtepointe au crochet. Nous nous sommes regardées.

Nous étions habituées au vacarme incessant qui régnait chez Hayfeh. Le jour où on n'entendait dans sa maison ni insultes ni bruits de disputes, on savait qu'elle était descendue au souk, à Tripoli. Une trêve matinale.

Mais cette fois-ci, la voix était profonde : elle venait du fond de l'âme. J'ai laissé brûler par mégarde la chemise de mon frère puis j'ai rangé le fer à repasser et j'ai fait un signe de croix. Une fois rentrée de la messe du dimanche, je remettais ma tenue d'intérieur. Pour qui me serais-je habillée ? J'avais des robes, tout ce qu'il faut, mais pour qui les aurais-je mises ?

Ma mère se mit à la fenêtre. Après le cri de Hayfeh, nous n'entendîmes plus un souffle. Rien. Un silence profond s'abattit sur le quartier. Comme si la nouvelle, comme si ce qui avait provoqué ce cri se propageait maintenant par chuchotements, comme c'est le cas chez nous pour toutes les nouvelles de malheur. Elles se répandaient de quartier en quartier, de porte en porte, et surtout de femme en femme ; quand elles atteignaient quelqu'un qui était directement concerné, ce dernier poussait un cri, comme frappé soudain par une décharge électrique.

Cette nouvelle-là frappait donc de plein fouet Hayfeh Abou Draa. Je ne sais qui a osé la lui annoncer. Son frère, le seul garçon au milieu de cinq filles ; comment pouvait-on lui annoncer cela ? Il paraît qu'une femme est venue à sa porte pour lui dire que son frère était blessé. Elle ne lança qu'un seul cri, puis elle perdit connaissance. Elle savait bien qu'il était mort, qu'on avait atténué la catastrophe pour mieux la lui faire avaler. Quand on vous dit que tel ou tel a été emmené à l'hôpital, ça veut dire qu'il est on ne peut plus mort ! La vérité est inscrite sur le visage de celui qui la transmet, et Hayfeh savait lire sur les visages.

Après l'avoir frappée, la nouvelle a continué son chemin, rayonnant dans toutes les directions. A peine quelques minutes plus tard, elle est arrivée jusqu'à nous, par l'intermédiaire de ma petite sœur qui était sortie acheter du yaourt au lait de chèvre à l'épicerie, car la saison venait de commencer. Ma sœur avait rebroussé chemin. Sans qu'elle sache pourquoi, nous a-t-elle expliqué, quelque chose dans le regard des gens lui avait fait faire demi-tour, quelque chose qui disait : "Jeune fille, rentre chez toi !". Elle rentra donc tout apeurée, le teint jaune ; elle nous regardait comme si c'était par nous qu'elle allait apprendre la nouvelle. Elle trébucha et faillit s'étaler de tout son long, regardant autour d'elle comme si elle était poursuivie. Nous ne pûmes rien en tirer. Elle ne pouvait plus articuler un mot, sa langue s'était nouée. Elle s'affala sur la banquette : elle n'avait rien vu, rien entendu.

Le muet en savait plus qu'elle. Lui, il savait tout. Il entra juste après elle. C'était notre voisin, un lointain parent de ma mère. Pieds nus, comme toujours. Chaque fois qu'il passait le seuil de notre maison, il emmenait avec lui l'odeur du fleuve et des cannes à sucre. Il pêchait les anguilles, il tressait des paniers. Son visage parlait pour lui. Il s'approcha de ma mère.

Chaque jour, elle allait s'asseoir un moment en sa compagnie, après avoir fini ses travaux ménagers. Abandonnant ses paniers, il venait la rejoindre et ils prenaient le café ensemble. C'était un sourd-muet, un vrai. Ma mère était la seule à comprendre son langage et à savoir communiquer avec lui. Ils étaient beaux à voir, tous les deux ! Il lui avait appris sa langue. Une langue qu'il avait créée de toutes pièces. Il savait dire qu'Untel était avare, que tel autre mettait deux paires de lunettes l'une par-dessus l'autre, que celle-là était une menteuse. Pour le repas, dès qu'il pouvait, il nous apportait le produit de sa pêche.

Quand il entra, ses yeux brillaient. Il se mit à agiter les mains à toute vitesse, plein d'enthousiasme, battant des paupières, traçant des signes dans les airs, tantôt comme s'il tournait le volant d'une voiture, tantôt imitant avec la bouche le son des coups de feu qui partaient de tous côtés. Il raconta à ma mère une longue histoire, où s'enchaînaient plusieurs épisodes. Ma petite sœur, celle qui avait fui les chemins, était couchée sur la banquette, à bout de forces. Le muet penchait la tête de côté, tirait la langue, roulait des yeux hagards, peut-être pour parler de Hayfeh Abou Draa, qui s'était évanouie après avoir crié.

Il désignait, à droite et à gauche, telle ou telle maison du quartier. Allant à la fenêtre, il brandissait le poing en direction de la montagne. Dans la direction de Borj al-Hawa. Plus tard, j'ai compris qu'en effet, il lançait bien des menaces à ce village ; il était mécontent de lui, comme on peut l'être d'un homme qui vous manque de respect. Ma mère suivait, elle comprenait : au fur et à mesure, ses yeux s'arrondissaient, elle s'étranglait presque de frayeur et plaquait sa main sur sa bouche comme pour s'empêcher de hurler.

Ne supportant plus de voir ma mère dans cet état, j'ai crié de toutes mes forces :

— Mère, qu'est-ce qu'il dit? Qu'est-ce qu'il dit? Mais raconte-nous!

Ma petite sœur aussi gardait la main sur sa bouche. Au moment de parler, ma mère hésita, ne sachant par où commencer; elle était devenue muette, elle aussi. A mon tour, je regardai le muet, espérant déchiffrer quelque chose sur son visage. Il était resté debout et souriait. Il était comme ça, celui-là. Depuis qu'il avait pris ce pli de passer chez nous, chaque fois qu'il parvenait à faire comprendre à quelqu'un ce qu'il voulait dire, il souriait.

D'abord, nous avons entendu le bruit des gens. Un grondement mystérieux puis, soudain, une voiture qui klaxonnait en continu. Une voiture qui roulait à toute allure, en direction de la ville. Peu à peu, les gens du quartier sortaient de chez eux pour s'enquérir de ce qui se passait, jusqu'à ce que finalement la place soit pleine de monde. Ils bloquaient la route. A l'angle des ruelles, des femmes se tenaient les hanches des deux mains, comme incapables désormais de porter leur propre corps. Ou alors elles restaient les bras croisés sur la poitrine, dans l'attente du pire. La liste des victimes. On disait qu'ils étaient nombreux. Je n'osais plus penser à personne. Car parmi tous nos hommes, qui n'était pas monté à Borj al-Hawa?

Kemleh m'appela de son balcon :

— Mountaha!

Je courus chez elle dans ma tenue d'intérieur.

— Ça y est, Youssef est parti!

Toute femme dont l'homme était monté à Borj al-Hawa l'a considéré comme mort, à cet instant-là.

— Ne m'abandonne pas, Mountaha!

La mère de Kemleh n'était pas encore arrivée chez elle. Elle habitait loin, sur la rive du fleuve. Mais moi, comment aurais-je pu l'abandonner? Je suis sa voisine, et ce depuis le jour où Youssef al-Kfouri, son mari, l'a emmenée ici, dans notre quartier. Si quelqu'un cherchait Kemleh, il pouvait être sûr de la trouver chez Mountaha! Toutes les deux, on s'asseyait là-bas, dans ce coin, à l'ombre de la treille. Assises sur le banc, on parlait. Notre mauvaise langue n'épargnait personne. Elle a la langue venimeuse, Kemleh. Elle ne veut de mal à personne, mais elle se protège de la méchanceté d'autrui.

En entrant, je l'ai trouvée assise par terre. J'ai essayé de la calmer, de lui arracher son balai des mains. Apparemment, quand les cris ont retenti, quand la nouvelle lui est parvenue, Kemleh était occupée, comme chaque jour, à balayer sa terrasse des feuilles et des débris de fleurs qui s'y étaient accumulés. Son corps ne la portait plus, alors elle s'était assise sur le sol. Le balai lui était resté dans les mains. Assise par terre, les jambes allongées, elle tenait son balai par le manche, brandi au-dessus de sa tête, comme un drapeau.

— N'aie pas peur! Ton mari n'est pas du genre à chercher les problèmes, et puis tout le monde l'aime bien...

Elle n'entendait pas. Je ne supportais plus de la voir ainsi, avec ce balai.

— Donne-moi le balai! Calme-toi!

Sans desserrer les doigts, elle frappait le manche contre le sol, avec régularité, un coup après l'autre. Jusqu'à ce que des cris s'élèvent du côté de la grand-rue, annonçant l'arrivée de morts ou de blessés. Alors il lui fallut bien se lever, et nous sortîmes dans la rue, au milieu des gens.

Un blindé des forces de l'ordre stationnait sur la place. De la tourelle, on voyait dépasser un gendarme qui observait la foule. Il avait des moustaches recourbées vers le haut, comme le roi de pique des jeux de cartes; il regardait autour de lui, l'air ébahi. Son allure avait quelque chose de comique. Mais, en même temps, il avait peur. Il semblait tétanisé par nous tous, ou par nos morts, je ne sais pas.

Nous interrogions les gens: Kemleh suppliait ceux qu'elle connaissait, et même les inconnus, de lui raconter ce qui s'était passé.

— Vous avez vu mon mari? Youssef al-Kfouri?

Personne ne répondait, personne ne savait rien. Ceux qui étaient au courant n'osaient rien répéter. Elle criait, elle leur donnait l'ordre de répondre. Ils l'évitaient.

Vers les cinq heures et demie, on entendit un grondement qui approchait.

C'étaient les morts qui arrivaient.

Une camionnette fendit la foule. Ils y étaient entassés, les uns sur les autres.

Tout autour, la foule formait comme des vagues. Un homme debout sur le toit leur criait de s'écarter, parce qu'il y en avait qui n'étaient pas encore morts, de laisser la camionnette arriver à l'hôpital, en ville, vite. Peut-être y aurait-il encore moyen d'en sauver un.

Nous nous sommes approchées le plus possible, Kemleh poussant des mains, et moi avançant derrière elle ; nous nous sommes frayé un chemin à travers la cohue. Ils étaient nombreux à s'être accrochés, de chaque côté, aux barres de fer qui protégeaient le coffre, à se laisser entraîner par la voiture. On avait chargé les corps avec la tête au fond de la camionnette et on avait jeté un drap blanc par-dessus. Mais les pieds dépassaient.

La camionnette a réussi à passer, la foule n'a pas pu l'arrêter. Pour ouvrir le passage, le chauffeur ne lâchait pas le klaxon, et il y avait cet homme monté sur le toit qui suppliait les gens de les laisser passer. Les cadavres étaient tout proches, mais personne n'osa lever le drap blanc pour voir les têtes.

Soudain, Kemleh arrêta de suivre le convoi. Elle se tourna vers moi et me demanda de la raccompagner à la maison.

— Viens avec moi. Ne pose pas de questions.

Je suis repartie avec elle. Je voulais passer à la maison, juste une minute, pour voir si tout allait bien pour les miens ; mais rien à faire, elle ne voulait pas me lâcher. A ce moment-là, je me suis dit qu'elle était devenue folle. Elle marchait devant moi, à toute vitesse, en me répétant :

— Viens, Mountaha, suis-moi.

Elle le redit plus de vingt fois, alors que je ne la quittais pas d'une semelle.

Une fois arrivée à la maison, elle ne trouvait plus sa clé. Elle l'avait perdue, juste en ce moment critique. Nous avons dû aider le fils des voisins à entrer par la fenêtre, en le hissant à bout de bras. Il n'était pas bien grand, il était léger à porter. Il parvint d'abord à passer la tête, puis le corps tout entier. Avant d'arriver à la porte pour ouvrir de l'intérieur, il n'avait que la salle de séjour à traverser ; mais Kemleh, l'espace de ces quelques secondes, eut le temps de frapper cent fois la porte de la main, par Dieu Tout-Puissant, je le jure ! cent coups au moins, jusqu'à ce que du sang lui coule entre les doigts.

— Kemleh, où vas-tu ?

— Suis-moi, Mountaha.

Elle ne savait plus dire que ça.

Elle alla dans la chambre à coucher, elle ouvrit l'un des tiroirs de l'armoire. Le fond du tiroir lui tomba sur le pied et elle poussa un cri. Elle le posa par terre et s'assit à côté. Il était plein de chaussettes d'homme. Le tiroir des chaussettes de son mari. Je ne savais pas qu'un seul homme pouvait avoir autant de chaussettes. En tout cas, par rapport à mon père et à mon frère, qui n'avaient que trois ou quatre paires chacun, pas plus. On les lavait et, quand il fallait, on les reprisait en se servant d'une ampoule électrique qu'on mettait dans la chaussette pour que ce soit plus facile, avec le fil à repriser.

Assise par terre, elle s'était mise à fouiller dans le tiroir. Elle lançait les chaussettes à droite et à gauche, comme si elle jouait au jeu des couleurs, en disant :

— Bleu marine, bleu marine, bleu marine !

Une paire de chaussettes à la main, elle hésitait sur sa couleur, alors elle la tendait vers la fenêtre pour mieux la voir à la lumière du jour et demandait à ceux qui étaient là – car, entre-temps, plusieurs voisins nous avaient suivies :

— C'est du bleu marine ou du noir?

Que lui répondre? Nous pensions tous qu'elle avait perdu la tête. La maison s'emplissait de voisins. Je la saisis par l'épaule, je la secouai pour la faire parler. Elle finit par parler.

— Il est parti, Mountaha, il est parti !

Je lui répondis sur le même ton, espérant ainsi atténuer le poids de ses paroles :

— Où est-il parti, Kemleh?

Comme elle ne disait plus rien, j'ai continué :

— D'accord. Comment sais-tu qu'il est parti?

— J'ai vu ses pieds dans la camionnette.

Je l'ai secouée, je l'ai frappée, je l'ai giflée pour qu'elle reprenne ses esprits.

— Et alors, tu as vu ses pieds? Qu'est-ce que tu veux dire?

— J'ai vu ses chaussettes. Bleu marine à rayures blanches. Je connais ses chaussettes une par une. Qui est-ce qui les lave? C'est moi. Qui est-ce qui les range deux par deux? C'est moi. Qui est-ce qui confond le marron et le beige? C'est moi, oui ou non? Et maintenant, où sont les bleu marine? Apporte-moi ses chaussettes bleu marine, et je me tais! Il les a mises aujourd'hui, et il est monté à Borj al-Hawa. Ah, Mountaha !

Sa mère était arrivée. Elle lui cria de se relever tout de suite. Elle la grondait comme une maman, puisque Kemleh était redevenue une toute petite fille. Elle ramassa toutes les chaussettes éparpillées sur le sol de la chambre et remit le tiroir en place dans l'armoire. Elle ne supportait pas de voir sa fille "se donner en spectacle" devant les gens. Elle fit partir les voisins. Ensuite, nous pûmes convaincre Kemleh de reprendre ses esprits: et si elle se trompait?

— Personne ne sait rien! On dit que les cadavres entassés dans la camionnette, ce sont des étrangers.

Elle se moquait de nous:

— Des étrangers? Mais nous, on ne tue jamais les étrangers! Nous, c'est nos cousins qu'on tue!

— Il y a beaucoup de rumeurs. Ne crois pas tout, Kemleh! Au début, on a bien dit qu'Abou Mansour, le voisin, avait été tué. Mais une demi-heure après, il est rentré sain et sauf chez lui! Alors n'y crois pas…

— Moi, je ne crois rien. Personne ne m'a dit que Youssef était mort. Mais moi, je le sais…

Nous sommes ressorties pour partir à sa recherche, dans l'espoir qu'il ne soit que blessé. Kemleh, sa mère et moi. Trois femmes. Le soleil se couchait. Qui nous conduirait jusqu'à Tripoli? Les gens nous ont dit:

— Il n'y a que Hamid as-Semaani qui puisse vous aider!

Nous sommes allées le trouver pour lui demander de nous prendre dans sa voiture. Il avait une Chevrolet bleue dont il était très fier et qu'il craignait beaucoup d'abîmer. Nous l'avons supplié. Sans doute la vue de Kemleh l'a-t-elle ému, avec ses yeux hagards et sa mine de cadavre. Après des conciliabules à voix basse avec sa femme, il a accepté de nous emmener. Ses enfants étaient effrayés – des petits qu'on voyait passer la tête par la porte de leur chambre. Il est de notre famille, c'est vrai; mais il se comporte comme un étranger. Sa femme, c'est une étrangère, une fille du village d'al-Mazraa.

Je me souviens qu'il s'est signé avant de mettre le contact. En chemin, nous vîmes un détachement de l'armée entrer dans le village. Kemleh se taisait, le regard éperdu.

Une fois arrivés en ville, nous avons fait le tour de tous les hôpitaux. Nous avons vu d'autres gens qui cherchaient, comme nous. On nous a renvoyés d'un hôpital à l'autre, jusqu'à ce qu'on finisse par le trouver. Nous l'avons retrouvé mort. Il n'avait pas de papiers d'identité sur lui. Mais on nous a dit qu'il avait été reconnu par des gens qui, comme nous, étaient à la recherche de ceux de leur famille. Ils avaient écrit son nom sur un papier qu'ils avaient mis dans la poche de sa veste, là où il aimait mettre une pochette assortie à sa cravate, ou une fleur de gardénia, quand il allait à une de ces soirées où le vin faisait tourner les têtes.

Youssef al-Kfouri était un beau jeune homme. Il avait les yeux bleus. D'ailleurs, les deux sœurs de Kemleh étaient tombées amoureuses de lui. Mais lui, il ne voyait personne au monde en dehors de Kemleh. C'était la plus jeune des trois, mais c'était la plus demandée. Elle, elle n'en voulait pas. Elle me l'avait dit cent fois. Mais ses sœurs ont fini par la convaincre de l'épouser, juste pour se débarrasser d'elle, car si elle ne s'était pas mariée, leur tour à elles ne serait jamais venu. Il était couché là, à l'hôpital, dans une pièce au sous-sol. Il était couvert d'un drap blanc d'où dépassaient sa tête et ses épaules, comme s'il dormait, étendu sur le dos.

Le premier mouvement de Kemleh fut d'aller relever le drap qui lui cachait les pieds et de se tourner vers moi, en disant :

— Alors tu me crois, maintenant, madame Mountaha?

D'abord, je ne compris pas ce qu'elle voulait dire puis je la vis s'approcher de lui à nouveau et lui ôter ses chaussettes. Lorsque je la vis saisir les chaussettes par les deux bouts, puis les agiter en l'air comme une prise de guerre, je fus saisie d'un fou rire.

— Tu me crois, maintenant?

Je la croyais.

Elle répéta la question. Elle voulait que je le reconnaisse haut et fort.

— Par Dieu Tout-Puissant! Oui, je te crois, Kemleh.

Le mieux à faire, c'était encore de me taire, de lui éviter de parler et de la soulager autant que possible.

Pour le faire sortir de l'hôpital, ça n'a pas été facile. Kemleh insistait pour qu'on le ramène avec nous, mais impossible de trouver la moindre ambulance pour le transporter.

— Je veux savoir qui a été tué avec lui.

— On ne sait pas encore.

— Racontez-moi!

— Cinquante morts.

J'ai exagéré le nombre exprès, car soudain j'ai eu le sentiment que s'il y avait beaucoup de morts, ça la consolerait un peu.

— Je veux le ramener avec moi tout de suite.

Nous leur avons crié dessus, nous avons explosé, nous, les trois femmes. Hamid as-Semaani essayait de négocier avec les infirmiers. Tout ça ne donnait rien, jusqu'au moment où un médecin finit par entrer. Je crois que c'était le patron de l'hôpital. Le visage sec, il nous dit, sur un ton ordinaire, tellement il en avait vu dans sa vie, des morts:

— Vous le voulez? Prenez-le.

Ce que j'ai ressenti alors, en plus de cette indifférence qu'il avait vis-à-vis de la mort, c'était le mépris qu'il avait pour nous.

Soudain, il s'avisa de quelque chose.

— Mais je veux un homme qui me signe une attestation. Je ne prends pas la responsabilité de sortir un cadavre de l'hôpital avant que le juge d'instruction ne m'en donne l'autorisation, sinon ça nous retomberait dessus, à l'hôpital et à moi.

Hamid as-Semaani offrit sa signature.

Nous avons transporté le corps jusqu'à la voiture. Nous avons posé sa tête contre la poitrine de Kemleh, ses pieds sur mes genoux, et la mère de Kemleh a pris place à l'avant, à côté de Hamid. La voiture roulait tout doucement, et Kemleh chantait des chansons à son époux. La banquette arrière se remplissait de sang, mais Hamid as-Semaani ne disait rien. Il hoquetait de chagrin, mais il ne pleurait pas. Ma robe se salissait elle aussi, mais c'était ma tenue d'intérieur. Kemleh ne m'avait pas laissé le temps de me changer.

Elle chanta pour lui tout le long du chemin. Elle était calme; elle lui tenait la tête et la serrait contre sa poitrine. Je n'ai jamais su d'où elle tenait ce vieux *mawwal baghdadî*:

Ahmed Muhammad Ali Pacha me tuer avait voulu
En un vendredi!
Et tout le monde était au rendez-vous,
Et moi, on m'a fait monter sur un chameau très haut,
Celui qui le menait, c'était un bourreau…

Aujourd'hui encore, Kemleh continue à chanter toute seule. Ma fenêtre est tout près de celle de sa chambre, et je l'entends chanter toutes les nuits. Des *mawwal baghdadî*. Je m'endors au son de sa voix. Une voix pleine de tendresse, qui ne lui ressemble pas du tout.

Aucune de nous trois ne dormit cette nuit-là. Nous sommes restées tout habillées. Je ne l'ai pas laissée seule. Nous avons essayé de la faire manger, mais elle n'a rien voulu savoir. Au matin, tous les morts furent transportés sur le parvis de l'église. Je ne sais pas qui avait eu cette idée. Des funérailles collectives. Le patriarche envoya deux évêques, puisque, comme on dit, plus on est nombreux, moins on a peur de la mort.

Kemleh revint vers moi :

— Ne me laisse pas, Mountaha…

Nous sommes parties pour la place de l'église. Ils avaient décidé de disposer les morts tout autour. Toute la journée du lundi, jusqu'à l'heure de la cérémonie. On leur avait apporté des lits qui venaient des maisons voisines. Je n'avais même pas trouvé une minute pour passer me changer à la maison.

— Ma robe est pleine de sang, je vais juste me changer et je reviens, Kemleh…

— Ne me laisse pas, Mountaha !

J'eus l'impression que si je la laissais là, elle allait mourir elle aussi. Elle était comme droguée, elle se cramponnait à moi. Nous la soutenions pour la faire marcher, une femme de chaque côté ; elle répétait mille fois la même question. Je l'ai laissée un quart d'heure entre les mains de sa mère et je me suis hâtée de changer de robe. Je l'ai retrouvée en train de l'interroger. De l'interroger lui, son mari :

— Pourquoi es-tu monté à Borj al-Hawa ?

Elle répétait sans cesse, d'une voix monocorde, d'une voix faible, comme un magnétophone. De temps à autre, rassemblant ses forces, elle haussait le ton :

— Pourquoi es-tu monté à Borj al-Hawa ?

Puis elle reprenait sa question, morceau par morceau :

— Pourquoi… es-tu… monté… à… Borj al-Hawa ?

Comme si elle tenait à recevoir une réponse sur-le-champ.

Pendant un quart d'heure au moins, elle répétait ces mots.

Puis elle passait au ton du reproche, sa voix se faisant caressante :

— Toi qui ne vas même pas aux funérailles de tes plus proches parents, à l'église d'ici ! Pourquoi te fallait-il tout d'un coup faire du zèle et monter à Borj al-Hawa ?

Elle se tut. Je l'obligeai à boire au moins un peu d'eau. Elle serrait les lèvres, comme un enfant qui refuse de boire un médicament amer. Elle avalait une gorgée, arrosait son cou et ses vêtements, prenait encore deux gorgées et repartait sur une nouvelle question, toujours adressée à lui. Une question difficile :

— Pourquoi t'ont-ils tué ?

Elle répétait sans se lasser, exigeant qu'il lui réponde. Elle insistait. Voilà comment nous avons passé la journée.

Kemleh n'était pas la seule à marmonner au-dessus de la tête de son mari. Lorsqu'elle se taisait un instant pour reprendre des forces, je m'apercevais que, chez les autres aussi, la parole allait bon train autour des morts.

Hayfeh Abou Draa perdit sa voix. Ses sœurs, avec leurs filles, s'attroupaient au-dessus de la tête du frère. L'unique mâle. Quant à elle, au lieu de parler, elle faisait de grands gestes de la main.

Les pleureuses se déplaçaient d'un lit à l'autre. Nous, les femmes, quand nous nous trouvons seules avec un mort, nous avons peur. Alors nous nous mettons à parler, sans plus savoir comment nous arrêter. Les hommes s'entretuent, et nous, nous les pleurons.

La journée avançait.

Le soleil était brûlant. Je priais Dieu pour qu'il inspire les curés et qu'ils en finissent vite. Là-haut, dans le clocher, un jeune homme debout comptait d'une voix forte les morts de la place. Il comptait et comptait encore, montrant du doigt chacun des morts, l'un après l'autre. A chaque fois qu'il arrivait à dix, les cris montaient, c'était une véritable folie. Quelqu'un lui cria de descendre de là, par pitié pour les gens. Il refusa. Il se mit à sonner le glas, de là-haut. Il tenait le battant d'une main et le frappait contre la cloche. Trois coups, puis il s'arrêtait.

J'ignore à quoi je devais être occupée à ce moment-là, mais quelqu'un dont je préfère ne pas dire le nom s'est approché de Kemleh et lui a soufflé quelque chose sur

Fouad ar-Rami et son frère. Alors, elle a hurlé comme si un serpent l'avait piquée. Avant la cérémonie, déjà, commençaient à circuler les noms de ceux à qui on allait réclamer le sang des morts.

Aux environs de 3 heures de l'après-midi, sous un soleil de plomb, l'heure de la messe d'enterrement approchant, sa mère se pencha vers elle et lui dit :

— Passe par-dessous le cercueil.

C'était une femme solide, sa mère. Elle connaissait les usages.

Kemleh ne semblait pas avoir entendu. Je l'ai tirée par la manche pour la réveiller. J'ai senti qu'elle n'avait pas compris ce qu'on lui disait, j'ai donc répété :

— Après l'encens, ils vont soulever le cercueil ; et toi, tu passeras par-dessous, tu as compris ? C'est bientôt l'heure.

— Et pourquoi je passerais sous ce cercueil ?

Sa mère intervint à nouveau.

— Ma fille, c'est que la femme dont le mari meurt, et qui est enceinte...

Kemleh l'interrompit brutalement, comme si elle retrouvait soudain ses esprits :

— Comment veux-tu que je sois enceinte, Mère ?

Nous nous tûmes, de peur de la blesser davantage. Nous redoutions aussi le scandale, si elle avait élevé la voix. Mais sa mère ne s'avoua pas vaincue. Aussi têtue que sa fille. Et de la famille Frangi, en plus. Elle attendit qu'on ait allumé l'encensoir pour revenir à la charge.

— Fais ce que je t'ai dit, tu entends ?

Elle jugea qu'il valait mieux prendre la décision à la place de sa fille.

— Je ne suis pas enceinte, je ne suis pas enceinte, je ne suis pas enceinte...

Furieuse, Kemleh haussait le ton, elle se frappait le ventre comme elle le faisait à l'époque, quand elle désespérait d'avoir un jour des enfants. Les femmes restées debout autour des morts les plus proches commençaient à se retourner. Plaquant ma main sur sa bouche, je la suppliai à nouveau à l'oreille :

— Fais-le quand même, ma chérie ! Nous pourrons toujours dire plus tard que tu t'étais trompée...

Elle me regarda d'un air interrogateur. Je la sentais un peu hésitante. Puis, en me fixant droit dans les yeux, elle me dit, sur le ton de quelqu'un qui s'efforce de prendre son mal en patience face à l'idiotie des autres:

— Mountaha, ma chérie, mon cœur! Puisque je vous dis que je ne suis pas enceinte!

— Mais, si tu l'étais, qu'est-ce qu'on dirait aux gens?

Elle faillit éclater de rire.

Le moment de la levée de corps était proche. Les femmes avaient épuisé tout ce qui leur restait de cris. Cette étrange femme passa parmi nous: personne ne sut d'où elle était venue, comment elle était arrivée là, ni où elle est repartie après avoir accompli sa mission.

Je vis cette femme que je n'avais jamais vue dans notre quartier, grande et blanche. Elle passait d'un lit à un autre, s'asseyant à leur côté, arrangeant leur nœud de cravate, relevant une mèche de cheveux sur leur front, essuyant sur leur joue une trace de sang ou de poussière, contemplant leur visage un instant, avant de reprendre sa tournée.

Kemleh se jeta sur son mari et s'évanouit pour la seconde fois. Pour entrer dans l'église, il nous fallut la porter.

X

LA RUPTURE À VIE

Avec nos amis, nous aimions à rompre les liens. Ces brouilles nous servaient à mettre à l'épreuve la chaleur de nos amitiés et la véracité de nos grandes déclarations sur ces liens de parenté si étroits qui nous unissaient. La rupture naissait volontiers d'une remarque ironique que nous rapportait à voix basse quelque mauvaise langue, qui tenait l'information d'un ami. Le lendemain, croisant dans la rue l'auteur des propos en question, nous détournions la tête et refusions tout net de le saluer. Cette attitude de défi manifestait avant l'heure notre virilité; cette manie de nous ignorer les uns les autres ne tenait pas longtemps, cédant à la première tentative de réconciliation organisée, puisque de telles fâcheries n'étaient pas tolérables "entre cousins" et que, justement, nous étions tous "de proches parents", comme le répétaient à plaisir ceux qui venaient jouer les réconciliateurs. A dire vrai, c'était comme si, par moments, il nous devenait impossible de nous supporter les uns les autres. Nous en avions tellement assez de ces rencontres perpétuelles, de ces heures entières passées ensemble, chaque jour, sur les places, dans les ruelles, pour fuir les maisons exiguës d'où nos mères nous chassaient sitôt arrivée l'heure du ménage et du lavage à grande eau. C'est pourquoi nous n'aurions manqué pour rien au monde une occasion de dispute et de bouderie; nous nous emparions avec avidité du plus petit motif de discorde, pour nous y adonner tout à loisir.

Jusqu'au jour où nous entendîmes parler de la "rupture à vie". L'expression parvint telle quelle à nos oreilles, prête à l'emploi, avec son petit côté littéraire; on s'appliquait à la prononcer bien comme il faut, on en avait plein la bouche. Or, cette formule renvoyait à ce qui se pratiquait chez les "nationalistes syriens", comme nous les appelions. Si l'un d'eux désobéissait aux ordres du parti, s'il avait commis une infraction à la morale, à la "déontologie", les autres membres cessaient de lui adresser la parole, et ce jusqu'au jour de sa mort. La règle s'appliquait aussi à ses frères, s'il en avait. Ils se pliaient tous aux directives de leurs chefs, parmi lesquels il y avait un doyen, un *nâmous* – secrétaire du parti –, un préposé à l'information, et autres individus aux dénominations étranges.

Je m'en souviens, l'éventualité de cette brouille d'un genre spécial, avec son caractère définitif, suscitait en nous une certaine angoisse. Mais cela même augmentait d'autant l'attrait de ce parti dont les membres, soumis à une sévère discipline, prenaient plaisir à nous faire connaître leurs histoires. Ils nous racontaient comment ils avaient supprimé le roi Abdallah de Jordanie, parce qu'il avait trahi la cause palestinienne. Comment Antoun Saadé*, le fondateur de leur doctrine, avait été assassiné au cœur de la nuit. Comment ils y avaient répondu : le chef du Gouvernement libanais, Riad as-Solh, était tombé sous les balles d'un homme de la famille ad-Dik, qui lui avait dit avant de tirer : "Prends ça, c'est de la part du *zaïm*." Tous, du plus modeste au plus influent, employaient systématiquement la première personne du pluriel : "le jour où nous avons tué Adnan al-Maliki* en Syrie…". Ainsi, ces meurtres prémédités devenaient les moments d'un héroïsme collectif dont tiraient fierté jusqu'à ceux qui, au moment où s'étaient produits les événements en question, n'étaient sans doute même pas nés.

Ils nous avaient appris à dessiner sur les murs l'emblème de la boule de feu, avec des morceaux de charbon ou de craie. S'ils voyaient passer un "camarade", ils interrompaient cet exercice pour lever la main droite d'un geste martial, paume ouverte vers l'extérieur, rapide salut accompagné d'un bref aboiement – "Vive la Syrie !" – que l'autre s'empressait de leur retourner. Ils nous faisaient entendre des phrases pleines d'éloquence : "Vous êtes les Enfants de la Vie !" ; des mots comme "intégrité", des expressions comme "le Vrai, le Bien et le Beau". Nous étions toujours surpris de voir nos copains du quartier trouver à ces formules une signification qui faisait briller leurs yeux, mais nous restait inaccessible. Quelque chose nous disait que ces expressions-là ressemblaient fort aux termes de notre manuel de catéchisme ou encore aux épîtres de saint Paul – comme elles arides et énigmatiques.

Quand les Rami emboîtèrent le pas à la Révolution nassérienne et à la République arabe unie, les Semaani prenant quant à eux le parti du président de la République Camille Chamoun, allié aux Américains, les adeptes du Croissant fertile se sentirent isolés. Car ce fameux croissant était le but ultime qu'ils s'étaient fixé – sans oublier l'île de Chypre, étoile qui devait venir le compléter. Quelques-uns de nos amis du quartier ne surent plus quelle voie choisir. Les "faibles" se rangèrent au parti de leur famille ; les plus chanceux furent ceux dont les idées pouvaient s'accorder peu ou prou avec les choix familiaux. Mais, pour leur malheur, chez les Rami, deux ou trois jeunes gens qui s'étaient monté la tête allèrent à l'encontre de la ligne familiale. On dit même que l'un d'eux – ce cas demeurant toutefois isolé – prit les armes dans les rangs des adversaires de la Révolution, sur un front bien éloigné du village.

Les communistes, apparemment, correspondaient moins à ce qui faisait notre caractère – la vendetta, la dureté. Peut-être est-ce la raison pour laquelle ils restèrent peu nombreux chez nous et ne comptèrent jamais que des gens instruits et bien élevés. Ils avaient eux aussi leur jargon énigmatique, répétant des formules lues dans des brochures de Staline hâtivement traduites en arabe qui leur étaient distribuées gratuitement et qui traitaient de la dialectique et du matérialisme historique. Moins géométrique que celui des nationalistes syriens, leur sigle était aussi plus réaliste. Même si la vue d'une faucille nous était peu familière, le blé étant rare dans nos contrées ; même si nous n'avions jamais vu un marteau d'un calibre pareil, à l'exception peut-être de celui avec lequel l'unique artisan forgeron de notre village battait le fer encore chaud. Parmi les quelques actions qu'ils menèrent chez nous, on se souvient de leur pétition contre la bombe atomique ; parmi les traces qui subsistent d'eux à ce jour, il y a Vladimir, le prénom du leader de la révolution d'Octobre, que portent bien des fils de ces internationalistes. S'il est à coup sûr moins lourd à porter qu'Adolf, nom que l'un des rares tenants du nazisme donna à son fils aîné en l'honneur du chef du Troisième Reich, Vladimir ne passe pas inaperçu. Ni "Daladier", patronyme du Premier ministre français signataire des accords de Munich.

LA DESOTO

Une voiture neuve, c'était une voiture "de l'agence". Une voiture qui venait directement du concessionnaire, qualité reconnaissable au parfum des sièges en cuir. A travers les rues étroites et tortueuses, tu la conduiras prudemment jusqu'au quartier Notre-Dame. Là-bas, tu heurteras de ton pare-chocs le mur de l'église : ainsi, tu la placeras sous la protection de la Vierge Marie. Tu accrocheras au rétroviseur central une pierre bleue contre le mauvais œil, comme celle qu'on pend au cou des chevaux, ou alors un fer à cheval, peu importe.

Au début des années 1950, la voiture vint s'ajouter à la liste des biens qu'un homme se devait de posséder et qui ne se prêtaient pas, comme sa femme ou son fusil. Dans le cas de la voiture, à l'appui de ce monopole du propriétaire, on avançait cependant une justification mécanique : le "changement de main", disait-on, exposait la voiture à de nombreuses pannes. Si les armes étaient une parure, un signe de virilité, l'américaine de forme ailée, comme les Chevrolet ou les DeSoto – surtout dans leurs versions décapotables et à deux portes, avec sièges colorés et tableau de bord incrusté de bois précieux et encadré de chromes –, venait en tête des accessoires nécessaires à la séduction. Elle occupait une place de choix dans la panoplie du jeune homme à marier, au même titre que la maison et le "vrai métier", expression qui désignait toutes les professions bien connues, comme menuisier ou tailleur. Le possesseur d'une de ces nouvelles voitures n'hésitait pas à faire venir le photographe pour se faire tirer le portrait derrière le volant ou debout, la main sur la portière, seul ou entouré d'amis qui lui laissaient la place d'honneur, pour confirmer ses droits sur la DeSoto étincelante.

Les piétons avaient peur des voitures. Regarder à droite et à gauche avant de traverser, c'était la toute première recommandation que nous faisaient nos mères. Certains sages locaux redoutaient par instinct le principe même de la mécanique. Exhortant le chauffeur à une infinie prudence, ils lui rappelaient qu'il avait entre ses mains "un moteur", c'est-à-dire une machine dont nul ne pouvait réprimer l'emballement soudain.

Des inscriptions apparurent sur la lunette arrière, uniquement dans les voitures de louage qui transportaient des passagers contre rétribution. Celles dont le chauffeur n'hésitait pas, après avoir fait le plein de voyageurs dans les rues, à ajouter encore un passager à sa gauche, ce qui obligeait à laisser la portière entrouverte côté conducteur, la moitié du corps du passager supplémentaire restant à l'extérieur. L'un de ces conducteurs de taxi fut l'auteur d'un moyen novateur de prévenir le mal des transports, autrement dit de supprimer l'envie de vomir et tous ses signes avant-coureurs, vertiges et autres. Aux passagers qui y étaient sujets, il mettait un petit caillou dans la main, en leur demandant de bien veiller, pendant tout le trajet, à ne pas le faire tomber; particulièrement efficace, ce truc assura à ce chauffeur une réputation sans égale et le fit préférer à tous les autres.

Mais, avec la recrudescence des provocations, avec la montée du désir de vengeance, le marché des voitures américaines recula. Peu à peu, elles se virent supplantées par les Mercedes allemandes. On pourrait être tenté d'affirmer qu'ils y trouvèrent cette robustesse, cette résistance à l'anéantissement qui, à leurs yeux, faisait par trop défaut aux américaines. Tandis que les morts se multipliaient autour d'eux, ce sentiment de manque envahissait leur vie privée. De fait, les innombrables louanges qu'aujourd'hui encore ils réservent à la marque allemande – ainsi qu'aux BMW, mais aussi, dans un registre plus intimement lié au meurtre et à ses instruments, au légendaire Colt 12 – portaient essentiellement sur sa solidité à toute épreuve, à son infatigable endurance, qui donnaient lieu à des sentences comme celle-ci: "Bien entretenu, un camion Mercedes vit plus longtemps qu'un homme." Dans ces propos élogieux, les qualités techniques des véhicules voisinaient pêle-mêle avec l'admiration dont jouissait la nation allemande dans son ensemble, elle qui, selon eux, avait tenu tête au monde entier durant la seconde guerre mondiale. En dépit de sa défaite finale, disaient-ils, elle avait bien des raisons d'être fière.

On peut même dire que si les gens du village s'accordèrent sur un point, c'est bien sur cette admiration unanime qu'ils vouaient aux Mercedes. Dès qu'ils abordaient le sujet, ils retrouvaient ces vocables guerriers dont ils étaient si coutumiers : "Même frappée en pleine tête, la Mercedes roule toujours" ; "Mitraillée en plein vol, il lui faudrait au moins trois ans pour toucher terre", et ainsi de suite, entre autres métaphores qui projetaient sur ces créatures de fer les fantasmes des hommes. Quelle ne fut pas la déception de ces fidèles de Mercedes lorsqu'ils découvrirent, deux ou trois décennies plus tard, que la fibre de verre tendait à remplacer le fer massif et robuste ! La Mercedes et sa célèbre étoile tendaient désormais vers la "légèreté", cédant à la logique de la consommation.

L'EAU ET L'AIR

— Girgis, lève-toi ! Tu vas devoir prendre ta douche ! Ta femme te fait chauffer l'eau, vu que dans deux jours ton frère rentre du Brésil !

Hésitant, Girgis demande alors, avec le plus grand sérieux :

— Oui, mais… et s'il ne revenait pas ?

Restée célèbre, cette blague mettant en scène un homme refusant de courir le risque de se faire verser de l'eau sur le corps montre combien était profonde, là-bas, la peur qu'inspirait l'élément liquide. La réticence de Girgis était sans doute dure à sa connaissance de la probabilité que son frère retarde son voyage de retour, les risques de la mer étant aussi considérables que celui de prendre sa douche. Dans l'art de la natation, ce dérivé de la navigation, jamais nous n'avons su briller : résidant à deux kilomètres des rives de la Méditerranée, nous nous considérions comme un peuple de terriens.

Se laver était tout un problème, sans cesse harcelés que nous étions – que nous le sommes encore – par les injonctions de nos mères : ne pas sortir après la douche, ne pas nous exposer à l'air. C'est qu'une telle sortie aurait nécessairement occasionné un redoutable contact entre l'air et l'eau. Mais à lui seul, déjà, l'air présentait des dangers non négligeables. Ainsi, l'un de nos soucis était d'éviter les courants d'air, dans la crainte du "coup de froid". C'était là un mal mystérieux capable de frapper le corps en n'importe quel endroit, le plus dangereux étant la poitrine et les poumons, où il pourrait alors se muer en une grave maladie, dont il était bien difficile de guérir. Il existait différents types d'air. Le plus redoutable était celui qu'on appelait le "jaune mortel" : il pouvait transmettre le "vent du bouchon"*, affection qui emportait à coup sûr celui qui en était atteint.

LA RADIO DU PROCHE-ORIENT

Un dimanche midi, la nouvelle se répandit partout : "Mettez Radio Beyrouth ! A trois heures et demie, Odette va chanter !". Venue de la capitale où elle résidait pour rendre visite à ses parents, Odette les avait mis au courant. Ou peut-être avait-elle justement voulu, en ce grand moment de son existence, se trouver à leurs côtés. Les gens du quartier se massèrent dans les trois maisons du village déjà équipées d'un poste de radio. Odette s'installa parmi eux, chez sa tante, pour écouter sa propre voix. Elle sourit lorsque sa mère, toute fière de sa fille, se mit à pousser des youyous, et sourit encore du *mawwal al-ataba* qu'elle avait lancé en guise d'entrée en matière, avant de le "briser" par une chanson ; chanson qui, disait l'animateur, "faisait très couleur locale", commentaire qui nous laissa bien avancés. Les voisins partageaient leurs regards entre Odette, trônant au beau milieu du salon dans son élégante robe verte et ses talons hauts, et le poste de radio, d'où sortait sa voix de velours. C'était là une heure d'une rare vérité pour les enfants que nous étions, découvrant d'un seul coup, même si c'était avec quelque confusion, le principe de la radio et la technique de l'enregistrement des voix. Chez la tante d'Odette, nous pûmes par la même occasion apercevoir son cousin, qui ne sortait jamais de la maison et autour duquel circulaient des rumeurs disant qu'il se prenait pour un acteur, qu'il passait son temps à écouter la radio en imitant les voix des acteurs qui se succédaient au fil des programmes.

Nous apprîmes par cœur les noms de ces villes qui s'amoncelaient sur la vitre du poste de radio, finement tracés à la main, ces noms qui nous guidaient vers la radio du Proche-Orient, également appelée "Radio Beyrouth". Dans cette liste graduée de villes dont nous n'avions jamais entendu parler, et dont jamais plus nous n'entendrions parler par la suite, il y avait des cités paisibles, oubliées, au cœur de pays lointains, les villes de la radio. Hilversum, Saratov, Lvov, Hanovre, et tous ces noms évocateurs du froid glacial qui régnait à l'extrême nord du monde et que jamais nous ne vîmes apparaître dans aucun livre. Le poste de radio occupait la place d'un véritable meuble. Il trônait au salon, à une hauteur respectable, ou encore, plus bas, à l'intérieur d'un bahut de bois, ciré et encaustiqué avec soin. Pour abriter le poste de radio, la maîtresse de maison avisée cousait une housse, taillée dans du satin atlas bleu ciel qu'elle ornait de trois roses brodées d'une couleur assortie ; cette "maisonnette" s'ouvrait par le milieu, chacun de ses petits rideaux s'accrochant sur le côté, tout comme ceux d'un théâtre. D'ailleurs, la comparaison n'avait rien d'exagéré, étant donné le nombre de feuilletons radiophoniques diffusés dans les années 1950 ; toutes les femmes de la maisonnée ainsi que leurs invitées se réunissaient pour les suivre, et, pendant toute l'émission, chacune gardait les yeux rivés sur le poste d'où sortaient les voix des acteurs, exactement comme le public d'un théâtre captivé par la scène où il voit se dérouler l'action.

En général, ceux qui pouvaient s'offrir un récepteur achetaient également le *pick-up* de teinte assortie, avec les mêmes boiseries, accompagné de ses disques Baydaphone. Au début de chacune des chansons, une annonce présentait la maison de disques. Et comme les voix de la radio, elles aussi, nous venaient d'Egypte, nous pûmes nous familiariser avec l'intonation des riverains du Nil, en dépit des nombreux parasites qui étaient alors le lot de la radio, son véritable drame. Installer l'antenne sur le toit de la maison, l'attacher avec un mince fil de fer, l'orienter vers la capitale : tout cela constituait une véritable performance, qui n'était certes pas à la portée de n'importe qui.

DEUX FILMS D'UN COUP

Comme le racontait ma mère, qui manquait rarement une occasion de rire de lui, mon grand-père paternel se mit à fréquenter les salles obscures dès qu'on ouvrit au village un cinéma permanent. Il espérait en effet y apercevoir son père, qui, à la fin du XIXe siècle, l'avait laissé, encore dans les langes, pour émigrer aux Etats-Unis, et n'était jamais revenu. C'était l'un des rares signes montrant l'attachement de mon grand-père au souvenir de son père, auquel il nous semblait pourtant, à cet âge avancé, avoir renoncé depuis bien longtemps. Mais mon grand-père était bien incapable de suivre ce qui se passait sur l'écran, et, très vite, on entendait s'élever dans la salle le son de ses ronflements. Le patron intervenait alors pour le réveiller, à la suite des plaintes d'un spectateur incommodé.

Quant aux films que nous voulions voir, nous, on nous passait chaque dimanche matin deux films d'un coup, voire trois – ou plus exactement des extraits de chacun de ces films –, à tarif réduit. Les personnages de ces films n'étaient pas du genre de nos parents. C'étaient des héros : il y avait ceux qui étaient petits, comme Eddie Murphy ; les solitaires, comme le Cavalier masqué et son cheval boudeur ; mais aussi des figures plus ambiguës, comme Jack Palance, qui enflammaient nos cœurs en emportant la victoire. Nous les applaudissions, comme nous le faisions chaque jour de la Semaine sainte, où la salle était envahie, en plus de nous, par un grand nombre de membres des confréries, ceux qui étaient de toutes les messes, venus voir *Vie et passion de Notre Seigneur Jésus* dans une version doublée en arabe, à l'exception de l'appel du crucifié à son Père céleste, où le doubleur avait jugé bon de laisser en araméen la fameuse expression *"Eli, Eli, lamma sabaktani !"*. Chaque jour, du lundi au dimanche, un tonnerre d'applaudissements s'élevait au moment où Marie et les saintes femmes, allant visiter le tombeau du Christ, trouvent la pierre déplacée et la tombe vide. Entre la religiosité et le cinéma existait un lien dont les tenants et aboutissants demeuraient assez obscurs. Le patron du cinéma chargeait un homme, accompagné d'un petit garçon qui agitait une clochette, d'annoncer les films à l'affiche. Le jour où en plein mois de mai, mois de Marie, ils descendirent l'une des rues intérieures de la vieille ville en portant une photo d'Ava Gardner, certaines femmes, croyant voir passer une procession avec une image de la Vierge, laissèrent là leurs travaux ménagers pour faire leur signe de croix.

Il arrive qu'une salle de cinéma marque notre mémoire bien plus profondément que les films eux-mêmes. A celle-là, le patron avait donné le nom de son fils, Marcel. Nous attendions que la projection ait déjà commencé pour avancer vers le guichet, en tendant les quelques pièces de monnaie que nous possédions. Alors, de guerre lasse, il finissait par nous laisser entrer.

Lorsque notre village fut divisé en deux quartiers entre lesquels n'osaient plus circuler que ceux qui arboraient tous les signes d'une incontestable neutralité, un nouveau cinéma fut inauguré, à l'usage de ceux à qui, désormais, il était interdit de descendre jusqu'au *Cinéma Marcel*. Mais les deux salles passaient les mêmes films, à tour de rôle, en vertu d'un accord entre les deux exploitants. Lorsque l'un de nous avait manqué un film d'aventures qu'on donnait au cinéma d'en bas et qu'il nous entendait vanter ses extraordinaires mérites, sentant qu'il souffrirait d'une frustration éternelle s'il ne le voyait pas, il montait nuitamment au cinéma d'en haut afin de le voir quand même. Personne ne l'avait reconnu ; mais il nous revenait comme rescapé d'une opération de reconnaissance militaire, pour le succès de laquelle nous étions prêts à le féliciter.

LA ROULETTE CLASSIQUE

On dit que le jeu et les femmes révèlent la vérité de l'homme. Cette sentence pourrait donner lieu à de longs commentaires, mais ne nous apprend pas ce que le jeu de 14, une forme locale du rami, pourrait dévoiler de la vérité de Mme Ilmaz, la plus célèbre des femmes à s'être prises de passion pour les jeux de cartes. Concurrençant les hommes, elle les battait à plate couture quand il s'agissait de tenir jusqu'aux premières heures de l'aube. Pour une minorité de femmes, en effet, le jeu était la preuve d'une appartenance à un cercle étroit reçu chez les notables, le signe de leur affranchissement par rapport aux corvées et aux soucis domestiques. Tout au contraire, l'une des qualités que l'on louait chez un jeune candidat au mariage, c'était qu'il n'avait "jamais eu un jeu de cartes entre les mains". Car le jeu menait rapidement à la "ruine des ménages".

A côté du trictrac et de ses chiffres turcs, les nouveaux jeux, cartes, roulette et tant d'autres, avaient introduit dans leur sillage une longue liste de vocables français qui s'enrichit aussi du vocabulaire des courses et des paris hippiques. En se spécialisant dans le *paroli*, en jouant les *bookmakers* en marge des paris officiels, certains pouvaient doubler leurs gains ou leurs pertes. D'autres aussi, qui trempaient dans les paris truqués, versaient des pots-de-vin aux propriétaires et aux jockeys. A côté du poker – "à côté" étant ici à prendre au sens propre, puisqu'ils se tenaient aux abords immédiats des tables de poker et de baccara –, ils adoptèrent un autre métier, qu'ils appelaient eux-mêmes le "prêt à intérêt" : dans leurs poches, ils transportaient des sommes d'argent qui leur permettaient, contre des intérêts exorbitants, de renflouer sur-le-champ les perdants qui voulaient continuer à jouer. En échange, ils réclamaient des papiers signés de l'emprunteur ; quand ils le connaissaient, ils lui fournissaient l'argent sans formalités, bien conscients du fait que le revolver qu'ils avaient également en poche suffirait à le convaincre de rembourser la somme et ses intérêts.

En fréquentant le Casino du Liban*, où ils se postaient dans l'attente du client assoiffé de jeu sur la table de roulette classique, ils firent la connaissance de toute une catégorie de gens qu'ils n'auraient jamais pu rencontrer autrement : fils de riches familles de Beyrouth ou d'Alep venus dilapider l'héritage de leurs ancêtres et vider un compte en banque qu'avait rempli le nouveau commerce des médicaments, des appareils électroménagers ou des voitures ; rédacteurs en chef de journaux ; poètes ou peintres qui, la nuit venue, vivaient un dramatique face-à-face avec les machines à sous électriques, avec l'éventualité d'un zéro à la roulette.

LE CHIEN *FRANGI**

On raconte que, pendant la seconde guerre mondiale, dans la région du Hariq supérieur, un soldat anglais tomba par hasard sur le gardien d'une des oliveraies locales, célèbres pour leur huile et leur terre rouge. L'homme était en train de fouetter jusqu'au sang un malheureux cheval qui refusait d'aller plus loin. Aussitôt, le soldat acheva l'animal d'une balle dans la tête. Puis il lança son énorme poing sur le garde, en pleine figure, si fort qu'il le projeta au sol. Après quoi, il s'en alla, l'abandonnant près du cadavre de l'animal, presque sans connaissance, ne sachant même pas de quel péché il s'était rendu coupable. On dit que l'Anglais voulut ainsi épargner à l'animal les souffrances que ce maître "barbare" lui faisait endurer. Telle est du moins l'interprétation locale que l'on donne de son acte, car, pour ce qui est du soldat, il tourna les talons sans dire un mot. Or, si tant est que l'histoire soit vraie, il faut avouer que la leçon est restée vaine. Car nous avons continué à frapper les ânes avec une badine de mûrier pour qu'ils avancent, à faire du feu sous la queue des mulets fléchissant sous la charge, voire à leur mordre l'oreille. De même, nous avons mis tant d'acharnement à abattre les oiseaux migrateurs, que d'instinct, dit-on, ils ont fini par modifier leur trajectoire pour ne plus survoler notre village ; à pêcher les poissons du fleuve à l'aide de bâtons de dynamite ; à donner des coups de pied aux chats dès qu'ils s'approchent de notre cercle pour quémander un peu d'affection. En 1958, lorsque nous avons dressé des barricades entre nous, ce même manque d'égards nous a fait mettre à des chiens ou à des ânes des ceintures d'explosifs, pour les envoyer dans les lignes ennemies, dans l'espoir de causer le plus de dégâts possible. Mais, touchées par les balles tirées depuis les postes adverses, les bêtes crevaient à mi-chemin dans l'explosion de leur charge. Pour humilier l'un des nôtres, pour l'accuser de n'avoir pas la moindre moralité, nous le traitons de chien. Sur la place publique, nous écrivons sur les murs que tel ou tel "est le plus grand âne de la Syrie et du Liban réunis", cet élargissement géographique ayant naturellement pour objet de donner une ampleur sans pareille à l'humiliation subie.

Avant, nous connaissions en tout et pour tout deux races de chiens. Premièrement, le bâtard : un chien errant et laid, sans aucune utilité, et qui ne portait aucun nom. Si crasseux que les enfants redoutaient plus que tout sa morsure. Le pire de tous était le bâtard enragé. Cette première catégorie a fini par s'éteindre au voisinage des habitations, seuls quelques bergers ayant encore conservé tel ou tel individu un peu mieux dégrossi. Deuxièmement, le chien de chasse : bien soigné, bien propre, il portait un nom et réagissait dès qu'il l'entendait. Quand son maître portait son sifflet à sa bouche, il dressait les oreilles en réponse. Le chien de chasse faisait partie de l'équipement nécessaire à l'homme. Celui-ci lui construisait une niche en bois dans son petit jardin et le nourrissait selon les règles. Son dressage pouvait atteindre un haut degré de perfection; ainsi, un de ces maîtres envoyait le chien chercher son revolver dans la cachette dès qu'un mouvement ou un bruit non identifié le mettait en alerte.

Quant au chien *frangi**, s'il entra dans les maisons, c'est grâce aux filles gâtées de nos notables, qui avaient fréquenté les écoles de sœurs les plus distinguées de Beyrouth. C'était un tout petit chien qu'elles pouvaient porter et caresser; la chose n'étonnait pas outre mesure. Le grand choc se produisit le jour où nous vîmes passer, en plein milieu de la grand-rue, ce garçon de chez nous, que nous connaissions, qui était censé nous ressembler; même s'il avait passé quelque temps loin du village, il n'en demeurait pas moins l'un des nôtres. Nous le vîmes, donc, passer dans la rue, tenant en laisse un chien de forme étrange. Un chien miniature, en quelque sorte, à qui il avait fait faire un petit manteau brodé; qui plus est, on voyait quelque chose accroché à son cou. A son passage, nous fîmes entendre des sifflets moqueurs. Mais pire encore, le garçon ne sembla pas y prêter la moindre attention. Peut-être par défi, il fit un signe au petit chien, qui lui sauta dans les bras. Il le serra alors tout contre lui et s'en alla, tandis que le chien, par-dessus l'épaule de son maître, nous regardait de ses petits yeux interrogateurs, semblant se mettre à l'abri d'un danger dont il sentait par instinct que nous étions porteurs. Nous émîmes alors quelques doutes sur la virilité de ce garçon qui, à notre compagnie, préférait celle du petit chien. Mais ensuite, un sentiment plus profond nous étreignit, quoique nul n'osât l'avouer: le monde était en train de changer, et nous, nous étions incapables de résister à ce changement.

XI

Elya plongea à corps perdu dans la ville de New York, sans trêve ni repos. Vingt années, et même plus longtemps. Comme les petits enfants, il découvrit le plaisir de marcher seul ; il le goûta jusqu'à plus soif. Un plaisir proche de celui dont jouit le nageur dans l'eau. Au bout d'un mois à peine, il cessa de suivre le cursus d'ingénierie mécanique auquel, selon le projet initialement arrêté, il s'était inscrit dès son arrivée. Les cours magistraux dispensés par ces professeurs couverts de poussière lui avaient aussitôt rappelé les ternes leçons de physique du lycée. Ayant déserté l'université, il se mit à l'abri des nécessités matérielles grâce à une petite annonce trouvée dans un journal du métro. Employé dans un fast-food de banlieue, c'est sur son lieu de travail qu'il s'exerça au premier baiser, dans les toilettes situées au fond du local. C'est là en effet que, les yeux fermés, il embrassa l'une des serveuses, laquelle lui déclara tout de go qu'elle préférait qu'il garde les yeux ouverts parce que ça l'excitait davantage. Là-bas encore qu'il passa maître dans la préparation de différentes variétés de pizzas. Il prit aussi des cours de langue allemande chez un professeur particulier, une Américaine, une blonde avec qui il rêvait de sortir. Il médite toutes sortes de plans pour parvenir à ses fins ; mais ce fut en vain. Le jour de la première leçon, lorsqu'elle lui demanda pourquoi il avait choisi d'étudier la langue de Goethe, il lui répondit d'un air entendu qu'il projetait de se spécialiser en philosophie.

Peut-être est-ce cette réponse improvisée sur le moment qui le poussa par la suite, alors qu'il n'y avait jamais songé jusque-là, à suivre des conférences sur la pensée de Hegel. Force est de constater qu'il y mit une certaine persévérance, bien qu'il n'y comprît pas grand-chose – ou plutôt, pour être tout à fait exact, sans y comprendre quoi que ce soit. Refusant d'admettre son incapacité à saisir des concepts tels que *Begriff* ou *Aufhebung*, il resta rivé sur sa chaise sans comprendre, sans même parvenir à donner l'illusion qu'il suivait, pour éviter d'être percé à jour par le conférencier dont les questions seraient restées sans réponse. Mais, au bout d'un mois, il avait réussi à retenir quelques expressions, quelques bribes d'idées qui continuèrent à résonner dans sa tête. De fait, pour qui cherchait à passer pour un spécialiste de la philosophie allemande, ce bagage s'avérait amplement suffisant.

Comme pour compenser cet enfermement théorique qui menaçait d'assécher en lui tout sentiment, dans un grand élan d'enthousiasme – excessif, voire comique de la part d'un nouveau venu dans la mégalopole –, il adhéra au club des supporters de l'équipe de basket-ball de New York. Pendant toute une saison, il ne manqua pas le moindre tournoi, suivant les déplacements des Nets dans les différents Etats, au gré des hasards du championnat. Chaque fois qu'il se sentait marginalisé, une profonde envie d'apprendre l'envahissait à nouveau. Sa vie semblait désormais faite d'un balancement perpétuel entre le quotidien des gamins du quartier de la Bande et cette soif d'instruction tous azimuts, chacune de ces deux tendances venant en quelque sorte racheter l'autre. Ainsi reprit-il le chemin de l'Université, mais le plus souvent en tant qu'auditeur libre, convaincu qu'il était depuis son arrivée que son séjour serait de courte durée.

Ses langues se multiplièrent – ses demi-langues, plutôt –, qui s'entremêlèrent et s'enchevêtrèrent les unes aux autres. Il prit conscience de l'étrangeté de son cas, remarquant que certaines idées lui venaient d'abord en français, tandis que d'autres l'assaillaient en anglais ou même en allemand. En outre, son éloquence s'ornait volontiers de quelques expressions latines. Peu à peu, l'hégémonie de la langue arabe faiblissait. Heureux de cette pluralité des sons, il fut interprète simultané auprès des délégations scientifiques qui affluaient sans discontinuer à New York ; il se fit gardien dans un parc d'attractions, puis chauffeur de taxi, afin d'accroître, disait-il, son expérience de la vie. Il révisa le scénario d'un film, qu'il alla ensuite voir trois fois ; mais, comme il arriva à chaque fois en retard, il ne parvint jamais à lire son nom au générique.

Il changeait sans cesse de logement, quittant un appartement pour un autre, emportant avec lui quelques tableaux et deux caisses de livres, pour la plupart des dictionnaires, ainsi qu'un ballon de basket signé par Magic Johnson. Presque aussi souvent que de domicile, il changeait de lunettes : s'étant rapidement lassé des montures épaisses, il passa aux verres de contact et aux lunettes noires, avant d'opter définitivement pour les lentilles souples. Les bibliothèques publiques, surtout celles des universités, étaient le théâtre principal de ses activités – scènes qui ne le déçurent jamais – car c'est là que, très tôt, il découvrit qu'il avait l'art de mettre à l'aise les jeunes filles. Aussi se trouvait-il souvent entouré d'une cour d'étudiantes en sciences humaines qu'il charmait par son intelligence plus que par la largeur de ses épaules. Elya usait et abusait de la séduction verbale. A propos de n'importe quel sujet, il laissait entendre qu'il en savait bien plus long qu'il ne voulait le dire et avait le don d'embarrasser son interlocuteur par quelques remarques bien choisies – "Tu sais combien Picasso pouvait être radin…" ; "Tu n'es pas sans savoir que les nouveaux trotskistes vont bientôt gouverner les Etats-Unis". Dans le regard de son interlocuteur, on voyait alors apparaître le vide de l'ignorance, et l'évidence de sa propre supériorité.

Très tôt, il s'était mis à collectionner les citations littéraires et philosophiques. Des phrases lapidaires glanées çà et là, de Saint Augustin à Jacques Derrida. Après avoir copié ces phrases dans un cahier spécial, il s'efforçait de les apprendre par cœur pour pouvoir les placer au besoin, dès qu'il sentait qu'il fallait frapper fort dans la conversation. Ainsi, pour n'importe quelle situation, il avait une citation toute prête. C'était là l'une de ses astuces de séduction. A la même époque, il avait pris l'habitude d'inscrire chaque soir dans son carnet, avant d'aller se coucher, au moins une phrase tirée de ses réflexions personnelles, même s'il lui était déjà devenu difficile d'établir une claire distinction entre ce qu'il avait personnellement ressenti et ce qu'il avait pioché et retenu par cœur chez les grands esprits de ce monde. Sur sa personne il répandait différentes rumeurs. Quand il n'était pas le dernier des romantiques, il était le premier des numériciens. Affichant un goût affirmé pour la peinture surréaliste française, il lançait négligemment dans la conversation des noms d'artistes un peu obscurs, comme s'il s'agissait de ses amis intimes.

Sur un tout autre versant des préoccupations humaines, la cuisine, qu'il avait apprise dans les livres, devint son autre arme de séduction. Avec une patience qui devait être par la suite bien récompensée, il s'entraîna à préparer les plats les plus divers. Sa connaissance de la nourriture était donc avant tout livresque: il étonnait son auditoire en se montrant capable d'énumérer les différents ingrédients de la cuisine thaïe ou encore les "fondamentaux" à la base de l'ensemble des recettes coréennes; il avait en mémoire une liste étonnamment longue de restaurants spécialisés, dans la totalité des quartiers de New York. Mais, dans tous ces domaines, il demeura un instrumentiste solo. Plein de joie, il avait quitté sa famille pour se lancer seul là même où avant lui, un siècle plus tôt, avaient débarqué ses ancêtres, dont les noms étaient encore visibles dans les registres d'Ellis Island.

Il resta un chasseur solitaire. Avec les hommes comme avec les femmes, ses relations étaient toujours de courte durée. C'est que, pris dans le flot ininterrompu des autobiographies diverses et variées qu'il fournissait aux autres, il n'était plus capable de gérer sans anicroches le déroulement de ses amitiés. Aux questions portant sur sa vie personnelle, il apportait les réponses les plus diverses. De peur de commettre une erreur, il préférait rompre avec ceux qu'il avait déjà abondamment nourris de récits imaginaires sur sa vie. Devant un ami venu le voir après une longue absence, il ne se souvenait plus quel métier il avait prêté à son père, "qui était toujours de ce monde, et dans la force de l'âge qui plus est", ni quel destin il avait choisi pour sa mère, dont il disait volontiers qu'elle était morte et qu'elle avait jadis été une femme incroyablement belle. Pour éviter toute équivoque gênante, il évitait désormais de revoir l'ami en question.

Ainsi multipliait-il les versions de sa propre enfance, les ajoutant à cette inépuisable provision de récits qui lui servait avant tout à marquer fortement l'esprit des jeunes filles. Dans la plupart des cas, il s'agissait d'histoires éprouvantes où presque tout était inventé. Dans l'un de ces scénarios, au prix d'une légère transposition d'un film qu'il venait de voir, il était d'origine italienne. S'il ne parlait plus aujourd'hui la langue de son pays natal, il n'en était pas moins né dans un quartier populaire de Naples, un de ceux où l'on voit des volées de marches qui descendent jusqu'à la mer. Sa mère l'avait emmené avec elle dans sa fuite vers les Etats-Unis, de peur de le voir enrôlé dans les rangs de la Mafia par ses oncles, qui figuraient au nombre des bandits les plus recherchés par les *carabinieri*. A moins qu'opérant un détour par l'Orient il ne prétende venir de la ville de Taez, au Yémen, où il avait grandi entre deux déserts : le Roub al-Khali et le désert de Syrie. Son père était un homme influent de la tribu des Beni-Chammar. Seuls les conseils d'un vieil ami anglais, membre des services secrets de Sa Majesté, avaient fini par le convaincre des vertus de l'enseignement supérieur. C'est ainsi qu'il avait consenti à envoyer son fils – lui, donc – faire ses études en Amérique. Quand se tenait sous la tente le légendaire conseil tribal, quand le café circulait parmi les hôtes – des hommes taciturnes venus décider si l'on soutiendrait le gouvernement de Sanaa ou si l'on enverrait des émissaires secrets à Aden pour négocier avec les révolutionnaires communistes –, c'était toujours son père qui avait le dernier mot.

Dans cette fuite en avant permanente, il était contraint de changer sans cesse de numéro de téléphone. Jusqu'au moment où il cessa tout bonnement de communiquer son numéro et demanda à ce que son nom soit rayé de l'annuaire. Lorsque les adresses électroniques se répandirent, il se choisit une quantité incroyable d'adresses, afin que nul ne puisse jamais remonter jusqu'à lui ; à peine avait-il envoyé quelques messages par le biais d'une de ces adresses qu'il l'abandonnait pour une autre, de peur de recevoir des réponses. Plus tard, il créa un site Internet sous un pseudonyme, même s'il est vrai que ce dernier dérivait peu ou prou de son nom d'origine. Celui-là même que découvrirent les gamins du quartier de la Bande. Il évitait soigneusement toute personne qui aurait pu être en relation, de près ou de loin, avec son propre lieu de naissance.

A tel point qu'il s'abstint de tout contact avec les gens qui parlaient la langue arabe. Ceux qui le connurent, ceux qui eurent de l'affection pour lui comprirent que s'il mentait, ce n'était pas par plaisir, mais poussé par une irrépressible tendance à aller dans le sens de ce qui plaisait à ses interlocuteurs. S'il rencontrait quelqu'un qui cherchait à obtenir rapidement un permis de séjour, il ne pouvait s'empêcher de prétendre qu'il connaissait un responsable des services de l'Immigration qui pourrait être d'un grand secours pour faciliter ces démarches. Et il donnait un nom au complet, qu'il venait d'inventer sur-le-champ ou d'emprunter ailleurs. Ensuite, il promettait à la personne concernée de reprendre contact très prochainement, en insistant sur le fait que l'affaire était pour ainsi dire déjà réglée : en effet, le responsable de l'immigration lui était redevable d'un service d'une importance considérable, à côté duquel l'obtention d'un permis de séjour était bien peu de chose. Cette conversation était généralement la dernière : Elya choisissait alors de disparaître de la vue de l'ami concerné. Il s'était préparé deux ou trois maladies graves – insuffisance rénale, séances de dialyse, difficultés respiratoires, et jusqu'à une leucémie. Au besoin, il brandissait ces maladies à la face de celui qui tentait de lui faire reconnaître la vérité, l'indignation suscitée par ses mensonges se muant aussitôt en pitié.

Comme une flèche, le temps emporta Elya dans sa course. Sa vie passa sans qu'il trouve jamais moyen de s'arrêter aux détails quotidiens de son existence, qui prenait l'allure de perpétuelles vacances. Mais il n'échappait pas à l'ennui, au sentiment que tout se répétait. Ce n'était pas seulement le retour de quelques menus détails, mais bien celui de ce scénario dans lequel, involontairement, il retombait sans cesse. Alors même qu'au sein de son système quelque chose commençait à se déliter progressivement, il se montrait toujours aussi actif, aussi plein d'entrain et d'optimisme, se levant chaque matin comme si des missions de la plus haute importance l'attendaient.

Mais il commença à se faire des reproches. Quand on vit seul, on finit toujours par se parler à soi-même. Il se sermonnait dans sa salle de bains, sur son lit, où, après le repas de midi, il avait coutume de s'allonger quelques minutes, contemplant le plafond de sa chambre. Il se mit à regarder son visage dans la glace de l'ascenseur, chaque fois qu'il le prenait seul ; levant l'index en direction de son reflet, il le menaçait du poing. A haute voix, il se posait des questions à lui-même, si bien que la serveuse de chez *Jack's*, le fast-food où il descendait parfois déjeuner sur le pouce, croyait qu'il voulait passer commande ; mais il s'excusait précipitamment, tout honteux. S'il avait mis par écrit ces reproches qu'il s'adressait si souvent ou s'il avait pu les dire à quelqu'un, ils auraient tous été formulés sur le ton de l'invective :

— Arrête, Elya ! Pour l'amour de Dieu, arrête ! Tu ne vois pas que tu exagères? N'en as-tu pas assez de faire comme si tu étais en transe chaque fois que tu vois onduler une chevelure blonde dans les airs, dans la rue, au café, dans les magasins? Une blonde après l'autre. Tout ce pays est plein de blondes, alors que faire?

Dès que les cheveux de Julie eurent perdu leur coloration, elle lui devint soudain indifférente. Lui-même eut du mal à croire à ce complet retournement de ses propres sentiments. En larmes, elle lui demanda des explications sur son changement d'attitude à son égard, mais il fut incapable de se justifier. Dès qu'il apercevait une blonde, il sortait ses antennes, il préparait ses mots. Il commençait par la dose de sirop de grenadine mélangé à son soda, la couleur pourpre du verre constituant un excellent préambule à un bavardage intime qui s'achevait à chaque fois de la même manière. Un soir, il poussa l'affectation jusqu'à essayer de vider un plein verre de vodka orange devant l'une d'elles, pour imiter les façons des Russes dans leurs bruyants festins, ou en tout cas ce qu'on lui en avait raconté. Mais il frôla l'asphyxie : ses yeux sortirent de leurs orbites, on le mit debout pour lui faire recracher le liquide, on lui donna des claques sur la figure pour qu'il reprenne ses esprits.

Chaque fois qu'une de ces filles s'asseyait en face de lui, il lui fallait mettre sur la table la totalité de ses munitions : formules dites par d'autres, citations d'emprunt et toutes sortes d'anecdotes. Des histoires qu'il avait inventées quelques minutes plus tôt, profitant du trajet en métro qui le menait au lieu du rendez-vous ; d'autres, toujours nouvelles, qu'il tirait de ses innombrables lectures, tout ce qui pouvait le faire passer pour un génie égaré sur les trottoirs de New York ou donner l'impression que le Moyen-Orient l'avait rejeté vers le Nouveau Monde, car l'Orient, c'est bien connu, ne supportait pas les minorités. Il y ajoutait un brin de nostalgie littéraire, tout à fait sincère au demeurant, envers des lieux qu'il n'avait jamais visités ; puis soudain, il se levait, après s'être assuré dans le regard de son interlocutrice que le plan avait encore une fois réussi, qu'il était à nouveau parvenu à donner de lui-même cette image singulière qui ouvrait, dans la vie monotone de sa nouvelle amie, des perspectives insoupçonnées, et gardait vivant en lui ce désir insatiable de ce que possédaient, croyait-il, les femmes, et qu'il ne parvint jamais à obtenir. Il dansait sa danse puis, comme à chaque fois, il prétendait brusquement être obligé de rentrer et proposait à la fille de la raccompagner chez elle. Il conservait alors une irréprochable réserve, bien certain que le téléphone sonnerait le lendemain ou le surlendemain, pour que puissent s'enchaîner les étapes de cette entreprise de séduction qui quitterait bientôt la lumière du jour pour faire place à une scène nocturne. A ce jeu-là, il excellait, même si, au terme de trop nombreuses répétitions, les ficelles devenaient un peu voyantes. Dès l'instant où, dans tel ou tel restaurant, il était parvenu à ses fins, il ne cessait plus de le fréquenter, considérant que le lieu lui portait bonheur. Il les conduisait toutes, l'une après l'autre, au même endroit ; il finissait par appeler les serveurs par leur prénom, certain qu'il était que cette familiarité affichée était justement l'une des clés de la séduction.

Mais il se trouvait parfois mis à nu. Comme ce jour où, entrant au *Calabresa*, il aperçut la blonde aux formes pleines dont il avait fait la connaissance un mois plus tôt, mais avec qui depuis il avait pris ses distances. En la voyant attablée dans la salle, il implora la terre de s'ouvrir sous ses pas pour l'engloutir à l'instant. Elle le vit rejouer devant elle la même comédie ; et il fut contraint de voir, reflétée dans chacun de ses regards, car elle ne le quittait pas des yeux, la façon dont il invitait la nouvelle jeune fille à prendre place dans ce même coin du restaurant où il l'avait fait asseoir auparavant. Peut-être même devinait-elle quel plat il conseillerait à sa nouvelle invitée : "Je te recommande fortement le filet de loup, avec sa sauce aux oranges amères..."

En un mot, l'art qu'Elya maîtrisait le mieux était celui des préliminaires. Car il savait aussi attirer les femmes dans son appartement, où il multipliait les accessoires propices à la séduction. Photos, statuettes, meubles choisis, chacun ayant son histoire, riche en détails originaux, libéraient l'imaginaire de sa proie, attisant son désir de découvrir le secret que cachait le svelte Levantin. Au début, son manque d'empressement à atteindre l'étape du lit inspirait confiance à la nouvelle amie, qui mettait sa chasteté sur le compte de ses manières raffinées. Mais, souvent, ce long délai finissait par créer une inquiétude : s'il repoussait ainsi l'échéance, n'était-ce pas tout simplement parce qu'il s'y montrerait moins à son avantage que dans tous ces préparatifs ?

Atteignant l'âge où l'ardeur a tendance à se calmer, il continuait à reluquer, plein de convoitise, des étudiantes dont il était maintenant l'aîné de dix, voire de quinze ans. Créant sans cesse de nouveaux liens, il ne rompait pas pour autant les précédents, risquant à chaque instant de se trouver pris au collet dans ce réseau par trop enchevêtré. Soudain, dégageant sa tête de ces fils qu'il avait lui-même patiemment tissés, il prenait ses jambes à son cou. La fuite vaut bien les deux tiers du courage, disait le proverbe. Il éprouvait les mêmes difficultés lorsqu'il s'agissait de mettre un terme à une conversation. Il s'excusait, il inventait, impuissant qu'il était à rompre une relation commencée, si éphémère soit-elle. Si l'autre ne prenait pas congé de lui-même, il ne savait comment se tirer d'embarras. A peine sentait-il que l'une de ses conquêtes aimerait vivre avec lui, ou s'accrochait à lui parce que, dans sa détresse, elle avait trouvé, chez cet Asiatique à la langue déliée, l'affectivité débordante dont elle avait tant manqué, qu'il tournait les talons et se sauvait comme s'il avait le feu aux trousses. C'est ainsi qu'il dut un jour quitter son appartement et s'installer à l'autre bout de la ville, de peur d'être contraint d'héberger une jeune Philippine qui semblait bien décidée à faire plus ample connaissance avec lui. Il lui fallut, là encore, changer de numéro de téléphone.

Avec le temps, cependant, il perdit goût à ce petit jeu ; le désir de prendre sa retraite commençait à se faire sentir. Jusqu'au jour où tandis qu'il bavardait aimablement avec miss Davis, la secrétaire du département des Etudes du Moyen-Orient et des langues sémitiques, l'un de ses lieux de drague préférés, il aperçut cette jeune Américaine aux cheveux blonds. Rien dans ses yeux ne semblait indiquer qu'elle soit perdue dans la ville, ce qui constitua un attrait supplémentaire pour lui. Au contraire, c'était la fille de cette grande cité par excellence. Il se l'imagina : enfance heureuse, fille unique, élevée entre son père et sa mère ; elle était d'ici, elle faisait l'amour sans se poser trop de questions. Il la prit en chasse jusqu'à l'intérieur de la bibliothèque, où il réussit à s'asseoir non loin d'elle. Il attendit qu'elle jette un regard de côté sur le livre qu'il avait entre les mains, intitulé *Histoire perverse du cœur humain*. Ce titre faisait partie de ses outils de travail. Et, comme s'il n'attendait que ce moment, il se tourna vers elle et lui dit tout d'une traite qu'il la croyait étudiante au département d'arabe, mais qu'il doutait fort qu'elle accepte son invitation à dîner pour mardi prochain, car elle tenait bien certainement à préserver sa réputation, en bonne baptiste qu'elle était, née dans ces nobles familles de Baltimore où l'on avait l'esprit droit et où les seuls plaisirs autorisés étaient (et il leva un autre livre pour qu'elle puisse en déchiffrer le titre : *Dictionnaire des petits plaisirs*) les sorties au grand air au printemps, la cueillette des mûres sauvages quand la saison était venue ; alors, une fois dans l'année, à cette unique occasion, on ne s'inquiétait pas d'avoir taché ses vêtements.

Il dit tout cela dans un seul souffle, manquant de s'étouffer avant la fin, et fit suivre ses mots d'un rire nerveux, par lequel il voulait signifier que ce rôle de don Juan consommé qu'il se plaisait à tenir n'était qu'un jeu, et nullement sa vérité profonde.

Or, son stratagème arrivait à point nommé, car la jeune blonde était justement d'humeur joueuse. Sans rectifier ses erreurs, elle lui donna la réplique comme il se doit :

— Restaurant français. Viens en taxi. Si tu as une belle voiture, sache que ça ne m'impressionne pas. Tu m'attendras devant le 2, avenue d'Arlington, à partir de 8 heures. Je serai peut-être en retard d'une demi-heure, et je le ferai peut-être exprès, pour éprouver ton désir de me voir.

Et à son tour, elle conclut sa tirade par un rire étudié, destiné à lui faire comprendre qu'elle aussi faisait semblant de répondre positivement à sa proposition mais sans l'accepter pour de vrai. Le jeu fut excitant pour tous deux : plus de dix minutes de parodie chuchotante dans la bibliothèque silencieuse, certains lecteurs commençant à les regarder de travers. Comme on peut s'y attendre quand on joue ainsi avec le feu, le moment vint où ils se donnèrent un rendez-vous bien réel. Indifférent aux murmures des lecteurs, il se leva alors de sa chaise d'une manière cérémonieuse pour aller lui serrer la main et se présenter, donnant ainsi le signal que les choses sérieuses pouvaient commencer.

Quand il lui dit qu'il s'appelait Elya, elle pensa qu'il était juif et qu'il venait du Moyen-Orient. Elle quitta la bibliothèque avec lui. Lorsqu'elle la vit traverser le hall, miss Davis lui jeta des regards assassins. Il ne lui raconta jamais qu'il s'était justement renseigné auprès de la secrétaire du département pour connaître son identité et savoir de quelle famille elle descendait. Il savait déjà qu'elle était Heather Pollock, fille du révérend Henry Pollock Junior.

Il l'invita dans un restaurant français – et quel restaurant! –, *Le Relais d'Arcachon*. La cuisine française, lui dit-il en riant, était l'un des moyens les plus éprouvés pour séduire les femmes américaines. L'effet qu'elle produisait sur elles était scientifiquement démontré: les statistiques étaient formelles. Il tenta donc l'expérience sur elle, qui semblait en avoir pris son parti. Au lieu de cacher son jeu, il avouait d'emblée tout ce dont il aurait pu être accusé, pervertissant donc le jeu sans pour autant y mettre fin. Tandis qu'il distillait ses histoires, elle s'écriait à chaque instant:

— Mais d'où est-ce que tu viens, pour l'amour de Dieu?

Il sourit. Il avait réussi à la conduire où il voulait. Levant son verre, il but une longue gorgée et lui lança un regard où se mêlaient la fierté et la nostalgie. Il lui dit bien des choses encore, entre autres que la tombée de la nuit l'angoissait, surtout le dimanche soir. Puis il noua la serviette blanche autour de son cou, mira le vin en le faisant tourner dans le verre, ferma les yeux et le huma, faisant osciller le verre avant de le goûter et répétant des expressions qui semblaient tirées de la rubrique culinaire du *New York Times*. Il pria le garçon de demander au chef s'il préparait toujours ce canard à l'orange qui, disait-il, était maintenant si réputé. Le chef se déplaça en personne pour répondre à ses questions. Tout semblait préparé à l'avance. Il l'interrogea sur les crevettes, pour savoir si elles arrivaient fraîches de l'océan. Le reste de la soirée, ils discutèrent, Elya la fit rire, et elle finit par rendre les armes. Elle n'avait plus qu'une seule question, qu'elle répétait bêtement, tout éberluée:

— Mais qui es-tu donc? Qui es-tu?

Lui, pendant ce temps, s'en donnait à cœur joie. Prise d'un rire hystérique, elle parvint à grand-peine à articuler:

— Arrête! Je t'en supplie. Mais qui es-tu?

Dans une lettre à sa meilleure amie, elle le décrivit en ces termes : "Début de la quarantaine, mince, des yeux brillant d'intelligence. En le voyant déambuler un dimanche matin dans l'avenue avant de mettre ses lentilles de contact, tu pourrais le prendre pour un romancier cherchant l'inspiration pour son prochain livre traitant de ceux qui dorment sur le trottoir et vivent des allocations fédérales, ou sur des gens simples qui ont le cœur brisé."

Peu de temps après, il la surprit.

— Je veux aller voir le Liban…

Et sans préambule, alors qu'ils se promenaient sur un pont :

— J'aime voir les fleurs blanches des amandiers au début du printemps…

Elle sourit. Il ajouta :

— Je veux voir ma mère avant qu'elle ne meure.

Il avait prononcé ces mots sans manifester d'émotion, sans chercher à l'influencer, sur le ton de quelqu'un qui dirait : "Il me faut être à la gare à sept heures et quart, sinon je manquerai le premier train pour Pittsburgh."

XII

Jamais il n'aurait cru qu'un jour il lui faudrait chercher son salut en progressant à genoux, puis en se courbant jusqu'à terre et, pour finir, couché de tout son long au milieu d'un enchevêtrement de femmes drapées de noir, de bonnes sœurs et de filles de l'orphelinat, à prier sans trêve saint Vasken, dans une église consacrée à un saint maronite. Il l'appelait à son secours du fond du cœur, dans un murmure, sans même savoir ce qu'il disait, car le bruit des balles qui résonnait dans sa tête l'empêchait d'entendre les mots qui sortaient de sa bouche. Les yeux fermés, comme un enfant à qui on demande de regarder et qui s'obstine à garder les paupières closes. Agenouillé, courbé, recroquevillé sur lui-même, il se heurtait aux corps des femmes, il s'abritait même derrière elles. Non, il ne mourrait pas les yeux ouverts. Le bruit des balles qui tonnait dans sa tête, les coups de feu qui le frappaient à chaque endroit de son corps, et cette voix qui criait, la voix d'un homme seul qui clamait de toutes ses forces, sans jamais s'arrêter :

— Ohé ! Vous tous ! Craignez Dieu !

Il n'entendait pas les hurlements qui montaient autour de lui, les gémissements d'une jeune femme touchée à l'épaule et qui perdait beaucoup de sang, les frissons d'une bonne sœur en pleine crise d'hystérie, dont les dents claquaient sans arrêt tandis qu'elle baisait la croix qu'elle portait autour du cou. La vue de cette religieuse prise d'une peur panique le conduisait au bord de l'abîme. Il n'entendait que cette voix d'homme, tonitruante et furieuse. Il s'y cramponnait de toutes ses forces, comme à la planche du salut. Si celui-là continuait à crier, lui, Nichan Hovzeb Davidian, photographe, âgé de 25 ans, resterait en vie.

Il s'accrochait aussi à son Zeiss Ikon, un appareil tout neuf qui pendait à son cou, sans cesser de marmonner à voix basse, comme le faisait sa mère, sa prière à saint Vasken. Cachant l'appareil dans son giron, il faisait le dos rond pour le protéger. Il sentait l'odeur des femmes, l'odeur des bonnes sœurs. Les cheveux frisés au fer chaud, l'ammoniaque qui soulevait le cœur, les parfums bon marché mêlés à la sueur. La sueur de la chaleur, celle de la peur, celle d'une église pleine à craquer de créatures de Dieu. Nichan ne voulait pas mourir. Il ne voulait pas que le Zeiss Ikon se casse, car il l'avait payé les yeux de la tête. Il avait pu l'acheter à moitié prix à quelqu'un qui ne s'en était servi qu'un mois, avant de devoir s'en séparer pour émigrer. Jamais il ne pourrait s'en offrir un autre. Il n'avait fait que deux pellicules avec. Un mariage et une distribution des prix. Il était résolu à sauver son Zeiss Ikon, coûte que coûte.

Tout son corps se crispa dans l'attente du coup mortel. Le prochain serait pour lui. L'essentiel, c'était de ne pas être touché à la tête. Il s'imaginait qu'une balle dans la tête, ce serait quelque chose d'insoutenable, et il craignait la douleur plus encore que la mort. Il pensa à son père, il pensa à sa mère. Tranquillement assis tous deux, côte à côte sans doute. Lui, lisant le journal arménien, elle, à ses travaux d'aiguille. Peut-être même était-elle justement en train de réciter à voix basse une courte prière à saint Vasken, tandis que lui, il était là, sous les balles qui s'abattaient comme une pluie de pierres. Il n'en réchapperait pas, sauf si l'homme continuait à crier, sauf si lui continuait à entendre ses cris…

Et soudain, le monde s'ouvrit à nouveau. La vie revint. Desserrant les paupières, il vit les rayons du soleil qui entraient par les hautes ouvertures et sentit à nouveau le sang circuler en lui. Les balles s'étaient tues, tout comme la voix de cet homme qui criait dans l'église. Nichan Davidian était toujours vivant. Son corps se détendit peu à peu. D'abord, il leva la tête. Dans l'église, personne n'osait se lever. Les gémissements des blessés s'élevèrent alors, interrompus par un cri aigu. Il découvrit les victimes. Jamais il ne sut qui était cet homme qui avait crié dans l'église ; il ne chercha pas à savoir. Bientôt, on évoquerait devant lui tous les détails de cet événement; jamais personne ne fit la moindre allusion à cette voix, ni à l'homme qui avait crié. A ce sujet, Nichan n'interrogea que Nazareth. Deux ou trois jours plus tard, lorsqu'il lui rendit visite à la maison, il lui demanda si lui aussi, il avait entendu cette voix tonnante qui couvrait jusqu'au bruit des balles à l'intérieur de l'église. Nazareth répondit qu'il n'avait rien entendu; il s'était retrouvé coincé à la porte de la sacristie, au milieu des prêtres qui avaient déserté l'autel. Nichan n'insista pas. Il craignit que son concitoyenne se moque de lui. Peut-être celui qui criait n'avait-il donc jamais existé. Peut-être Nichan avait-il été le seul à entendre cette voix qui avait retenti dans son crâne.

En ouvrant les yeux, il vit le sang sur son pantalon. Il coulait de sa jambe droite. Une flaque noire sur son pantalon bleu. Il n'éprouvait aucune douleur, il ne sentait rien. Il vit sa blessure avant de la sentir. Il avait encore toute sa conscience, toute sa peur. Il n'était pas mort. Il avait entendu dire qu'un homme touché par balle n'avait pas mal, au début. La douleur venait après, quand la balle refroidissait. La mort était encore là, toujours possible; elle le tenait par en bas, menaçant de remonter de sa jambe jusqu'au cœur. Il entendit une bousculade à la porte de l'église. Il décréta que Nazareth avait été tué et se prépara à cette perspective. Tout au début, juste au moment où les balles avaient commencé à pleuvoir, il l'avait vu: il était debout, en train de photographier les premiers rangs – notables, parents du défunt, clergé –, alors que lui avait reculé vers le fond, du côté des femmes, pour avoir une vue d'ensemble de l'autel et des officiants. Lorsque, plus tard, ils virent des photos de l'événement, ils eurent un sourire en s'apercevant que Nazareth apparaissait sur les photos de Nichan, et Nichan sur celles de Nazareth. Deux photographes tenant en main de grandes lampes flash de forme ronde. Nazareth était plus exposé que lui aux tirs.

Les flashs au magnésium qu'on utilisait à l'époque dégageaient une lumière aveuglante, même en extérieur, même en plein soleil. Hagop, son maître, lui avait recommandé de toujours les utiliser, quelles que soient les circonstances. Ils évitaient qu'il y ait des ombres sur les visages, comme il disait. Nichan n'avait pas pensé que Nazareth viendrait lui aussi à Borj al-Hawa. Sinon, il ne serait pas venu. En ce mois de juin, on était en plein dans la saison scolaire, la saison des photos de classe. Le professeur et ses élèves sur une estrade de bois. Une bonne demi-heure pour les faire taire et les placer par ordre de taille, du plus petit au plus grand. Mais les écoles payaient bien, et ensuite chaque élève était tenu d'acheter sa photo de classe : c'était intéressant.

Il avait rencontré Nazareth sur la place, devant l'église. Les photographes venaient aux funérailles sans y être conviés. Au début, ils se partagèrent les différents secteurs, arpentant la place dans l'espoir de trouver le client, parmi tous ces hommes qui, en dépit de la chaleur, restaient en costume. Il les connaissait bien, lui aussi. Le costume leur servait à cacher le revolver sous la veste. Quelques hommes le hélèrent, puis ils se regroupèrent en se tenant par les épaules en signe d'affection ; comme à leur habitude, ils ne souriaient pas. Il les photographia près de la boutique puis, avec Nazareth, il suivit le convoi de la maison jusqu'à l'église. Par-dessus la tête des hommes renfrognés, les deux photographes bavardaient, se racontaient même des blagues en arménien.

D'ordinaire, il ne parlait pas beaucoup à Nazareth : le strict minimum. C'était son concurrent, qui, pour l'imiter, l'avait suivi à Barqa et s'était mis à lui prendre ses clients. Depuis le bout du monde, il avait fallu que Nazareth vienne jusqu'ici et qu'il se mêle de son gagne-pain. Mais, devant la porte de l'église, ils avaient peur tous deux, et il y avait, dans la conversation animée à laquelle ils se livraient dans leur langue, quelque chose d'excessif. D'ailleurs, en entendant ce babil arménien, les hommes les regardaient de travers.

La pluie tomba sans crier gare, ce qui ne fit que renforcer leur crainte. Les prêtres et les bonnes sœurs étaient venus en nombre, et ils sentirent bien que les hommes avaient tous leur revolver sur eux et qu'ils se dévisageaient. Ces regards perçants, lourds de menace, ne les épargnaient pas, eux non plus. Le convoi s'effilocha à cause de la pluie et la foule s'engouffra précipitamment dans l'église. Tous deux se sentirent plus en sécurité à l'intérieur. Rien ne pourrait arriver ici. Tant que les gens étaient dans l'église, il ne se passerait rien ; ils n'allaient tout de même pas s'affronter pendant la messe. Les prières et les cantiques syriaques commencèrent.

Quelques minutes durant, leurs flashs lancèrent des éclairs, jusqu'à ce que, de l'extérieur, parvienne à leurs oreilles le bruit des balles. Dans l'église, tout se figea, même les chants moururent peu à peu, à l'exception d'un vieux prêtre, sourd sans doute, qui ne se rendit pas compte de ce qui se passait, continuant à entonner tout seul un refrain de l'office des morts maronite.

Mais Nazareth ne mourut pas. Il accourut vers Nichan pour lui porter secours. Parti à sa recherche, il finit par le trouver par terre, incapable de se remettre sur ses jambes. A part Nichan, Nazareth avait-il quelqu'un d'autre au monde? Les familles s'étaient repliées chacune de leur côté, et les morts étaient restés par terre, avec quelques-uns des blessés. Une religieuse se penchait encore au-dessus de l'un d'eux qui se tordait de douleur sur le sol, elle tentait de le réconforter en lui promettant qu'il allait s'en tirer. Il ne restait plus que les deux photographes arméniens. L'un d'eux ne pouvait pas marcher, l'autre avait la langue nouée. Davidian se mit à parler, à parler sans interruption. Qui a vu la mort en face ne peut plus s'arrêter de parler. Nazareth, silencieux, le soutint jusqu'à la voiture. Il ne dit qu'une chose:

— Un monde sans conscience ni religion!

Il prononça ces mots en arménien.

"Le monde", dans sa bouche, signifiait "les gens".

On les emmena pour interrogatoire à la préfecture, à la caserne, deux fois, trois fois, quatre fois. Les gendarmes, la sécurité générale et même l'armée. La première fois, ce furent deux enquêteurs en civil qui se présentèrent au studio Davidian, munis d'une revue en français. Ils l'ouvrirent à la page où l'on voyait la photo des cinq gars et lui demandèrent qui l'avait prise.

— Moi, je n'ai pas pris de jeunes en photo!

Davidian s'était montré trop pressé de renier cette photo. Alors ils revinrent sans tarder. A peine descendus de leur jeep, ils fouillèrent son magasin et celui de Nazareth. Ils mirent tout sens dessus dessous, ouvrirent les machines, renversèrent les produits de développement, brûlèrent les films, exposèrent à la lumière les feuilles de papier photo vierges et les soumirent tous deux à un flot ininterrompu de questions.

— Nom, âge, profession.

— Mon profession? Ça veut dire quoi, mon profession?

Un quart d'heure fut passé à épeler des noms arméniens. Le nom de son père, Hovzeb, était difficile à prononcer, et plus difficile encore à écrire.

— Où étais-tu?

— J'étais au fond, loin, du côté des femmes, je le jure par Dieu Tout-Puissant!

Il jura ainsi, dans l'espoir que l'enquêteur cesserait de l'interroger.

— Et qu'est-ce que tu as vu?

— Moi, *baba*, j'ai rien vu; moi, j'ai entendu.

— Qu'est-ce que tu as entendu?

— J'ai entendu le bruit des balles... comme la pluie. J'ai entendu les femmes crier, une bonne sœur qui pleurait et des petits enfants aussi, des orphelines avec des blouses d'écolières...

Il ne lui raconta rien sur la voix de cet homme qui lui avait sauvé la vie.

Ces voix de femmes étaient plus affreuses encore que le sifflement des balles.

— Qu'est-ce que tu as fait?

— J'ai fermé les yeux, *baba*. Je voulais pas mourir les yeux ouverts. Je fermais les yeux et j'appuyais dessus. Jusqu'à ce que les balles s'arrêtent, et là, j'ai ouvert les yeux. Le sang, il coulait de ma jambe, d'ici.

Il remonta son pantalon pour lui montrer la plaie qui commençait à cicatriser.

— Où sont les photos?

Depuis ce moment-là, tout le monde lui posait la même question: "Où sont les photos?"

— Nous n'avons rien pris en photo, mon frère, crois-moi.

— Et si on devenait plus méchants avec toi? Si on te chauffait les oreilles? Tu avouerais, hein?

Mais il résista. Il ne leur donna rien. Davidian ne voulait faire de tort à personne.

Peu de temps après, il rassembla ses affaires et descendit en ville. Il prit la fuite, laissant Nazareth tout seul là-haut. Tant mieux pour lui. Qu'il les photographie jusqu'à plus soif. Il ne lui enviait pas ce privilège. Les visites des fonctionnaires cessèrent. Les investigations avaient pris fin, au grand soulagement des habitants comme des enquêteurs. Ce furent alors d'autres gens qui lui rendirent visite : des curieux qui avaient entendu dire, ou qui avaient eux-mêmes imaginé, qu'il avait photographié des hommes revolver en main. Ils croyaient que, sur ces photos, ils pourraient reconnaître les tireurs. Il y eut aussi des reporters qui vinrent lui proposer de l'argent, puis ce fut cette journaliste qui parlait français. Peut-être était-elle également allée trouver Nazareth. Celui-là, il était loin de s'y connaître en femmes. Mais c'est Nichan qui lui avait donné la photo publiée dans la revue, à cause de laquelle les enquêteurs étaient venus l'interroger. Il n'avait pas su résister à la jeune journaliste. Jamais il ne comprit exactement comment elle avait fait pour la lui dérober. La photo des cinq jeunes gens. C'est eux qui l'avaient appelé. Ils étaient cinq, debout, à attendre que la cérémonie commence. Il s'entendait encore leur demander de serrer les rangs. Ouvrant les bras, ils se tenaient tous par les épaules. Il avait senti l'amour qu'ils se portaient, leur joie d'être réunis sur la même photo. Ils avaient tous été tués. Tous les cinq. C'était bien lui qui les avait pris en photo, ainsi que d'autres hommes qui se trouvaient sur la place. La journaliste lui avait bel et bien pris les clichés des mains à force de caresses et de minauderies. Elle lui avait aussi donné 100 livres. Sa silhouette était belle, et elle ne manquait pas de conscience morale. Puis, après elle, ils étaient venus à leur tour : des hommes impliqués dans le massacre, des membres de leur famille. Il ouvrit aussi sa porte aux parents des victimes. Ils avaient suivi sa trace jusqu'ici, jusqu'en ville. A peine les apercevait-il, debout à la porte du magasin, qu'il les reconnaissait sur-le-champ. Il y en avait un qui, à peine entré, avait mis la main dans la poche de sa veste en déclarant :

— Je te fais un chèque en blanc. Tu me donnes ce que tu as et, après ça, tu mets la somme que tu veux.

Ils n'avaient pas peur des témoins ; ils n'avaient peur ni du procès ni du juge. Ils avaient peur des photos. Un homme de petite taille, mine renfrognée et doigts boudinés, arriva un matin. Il posa à Davidian la question rituelle, mais ne put rien tirer de lui. Davidian lui répéta qu'au moment où les balles se mettaient à siffler le photographe prenait la fuite comme les autres.

— Le photographe, il a peur, *habibi*. Toi, tu es un homme fort, tu n'as rien à craindre. Mais le photographe, lui, il a peur...

Et il lui raconta comment il s'était aplati par terre, en se cachant derrière les femmes.

— Tu me crois? Derrière des femmes!

La lâcheté était le moyen le plus simple de s'en tirer. Mais l'homme aux doigts boudinés ne le crut pas. Il l'entraîna dans l'arrière-boutique, dans le studio où Davidian, qui était jeune et beau, qui était l'un des as du billard de la ville, surtout au billard carambole, faisait des portraits, développait les photos d'identité et attirait les jolies filles de sa clientèle pour les courtiser à loisir loin des regards des passants, après avoir fermé le local de l'intérieur et installé la pancarte sur laquelle il avait écrit: "Nous serons de retour dans un instant." L'homme le bouscula, le plaqua contre le mur. Il lui mit la main sur l'épaule, brandit son revolver et le visa à la tête, menaçant. C'est probablement à compter de ce jour que Nichan Davidian présenta un taux de diabète anormalement élevé.

Il avait passé de longues années au milieu d'eux. Jusqu'à l'arrivée de Nazareth, il avait été leur seul et unique photographe. Certes, il y avait eu également l'apparition de Jorge, mais c'était un Arabe. C'est en Amérique qu'il avait appris le métier. Et il était fou. Au fond de lui, Nichan avait toujours craint de voir les Arabes se mettre à apprendre et à exercer le métier à leur tour. Mais Jorge ne lui avait pris aucun client; il n'avait pas vécu vieux, le pauvre!

Ils avaient tous défilé devant Nichan, dans son arrière-boutique transformée en studio.

Comme accessoires, il leur proposa des armes. Les armes, c'était leur religion, leur unique dévotion. Un vieux fusil qui ne marchait pas, deux cartouchières à passer autour de la taille ou à croiser sur la poitrine. Il mit aussi à leur disposition un *keffieh*, avec le *iqal* qui servait à l'attacher, puisqu'ils n'avaient pas encore trouvé de quoi remplacer cevieux symbole de la virilité arabe. De surcroît, il avait prévu un sabre pour ceux qui le désiraient – et même deux, l'un étant pourvu d'une lame courbe.

Les hommes entraient chez lui tout seuls. Quand un homme allait trouver Davidian, ce n'était pas tant qu'il fasse grand cas de sa beauté ou de son allure ; il voulait s'occuper à l'avance de la photo qui prendrait la tête de son cortège d'enterrement ou encore de celle qu'on exposerait dans sa maison après sa mort. Soudain, ils se mirent à avoir peur de partir pour l'au-delà sans laisser derrière eux cette image qui rappellerait leur souvenir à la famille. L'homme se plantait en général devant l'objectif de Davidian armé de pied en cap, même si chez lui il n'avait pas "un seul couteau qui coupe", comme on disait. Il surveillait de près ses moustaches, s'examinant pour commencer dans le miroir. Un air renfrogné s'imposait. Cette expression se peignait d'emblée sur les traits de l'homme debout, qui semblait défier l'objectif comme un ennemi, en le fixant droit dans les yeux. Plus Nichan lui demandait de rester immobile pour la netteté de la photo, plus ses sourcils se fronçaient.

Puis ils firent appel à lui hors du studio, pour les prendre en photo avec le plus grand nombre possible d'amis, tous attroupés autour d'une nouvelle voiture ; ou encore pour deux jeunes mariés, à la maison, au milieu des bouquets de roses et des youyous. Les femmes arrivaient en retard – du moins à partir du moment où les hommes, dont le caractère s'était un peu adouci, se mirent à emmener femmes et enfants avec eux. La famille arrivait au grand complet ; ils se tenaient tous debout, dans leurs habits du dimanche. On eût dit que, chaque fois qu'ils achetaient des vêtements neufs, ils avaient envie de les étrenner devant l'objectif du photographe. Il leur demandait alors d'esquisser un petit sourire : les enfants obtempéraient en premier, puis la femme. Il était difficile à l'homme de découvrir ses dents : il conservait quant à lui, son expression sévère. Il essayait de les faire sourire et de les faire tous regarder dans sa direction. Un regard distrait, tourné vers tel ou tel objet environnant, c'était l'une de ces erreurs qu'un photographe digne de ce nom se devait d'éviter. Puis ils se mirent à faire poser les enfants seuls : à leur première communion, en costume d'ange ; le jour du dimanche des Rameaux, en pleurs, tenant en main un cierge plus haut qu'eux. Ou alors, il les amenait à un endroit où ils pouvaient monter un cheval de bois et les coiffait d'un sombrero mexicain à larges bords. Nazareth lui fit de la concurrence : il les photographiait aux commandes d'un avion en bois peint.

Quant aux femmes, elles n'osaient pas venir chez lui non accompagnées, sauf en cas de force majeure ou lorsque se répandirent les portraits à mi-hauteur et les photos d'identité à mettre sur les passeports.

Nichan les abandonna donc pour s'installer en ville. Il y passa les plus beaux jours de son existence. La vie y était facile. Les gens vaquaient à leurs occupations avec un mélange de légèreté, de contentement et de ruse. Mais aujourd'hui, il était parvenu au terme du chemin. Sur la devanture de sa boutique, la défaite était visible. De la poussière. Deux photos aux couleurs passées. Un couple de jeunes mariés – elle, munie d'une traîne blanche – et un petit enfant porté à bout de bras, qui tenait en main un rameau d'olivier. Pour lui, le studio n'était plus désormais qu'un simple salon matinal, car il ne supportait pas la solitude de sa maison. De son enseigne flambant neuve, "Photo Nichan", il ne restait plus que deux lettres : un *shin* de travers et un *alif* qui tenait bon. Il ne pouvait rien faire pour endiguer ce maudit tremblement ; comment ses mains auraient-elles pu lui obéir à présent, pour tenir l'appareil ? Ce fut là sa véritable défaite, bien plus que l'essor des laboratoires de développement rapide, comme on le laissait souvent entendre.

Le vendeur de café ambulant passait le voir deux fois : une fois en arrivant, à 9 heures, pour verser de la cafetière qu'il portait sur son flanc droit un café chaud et amer, et une seconde fois, après avoir accompli son long périple dans le marché, pour récupérer sa tasse vide et son argent. A part lui, Nichan accueillait de temps en temps un vieil ami qui avançait d'un pas traînant entre les cafés de la place du Tell. Ou alors un type égaré, descendant de la haute montagne pour quelque affaire administrative ; précédé par cet accent rude qui le trahissait, il poussait la porte, et avec lui entrait l'odeur des grillades du restaurant voisin. Il voulait acheter des timbres fiscaux ou savoir comment s'y prendre pour obtenir un extrait de casier judiciaire. Vers une heure et demie, Nichan fermait la porte à clé pour aller déjeuner, et tout s'arrêtait là. Il ne revenait que le lendemain matin.

Le scénario à venir était sans surprises, il en prévoyait lui-même tous les détails : sitôt qu'il aurait fermé les yeux – et l'échéance était proche, avec cette maladie qui l'épuisait, plus de trente ans passés avec le diabète –, sa femme vendrait le magasin. Elle le céderait au patron du restaurant de grillades, le voisin, qui proposait au moins une fois par semaine de l'acquérir. Elle ne vendrait pas les meubles, elle les donnerait à sa sœur à lui, qui vivait à Beyrouth, sans rien demander en échange. Il lui avait dit maintes fois de les donner à sa sœur, sans aucune contrepartie, et de ne les vendre à personne. Il savait que sa femme était pingre. Il avait demandé qu'elle l'enterre ici, dans le cimetière des Arméniens orthodoxes, où il avait acheté une petite concession. Il aimait l'odeur de cette ville, comme d'autres aimaient l'odeur des êtres chers. Quant à elle, elle irait rejoindre leur fils et sa famille, qui l'avaient devancée au Canada. Cent ans au Liban, c'était bien assez pour la famille Davidian. Aujourd'hui était venu le tour des pays froids et lointains.

Elya passa la tête à l'intérieur, tout en tenant d'une main la porte ouverte et en lisant, sur une feuille tenue dans l'autre main, le nom qui était l'objet de sa demande. Son corps restait à l'extérieur, il n'avançait que la tête, comme pour regarder dans un puits. Davidian ne leva pas la tête pour scruter celui qui posait la question, sauf quand il entendit son propre nom. D'habitude, il répondait aux questionneurs égarés qui portaient à la main leur dossier administratif par un signe de la main ou par un mot laconique, sans les regarder. Depuis longtemps maintenant, plus personne n'entrait dans le magasin en y cherchant le propriétaire. Ils faisaient leurs photos d'identité au photomaton, à quelques mètres de là, et ouvraient sa porte pour se renseigner ou parce qu'ils croyaient qu'il y avait là un photocopieur pour leurs documents.

— Oui, il est là.

— Puis-je lui parler?

Une politesse excessive.

— Je t'en prie, je t'en prie, *habibi*!

Il l'avait reconnu.

— Tu es de Barqa, n'est-ce pas?

Davidian les reconnaissait, il les reconnaissait à leur accent tranchant et aussi à leur regard, un regard dur, le même qu'ils avaient en entrant dans l'église ce jour-là.

— Je cherche des photos!

— Des photos de qui, *baba*?

Il n'avait toujours pas appris à bien parler l'arabe. Et pourtant, il était né ici. Ou peut-être s'était-il trop habitué à ces ajouts qui ponctuaient son discours, *baba* et *habibi*, tantôt entre deux mots, tantôt en fin de phrase. Il en usait avec excès, comme pour clamer son identité, pour ne jamais se trouver mêlé à leurs problèmes.

— Des photos de Borj al-Hawa.

De la tuerie de Borj al-Hawa, probablement.

Toujours ce village. Il y avait passé une heure, et c'était devenu l'histoire de toute sa vie. Ça durerait jusqu'à sa mort. Mais, une fois encore, rien n'empêchait Nichan Davidian d'éviter le sujet.

— Moi, ici, il photographie les gens, le monsieur, la madame. Il prend pas en photo village, *baba*. Toi, il va voir peintre aquarelles, et lui, il te dessinera la nature, les tuiles, les briques, il y en a beaucoup des élèves très forts.

Involontairement, il exagérait son accent arménien. Repris par son ancienne peur, il se réfugiait dans cet accent, et l'arabe qu'il parlait devenait une sorte de délire sans queue ni tête.

— Tu étais à Borj al-Hawa, le dimanche…

Mais les choses prirent un tour meilleur quand Nichan sentit, sans savoir exactement d'où lui venait cette impression, que l'homme qui lui faisait face ne venait pas chercher querelle, qu'il ne lui voulait aucun mal. Il l'interrompit :

— Comment le sais-tu ? Tu n'étais même pas né. C'est quoi ton âge, *habibi* ?

— 42 ans… Tu reconnais cette carte ?

Elya lui tendit le petit morceau de papier qu'il tenait en main.

Nichan prit la carte et sourit à son tour. C'étaient l'un de ces petits papiers où étaient inscrits son nom, son adresse et son numéro de téléphone et qu'il distribuait à ceux qu'il avait réussi à convaincre de prendre la pose dans une rue, à une fête, dans un jardin public, afin qu'un ou deux jours plus tard ils viennent récupérer la photo chez lui. D'abord, il encaissait le montant de la photo puis il leur donnait la carte, et ainsi il était sûr de ne pas y perdre.

— D'où ça sort ? Ça, c'est vieux…

Il étira longuement le mot *vieux*.

— C'était dans la poche de mon père quand il a été tué à Borj al-Hawa…

“Nous n’en finirons jamais avec cette histoire”, voilà à peu près ce que se dit alors Nichan.

— Tu t’en souviens bien? demanda Elya.

L’homme se pencha pour relever son pantalon, découvrant une jambe blanche et frêle.

— Regarde, *habibi*...

Il lui montra une petite cicatrice. Elya lui demanda:

— Comment as-tu été atteint?

— Je n’ai pas su que j’étais touché. Jusqu’au moment où je me suis mis debout pour marcher. Là, j’ai crié de douleur et j’ai vu le sang qui coulait de ma jambe, *baba*. J’étais du côté des femmes, je ne sais pas d’où venait cette balle que j’ai reçue.

— Si tu as des photos de Borj al-Hawa, n’importe lesquelles, je suis prêt à te les payer. C’est quelque chose de très important pour moi.

Ils voulaient tous lui donner de l’argent: ils ne pouvaient pas croire que ça lui était bien égal.

Il eut une hésitation; puis il pensa à sa mort prochaine, au diabète, au départ de sa femme pour le Canada. Qu’avait-il à craindre? Brusquement, il dit à Elya:

— Regarde, *baba*. Moi, j’ai la conscience tranquille.

Il se leva et, sur une étagère, il prit une enveloppe cartonnée de couleur orange.

— Toutes les photos que leurs propriétaires ne sont jamais venus récupérer, je les ai mises dans cette enveloppe et je me suis dit «Regarde Nichan, les propriétaires de ces photos les ont payées d’avance»; moi, *baba*, je prenais la photo et je faisais payer de suite. Peut-être qu’un jour ils se souviendront de ces photos et qu’ils viendront les réclamer... Il y en a qui sont morts, il y en a qui ont oublié. Mais Nichan Davidian, lui, il a la conscience tranquille.

Il jeta l’enveloppe orange sur la table.

Les archives de Nichan ne se limitaient pas à ces photos abandonnées. Il ne s’en souvenait que maintenant, il possédait aussi une autre enveloppe de photos, qu’il lui arrivait d’ouvrir. Des photos de femmes, des photos de deux jolies filles: les photos de Jorge. Il fallait absolument qu’il les montre un jour à quelqu’un. Si on venait les lui demander, la famille de Jorge par exemple, il leur donnerait tout.

— Assieds-toi ici. Je t'en prie, cherche tes photos. Je n'en demande plus rien, mais fais attention, ne prends pas les photos des autres…

Elya s'assit devant l'enveloppe comme un affamé à une table de banquet.

XIII

— Le camion est là !

Nous le guettions depuis le matin. En l'attendant, nous avions multiplié les allées et venues et les cris entre notre quartier et la rue principale, par où il devait arriver. La grand-rue était notre frontière, et, en ces jours difficiles, c'était encore plus vrai que d'ordinaire.

Dès que le camion eut pris le tournant, nous nous lançâmes tous à sa suite dans un grand vacarme, interpellant à grands cris passants et voisins, comme si nous avions le feu aux trousses, pour qu'ils dégagent le chemin; c'étaient nous qui allions guider le chauffeur jusqu'à la maison. Le camion occupait toute la largeur de la chaussée; d'une hauteur effrayante, il ne laissait pas le moindre espace aux piétons.

Le déménageur était debout sur la plate-forme. En arrivant là où la pente se faisait plus raide, le chauffeur sortit la tête par la vitre pour nous crier, à nous aussi, de nous pousser de devant ses roues, au cas où les freins lâcheraient. Dans le vacarme du moteur, il protesta : il connaissait la maison où il allait, il n'avait pas besoin qu'on la lui montre. Mais, sans prêter la moindre attention à ses vociférations, nous courions toujours devant le camion.

— Où vont-ils aller, Mère?

— Dans leur quartier…

— …

— … il paraît qu'ils ont loué une maison là-bas.

— Ils ont de la famille, là où ils vont?

— Bien sûr qu'ils ont de la famille. Tous leurs parents sont là-bas ! Puisque je te dis que c'est leur quartier. Regarde, où est-ce qu'ils habitent, tes oncles? Ici, tout près de chez nous, non? Parce que c'est notre quartier. Et eux, leur quartier, c'est là-haut !

— Ils ne reviendront plus ici?

— Je ne sais pas. Je ne crois pas.

— Et pourquoi est-ce qu'ils étaient venus habiter ici, loin de leur famille?

— ...

— Ils emmèneront le chat avec eux?

— ...

Ma mère ne répondait pas à toutes mes questions. Moi, de mon côté, je n'en faisais qu'à ma tête. Je n'attendais pas forcément de réponse de sa part. Leur chat, leur chatte plutôt, n'avait pas de nom. Cette chatte, donc, je l'avais apprivoisée. Un petit pstt-pstt, et j'aurais pu l'emmener au bout du monde. Je l'avais attirée chez nous la nuit précédente, quand on avait appris la nouvelle de leur départ.

On disait qu'un homme envoyé par Abou Jamil était venu, à la faveur de la nuit sans doute, car personne ne l'avait vu. Il avait prévenu Oum Jamil qu'il lui fallait se préparer au départ et empaqueter tout ce que contenait la maison, car, le lendemain, Abou Jamil enverrait un camion pour emporter les meubles et qu'il leur avait trouvé une maison où ils pourraient emménager. Il était parti en éclaireur là-bas, là où ils iraient s'installer. Sur place, sa famille l'aidait dans cette entreprise, ses cousins. Car les risques étaient plus grands pour un homme que pour sa femme et ses enfants, à ce qu'on disait. On l'avait aidé à s'enfuir de chez nous le premier, et il avait donc laissé les siens ici plusieurs jours durant, exposés au danger, tandis que lui ne risquait plus rien. Mon oncle Saïd s'y était pris autrement. Dès les premiers tirs de mortier, il avait emmené toute sa famille en lieu sûr. Deux jours plus tard, il était revenu seul. Après avoir veillé à leur installation, il avait rejoint son poste de tir.

J'ai fait jouer la chatte un moment, je l'ai cajolée, soulevée, emportée dans mes bras. Je lui ai caché les yeux et puis je l'ai jetée au fond d'un grand tonneau vide, avec un peu de viande à manger, et je l'y ai enfermée. Même ses miaulements ne parviendraient pas à leurs oreilles. Dans la soirée, ils s'aperçurent qu'elle avait disparu; comme personne ne l'avait vue dans le voisinage, ils partirent à sa recherche. Tout le monde fut d'accord pour dire que la chatte ne voulait pas quitter le quartier, que c'était la raison pour laquelle elle s'était sauvée. Les gens commencèrent par en rire, mais, bien vite, ils se turent, gênés. Quoi qu'il en soit, ce chat avait fait rire les habitants du quartier. Une fois de plus, ils passèrent en revue tout ce qu'on savait sur les chats, sur leur incroyable intelligence. Que Dieu soit loué! Après ces récits consacrés aux chats, on passa comme toujours aux rats, puis aux chiens, pour parcourir un cycle complet au terme duquel les voisins assurèrent à Oum Jamil que la chatte finirait sans nul doute par réapparaître.

— Dès qu'on la verra, on vous l'envoie, ne vous faites pas de souci!

Plus tard, j'ai compris que quand les grandes personnes craignaient de voir les choses s'envenimer entre elles, quand l'atmosphère se faisait lourde, elles se mettaient à échanger des lieux communs comme ces histoires d'animaux, en faisant semblant d'y croire, et s'en émerveillaient pour que tout le monde puisse y trouver son compte. J'ai compris que dans notre quartier, quand les conversations commençaient à porter sur les bêtes, la réconciliation était proche, ou du moins le conflit serait-il évité.

— Poussez-vous, les gosses!

— Dieu nous garde!

— Attention, attention! Le rétroviseur va taper dans le rebord de la fenêtre!

— Tu as besoin d'aide, Oum Jamil?

— Attention au fil électrique! ne l'abîme pas!

— Stooop!

Le chauffeur entra en marche arrière, portière ouverte, la moitié de son corps dépassant à l'extérieur, pour que l'arrière du camion arrive juste devant la porte de la maison, tandis que nous, nous continuions à lui transmettre nos instructions. Le déménageur sauta à terre. Un homme d'un certain âge, leste et léger. Un professionnel, qu'on voyait ici pour la première fois. Nous fîmes cercle autour de lui; il portait sur le dos une petite plaque de cuivre, de forme carrée, où était gravé le numéro 64. Un déménageur officiel, venu de la ville, de Tripoli.

Il disparut quelques instants dans la maison et revint avec le buffet de la salle à manger. Ils avaient enlevé la vaisselle en verre et les coupes de cristal qui étincelaient sur les étagères. Nous faisions exprès de passer et repasser devant ce buffet, pour mieux profiter du jeu d'images que créait le miroir placé au fond du meuble, qui se reflétait dans une autre glace accrochée près de la porte d'entrée. Nos allées et venues s'y réfléchissaient à l'infini, et jamais nous ne nous lassions de contempler notre image ainsi démultipliée. Le déménageur avait mis le buffet sur son dos, l'arrimant à son front par la sangle de tissu qui lui servait pour les plus lourdes charges et dont il ne se séparait jamais. Il installa le meuble dans le fond du camion et repartit chercher les pièces du lit de cuivre, celui que nous avions entr'aperçu derrière un voile vert, dans la chambre à coucher du maître de maison et de sa femme. Malgré nos visites quotidiennes, pas une fois nous n'avions vu cette porte grande ouverte. La maison d'Abou Jamil n'avait aucun secret pour nous, hormis cette chambre à coucher entrebâillée, lieu d'intimité du mari et de la femme.

A ce rythme-là, la maison allait se vider en moins d'une heure de temps. Les voisins étaient sortis en nombre. Certains s'attroupaient sur le seuil de leur maison, d'autres étaient assis sur les deux balcons qui donnaient sur la maison d'Abou Jamil, d'autres enfin, sans se gêner, faisaient cercle au beau milieu de la rue. En spectateurs, ils étaient venus assister au départ de la famille d'Abou Jamil, qui quittait notre quartier pour s'installer dans celui de nos ennemis. Les femmes ne semblaient pas avoir été brusquement arrachées à leurs travaux ménagers, les enfants ne paraissaient pas avoir interrompu leurs jeux, en ce matin d'un jour férié, pour aller suivre un spectacle inattendu ; ce n'était pas comme à ces autres occasions où on les voyait accourir le ballon à la main, les genoux couverts de boue, où les femmes sortaient les mains mouillées, en pleine lessive, sans même avoir trouvé le temps de les essuyer. Comme quand notre jeune voisin avait sa crise d'épilepsie. Cela lui arrivait sans crier gare. A l'instant où il perdait connaissance, où une écume blanche lui sortait de la bouche, on entendait sa mère émettre un long hurlement. Les voisins allaient alors chercher du secours, trouver une voiture pour le transporter à l'hôpital.

Le garçon épileptique qui tombait en crise au moins une fois par mois était là lui aussi, parmi nous, debout, et ne montrait aucun signe de maladie. Nous étions tous fin prêts, nous nous étions libérés depuis la veille pour pouvoir suivre la scène à loisir. Avec ses enfants, Oum Jamil, la maîtresse de maison, restait dehors, comme nous, debout, en face de la maison, suivant avec nous la scène. Nous, nous regardions le spectacle qu'ils formaient, tandis qu'eux regardaient le déménageur qui vidait la maison de ses meubles, et nous contemplaient aussi, nous. Peut-être en son for intérieur Oum Jamil s'était-elle attendue à ce qu'au dernier moment ses voisins s'opposent à leur déménagement. Ni ses vêtements ni ceux de ses enfants ne suggéraient un départ imminent. Comme tous les jours, Oum Jamil portait sa robe d'intérieur qui laissait voir ses bras blancs un peu flasques.

Le porteur travaillait seul. Personne, ni un jeune homme ni une femme, ne vint lui prêter main-forte. Les femmes gardaient les bras croisés sur leur poitrine, dans un silence impressionnant. Chaque fois qu'on voyait le déménageur ressortir en portant quelque chose sur son dos, Oum Jamil rega dait les voisins, ces femmes avec qui elle était amie, l'une après l'autre. Elle les fixait droit dans les yeux, comme pour les prendre à témoin de ce qui lui arrivait. Cela fit couler quelques larmes, dont celles de ma mère.

Ma mère était triste. Le départ d'Oum Jamil et des siens allait laisser un vide béant au milieu de notre quartier. Un trou, une lacune que nul ne pourrait combler. Elle était triste à cause de ces jeunes qui avaient été tués, triste aussi parce qu'Oum Jamil était son amie et sa cousine. Car Oum Jamil appartenait à notre famille, au cœur même de notre famille. Elle nous aimait. Elle avait versé des larmes de sang le jour du massacre de Borj al-Hawa. Ses cris emplissaient tout le quartier, elle s'arrachait les cheveux. Peut-être même en avait-elle fait un peu trop, dans le souci de préserver son mari et ses enfants.

C'est en tout cas ce que disaient quelques mauvaises langues.

Triste, ma mère l'était aussi à cause de cet espace qui s'étendait devant leur maison. Peut-être que ceux qui viendraient s'installer à leur place n'en feraient plus profiter les voisins. Peut-être loueraient-ils la maison, exprès, à quelqu'un de mesquin qui mettrait une clôture tout autour et y ferait des plantations. Un espace pour lequel, de façon surprenante, on avait bâti le mur de la maison quelques mètres en retrait par rapport à la route, tandis que les autres propriétaires, eux, avaient préféré utiliser toute l'étendue de leur parcelle, avec une porte d'entrée qui donnait directement sur la voie publique. Le "terrain" de la famille d'Abou Jamil était donc la seule et unique aire de jeux du quartier. Ce terrain vague leur appartenait ; mais jamais ils ne cherchèrent à en disposer pour eux seuls. Ainsi était-il resté une cour de récréation commune. Mon père disait toujours qu'ils auraient pu le fermer et empêcher quiconque d'y passer ; mais ils ne le firent jamais. Les habitants du quartier considéraient donc ce terre-plein comme un prolongement de la rue, une station où les marchands ambulants venus lourdement chargés de Saydnaya, en Syrie, pouvaient déballer leurs marchandises. C'est là qu'ils se reposaient du fardeau de ces grosses valises qu'ils portaient sur le dos pendant leurs tournées. Oum Jamil leur offrait des chaises et servait le café aux voisins. Ils négociaient leurs chemises, leurs serviettes-éponges et leurs draps, jurant que leurs prix étaient honnêtes et justes, à grand renfort de formules prouvant qu'ils étaient chrétiens. C'étaient deux frères, vêtus d'amples sarouels noirs. Ils déballaient donc la marchandise, puis, nouvel effort, la remballaient en bourrant les valises, avant de les charger sur leur dos et de s'en aller, infatigables, vers d'autres quartiers. C'est là aussi que le grand marchand brun exposait ses images de saints – même si on disait que c'était un musulman. Enfin, sur le terrain d'Abou Jamil, on allait s'asseoir, les nuits de pleine lune, pour raconter chacun à son tour des récits plus effrayants les uns que les autres, jusqu'à ce qu'une voix familière nous rappelle qu'il était temps d'aller au lit. La voix de ma mère.

— Quand viendra le tour de la maison des Fayyad? lui demandai-je tout bas.

Elle s'émut. Sa gorge se nouait. Elle essuya une larme.

— D'où sors-tu toutes ces histoires? s'écria-t-elle pour cacher son trouble. Qui t'a dit ça?

Nous étions au courant de tout. Nous savions que d'autres familles allaient quitter le quartier. Nous savions lesquelles et nous en faisions l'inventaire sans en oublier une seule. Et aussi que d'autres familles, des gens qui étaient des nôtres, mais que nous ne connaissions pas, que nous n'avions jamais vus, allaient eux aussi emporter toutes leurs affaires et venir ici, pour se réfugier chez nous.

— Et l'oncle Hamid, il n'est pas de notre famille?

Elle se moqua de ma question.

— Tais-toi, petit.

— Pourquoi l'oncle Hamid est-il parti avec sa famille? Pourquoi ont-ils quitté le quartier pour aller à Beyrouth?

— …

— Pourquoi mon cousin Mounir ne jouait-il plus avec nous, avant de déménager?

Elle me regarda pour la première fois et dit vivement:

— Je ne sais pas. Demande à la femme de ton oncle…

Je savais que ma tante était une étrangère, qu'elle mettait du rouge sur ses lèvres et de la poudre sur ses joues. Mais je ne voyais pas pourquoi c'est à elle que j'aurais dû poser la question.

Chacun des objets que le déménageur sortait de la maison produisait son petit effet sur les spectateurs, sur les gens du quartier. Nous connaissions cette maison par cœur. Nous la connaissions parce que toute la journée durant, sa porte restait ouverte sur la rue. Elle était pour nous une sorte de prolongement de la chaussée. Ceux qui couraient pour échapper à un chien égaré se retrouvaient, avant même d'y penser, sur les marches du perron. Ceux qui jouaient à cache-cache sur le "terrain" se cachaient sans vergogne dans le salon. Dissimulés derrière les rideaux, nous demandions même aux habitants de la maison de ne pas trahir notre présence, et eux tous, du plus petit au plus grand, se montraient solidaires. Ils supportaient notre bruit avec le sourire. Et quand on jouait à la guerre, il y avait toujours des échanges de tirs entre la cuisine et le petit jardin, où l'on pouvait se poster derrière le tronc du néflier. Nous entrions chez eux avec tout notre vacarme, avec la boue de la rue collée à nos chaussures. Jamais nous ne les avions entendus protester.

Lorsque la première bicyclette apparut sur l'épaule du déménageur, les garçons réagirent. Un murmure, quelque chose qui ressemblait à de l'indignation. Comme si nous prenions soudain conscience de ce que nous refusions de croire jusqu'alors: le départ d'Abou Jamil, c'était aussi le départ de ses vélos. Abou Jamil était le roi du cycle à chambre à air; il faisait payer l'heure 25 piastres. Il les avait achetés après avoir pris sa retraite de la Sûreté générale. C'était un fonctionnaire exemplaire, très consciencieux et très propre. Un modèle de ponctualité. S'il louait des vélos, c'était pour se distraire, disait sa femme. Elle avait un peu honte de ce nouveau métier qu'exerçait son mari, y voyant une régression après ses fonctions dans la police. Il était excessivement vigilant au sujet de ces cycles; parmi les enfants du quartier, il reconnaissait ceux qui ne savaient pas monter à bicyclette et les empêchait de s'en servir. Il nous recommandait bien de ne pas aller trop vite, de ne pas trop serrer les freins, de peur qu'ils ne lâchent. A haute voix, nous les avons comptés: chaque fois que le déménageur sortait un vélo, nous l'ajoutions au total. Sept. Trois avec guidon droit, que nous appelions des Humper, et quatre à guidon recourbé, les "vélos de course". Quant à moi, je préférais les vélos de course. Un jour, sur un de ces vélos, j'avais renversé un passant, mais je m'étais bien gardé de le dire à Abou Jamil. Il n'avait pas eu grand-chose. Je l'avais fait tomber, et en retour il m'avait insulté. Il avait injurié ma mère et ma sœur, mais je n'avais rien osé lui répondre.

— Qui viendra habiter à leur place?

Ma mère ne répondait pas à mes interrogations. Il paraît que, tout petit déjà, j'avais cette manie de poser inlassablement des questions. C'est une série qui s'ouvre sur tel ou tel sujet puis se ramifie à l'infini. Il faut dire qu'une idée me trottait dans la tête: celui qui habiterait à leur place prendrait lui aussi des vélos, qu'il nous louerait les jours où nous n'avions pas classe.

Elle me donna une tape sur la main pour me faire taire.

— Les copains disent qu'ils vont partir en laissant la porte ouverte. C'est vrai?

Nous, les enfants, nous nous étions faits à leur présence. Surtout à celle d'Abou Jamil. Dans la journée, nous enfourchions ses vélos, nous choisissions celui qui avait la sonnette la plus retentissante et nous allions défier les côtes les plus abruptes, mettant à rude épreuve les muscles de nos jambes frêles. Nos cœurs battaient d'angoisse dans les descentes vertigineuses. Dès que nous quittions le regard d'Abou Jamil, nous faisions monter un copain à l'avant ou à l'arrière, et nous prenions le guidon chacun notre tour, pour partager le prix de la course. C'est en vain qu'il nous interdisait de monter à deux sur un vélo. Mais moi, j'avais droit à un traitement de faveur: l'heure entière au prix de la demi-heure, vu que nous étions voisins, disait-il. Il avait une estime particulière pour les relations de voisinage, Abou Jamil. Surtout pour les voisins d'en face. Il me favorisait donc, mais pas devant mes amis, peut-être pour éviter qu'ils ne cherchent à en profiter eux aussi. Il me rendait plus tard les pièces que je lui avais données. Quand par hasard il me voyait seul, ou encore chez lui, s'il me trouvait occupé à jouer avec la petite chatte. J'avais établi une vieille amitié avec cet animal. Lorsque la veille de leur départ ils la perdirent, plusieurs personnes leur suggérèrent de me poser la question, car personne d'autre ne serait capable de la retrouver. Le soir, Abou Jamil enfilait sa robe de chambre. C'était le premier homme que j'aie jamais vu porter une robe de chambre. Il l'enfilait par-dessus son pyjama. Une robe de chambre en satin bleu brillant, dont le toucher donnait des frissons. Nous sentions bien que nos pères à nous, que les hommes en général, surpris par un visiteur intempestif alors qu'ils étaient en vêtements de nuit, se seraient levés d'un bond pour enfiler à la hâte des vêtements de jour, à la fois par pudeur et en signe de respect. Mais Abou Jamil, au contraire, semblait tirer fierté de se montrer dans cette tenue. Non seulement il mettait ses vêtements de nuit très tôt, dès le coucher de soleil, mais il rendait même visite aux voisins du quartier en arborant cette tenue, qui ne l'empêchait nullement d'accepter une tasse de café.

Le déménageur poursuivait sa tâche solitaire. Lorsqu'il s'interrompait pour reprendre son souffle, il regardait autour de lui, s'étonnant de voir toute cette foule qui ne le quittait pas des yeux. Oum Jamil fit une seule remarque, lorsque, en heurtant au passage l'encadrement de la porte d'entrée, la table de la salle à manger eut une éraflure.

Abou Jamil sera très fâché.

Il nous avait toujours exaspérés par son obsession de la propreté, par ses infinies précautions. Il agaçait aussi les femmes, à qui il faisait concurrence dans le domaine qui leur appartenait. Il frottait tout ce qui était à sa portée. Le cadre des vélos et leur guidon brillaient sous ses mains. Quand il était là, Oum Jamil n'avait jamais besoin de donner le moindre coup de balai, ni d'épousseter les tables ou les vitrines. Un véritable expert dans cet art que nous avions cru jusque-là exclusivement réservé aux femmes. Ma mère le consultait pour mettre ses tomates en conserve ou pour réparer sa machine à coudre Singer, certaine qu'il serait de bon conseil. Même s'il avait travaillé à la Sûreté générale – à un poste administratif, il est vrai, puisqu'il nous avait raconté un jour qu'il était chargé de réceptionner les "télégrammes", c'est-à-dire les rapports, pour les transmettre à l'officier responsable –, Abou Jamil n'atteignit jamais l'âge viril. Tout cela lui était bien égal ; mieux encore, il appréciait sa situation telle qu'elle était.

Mais s'il n'entra jamais dans l'ère de la virilité, il appartenait quand même au clan des Rami. Son nom était lourd à porter. Il lui pesait à lui aussi ; il ne pouvait faire comme si ce nom n'existait pas. Nous ne sûmes pas exactement comment les choses se passèrent. On raconta tout d'abord que quelqu'un était venu les voir, de nuit, après les événements de Borj al-Hawa.

On les appelait "événements", hâditha, *mot féminin dont la forme masculine est* hâdith, *le* a, *marque finale du féminin, lui donnant ici un caractère de particulière gravité. L'affaire avait en effet été précédée par quelque chose qui avait contribué à son importance : "l'événement" du Tell* (hâdith). *Dans ce cas précis, c'est certainement la langue orale, avec ses raccourcis, qui a entraîné la chute de la terminaison féminine. Lors de ce premier événement, qui avait ouvert la voie aux affrontements collectifs, deux hommes étaient tombés sans qu'on sache jamais qui avait tiré, tandis qu'était resté en vie un homme qui avait reçu dix balles dans la peau, pas une de moins. Quoi qu'il en soit, le terme de* hâditha, *avec ce féminin qui en renforçait le caractère inquiétant, constituait une façon particulièrement précautionneuse et consensuelle de désigner une tuerie ou une bataille dont on ne voulait pas faire porter la responsabilité à un seul des deux partis, comme cela aurait été le cas avec le terme* majzara, *"boucherie", ou* kamin, *"embuscade tendue" – qu'on appelait ici* rabîta, *le "nœud" : des hommes armés mitraillaient par surprise quelqu'un qui, selon un informateur, devait passer sur ce chemin qu'ils avaient "noué", ou encore, tapis dans une voie servant aux secours ou au ravitaillement des adversaires, ils s'en prenaient au hasard au premier "gros gibier" qui passait. Comme dans les grandes batailles de l'histoire militaire, la réputation de ces* hâditha *avait pris le dessus sur celle de la localité où elles avaient eu lieu. A tel point qu'il était courant, désormais, de ne plus mentionner les événements eux-mêmes, au profit des simples noms de lieux. On disait qu'Untel avait été tué àBorj al-Hawa: cela signifiait qu'il était au nombre des victimes de ce fameux dimanche de juin 1957. On situait une naissance, un mariage, selon qu'ils dataient d'"avant" ou d'"après" Borj al-Hawa, le toponyme devenant ainsi un repère temporel. [...] Or, les "événements" en question se réduisaient au laps de temps durant lequel on avait entendu des tirs continus. Sans oublier toutefois les deux coups de feu du début, qui furent suivis, selon plusieurs témoins, d'un silence pesant puis d'une brève salve de coups de revolver, un calibre 9, paraît-il. Puis il y eut un autre silence, relativement long, avant que commence cette pluie ininterrompue de détonations qui prit fin tout aussi brusquement et après laquelle on n'entendit plus un seul coup de feu. La brièveté de cette fusillade constitue d'ailleurs l'un des aspects les plus étranges de ces événements. Sans doute le zèle dont firent preuve les parents et accompagnateurs des chefs de famille pour assurer leur protection explique-t-il en partie le grand nombre des victimes, alors que, à en croire certains témoins, les échanges de tirs n'auraient pas duré plus de huit minutes, voire cinq, corrigent même certains dans un souci de précision qui paraît bien illusoire.*

Quelqu'un était passé dans la nuit les avertir de la nécessité de partir d'ici. "Nous ne pourrons pas garantir votre protection", leur avait-il dit. C'est ainsi qu'ils avaient menacé Abou Jamil. On nous raconta aussi que quelqu'un avait jeté un caillou sur leurs fenêtres, cassant la vitre une fois, ou plutôt deux fois. Et on raconta également qu'ils avaient vu un signe tracé sur leur porte. Mais, quand nous avons cherché ce signe, nous n'avons rien vu. Pas davantage de vitre cassée, d'ailleurs.

Le porteur avait fini d'empiler les affaires dans le camion. Toutefois, il n'était pas parvenu à soulever le mortier à *kebbeh*, un grand mortier sculpté dans le porphyre rouge.

— Laisse-le où il est, dit Oum Jamil.

Personne ne se porta volontaire pour donner un coup de main. Le déménageur mit en place tous les objets, du plus grand au plus petit, du plus solide au plus fragile. On ne l'aida que de conseils: "Ne mets pas deux morceaux de bois l'un sur l'autre! Écarte-les avec les coussins. Ça, ça n'est pas à la bonne place, ça risque de tomber en chemin!" Déménager des meubles exige une véritable compétence. Le porteur tenait compte des directives, sans regarder celui qui les énonçait. Ainsi, comme toujours, les gens du quartier avaient leur mot à dire dans la gestion des affaires de la famille d'Abou Jamil, un débat déjà ouvert autour de la scolarité des enfants, du médecin qu'ils fréquentaient, de la retraite précoce d'Abou Jamil; aujourd'hui encore, concernant leur départ, les voisins avaient voix au chapitre.

Nous fûmes surpris de constater que tout ce qui concernait les repas, le café, le sommeil, les chuchotements des femmes sur leurs affaires intimes, les veillées des chaudes nuits d'été, le chahut qui ne cessait qu'une fois les enfants endormis, les matinées, la radio, les rires et les pleurs ainsi que tout l'attirail de cette vie qui bourdonnait dans la maison d'Abou Jamil ait pu ainsi être vidé par un seul homme, qui avait réussi à loger tout cela dans cet espace si exigu. Une fois le tas constitué, le porteur l'arrima par des sangles, fit un nœud de corde, en demandant, pour la première et dernière fois, que quelqu'un vienne l'aider afin de le serrer correctement. Une fois la cargaison bien sanglée, il s'assit dessus en attendant et nous regarda à son tour, en spectateur.

Oum Jamil ferma les fenêtres et les portes. Le conducteur fit chauffer le moteur. En regardant les voisins, Oum Jamil dit encore:

— Tout ce que vous avez pu voir chez nous, gardez-le pour vous.

Ce fut tout. Mais je crois qu'elle n'en pensa pas moins. Elle s'attendait peut-être à ce que les habitants du quartier tentent de les retenir. Dans sa lente progression, le camion quittait nos ruelles étroites. Nous ne poussâmes pas le zèle jusqu'à aider le chauffeur à remonter la pente. Notre groupe s'était dispersé, et la scène se jouait maintenant derrière le camion. Car Oum Jamil et ses enfants suivirent le convoi à pied, dans leurs vêtements d'intérieur et leurs chaussures légères, dans leur tenue de tous les jours. Le camion disparut au premier virage, et ils le suivirent.

J'échappai à ma mère pour y aller aussi.

— Ne partez pas trop loin! nous criaient nos mères.

Nous, les plus jeunes, nous leur emboîtâmes le pas, en restant à distance cependant, et chacun son tour; eux partaient pour toujours, et nous, nous ne faisions que les escorter. Dalal, dont le corps avait grandi mais pas l'esprit, était venue avec nous. A leur balcon ou au milieu de la rue, les voisins restèrent là, à contempler la porte fermée, sans parler, une fois qu'eurent disparu le camion, Oum Jamil et ses enfants.

Nous les avions suivis en silence. Plusieurs fois, les enfants s'étaient retournés, mais leur mère leur avait intimé l'ordre d'avancer. Lorsqu'ils furent sur le point de disparaître dans le sentier menant au quartier haut, c'est-à-dire juste avant de traverser la grand-rue, ils se retournèrent tous ensemble pour nous regarder, et leur mère nous regarda elle aussi. Ils se retournèrent donc sans nous faire signe de la main, sans nous dire un mot, avant de poursuivre leur chemin. A notre tour, nous nous sommes regardés, avant de nous disperser et de reprendre le chemin du quartier. Seule Dalal s'obstinait à les suivre, abasourdie qu'elle était par ce qui se passait. Elle continua à marcher derrière le camion, jusqu'à ce que nous l'appelions pour qu'elle rentre avec nous. Indécise, elle s'arrêta un instant au milieu de la chaussée puis redescendit à son tour vers notre quartier. Malgré l'énormité de son corps, Dalal ne connaissait pas les frontières. Personne ne lui adressait les mises en garde que nous recevions tous, comme l'interdiction de franchir la rue principale. Peut-être personne ne craignait-il qu'elle se mette en danger, à cause de sa simplicité.

La chatte montra plus de détermination que Dalal. Quand je parvins à la maison, le cercle des spectateurs s'était défait. J'allai tout de suite au tonneau que j'avais refermé sur elle. Je l'entendis miauler: elle n'était pas morte. Quand je levai le couvercle, elle bondit sur moi en clignant des yeux, éblouie par la soudaine luminosité du jour. Elle sauta à terre, regarda autour d'elle, prit un peu d'élan, flaira, souffla, puis se mit à courir. Une course rapide. Je la suivis en courant à toutes jambes, mais je ne pus la rattraper. Elle retrouva le chemin, celui du camion, celui qu'avaient pris Oum Jamil et ses enfants. Pas une seconde elle ne s'arrêta devant la porte de la maison, elle ne se retourna pas non plus pour la voir : c'était comme si elle n'y était jamais entrée. Après avoir gravi la pente, elle parvint à la rue principale, où elle n'était sans doute jamais allée auparavant. Elle la traversa comme une flèche, comme si elle faisait le trajet tous les jours, et se faufila par là où le camion avait disparu, emportant, juché sur le toit, le déménageur qui arborait son chiffre de cuivre, le numéro 64.

Environ quinze jours après le départ de la famille d'Abou Jamil, deux hommes se présentèrent sans prévenir devant la porte de la maison vide. Ils bataillèrent quelques instants avec un outil tranchant, et elle s'ouvrit. Je courus voir ma mère, que je trouvai déjà au courant. Je m'étonnai de cette faculté qu'ont les nouvelles à se répandre en silence ; aujourd'hui encore, cela me surprend parfois. J'avais très envie de demander à ma mère comment elle avait su que des gens allaient venir occuper la maison. Quant à la famille d'Abou Jamil, je l'ai revue plus tard, là où ils avaient émigré, un jour que je passais devant chez eux. Ils aimaient les maisons devant lesquelles il y avait un espace libre. Ils étaient assis sur des bancs de bois, prenant le café à la tombée du soir, et j'eus l'impression qu'ils riaient, qu'ils étaient tout heureux. Comme je ne faisais que passer, je n'eus pas l'occasion d'apercevoir Abou Jamil. A cette heure-là, sans doute faisait-il sa petite tournée chez les voisins, ses nouveaux voisins, avec sa robe de chambre par-dessus son pyjama. La maison d'Abou Jamil n'était pas si loin en terre étrangère, si enfoncée dans l'exil que je l'avais imaginée. Ils s'étaient trouvé une nouvelle vie sans nous, loin de nous. J'avais pourtant cru qu'ils ne guériraient pas d'avoir quitté notre quartier, que leur séjour hors de ce lieu serait pour eux une succession de jours de deuil au long desquels ils brûleraient du désir de nous revoir. A dire vrai, j'en conçus une certaine jalousie. Je n'admettais pas que cette famille puisse être heureuse loin de nous. Mon unique consolation fut quelque chose qu'on nous raconta : dans son nouveau quartier, Abou

Jamil ne louait plus de vélos. Il avait bien essayé de relancer son activité, mais il y avait renoncé et avait revendu tous ses cycles lorsqu'un de ses jeunes clients avait eu les deux jambes cassées dans un accident. Je ne voulais pas que la famille d'Abou Jamil puisse être heureuse dans son nouveau séjour. Et même si je ne voulais pas l'admettre, je commençais déjà à trouver sympathiques les nouveaux occupants de leur maison. Ils avaient des rossignols en cage ; et eux aussi, ils prenaient le café dehors, au clair de lune.

XIV

ENCORE UNE NOUVELLE VICTIME DE LA VENGEANCE AVEUGLE ? *de notre correspondant à Tripoli*

Hier matin vendredi, le corps sans vie du citoyen Girgis Tanios al-Indari, 41 ans, a été découvert à l'intérieur de sa maison, dans la localité de Barqa. Les hommes chargés de l'enquête judiciaire ont examiné les lieux et constaté que le décès remontait à au moins vingt-quatre heures. Si on ignore pour l'instant les causes du décès, on peut supposer que, conformément aux coutumes en vigueur dans ce village du Nord en proie à la vendetta, al-Indari a lui aussi été victime de ce feuilleton sanguinaire, même s'il n'appartenait à aucune des grandes familles impliquées dans cet engrenage mortel. L'enquête suit son cours pour faire apparaître la vérité, dans l'espoir de voir bientôt cesser les actes de violence qui endeuillent ce noble village libanais, auquel toute l'équipe du journal *Sada Lubnan* ne peut que souhaiter de trouver une issue rapide à cette épreuve, pour que triomphent enfin la raison et la loi et que soient enfin résolus les conflits opposant les habitants.

Sada Lubnan (L'Echo du Liban),
samedi 27 avril 1957

Nichan Hovzeb Davidian, comme du reste son compatriote et concurrent Nazareth, avait reçu en héritage son métier de photographe ambulant, profession que son père avait importée d'Istanbul à l'occasion de la fuite précipitée et dramatique de la famille vers le Liban ; Jorge, lui, de son vrai nom Girgis al-Indari, avait ramené de Montevideo sa passion de la photographie en studio. A l'une des rares personnes avec qui il avait discuté ici, il avait raconté qu'il avait appris le métier auprès d'un photographe juif allemand, réfugié en Bolivie à la fin des années 1930 pour fuir les persécutions nazies. Au village, bien rares sont aujourd'hui ceux qui se souviennent de Jorge, ce jeune homme au visage allongé et quelque peu mélancolique, à la chevelure toujours en bataille, comme si, préoccupé par des questions bien plus élevées, il négligeait des activités aussi triviales que se donner un coup de peigne, se raser la barbe ou prendre une douche. Bien rares étaient ceux qui en savaient plus que quelques généralités à son sujet, plus que ce qui concernait son appartenance familiale; bien rares ceux qui savaient quels membres de sa famille éloignée pouvaient être encore en vie. On savait juste qu'il avait été tué moins d'un an après son retour. Il était rentré en 1956, en plein cœur de ces troubles dont il n'avait apparemment pas eu vent là-bas et qui, une fois qu'il fut sur place, semblèrent le laisser indifférent. Or, on l'avait retrouvé mort, sans la moindre trace d'effusion de sang, dans le "studio" improvisé qu'il avait installé dans une chambre à coucher avec vue sur une petite plantation d'orangers située à l'arrière de cette maison familiale qui avait attendu son retour.

Jorge se refusait à transporter son appareil photo avec lui, comme le faisaient les photographes arméniens, à arpenter les rues pour proposer ses services aux gens : il attendait le client dans son local. Au début, plusieurs avaient fait le déplacement. Mais poser pour lui, c'était éprouvant. On aurait cru se faire faire son portrait par un peintre tant il faisait d'allées et venues entre l'objectif et le modèle, pour améliorer la pose et rectifier toutes sortes de petits détails. Alors qu'il demandait sans cesse à son modèle de ne pas bouger d'un millimètre, il venait lui tourner le menton de la main, un peu plus à droite ou un peu plus à gauche, il époussetait sa veste pour chasser une petite poussière, ou allait chercher un peigne pour domestiquer une frange rebelle. La torture de la pose ayant littéralement épuisé ceux qui étaient venus se faire photographier, ils ne revinrent plus chez lui. Son retour de Montevideo s'accompagnait de circonstances que nul ne connaissait au juste, même si on disait, cherchant comme toujours un secret derrière les comportements qui semblaient inexplicables, qu'il avait fui une femme amoureuse après l'avoir trompée et que celle-ci cherchait désespérément à se venger. Jorge passait le plus clair de son temps à l'intérieur de ce studio, de sorte que, à part ses voisins les plus proches, personne ou presque ne le connaissait. Il était bien rare qu'on le voie sortir, même si les balles se mettaient à crépiter dans les rues voisines. Des rumeurs circulèrent selon lesquelles il s'était suicidé, d'autres selon lesquelles une femme l'aurait subrepticement empoisonné. Décidément, les histoires de femmes lui collaient à la peau, même si, à voir son allure, on ne l'eût pas imaginé en séducteur ni en collectionneur d'aventures. Quoi qu'il en soit, ceux qui découvrirent son corps inanimé dans le studio envoyèrent chercher Nichan Davidian. L'appareil photo était posé sur un trépied, toutes les lampes disponibles dans la petite pièce avaient été regroupées, toutes allumées. Une fois qu'on eut enlevé le corps, Nichan passa en revue tout ce que contenait la pièce. Il mit ensemble dans un sac toutes les photos qu'il put trouver. Puis il passa à l'appareil photo. S'étant assuré que personne ne le voyait, il l'ouvrit, en sortit la pellicule et rentra chez lui pour la développer, espérant tomber sur l'un des secrets de ce photographe au caractère étrange. Il examina également les autres photos de Jorge et découvrit toute une collection de photos de femmes, un nombre incalculable de portraits. Nichan leva les sourcils, étonné. Sur la plupart des clichés, on voyait une femme seule, toujours la même ; deux femmes parfois. Des femmes, des étoffes et un lit. Toujours le même lit. "A quoi bon tout ce gaspillage de pellicules et de papier ?" se demanda Nichan, toujours attentif à la dépense. Sur ces photos, les femmes étaient nues ; mais leur intimité était toujours masquée par le tissu, soie ou satin. Toujours les mêmes étoffes. Le modèle usait à chaque fois d'une façon différente, tantôt pour couvrir ses seins, tantôt sur l'épaule, quand la poitrine était dissimulée par la pose, avec une grâce sans affectation. Aucune photo n'était tout à fait identique aux autres. A chaque fois, la femme prenait une pose légèrement différente. Des attitudes variées, pleines d'une douce séduction ; des regards qui ne cherchaient pas à provoquer, et ces tissus qui changeaient à chaque fois de fonction. La collection de Jorge ressemblait en fait à une sorte d'exercice pour parvenir, à force de répétitions, à l'épreuve idéale – celle que naturellement, Nichan Davidian ne put identifier. Il se demanda seulement si les femmes que l'on voyait sur les photos de Jorge al-Indari étaient des habitantes du village ou plutôt des étrangères, ou bien si c'étaient des photos prises dans la lointaine ville de Montevideo, dans laquelle, imaginait Nichan, régnait sans doute une liberté plus grande qu'ici, pour que des filles s'exposent ainsi devant l'objectif du photographe, chose difficilement imaginable. Le lendemain, Nichan développa le film qu'il avait trouvé dans l'appareil de Jorge, posé sur son trépied au studio. Manifestement, l'homme se caractérisait par un style tout à fait étrange, et une tendance certaine à gâcher la pellicule. Car, très vite, l'évidence s'imposa à Nichan : toutes ces photos que Jorge avait prises avant sa mort ne représentaient que lui-même. Près de vingt autoportraits de Jorge al-Indari. Il était difficile, à première vue, de distinguer ce qui différenciait ces photos les unes des autres. Sur la totalité d'entre elles, il était assis sur une chaise et regardait l'objectif, ni plus ni moins. Nichan comprit que Jorge, après avoir préparé la prise de vue et mis le retardateur, s'était hâté à chaque fois de venir s'asseoir devant l'objectif. Il examina attentivement les images et comprit alors que ces photos, dans l'ordre où elles avaient été prises, faisaient apparaître l'épuisement de plus en plus net qui se lisait sur le visage du photographe. Photo après photo, le regard devenait toujours plus hagard, les traits du visage de plus en plus crispés, comme s'il souffrait d'une douleur de plus en plus intense. Nichan aboutit à la conclusion que le jeune photographe, sachant qu'il allait vers sa mort, avait tenté à sa manière de fixer à jamais les derniers instants de sa vie. L'Arménien en déduisit que Jorge s'était suicidé en absorbant un poison, à moins que quelqu'un d'autre ne le lui ait administré ; quand il avait senti que les derniers moments de son agonie étaient arrivés, il avait cherché à photographier sa propre mort. D'autant que sur ces photos il portait les vêtements dans lesquels on l'avait retrouvé mort, sur la chaise où il faisait asseoir ses clients pour la pose. Les gens de sa famille se partagèrent le contenu de la maison. Quelque temps plus tard, l'un d'eux tenta de vendre le matériel photographique à Nichan, qui refusa, non seulement parce qu'il n'en avait pas l'utilité, mais aussi parce qu'un pressentiment étrange l'avertissait qu'il ne fallait pas approcher de trop près les affaires de Jorge, comme si ces objets recelaient une malédiction susceptible de le contaminer lui aussi.

LE COLLECTIONNEUR DE MARIAGES SE PREND LES PIEDS DANS LE TAPIS

Devant le juge de Tripoli, M. N. a déposé plainte contre Ch. S., son mari, âgé de 54 ans, l'accusant d'avoir voulu contracter un second mariage, contrairement à la loi de l'état civil applicable aux non-musulmans, et ce en usant d'un stratagème. En effet, les membres de la police judiciaire ont interpellé en flagrant délit le dénommé Ch. S., dans le village reculé d'Abra, où il était déjà parvenu à convaincre un prêtre de célébrer son mariage avec la jeune T. F., de vingt-cinq ans sa cadette. A l'arrivée des forces de l'ordre, l'individu tenta de prendre la fuite, mais se prit les pieds dans la robe de la mariée et tomba à terre, avant d'être appréhendé.

Al-Telegraph, *10 octobre 1959*

Nul ne comprit comment il parvint à faire croire à sa femme, pour justifier le fait qu'il n'était presque jamais à la maison, qu'il s'occupait d'affaires qui pouvaient rapporter gros. Elle était lucide et possédait un caractère bien trempé; ceux qui la connaissaient disaient qu'elle n'était dupe d'aucune de ces occupations réelles auxquelles se livrait son mari. Mais, au fond, elle l'aimait, et même si les gens étaient unanimes pour tourner en dérision sa naïveté, sa crédulité, elle se disait que, tout le temps qu'il s'éloignait du village, il mettait moins sa vie en danger. Chafiq, donc, trompait sa femme, et celle-ci s'en satisfaisait. Elle se réjouissait de son retour et faisait en sorte qu'il puisse repartir bientôt. Elle lui lavait ses vêtements et lui préparait à manger. Certains vont même jusqu'à dire qu'elle tirait une certaine fierté de ce succès qu'il avait auprès des femmes. Pas de doute possible, on avait même vu un sourire de contentement se dessiner sur son visage, le jour où, à la porte du fournil de Samih, une femme s'était approchée d'elle en lui conseillant, à voix basse, de "faire attention à son mari". Avide de détails au sujet de ses aventures, elle voulait tout savoir: les noms, les lieux, la plus ou moins grande beauté de ses maîtresses; mais avec lui, elle ne mettait jamais le sujet sur le tapis. Ce qui lui importait plus que tout, c'était qu'il ne prenne pas le même chemin que son frère, Farid Badwi as-Semaani, dit Pruneaux-ours, qui trempait dans tous les mauvais coups. Quand elle regardait son mari, elle-même ne se persuadait qu'ils étaient frères qu'en voyant cette verrue sur sa joue gauche, au même endroit que celle de son frère. Chafiq aimait les plaisirs et les femmes. Sans doute avait-il compris quel était le plus court chemin pour gagner leur cœur: la gaieté et le rire. Il aimait les "réunions", comme il disait. Inlassablement, il s'employait à recréer la même scène, à la moindre occasion: une table dressée dans une auberge de campagne, un restaurant avec vue sur une rivière ou sur la mer, un assortiment de mezzeh *qui ressemblait à un parterre multicolore. Car la nourriture était aussi un paysage, disait-il, énigmatique, en contemplant les appétissantes assiettes qui attendaient les convives – une bande d'amis parmi lesquels on ne trouvait jamais aucun habitant de Barqa. Il arrivait au restaurant avant eux, soucieux d'ajouter sa touche personnelle au festin. Choisissant ses amis dans des lieux éloignés, il s'assurait ainsi qu'ils n'iraient pas se répandre sur son compte dans des lieux inappropriés. La réunion n'était complète que lorsqu'il y avait des femmes autour de la table, même si d'ordinaire elles étaient moins nombreuses que les hommes. C'étaient des étrangères aux propos libres, qui fumaient le narguilé et buvaient de l'arak; sans doute étaient-elles d'origine assez modeste. Nul autre que lui ne savait comment les faire sortir de leur tanière. Le plus souvent, il veillait à faire venir un joueur de luth doté d'une belle voix; au lieu de le faire chanter dès le début, il attendait que l'alcool fasse déjà tourner les têtes; là, il sortait le luth de son fourreau de tissu et le lui mettait dans les mains, afin que la fête commence. Malgré la présence des serveurs, il passait presque toujours la moitié de la soirée debout, car il ne pouvait s'empêcher de faire le service pour contenter ses amis. C'était là son idéal, son modèle suprême, qu'il s'efforçait de faire renaître chaque jour. Toute l'agitation qu'il déployait avant et après le déjeuner, toutes ses activités de la journée, pouvaient se résumer à une seule et même quête: "préparer la table" du dîner. Or, Chafiq ne mangeait pas; mais il aimait à voir manger les autres. Car la consommation de nourriture était aussi un spectacle: celui que formaient les assiettes côte à côte sur la table, celui des mangeurs à qui il faisait passer de petites bouchées, insistant pour qu'ils goûtent à chacun de ces plats savamment disposés par ses soins. Car, même au restaurant, le dîner comportait toujours un ingrédient qu'il avait apporté lui-même: de la* chanklicheh *spécialement commandée à Rahbeh, village où sa qualité était particulièrement réputée, ou encore ces petites cébettes achetées chez un marchand qui les plantait derrière sa maison et n'utilisait que de l'eau propre pour les arroser. Quant à ce qui se passait au village, il n'y accordait pas la moindre importance. S'il était forcé d'intervenir, il disait que lui, il aimait tout le monde, qu'il n'avait que des amis et que, comme la vie ne durait finalement qu'un jour ou deux, l'important était de savoir en profiter comme il faut. Rien ne venait gâcher son plaisir sans mélange, hormis la pensée quotidienne de la passion que montrait son frère Farid pour les défis et les armes à feu. D'un instant à l'autre, il s'attendait à ce qu'on lui annonce sa mort. Jusqu'au jour où la nouvelle finit par arriver, tandis qu'il voyageait entre différents villages du Mont-Liban. Ses yeux s'emplirent de larmes, puis il déclara qu'il s'y attendait depuis longtemps. Quand il demanda si Farid avait souffert, on lui répondit qu'il était mort sur le coup, ce qui le réconforta un peu. Puis il rebroussa chemin pour aller retrouver sa famille. Avec l'assassinat de Farid, un échec était survenu dans sa propre vie. Il sentit alors l'appel de la vengeance. Avec des hommes de la famille, il tenta une sortie pour aller couper une route ou tendre une embuscade, mais le coup échoua. Il se mit à porter un revolver sur la hanche et s'en justifia en disant que le malheur l'avait directement frappé, avec la mort de son frère. Le simple fait de porter ce revolver signifiait qu'il acceptait le principe de la vendetta, même si par ailleurs on ne le voyait aucunement agir en conséquence. Il ne vit plus ses amis pendant environ un mois, avant de renouer les liens. Petit à petit, il reprit la même vie que par le passé. Ceux qui le connaissaient bien savaient que le véritable but de toutes ses allées et venues, c'étaient les femmes. Toutes ces soirées qu'il organisait ne servaient au fond qu'à mieux les prendre au piège. Or, dans ce domaine, il rencontra des succès auxquels il ne se serait pas attendu lui-même. Quoiqu'il avançât en âge, il faisait des progrès constants en la matière. Paradoxalement, les années passant, ses conquêtes féminines devenaient de plus en plus jeunes. Il avait certes quelques défauts, comme cette manie de faire à ses amis des clins d'œil un peu trop appuyés devant les femmes pour souligner combien il excellait à les attirer, à les prendre dans ses filets. Multipliant les signes de la main et les mimiques censés évoquer son extraordinaire puissance sexuelle, il s'était rendu célèbre en se frappant la poitrine d'un geste rapide des deux mains, qui exprimait son besoin impérieux de coucher avec telle ou telle femme, tout en suggérant que, n'était la présence de ses amis, il l'aurait fait sur-le-champ. Ainsi prises à témoin de ses ambitions sexuelles, ses connaissances esquissaient un sourire complaisant, feignant de croire à la réalité de ses prouesses. Jusqu'au jour où, finissant par y croire lui-même, il se mit à faire à une jeune fille une cour assidue, multipliant autour d'elle les manœuvres de séduction. Il la vit, lui semblait-il, donner comme un début de consentement. Mais, tandis qu'il se frappait la poitrine de ses poings pour parvenir à ses fins, la jolie campagnarde, qui avait les pieds sur terre, lui imposa comme ultime condition pour se donner à lui le mariage. Il lui avait caché l'histoire de sa vie, et elle savait comment obtenir ce qu'elle voulait, en vertu de cet instinct dont étaient si bien pourvues les femmes, même celles qui n'étaient pas longtemps allées à l'école. Par ses ruses et ses calculs, elle avait devancé ses plans. Elle laissait sa main s'aventurer sur sa cuisse, avant de fondre en larmes : c'était trop injuste, les hommes essayaient toujours d'abuser de son innocence. Et lui, il était comme tous les autres, il ne voulait la séduire que pour mieux la laisser tomber ensuite. Comme il craignait de la perdre, l'idée de l'épouser, à l'insu même de ses amis, germa dans son esprit. Mais la fille parla, et l'espion que la femme de Chafiq avait pris soin d'introduire parmi ses compagnons eut vent de ce projet. Il était convenu entre eux qu'il ne l'alerterait que quand Chafiq risquerait de faire quelque chose qui les exposerait au scandale ou les mettrait en danger, lui ou sa famille. C'est donc ce qui advint, et il lui apprit que son mari avait résolu de se marier le dimanche suivant, à Abra. Arrivant au beau milieu des youyous, elle sortit du taxi, marcha droit sur lui et lui ordonna : "Lève-toi et rentre à la maison !". Puis, toisant avec mépris la jeune mariée, elle lui demanda : "Et au moins, est-ce que tu l'as essayé avant ?".*

IL S'APPROPRIE L'ÉGLISE ET LE CIMETIÈRE !

Le curé du village de Kfar Bayda ainsi que le conseil paroissial ont chargé le célébrissime avocat maître Nassib as-Sawda de porter plainte auprès du Tribunal du nord du pays contre le dénommé F. R. Il est en effet apparu que ce dernier s'était rendu coupable, ou complice, d'une falsification de documents ayant pour objet de s'octroyer un droit de propriété concernant le terrain sur lequel est édifiée l'église du village, Saint-Joseph-de-l'Apparition, et le cimetière situé derrière l'église, où reposent depuis des siècles les restes des enfants du pays. Les informations disponibles tendent à montrer qu'il se trouve actuellement en dehors du territoire libanais; le tribunal l'a sommé de venir comparaître incessamment sous peu.

An-Nafir (Le Clairon), *12 septembre 1961*

C'était comme si sa vie tout entière tenait en équilibre sur un fil, le mince fil de la chance. En 1956, il avait failli gagner le gros lot au tirage spécial Nouvel An de la Loterie nationale libanaise, à un seul numéro près, lui qui laissait volontiers entendre que les responsables du loto faussaient les résultats, qu'ils trafiquaient à l'avance pour avantager leurs proches ou des gens avec qui ils pourraient ensuite se partager les gains. "Zaaraaan!" *disait-il en faisant traîner le* a : *des voyous! Et il hochait la tête, en homme certain de ce qu'il avançait. Au casino de Nice, profitant de l'hospitalité d'un riche bienfaiteur que ses histoires amusaient même s'il les savait mensongères, comme tant d'autres qui bénéficiaient en outre de son savoir-faire en matière de séduction, il jouait un soir à la roulette: la boule d'acier bondit inopinément vers le numéro 14, alors que, tous les témoins massés autour de la table l'avaient bien vu, elle allait à coup sûr s'arrêter sur le 13, sur lequel il avait si stupidement misé tout ce qu'il avait. La boule ne s'était ainsi ravisée que pour le priver du jackpot.*

— *Ces gens-là, c'est une vraie mafia! Ils mettent un aimant sous la table pour attirer la boule de fer où ils veulent. Tel est mon destin, il est écrit que jamais je ne serai en repos.*

Il voulait dire par là qu'il ne rassemblerait jamais une somme suffisante pour aller s'établir quelque part. A Caracas, au Venezuela, dans les courses de chiens, le même destin frappa la bête sur laquelle il avait parié. Alors qu'il menait largement la course, loin en tête, le chien s'immobilisa brusquement dans les derniers mètres et se retourna pour une raison que nul ne peut expliquer, comme si ses compagnons de course lui manquaient soudain et qu'il hésitait à les abandonner. Puis il enfouit sa tête dans le sable pour s'y frotter la truffe. Les autres concurrents lui passèrent devant et il finit bon dernier.

— Qui donc, aussi, irait parier sur un chien?

C'est la question qu'il se posait. A Beyrouth, aux courses hippiques, il perdit "après photo".

— Par Dieu Tout-Puissant, je l'ai vu, je le jure: le jockey a retenu le cheval! Je l'ai vu de mes yeux vu!

Un beau matin, alors qu'il se rendait au bureau du Cadastre, il accepta l'invitation d'un ami et s'arrêta pour boire un café. Parce qu'il arriva en tout et pour tout un quart d'heure plus tard que prévu, il manqua l'occasion de sa vie: l'achat d'un lopin de terre dans le quartier du Tell, à Tripoli, qui aurait fait sa fortune à coup sûr. La sienne, celle de ses enfants, celle des enfants de ses enfants. De toute sa vie, il n'eut jamais un seul succès à raconter. Exactement comme les joueurs de poker, qui ne parlent que de leurs jours de déveine. Car jouer, c'est d'abord perdre. En dépit de tout, il vivait comme un prince. Elégant, propre sur lui, grosse chaîne en or autour du cou, montre en or hors de prix au poignet, il allait souvent chez le dentiste, soignait ses ongles et fut l'un des premiers à se teindre les cheveux, craignant que son hérédité ne les condamne à blanchir prématurément; d'ailleurs, il tremblait tout autant de les voir tomber, terrifié par la perspective de la calvitie. Il courait sans cesse le vaste monde de Dieu. Il lui fallut pas moins de trois passeports, dont toutes les pages avaient été utilisées. Il les avait tous gardés et en avait fait une liasse qu'il montrait à qui voulait bien la voir, exhibant chaque visa un par un, du Costa Rica à la Guinée équatoriale. De temps à autre, il lui arrivait de rentrer au village l'aile brisée, en faillite, sans un sou vaillant. Il pouvait retourner ses poches, rien n'en tombait. Pas une seule livre. Il dormait chez un parent qui l'hébergeait à contrecœur. Mais il ne s'y attardait jamais, car, bien vite, il entendait ces formules, qui étaient loin d'être à son goût: "Ça ne sent pas très bon, en ce moment, au village!", ou encore "Dieu nous protège de ces deux jours qui viennent!"... Il savait bien que ce serait bientôt le retour des histoires d'assassinats et de vengeance. "C'est que le meurtre, ils ont ça dans le sang", disait-il d'eux sur un ton plein de compassion, avant de prendre à nouveau la tangente. Il trouvait à ce moment une nouvelle combine, une nouvelle destination, repérant de très loin, par une sorte de don, les possibles rentrées de fonds. Quand l'argent coulait à flot chez l'un de ses amis, il était le premier au courant. Il savait toujours qui avait gagné au poker, qui venait de faire un gros bénéfice dans le commerce du blé ou du diamant. Tant que tout cet argent était bien frais, il se présentait chez l'heureux gagnant, avec son stock de bonnes histoires et de blagues.

— Alors tu as senti l'odeur? lui demandaient les autres en riant.

Sans rien demander, il obtenait toujours quelque chose. Il connaissait sur le bout des doigts les différentes colonies libanaises installées à l'étranger. Là-bas, sa préférence allait soit aux riches encore jeunes, soit aux joueurs de poker sur le retour. Il avait bon espoir dans la générosité dont étaient capables les jeunes gens fortunés désireux de rencontrer des femmes, comme dans la sottise dont pouvaient faire preuve les joueurs de poker. Mais il passa presque toute sa vie à prendre leur argent aux riches, que ce soit par de belles paroles ou par les femmes, pour le donner ensuite à des joueurs de poker, en échange de ce plaisir mystérieux qu'ils savaient lui procurer: le plaisir de la perte. Il lui arrivait de se trouver "à court" alors qu'il séjournait à l'étranger. Ainsi ses fonds se trouvèrent-ils soudain à sec, après une nuit terrible pendant laquelle il ne put s'arrêter de boire et de danser sur les tables, en compagnie d'une brune à faire damner le diable. C'était à Saint-Domingue ou peut-être à La Havane. Là-bas, il recherchait vainement une tante paternelle qui, lui avait-on dit, avait débarqué par erreur sur l'île, alors qu'elle cherchait à gagner les Etats-Unis; mais elle était restée et avait fini par amasser une énorme fortune dans la culture du tabac. Cependant, il n'était jamais à court de ruses. Ainsi, faisant halte à l'aéroport de Lima, il demandait l'annuaire téléphonique et, à la lettre K, *il cherchait les membres de la famille Khoury, certain qu'il était de pouvoir en dénicher plusieurs dans tous les pays du monde. Cela fait, sans plus d'hésitations, il choisissait dans la liste un nom qui lui semblait particulièrement distingué et, après une brève entrée en matière, il expliquait qu'il avait été contraint de quitter précipitamment son village à cause des événements sanglants qui s'y déroulaient. Plusieurs membres de sa famille avaient été tués là-bas, à Borj al-Hawa. A présent, la vendetta faisait rage dans la région et, dans sa fuite, il venait d'arriver dans la capitale du Pérou, où il était bien en peine de se tirer d'affaire. Mais il se débrouillait fort bien, au contraire, et savait les charmer par sa conversation et ses récits. Dès qu'il avait pu se refaire un peu, la passion du poker le reprenait. Nul ne saurait dire comment il s'y prenait pour retrouver, au-delà des mers, ces Libanais qui ne pouvaient se guérir de leur vice du jeu. Alors il faisait des concours avec eux, à qui boirait le plus de tequila, à qui tromperait le mieux l'adversaire, à qui blufferait le mieux pour le pousser à abandonner la partie et finalement empocher la mise. Jusqu'à ce qu'un beau soir il réussisse à rafler tout l'argent mis sur la table. L'un des joueurs, qui venait justement d'un village tout proche de Barqa, en devint fou furieux; après avoir perdu tout ce que contenaient ses poches, il exhiba des titres de propriété libanais et demanda de l'argent en échange. Un bref examen lui apprit que leur superficie était considérable; il donna au type une somme qui, pensait-il, ne représentait qu'une infime partie de la valeur réelle des terres en question. Ayant rangé les papiers dans sa valise, parmi ses vêtements, il faillit les oublier. Jusqu'à ce jour où il reprit le chemin du village, le destin l'ayant à nouveau jeté plus bas que terre; la situation s'était normalisée, les gens avaient repris le travail. Comme il se trouvait sans le moindre sou, il repensa à ses nouvelles propriétés et eut l'idée de les revendre, pour repartir de zéro avec l'argent. Il trouva un acheteur prêt à ne pas y regarder de trop près, tant le prix qu'il en demandait était bas. Craignant de le voir se raviser, l'acheteur se hâta de payer et, pour conclure l'affaire au plus vite, lui fit signer l'acte de vente devant notaire avant même d'avoir signalé ce changement de propriétaire au* Journal officiel. *Alors il put disparaître à nouveau dans le vaste monde de Dieu.*

XV

Mohsen avait choisi la meule, celle du pressoir à olives voisin. Un beau jour, quand on commença à monter les barricades, les garçons du quartier s'employèrent tous ensemble à pousser l'énorme pierre, à la sortir dans la rue pour que Mohsen en fasse son poste de tir. Mohsen, cependant, n'approcha pas de la pierre avant que l'on ne l'eût nettoyée de toute trace d'olives séchées, la répartition du travail en vigueur interdisant en effet qu'un combattant s'abaisse à des tâches manuelles, lui qui se réservait pour les armes et la guerre. Du reste, par la suite, tout le temps où il resta posté derrière la pierre du moulin à huile, au cours de la révolution qui dura d'avril à septembre 1958, Mohsen ne put s'empêcher de traquer les petites taches noires, résidus d'olives qui adhéraient toujours à la pierre, à l'aide du couteau de poche qui ne le quittait jamais, avec ses sept lames et leurs sept *clac*! retentissants. Ayant obturé le trou central de la meule au moyen de trois petits sacs de sable, il n'y laissa qu'une petite meurtrière par laquelle sortait le bout de sa carabine, canon pointé vers les postes d'en face. Au début, on lui avait donné un fusil Modell. Mais il ne faisait pas son affaire.

— Il manque de concentration, déclarait-il.

Il ne prit pas la peine de nous expliquer le sens de cette expression nouvelle qu'il était allé chercher on ne sait où. Peut-être même l'avait-il inventée, au moment où, après avoir soigneusement visé avec son Modell, il avait manqué sa cible, n'ayant alors d'autre solution que d'incriminer le fusil. Le jour où ils reçurent enfin les carabines Mauser à canon long version améliorée qu'il réclamait, ils lui en donnèrent une et plaisantèrent :

— Maintenant, tu n'as plus d'excuse !

Son équipement était bel et bien au complet. Désormais, il ne lui restait plus qu'à montrer de quoi il était capable. Dans ce qui ressemblait à un rituel propitiatoire, il prit l'arme en main et la mit à la verticale, l'examinant dans ses moindres détails. Puis il visa le ciel, avant de s'asseoir sur sa chaise et de glisser l'arme dans la meurtrière. D'abord, il se pencha sur elle avec tendresse, sa joue caressant le métal. Fermant l'œil gauche, il regardait dans le viseur. Au début, nous crûmes qu'il ne s'agissait que d'un exercice, le combattant prenant en quelque sorte la mesure de son arme. Or, il persista dans cette pratique. A intervalles irréguliers, il se replongeait longuement dans cette mystérieuse activité, qui finit par nous lasser puisqu'elle ne débouchait jamais sur rien. A quoi pouvait bien rimer cette obstination? Car Mohsen visait, mais ne tirait pas. Nous avions seulement remarqué qu'après chaque série de visées il hochait la tête en signe de menace, comme s'il devait remettre son exploit à plus tard. Peut-être l'heure était-elle proche à présent et Mohsen voulait-il se rassurer, en se disant que tout ce temps-là passé à étreindre son arme lui servirait bien le moment venu. A chaque fois, il en gardait sur la joue droite une marque rose qui restait visible un bon moment.

Mohsen était le héros de la pierre du moulin. Nous savions bien, pourtant, qu'il partageait sa barricade avec son frère: lui le jour et Halim la nuit. Mais, pour nous, Mohsen était en première ligne. Même si c'était de loin, nous suivions les progrès de sa guerre. Nous n'osions pas nous approcher de son poste, croyant qu'il se trouvait à portée des tirs adverses. A 8 heures du soir, heure exacte où il allait dîner, il remettait la barricade à son frère; avant de lui en confier la garde, il avait soin de se pencher une dernière fois sur sa carabine améliorée, prenant encore et toujours pour cible les postes d'en face. Sans tirer, conformément à son ennuyeuse habitude. Il emportait avec lui son arme et sa chaise de paille, sur laquelle il mettait un petit coussin pour ne pas salir son pantalon. Jamais il ne s'asseyait avant d'avoir épousseté son siège, au cas où de la poussière s'y serait déposée.

Il en usait ainsi sur la barricade, mais aussi à la maison ou encore au café. Il veillait à la propreté de son fusil, au pli de son pantalon, à la netteté immaculée de son col de chemise. Il faisait remporter en cuisine ses consommations par le garçon de café, dès qu'il soupçonnait la moindre trace indésirable sur le verre à eau, dès qu'il détectait une odeur qui ne pouvait être captée que par les nez les plus fins, provenant d'un imperceptible dépôt de produit vaisselle au fond de la tasse à café. Sur la barricade, la relève se faisait presque sans paroles. Quelquefois, lorsque, exceptionnellement, nous avions négligé l'ordre qu'on nous donnait de rentrer à la maison de bonne heure, nous pûmes assister à l'arrivée de Halim. Ils n'échangeaient pas un mot, sauf peut-être un léger grognement que nous ne pouvions percevoir. En outre, jamais aucun des deux hommes ne se servait des affaires de l'autre. Mohsen arrivait avec sa chaise et sa carabine et les récupérait en partant, sans un regard en arrière.

PROPRE ET ASSIS : AINSI COMBATTAIT MOHSEN.

En général, derrière une barricade, le combat se livre debout. Mais il est vrai que, de notre côté du front, cette posture ne convenait pas à tous. Comme Abou Bachir, que Dieu avait créé avec une jambe plus courte que l'autre et qui avait le plus grand mal à se tenir droit et à viser en même temps. On racontait qu'un jour il en appela à ses compagnons, en leur faisant la promesse suivante :

— Donnez-moi seulement une chaise ! (Comptait-il s'y asseoir ou y appuyer sa jambe trop courte ?) Et moi, je vous en donnerai, des morts !

Ses copains du poste de tir en avaient longtemps ri, tandis que les balles leur pleuvaient dessus.

Mohsen, donc, combattait assis, pour une raison qui nous échappa tout d'abord. Naturellement, nous ne savions que peu de choses de ce qui se passait. Bien des années plus tard, nous avons pu lire dans un vieux journal la déclaration faite par un responsable américain, qui disait en substance que tous ceux qui avaient soutenu l'alliance de Bagdad étaient autant de défenseurs de la liberté au Moyen-Orient, de héros de la lutte anticommuniste. C'est au nombre de ceux-là qu'il fallait compter les combattants de notre village qui soutenaient le gouvernement, autrement dit les natifs du quartier bas eux-mêmes, qui consommaient avec parcimonie les cartouches de carabines Mauser améliorées que l'Etat leur avait fait parvenir à dos de mulets, et bien entendu Mohsen, posté derrière la meule du pressoir.

En réalité, ce que nous cherchions avant tout à défendre, c'était notre liberté, celle d'aller et venir à notre guise dans les ruelles, surtout une fois que le directeur de l'école, après avoir mis une chaîne de fer à la grille, s'en fut retourné dans son village lointain, dans le *caza** de Batroun, ce qu'il fit dès que les violences éclatèrent. Il n'aurait pas pu rester parmi nous, car c'était l'un des membres fondateurs du Parti socialiste. Un chrétien socialiste ! D'après ce que nous en dit le concierge, celui qui n'avait plus de doigts à la main gauche, c'est à cause de lectures qui avaient corrompu son esprit qu'il s'était converti au socialisme. Quant à nous, jamais nous n'avions aimé l'école. Le froid mordant, les coups sur les doigts avec le tranchant de la règle en bois et la langue française. C'est en vain que nous avions tenté d'apprivoiser ces sons, d'éviter les innombrables pièges de la dictée.

Un jour, nous sommes partis à la recherche du concierge ; il jouait aux cartes, en les tenant d'une manière étrange, d'une main et demie en quelque sorte. Aux veillées sur les barricades il préférait son jeu favori. Rassurés de le trouver plongé dans cette activité exhalant un parfum de jurons et de fumée de cigarettes, nous avons escaladé le mur sans difficultés et, en grimpant sur les épaules des copains, nous avons sauté dans la cour. Avec tous les bâtons de craie que nous avons pu trouver, nous avons écrit des insanités sur les murs. Nous avons mangé le pot de navets marinés que le surveillant avait oublié dans son bureau. Un bocal qu'il avait apporté de chez lui, pour tromper la faim durant les longues permanences. Notre vengeance fut terrible. Debout sur les tables, nous avons pissé partout. Nous avons déchiré le registre des notes. Nous avons effacé ses traces à jamais. Nous avons brûlé toutes les pages, avant de les jeter dans les latrines et de tirer la chasse d'eau. Enfin, nous avons sonné la cloche, avant de partir en vainqueurs, car à ce bruit s'attroupèrent aussitôt quelques habitants du quartier. Ainsi, jusqu'à la fin de la Révolution, nous reprîmes le cours de nos déambulations à travers les ruelles, de nos vacances sans limites. C'est là que résidait, je crois, tout notre enthousiasme vis-à-vis de cette révolution qui prit fin avec l'arrivée des *marines* américains sur les côtes libanaises. Nous espérions, et certains d'entre nous le soutenaient dur comme fer, que cette révolution durerait jusqu'à ce que l'école soit définitivement sortie de nos vies.

Nous allions inspecter le front, en faisant la tournée des barricades. Même si on ne nous demandait rien, nous faisions passer les nouvelles. Nous allions nous attrouper non loin de Mohsen, toujours assis sur sa chaise en paille derrière la meule de pierre. Parvenus au coin de la ruelle, nous avancions la tête pour le voir; dérangé par notre bavardage, il nous chassait. Alors nous nous taisions et nous restions cachés, sans pour autant quitter les lieux. Notre hantise était qu'à la tombée de la nuit, au moment où il laisserait la barricade à son frère, les ennemis, à la faveur de cette négligence, de cette vacance momentanée du pouvoir, ne tentent une attaque surprise. La peur nous prenait aussi lorsque Mohsen se levait de sa chaise, afin d'offrir à ses testicules une minute de liberté, après être resté si longtemps assis dessus. Plongeant la main au fond de sa poche droite, il les faisait osciller d'un côté à l'autre du pantalon, pour les mettre à l'aise. Et nous avions peur aussi lorsqu'il se mettait à aspirer à grand bruit sa soupe de légumes ou sa *labniyeh**, lentement, tandis qu'un nuage de vapeur s'élevait de son assiette. Il soufflait sur la cuillère, puis absorbait bruyamment son contenu. Plus le plat était chaud, plus le son qui sortait de ses lèvres était fort, à tel point que, plus d'une fois, nous crûmes que le bruit allait arriver aux oreilles de ceux qui se tenaient tapis derrière la barricade d'en face et qu'ils en profiteraient pour nous tirer dessus pendant que le chef de nos troupes mangeait sa soupe. Sa femme lui apportait son repas chaud à midi pile. Quand elle tardait, on entendait:

— Catherine!

Un unique appel, et elle accourait, faisant deux voyages pour apporter tout ce qu'il fallait. Les olives, la salière, la burette d'huile et une grande galette de pain très fine. La seconde fois, une assiette de haricots à la viande et d'œufs sur le plat. Il aimait les œufs frits, qu'il arrosait de jus de citron et de piment rouge. Pour aller combattre derrière cette meule de pierre, à cent mètres de chez lui, il avait abandonné à sa femme le soin de la boutique. Catherine ne s'en plaignait pas. A quoi bon le voir rester toute la journée derrière la caisse? La présence d'un homme est plus un poids qu'autre chose. Quand un client demandait du charbon, Mohsen criait:

— Catherine!

Et elle accourait pour le servir, car son mari, lui, ne tolérait pas de se salir les mains avec du charbon. Si quelqu'un demandait du pétrole, Mohsen s'écriait :

— Catherine !

Il était tout aussi impensable que ses habits propres s'imprègnent de l'odeur du pétrole. Si l'acheteur s'apprêtait à le payer avec des billets sales et froissés, il le regardait de travers, levait le nez et demandait :

— Tu les as fait mâchouiller par le chien ?

Puis, à contrecœur, il prenait l'argent du bout des doigts, avec tout le mépris possible, et se hâtait de le jeter dans le tiroir-caisse comme s'il portait une maladie contagieuse.

Mohsen n'était pas malade. Mais il craignait l'humidité et il avait peur de la nuit. On lui prescrivit le port d'une ceinture de laine pour protéger son estomac, lorsque, après minuit, l'atmosphère se rafraîchissait. Son frère Halim, qui était plus jeune que lui, ne craignait pas de veiller et supportait l'humidité. Dans les premiers jours, Mohsen avait bien tenté d'assurer la garde de nuit. Après tout, c'était lui l'aîné, et la nuit, c'était plus dangereux. C'était surtout à ce moment-là qu'ils se hasardaient à se faufiler de l'autre côté. Si cela devait se produire, il préférait être là en personne. Il ne voulait pas risquer la vie de son jeune frère. Mais il ne put supporter de rester dehors. Il passait la nuit à expulser tout l'air qui enflait ses entrailles et semblait être devenu une véritable usine à gaz, tonnant d'en bas, rotant d'en haut. Les deux phénomènes étaient bien audibles, car Mohsen n'essayait pas de les retenir, ou n'y parvenait pas ; dans le silence de la nuit, il laissait retentir leur musique, que nos adversaires entendaient de loin.

EN PLEIN JOUR : AINSI COMBATTAIT MOHSEN.

La journée était ennuyeuse. Pendant la nuit, on recommandait toujours à ceux qui tenaient les barricades de tirer une salve de temps à autre en guise d'avertissement, rappelant ainsi aux ennemis que nous nous tenions prêts à les accueillir à coups de fusil, pour les dissuader de s'approcher de nos lignes. Dans la journée, il ne se passait pas grand-chose. De temps en temps, un échange d'insultes pour rompre l'ennui, mais guère plus. D'habitude, c'étaient plutôt eux qui commençaient. Dans l'autre camp, nos ennemis s'ennuyaient apparemment plus vite que nous, à rester debout à leurs postes de tir. La première voix venait de l'immeuble de trois étages, ou plus exactement de derrière les sacs de sable qui masquaient les fenêtres béantes. Parfois, les coups de feu se calmaient. Ils économisaient les munitions, qui leur étaient précieuses; eux aussi, ils les recevaient à petites doses. Elles leur arrivaient de Syrie; leurs armes étaient orientales, les nôtres occidentales. Ils les lâchaient un instant pour échanger des insultes aussi redoutables que des balles, et leurs vociférations parvenaient parfois, mais pas toujours, jusqu'à ceux du camp adverse. La zone située entre les deux quartiers s'emplissait donc d'injures, avant que ne reprennent les explosions de bombes artisanales et les rafales de mitraillettes 24×29, qui l'emportaient sur les voix épuisées par les longues nuits sans sommeil et les cigarettes roulées à la main.

L'homme appelait Mohsen par son nom. Mohsen savait qui se cachait derrière cette barricade, juste en face de lui. L'homme l'interpellait. Il le connaissait, et on disait même qu'ils avaient un vague lien de parenté. Il hochait la tête, suggérant que l'autre ne perdait rien pour attendre et esquissait même un petit sourire. Mais il se gardait bien de répondre. Il relevait le défi. Ses paroles s'ouvraient toujours par une provocation, une interpellation brutale:

— Sors, Mohsen, si tu es un homme!

Et, peu après, une autre voix:

— Fais-nous voir ta tête, espèce de trouillard!

Il supportait sans broncher les injures touchant sa famille, sa filiation, et jusqu'aux injures faites aux saints. Les autres n'osaient pas aller plus loin.

Pas une fois ils n'osèrent s'en prendre à la Vierge, dont l'église trônait dans notre quartier, préférant injurier notre chef de famille. Ils en arrivaient même à déterrer les morts qui nous étaient chers. Les voix et les intonations changeaient, car ils se relayaient pour venir crier sur la barricade, mais Mohsen ne réagissait pas. Il évitait de répondre parce qu'il croyait qu'ils lui tendaient un piège, qu'ils essayaient de déterminer sa position, pour mieux l'atteindre grâce à sa voix. C'est ce qu'il croyait, ou du moins c'est ce qu'il prétendait, pour se justifier de ne pas participer à leur chorale. Jusqu'au jour où ils découvrirent son point faible et le firent enfin sortir de ses gonds. Lorsqu'il entendit crier son nom à elle, il

dressa l'oreille, attentif. Le fait même de lancer le prénom de sa femme à travers les barricades constituait un scandale absolument intolérable. Celui qui était posté dans "l'immeuble" lui annonça qu'il allait coucher avec Catherine, "vu que toi, Mohsen, tu ne fais pas ton devoir comme il faut!". Mohsen ne le laissa pas terminer. Il bondit de sa chaise, sortit sa carabine à canon long de la meurtrière ménagée entre les sacs de sable et se mit à tirer debout, à découvert, en direction des railleurs. Il vida un chargeur entier puis en mit un autre, qu'il vida aussi jusqu'à ce que sa colère se calme. Ce fut la première fois que Mohsen, abandonnant la stricte discipline qu'il s'imposait, sortit de sa sage retenue. Ce fut la première fois qu'en nous approchant subrepticement de son poste nous pûmes ramasser les cartouches vides, qui étaient encore chaudes. Il les arrosa de balles, mais sans parler. Il ne leur répondit jamais par des mots.
EN SILENCE : AINSI COMBATTAIT MOHSEN.

Si, au coucher du soleil, venait jusqu'à son poste, derrière la pierre du moulin, un cousin imprudent qui se penchait pour lui glisser quelque chose à l'oreille, il le repoussait d'un geste, car il n'aimait pas les messes basses, et moins encore les haleines fortes, et il l'engageait à parler haut et fort, l'assurant que personne aux alentours ne les entendrait. L'air décidé, le cousin le prévenait qu'avec des copains il viendrait le chercher en sifflant, devant chez lui, après le dîner. Lui ayant recommandé de manger léger, il lui demandait de venir les rejoindre sans rien dire à personne, pas même à Catherine, de prendre son revolver avec quatre chargeurs et de mettre des chaussures aux semelles de caoutchouc pour ne pas faire de bruit, celles qu'il mettait pour la chasse aux cailles. Ils étaient trois hommes, et lui serait le quatrième, et ils avaient résolu de… Son interlocuteur se contentait d'un geste de la main en direction des lignes de démarcation. Il se mettait à lui dessiner le chemin qu'ils prendraient. "D'abord, on enfonce la porte d'Abou Saada ; de là, on entre dans la menuiserie par la fenêtre, et puis on prend à gauche."

Mohsen prétexta ces spasmes à l'estomac qui ne le quittaient pas de la nuit. Il ajouta que, n'étant plus tout jeune, il les retarderait, sachant qu'en plus, dans ce genre d'expéditions, mieux valait ne pas être trop nombreux ; enfin, s'il devait à tout prix y passer dans la bataille, il préférait mourir par sa propre faute plutôt que par celle d'autrui – allusion fort claire au peu de confiance qu'il avait dans les participants à cette opération commando. Sans doute à cause de leur jeune âge et de leur manque d'expérience des combats. Nous ignorions alors, comme aujourd'hui du reste, comment Mohsen avait bien pu acquérir une science aussi profonde dans ce domaine. Ce qu'il n'avait pas dit, c'est qu'il avait une sœur, Hesneh, qui était mariée de l'autre côté ; peut-être craignait-il de se trouver nez à nez avec son beau-frère ou avec les frères de ce beau-frère. Mais il promit aux jeunes de rester éveillé à son poste, en attendant leur retour.

Peu après minuit, ils revinrent le trouver, comme s'ils n'avaient pas affronté de bien grandes difficultés, et lui firent le récit de leur avancée facile : comment ils avaient trouvé la porte d'Abou Saada déjà arrachée, et que, lorsqu'ils étaient entrés dans la menuiserie, l'odeur de bois était terriblement forte. Ils avaient entendu des gémissements. Ils s'étaient donc tenus sur le qui-vive, armant leur revolver, en se donnant la consigne d'observer un silence total. Mais bien vite ils s'étaient rendu compte qu'il y avait là, dans un coin, un homme en train de se soulager parmi les copeaux de bois. Il semblait même souffrir d'une constipation sévère, car ils l'avaient entendu s'encourager lui-même, en ces termes :

— Allez, vas-y, fils de Neemtallah…

Ils l'avaient reconnu à sa voix, sans parler de ce nom peu commun. C'était le boucher, celui qui était en face de l'église. Reprenant une profonde inspiration, il s'était remis à pousser, mais manifestement sans succès. Alors il passa aux reproches :

— Tu n'es qu'un lâche, fils de Neemtallah…

Ils attendirent longtemps, jusqu'à ce qu'il ait fini de vider son chargement. Puis il soupira d'aise, profondément, et se remit sur ses jambes.

— Il s'est torché avec de la sciure ! Il a pris une poignée de sciure et de copeaux par terre, comme ça, et il s'est frotté le cul avec ! lui rapportèrent-ils en rigolant.

Peut-être avaient-ils inventé cet ultime détail, en sachant à quel point Mohsen était allergique à la saleté. Il les fit taire ;

le dégoût s'était peint sur son visage dès l'instant où ils étaient entrés dans la menuiserie. Il commenta par ces mots :

— Et le lendemain, dans le quartier haut, il leur donne à manger, il leur donne de la viande avec ses doigts !

Il eut un rire puis ajouta, sûr de lui, péremptoire, comme si, à cet instant, il voyait l'homme devant lui :

— Tuez-le !

S'il voulait le tuer, c'était pour le punir de ce forfait, et non pas parce qu'il portait les armes et s'était engagé dans les rangs ennemis. Le boucher n'appartenait pas à la lignée, il ne descendait que d'une famille satellite, et rien ne le forçait à montrer tant de zèle. Ils lui racontèrent qu'en voyant ce lamentable spectacle aucun d'eux n'avait tenté de tirer ; ils l'avaient laissé aller son chemin. Ils ne voulaient pas se manifester auprès d'un gibier aussi misérable. Poursuivant leur lente progression, ils avaient pénétré dans une maison du fond, où ils s'étaient emparés de la photo du père du propriétaire des lieux, qui était accrochée au mur. L'homme était particulièrement fier de son père et de ses hauts faits. Et maintenant, ils allaient leur crier haut et fort ce qu'ils avaient fait. Depuis leur barricade, ils pourraient annoncer à cet homme qu'ils allaient pisser sur l'image de son père et que, s'ils avaient voulu, ils auraient pu atteindre Neemtallah le boucher en plein dans le cul.

Mohsen riait de leurs prouesses, il les encourageait, mais au fond il savait bien que, dans la lutte, tout cela ne servait à rien. En tout cas, il ne participait à aucune de ces incursions, ni aux embuscades tendues sur des chemins reculés.

A LA RÉGULIÈRE : AINSI COMBATTAIT MOHSEN.

Car il avait des principes, même si nul ne savait d'où il les tirait. Pour chacun des cas de figure qui pouvait se présenter lors des combats, il avait toute une jurisprudence et une position bien arrêtée. "Tu n'attaqueras qu'au point du jour, heure où les gens dorment le plus profondément", "Tu éviteras d'atteindre un adversaire d'une seule balle, car s'il en trouve encore la force, il te tuera", "Tu regarderas bien sûr qui tu tires, ouvrant bien les yeux…". Et pourtant, c'est bien lui qui avait failli descendre le père Boulos. Si après s'être fait prier un bon moment, il consentit un jour à nous raconter cet accident, il passait ses torts sous silence. Il s'étonnait de ne pas l'avoir atteint, et nous, à cet instant, nous sentions bien que, pour la réputation de Mohsen, il aurait mieux valu que le père Boulos soit touché – légèrement, bien sûr. Ce jour-là, le père Boulos l'avait bien eu.

Chaque fois qu'il devait passer d'un quartier à l'autre, le curé criait à tue-tête pour signaler sa présence. Il était le seul à circuler entre les deux camps et en profitait pour transmettre divers messages. Des nouvelles de ceux qui étaient tombés sous les balles du camp d'en face, des nouvelles des parents malades qui vivaient de l'autre côté ou de ceux que le Seigneur avait rappelés à lui. Ou même "Ce billet de 100 livres, de la part de ta tante maternelle : on lui a dit que vous étiez à court d'argent en ces temps difficiles." Ou bien "Dis à ton neveu de faire attention à lui." Et aussi ces informations qu'il confiait à l'oreille, et que ceux qui les entendaient garderaient secrètes.

Or, ce jour-là, soucieux, plongé dans ses réflexions, il avait oublié de s'annoncer. Préoccupé, il s'était décidé à descendre dans notre quartier pour annoncer à qui de droit que la Syrie venait de "leur" envoyer – il parlait de ceux d'en face – un canon pour les tirs de mortier. Ce canon, ils étaient en train de le monter et ils n'allaient pas tarder à nous bombarder ; et, contre les obus de mortier, il n'y avait pas moyen de se mettre à l'abri. Dès que Mohsen vit une ombre se profiler à l'entrée du chemin, il tira. Le père Boulos reçut des éclats de pierre qui se détachèrent du mur sous l'impact de la balle. Mohsen avait tiré de sang-froid et, même une fois qu'il s'aperçut de sa méprise, il ne montra aucun regret.

Il est vrai que, par rapport à d'autres, "son" front était relativement calme. Cependant, au cours des six mois qu'il avait passés derrière cette meule, le front avait subi, à la mi-juillet, une tentative d'incursion qui avait contraint Mohsen à demander des renforts. Depuis, il ouvrait donc l'œil, "et le bon", pour déjouer le moindre mouvement de l'autre côté. Un chat ou un chien qui passait suffisait à le mettre en alerte. Ou même de l'eau qui dévalait la pente. S'il entendait une voix, il redoublait d'attention, de peur d'une manœuvre ou d'une ruse. Il avait fini par savoir parfaitement qui étaient les hommes qui se tenaient en face de lui. Il les connaissait tous par leur nom et les reconnaissait aussi au son de chacune de leurs armes et à leur façon de tirer, soit en rafale, soit au coup par coup. Dès qu'il entendait un coup de feu, il pouvait nommer le tireur sans la moindre hésitation.

Les autres jours, qui étaient interminables, Mohsen restait “fidèle au poste”, comme il aimait à le dire, telle une femme à qui on aurait demandé de cesser de répandre des commérages dans tout le quartier et de demeurer sagement à la maison. Il ne montrait aucun signe d'ennui. Quotidiennement, quand il venait s'asseoir à sa place, on comprenait qu'il était prêt à venir se poster derrière cette pierre éternellement, jour après jour, jusqu'à ce que Dieu s'avise de la faire s'ouvrir devant lui. Mohsen ne s'endormait même pas. Il travaillait; c'est nous qui cédions à la distraction et à l'ennui. Très souvent, abandonnant son secteur, nous allions retrouver l'excitation qui régnait autour des autres postes.

Il mit au point son plan dès que le poste de la meule lui fut confié. Dès le premier jour. Ensuite, il resta là, à guetter le moment propice, pendant exactement trois mois et demi. Il pointait la gueule de sa carabine vers une zone laissée à découvert et par où passait celui qui tenait le poste opposé à l'heure de la relève. Une brèche de la taille d'une petite fenêtre. Mohsen les apercevait, chaque fois qu'à toute vitesse l'un d'eux passait devant l'ouverture. Une ombre furtive. Lui, il attendait le jour où un ennemi resterait à découvert, juste quelques secondes, avant de regagner son abri. C'est ce qu'il nous raconta par la suite. L'événement se produisit le 10 août, à midi et demi exactement. D'un seul coup de carabine, il lui fit mordre la poussière. Il l'avait touché en pleine tête. Le soleil tapait fort, peu avant le repas de midi. Ayant hélé l'un de nous, il lui demanda d'aller dire à Catherine de ne pas apporter son déjeuner ce jour-là: il n'avait pas faim. Il ajouta, pour prévenir ses objections:

— Dis-lui bien que je ne suis pas malade...

Puis, une fois de plus, il nous ordonna de déguerpir. Le ton était sévère. Peut-être est-ce pour cela que nous n'obéîmes pas tout à fait? Nous nous attendions à voir quelque chose se passer. De l'endroit où nous nous étions cachés, nous pouvions l'apercevoir. Une seule question ne trouva pas de réponse: comment avait-il su que l'ennemi, celui de l'immeuble à trois étages, allait se montrer d'une minute à l'autre?

Pour la première fois, il avait regardé autour de lui avant de viser. Penchant sa joue sur sa carabine, il l'avait serrée contre son cou, en regardant loin devant lui. Ce fut sans doute la plus longue étreinte que nous ayons vue entre Mohsen et son arme : elle dura plus de dix minutes. Soudain, sans faire le moindre geste, sans le moindre mouvement de tête, Mohsen avait tiré. Une seule balle, qui transperça le profond silence régnant sur le front, en ce jour d'été accablant. Cette détonation ne fut suivie d'aucune réponse. Ce fut même comme si le silence devenait plus profond. Quelques minutes plus tard, de l'autre côté, s'élevèrent les cris d'une femme ; dans notre camp, ce furent des clameurs de joie et des rafales de coups de feu aussi nourries que des averses.

AVEC PATIENCE : AINSI COMBATTAIT MOHSEN.

XVI

Kemleh crut pouvoir être tranquille, désormais.

Elle avait, comme on dit, fermé la porte à clé et jeté la clé par-dessus le toit. Youssef mort, elle restait désormais en marge de la vie. Le plus étrange, c'est que son veuvage, du moins à ses débuts, environ une semaine après l'enterrement et la période des condoléances, ne fut pas seulement pour Kemleh synonyme d'amertume. Car désormais, elle pourrait ne se laver que lorsque son odeur deviendrait insupportable et que Mountaha le lui ferait remarquer, elle qui était la personne la plus proche d'elle. Elle ne changerait plus de sous-vêtements tous les jours, elle cesserait de se faire des mises en plis, elle n'aurait plus la hantise des cheveux blancs. Le noir la libérait du soin de changer de robe. Seuls les bas noirs la gênaient, en ces jours de canicule ; ils lui écorchaient la peau.

Elle put donc souffler un peu, elle, la petite dernière de son père et sa mère, leur préférée, celle à qui on n'avait jamais rien su refuser. Elle qui portait le poids du monde sur ses épaules, elle put déposer son fardeau, d'un seul coup. Elle cessa de se donner du mal en cuisine, aux fourneaux. Plus de courgettes à évider, plus de jambes à épiler, plus de souffrances, plus de médecins à consulter – les gynécologues surtout. Elle n'ouvrirait plus les cuisses devant personne. Son corps resterait intact. La grande bataille n'aurait pas lieu. On ne lui arracherait rien, elle n'aurait pas à souffrir pour qu'il sorte de ses entrailles. Sa vie serait sans aspérités, et ses heures toutes semblables, n'était la succession du froid de décembre et de la chaleur humide de l'été, dont elle prendrait sa juste part, pas davantage. Plus de lutte à mener pour que son mari entre en elle, dans l'espoir d'être enfin enceinte. Une nuit par la prière, la nuit suivante par la ruse, par la séduction – cet art dans lequel elle n'avait jamais excellé. Elle ne voulait plus laisser personne s'introduire en elle. Désormais, elle était débarrassée tout à la fois des enfants et de toutes ces supplications. Implorer le mari, implorer les saints. Les proches du mari auraient à cœur de le venger. Pour eux, c'était écrit: ils ne dormiraient pas sur sa mort. Leur sang ne pourrait souffrir longtemps cette situation. Ils avaient commencé à barrer les routes la nuit. Ils se retrouvaient à deux ou trois et disparaissaient inopinément; tôt ou tard, ils finiraient par les rattraper. Les frères de ceux qui avaient fait mourir leur frère, ou des parents éloignés, d'ailleurs; qu'importe? Elle, elle n'entreprendrait rien du tout. On ne lui demanderait rien. Elle en voulait à celui qui avait tué Youssef, elle en voulait aussi à celui qui l'avait mariée à lui. Elle ne serait plus forcée d'ouvrir la porte de chez elle à personne, de faire la conversation à personne, et surtout à personne de sa famille à lui. Elle se contenterait de rester assise auprès de Mountaha; deux femmes distraites, sur leurs chaises basses en paille, dans la chaleur humide de l'été, tandis que montaient la brise venue du fleuve voisin ou encore l'odeur que ramenait avec lui le muet, le pêcheur d'anguilles. Elle libérerait son corps, sans pudeur; avec Mountaha, elle parlerait des gens. Elles n'épargneraient personne. Elles confirmeraient les accusations d'infidélité qu'on portait à l'encontre de toute femme mettant du rouge et de la poudre, les soupçons de vol ou d'escroquerie envers celui qui se paierait une nouvelle voiture ou meublerait de neuf sa maison. Personne ne pourrait passer dans la rue sans avoir sa part de ces regards inquisiteurs et sans pitié, de ces mots tranchants comme des couteaux.

Lorsqu'elle était seule, elle plantait des fleurs sur le balcon, des fleurs pour toutes les saisons. Elle suivait de près ces petites vies, elle venait à leur secours, guidant leurs branches tendres et fines par des fils qu'elle tendait. Elle les arrosait, les taillait et se fâchait contre elles si elles manquaient de cœur à l'ouvrage. Ses voisins affirmaient qu'au fil des ans, une fois son fils parti pour l'Amérique, elle s'était mise à parler à ses fleurs sans s'en rendre compte, à voix basse, tantôt les encourageant, tantôt les grondant.

Elle n'aurait pas d'autre projet dans la vie. Elle ne rendrait jamais visite à personne, sauf à sa mère. Qui l'aime vienne la voir! Elle dormirait toute la nuit. Elle ne passerait plus ces heures interminables à se tourner et se retourner dans son lit, comme prise au piège, à attendre que son mari rentre de ces fameuses soirées de jeux auxquelles il ne l'avait jamais emmenée, et dont elle n'arrivait même pas à se former la moindre image, et qu'elle se représentait, inondées de lumière, dans une salle au très haut plafond, grouillant de femmes séductrices dont les vêtements noirs descendaient loin sur la poitrine et dans le dos, des soirées qui ne se terminaient qu'à l'aube, quand Youssef rentrait sur la pointe des pieds, ouvrait la porte, tout honteux, et s'efforçait de ne pas la réveiller, craignant qu'elle ne sente sur lui l'odeur des autres femmes.

Ses cousins étaient nombreux et vaillants, ils le vengeraient!

Elle ne se remarierait pas, car l'homme qui meurt de mort violente reste là à jamais, planant comme un aigle au-dessus de la tête de sa veuve, jusqu'à ce qu'elle meure à son tour. Il se dresserait ainsi au-dessus d'elle, même si les cousins le vengeaient, même si pour lui ils mettaient le monde entier à feu et à sang. Par politesse, ils lui diraient: "Remarie-toi, Kemleh!". Mais elle n'accepterait pas. Ils le savaient d'avance. Et, de toute façon, jamais aucun prétendant n'irait se manifester. Elle ne voulait pas se marier. Jamais elle ne l'avait voulu. Dès que son cœur avait tressailli pour la première fois, ils lui avaient presque forcé la main.

— Marie-toi, Kemleh! Tes sœurs attendent leur tour.

Elle était la plus belle, et aussi la plus jeune. Chaque fois qu'un jeune homme venait tourner autour d'elles, seule Kemleh lui plaisait. Car elle plaisait aux garçons sans le moindre effort, elle qui essayait pourtant de se soustraire aux regards. Tant qu'elle ne se mariait pas, aucune de ses sœurs ne se marierait. Youssef al-Kfouri la demanda en mariage, et son cœur ne lui était pas contraire; les gens le sentirent et ne lui laissèrent plus de répit.

— Ils ne m'ont pas laissé le temps de l'aimer.

Elle l'aima plus tard, avec force. Plus son espoir d'avoir un jour des enfants s'amenuisait, plus elle s'accrochait à lui. Ils avaient empaqueté ses vêtements et l'avaient fait sortir en cachette par la porte de derrière, de peur que sa mère ne parvienne à s'opposer au mariage. Car elle tenait à marier sa fille aînée en premier: chacune son tour! Les noces de Kemleh eurent donc lieu à la faveur d'un enlèvement. Sa mère pardonna et accepta de la revoir moins d'un mois plus tard. Il avait été abattu de deux balles dans la poitrine. On dit qu'ils ne lui avaient même pas laissé la chance de dégainer son revolver. Quelqu'un l'avait appelé par son nom, il s'était retourné, et c'est alors qu'ils lui avaient tiré dessus, à plusieurs. Ils disent que celui qui l'a interpellé ne fait pas partie des tireurs.

Youssef ne lui avait laissé que la maison. La famille lui proposa de l'argent, des sommes réunies pour elle par des gens fortunés ou des émigrés. Elle refusa poliment. Parmi toutes celles qui avaient perdu leur mari à Borj al-Hawa, elle fut la seule à refuser cette compensation; elle ne voulait recevoir aucun argent en échange de lui. Elle ne quitterait plus le noir désormais. Elle ne s'achèterait plus aucun vêtement. Elle était revenue au point où elle aurait toujours voulu rester: quelque part où on l'oublierait, assise sur son balcon à boire le café avec Mountaha, à planter ses fleurs, à les arroser et à leur parler. Son corps lui appartenait, nul n'aurait plus le droit de s'en mêler, et elle n'en exigerait plus rien…

Mais cette trêve dans sa vie devait être de courte durée.

Un mois à peine. Après quoi, l'alerte lui fut donnée, et elle reprit le combat. C'est son corps lui-même qui l'avertit, lui qui justement, croyait-elle, aurait dû se tenir tranquille et la laisser en paix. Elle sentit d'abord, jour après jour, que quelque chose s'éveillait en elle, comme si son corps commençait à lui échapper. Ses règles avaient du retard. Des maux de tête la prenaient au dépourvu, chaque jour, quand le soir tombait: un mal de crâne soudain et intense. Elle mit tout cela sur le compte du deuil, ou peut-être était-ce ce qu'on lui suggéra. Les signes de grossesse se multipliaient, tandis qu'elle refusait d'y croire. Elle n'en voulait pas.

La première à la percer à jour fut Yasmine, sa sœur mariée installée à Beyrouth. Dès qu'elle venait rendre visite à Kemleh, elle se mettait aussitôt à la plaindre et à pleurer son sort. Son mari ne voulait pas qu'elle y aille; il la laissait faire le voyage toute seule, en taxi, mais à condition qu'elle n'emmène avec elle aucun de leurs enfants. Il lui disait:

— Yasmine, c'est une bénédiction que d'être loin de vous tous.

“Loin de vous tous”, c'était loin de ce village où sa femme était née, loin de chacun de ses habitants.

Yasmine, elle, disait que son cœur s'emplissait de joie dès que la voiture sortait du tunnel de Chekka, débouchant sur le nord. Elle baissait la vitre de la voiture pour respirer cet air. Mais la tristesse la rattrapait dès qu'elle voyait sa sœur Kemleh :

— Y a que les salopes pour avoir de la chance, ma sœur! Il faut nous en remettre à Dieu!

Puis elle la réprimandait pour qu'elle se coiffe, qu'elle prenne un peu soin d'elle, qu'elle se nourrisse correctement. Elle lui parlait de toutes les femmes qui, parvenues à l'âge de leur mère, n'avaient pas renoncé à l'élégance. Kemleh fut trahie par ses envies. Elle voulut des fruits qui n'étaient pas de saison et le dit à sa sœur :

— Comme j'ai envie de dattes fraîches, Yasmine!

— Qu'est-ce qui t'a fait penser à des dattes en cette saison?

Yasmine la regarda d'un air interrogateur et lui demanda, après une seconde de réflexion :

— Kemleh, tu es enceinte?

Kemleh eut un sourire ironique.

Non, elle n'était pas enceinte. Mais que lui arrivait-il donc?

— Comment ça, enceinte?

— Et pourquoi pas, ma sœur?

Kemleh explosa :

— Et de qui, à ton avis?

Yasmine aussi se mit à crier :

— Mais de ton mari! Ça fait à peine un mois qu'il est mort, non?

Kemleh resta un instant songeuse.

— Non, non, ce n'est pas possible.

— Et quand est-ce que tu as couché avec lui? Dis-moi ça…

Quelque chose de brûlant saisit Kemleh à la gorge.

— Le samedi soir. Et ils l'ont tué le dimanche.

— Tu veux que je reste avec toi, ma sœur? Je rentre régler mes affaires, là-bas, et je reviens demain?

Kemleh refusa.

— Rentre chez toi, je n'ai pas besoin d'aide.

Deux jours plus tard, elle eut des vomissements. Sans raison. Elle était encore à jeun, le matin, toute seule à la maison. C'était vers la fin du mois de juillet. Les armes commençaient à arriver au village, à dos de mulets, des armes de contrebande. Les muletiers étaient des étrangers. On disait que c'étaient des officiers qui venaient de l'autre côté du fleuve, en tenue civile pour ne pas se faire remarquer. Pour traverser, ils avaient construit un pont de bois, dans un coin bien abrité. Ils déchargeaient la marchandise près du moulin. Les hommes de la famille essayaient les fusils avant de les choisir, en tirant sur les troncs des peupliers. A chaque fois, ils sifflaient d'étonnement en constatant l'impact des balles sur les arbres. On disait aussi que les armes de l'autre camp arrivaient de Syrie. Elles venaient de l'intérieur de la ville, du vieux souk où se barricadaient les révolutionnaires. Eux aussi, ils les leur livraient en remontant le cours du fleuve. Le matin, des avions de chasse passaient à basse altitude, surveillant les deux parties, à ce qu'on disait.

Ses règles avaient maintenant deux semaines de retard. Elle ne pouvait plus ignorer la question. Elle alla trouver sa mère, et ce fut la première fois qu'elle se montra sur la voie publique depuis l'assassinat de son mari. La deuxième, plutôt, car, une fois, elle était allée lui apporter des roses à l'endroit où on leur avait creusé précipitamment une fosse, dans le champ d'amandiers : une seule longue rangée de petites dunes de terre. Elle lui avait apporté un bouquet de roses rouges qu'elle avait déposé à côté de sa photo. Sur chaque monticule de terre, il y avait une photo. Sa tombe à lui était la troisième en partant de la droite, et elle avait piqué dessus une tige de lis blanc. Les autres veuves de Borj al-Hawa étaient sorties de chez elles pour prendre part aux élections. Elles avaient brandi les photos des candidats, elles avaient participé aux convois en auto de la campagne électorale. Désignées exprès comme représentantes dans les bureaux de vote, elles se querellèrent, lancèrent des défis, firent entendre des youyous, dansèrent la *dabkeh** en signe de joie au moment des résultats...

Quant à elle, elle marchait comme une étrangère, drapée de noir, tentant d'échapper aux regards curieux. Le vent du malheur soufflait sur les routes, et les nouvelles se propageaient.

— Saïd ar-Rami a été tué.

— Où ça ?

— Il lisait le journal dans la pharmacie, ils sont entrés et ils l'ont tué.

— Qui ça ?

"Passe le bonjour à mon frère, si tu le rencontres là-bas!" Voilà ce que lui avait dit l'homme et, aussitôt, il avait tiré en pleine tête. Les gens s'étaient enfuis, il est resté tout seul à perdre son sang. Deux heures d'agonie.

Kemleh raconta à sa mère ce qui lui arrivait, et celle-ci la gifla pour n'avoir pas fait ce qu'elle lui avait dit depuis le début, depuis le jour de l'enterrement. Mais sa mère n'était pas le genre de femme à s'avouer vaincue. Elle essayait toujours de sauver ce qui pouvait l'être.

— Maintenant, il ne faut pas y aller par quatre chemins. En rentrant à la maison, tu t'arrêtes chez Mountaha pour boire le café. Dis-lui combien tu as envie de dattes et que tes règles ne viennent pas. Dis-lui de ne le répéter à personne, et elle, elle se chargera de donner tous les détails aux voisins. C'est ton amie, tu la connais mieux que moi.

Kemleh changea de sujet.

— Ils ont tué Saïd ar-Rami…

Sa mère ne parut pas le regretter outre mesure.

— Que va-t-il se passer, Mère?

— Chaque mort en amène deux, ma fille.

Kemleh passa chez Mountaha. Dans les rues totalement désertes, le tank installé depuis plus d'un mois sur la place tournait lentement sur lui-même. Le soldat entrait dans la tourelle et s'y enfermait. Le blindé s'engagea sur la route qui menait à Tripoli, précédé par une petite jeep de l'armée qui le guidait dans la manœuvre. La veille, on avait entendu à la radio que l'armée n'interviendrait pas dans ce conflit qui opposait les habitants. Le commandant en chef restait neutre. Depuis un mois, des informations circulaient. Des nouvelles de vendetta, et la peur de ce qui était encore à venir. Kemleh ne ressentait rien.

Elle s'assit bien un instant chez Mountaha, mais n'osa rien lui raconter. Elle avait peur de devenir la risée des gens, s'ils s'apercevaient qu'elle croyait être enceinte alors qu'il n'en était rien. Mountaha lui apprit qu'ils avaient installé un poste de tir sur le toit de l'école des Sœurs. Des sacs de sable les uns sur les autres, qu'ils arrosaient d'eau tous les matins pour qu'ils soient plus difficiles à transpercer. Elle lui raconta aussi que dans son sermon, après la lecture des Evangiles, le père Antonios avait dit: "Priez, mes enfants! Dites un Notre-Père et un Je vous salue Marie, pour que Dieu nous donne la victoire face à nos ennemis."

Kemleh refusa d'admettre la vérité, jusqu'au jour où l'on put voir son ventre. Et encore.

— Peut-être qu'il est juste rempli d'eau.

— Comment ça, rempli d'eau?

— Je ne peux pas le croire, que je sois enceinte, Mère! Comment cela a-t-il pu arriver? Qu'as-tu fait de moi?

Elle aurait donc un enfant. Son sang exultait de joie. Mais aussitôt, quelque chose la saisit à l'estomac. Soudain, elle connut la peur. Toute nouvelle qui se propageait l'effrayait, les coups de feu la faisaient trembler. Elle n'était plus seule.

— Sois maudite, Kemleh! Tu ne m'as pas écoutée. Et maintenant, va empêcher les langues de se déchaîner contre toi!

— Qu'est-ce que je vais faire, Mère?

— Ne fais rien du tout. Il faut que tu manges bien et que tu te reposes. Ne fais pas attention à eux.

La nouvelle se répandit, et c'est alors que commencèrent les ragots, dans son dos, bien évidemment.

Les questions aussi.

Des questions sans pitié, qui la harcelaient, la mordaient. "Mais d'où est-ce qu'elle le tient?", "Quinze ans sans enfant, son mari meurt, et juste là, elle tombe enceinte? Qu'est-ce que ça veut dire?"

Elle préféra se cacher à la maison, rester dedans, évitant même de se montrer sur le balcon. Seule sa mère venait lui rendre visite. Sa mère, et aussi Mountaha. Sans oublier sa sœur Yasmine, quand elle parvenait à convaincre son mari d'aller prendre ce risque. Sa mère lui apportait tout ce dont elle avait besoin.

— Toi, ne mets pas le nez dehors, je me charge de tout ce qu'il te faut.

Quant à Mountaha, elle amenait les nouvelles: ce qui se disait dans la rue, dans les maisons voisines. Elle donnait aussi des nouvelles des combats, arrivant apeurée, toute tremblante. Jusqu'au jour où elle vint lui dire:

— Kemleh, tu ne vas pas me croire! Ils vont commencer à renvoyer les femmes.

— Renvoyer les femmes?

— Mais oui, oui! Et j'ai peur pour ma mère, dit Mountaha, dont la mère était une Rami. – On commençait à lui faire des réflexions, ici, dans le quartier.

— Qui ça?

— Je ne sais pas. En tout cas, ils disent qu'elle va répéter des choses à sa famille de là-haut…

— Quel genre de choses?

— Je ne sais pas, Kemleh. Ils disent juste: "Elle va donner des renseignements"…

— Mais ta mère leur rend visite, à ceux de sa famille, là-haut?

— Son crime, c'est d'y être allée, juste une fois, après Borj al-Hawa. Alors ils lui sont tombés dessus. Chaque fois qu'ils la rencontrent dans la rue, chaque fois qu'ils passent devant chez nous, ils insultent la famille Rami, ils maudissent leurs morts. Ma mère pleure et elle dit: "Pourtant, moi, je suis des nôtres, comme mon mari, comme mes enfants! Pourquoi est-ce qu'ils me disent ça?".

Mountaha se frappa la poitrine du poing et demanda à Kemleh:

— Où est-ce qu'elle ira, ma mère, s'ils la chassent de chez elle?

Kemleh ne répondit pas. Elle soupira profondément, levant haut les bras en signe de désespoir.

L'heure de la naissance était venue, et Elya se faisait attendre. L'armée était entrée à nouveau dans le village. Un comité s'était formé, composé de membres des deux partis. Il passa dans toutes les rues pour s'assurer du désarmement de toutes les positions. Les tirs cessèrent, les embuscades aussi. Le commandant en chef, celui qui avait refusé de choisir son camp, fut élu président de la République. C'était le vœu des Américains, et aussi de Nasser. On commença à parler de la loi "ni vainqueurs ni vaincus". La Révolution prit fin et la vie reprit son cours. Plus rien ne les détournerait de Kemleh, ni victimes, ni blessés. Ce serait la curée.

Après dix jours de retard sur le terme, il vint au monde. Il était grand. Grosse tête, bon poids. Un garçon, le rêve de toute sa vie. Sa mère lui apprit à le porter, à soutenir la tête de sa main. Elle s'enferma avec sa fille un mois entier, durant lequel elle lui enseigna tout ce qu'elle savait. Préoccupée par la santé de l'enfant, elle n'eut pas le temps d'exprimer la joie que cette naissance lui procurait. Elle fut atteinte d'une infection pulmonaire aiguë; lorsqu'on l'emmena à l'hôpital, lorsqu'on fit venir un prêtre, Elya n'avait pas encore réussi à prononcer son nom de grand-mère, *Téta*. Tout le trousseau du petit était prêt. Les langes, les vêtements et même les chaussures. Elle n'avait plus besoin d'aller lui acheter quoi que ce soit. Quand elle lavait ses vêtements, elle ne les faisait pas sécher sur le balcon, mais sur une corde tendue à l'intérieur de la maison. Cet enfant, elle ne comptait pas l'afficher. Et, malgré tout, les ragots la poursuivaient sans cesse. Ils étaient tous devenus experts en matière de grossesse et de décompte des mois lunaires. Ils recomptaient les jours, refaisaient le calcul du terme, et l'eau leur venait à la bouche. Ils la cernaient de toutes parts, voyant leurs premiers doutes se confirmer. Plus ces propos parvenaient à ses oreilles, plus elle se cachait. Elle le nomma Elya, pour le placer sous la protection du dernier des saints à qui elle avait demandé sa venue, en échange d'un vœu solennel. Un moment, elle s'était crue libre de toute dette; mais, finalement, les saints avaient eu raison d'elle. Pour le prénom, elle avait hésité entre Elya et Youssef, comme son père. Mais la crainte de saint Elias l'avait emporté. Sa vengeance pouvait être cruelle, et jamais elle ne l'aurait supportée. Ah! si seulement elle pouvait le prendre avec elle et s'envoler loin d'ici! Tel un grand cygne blanc, elle déploierait ses vastes ailes pour l'emmener haut dans le ciel pendant son sommeil, saisissant ses langes dans son bec. Tendre et mignon, avec ses joues roses, ses mains, ses petits pieds s'agitant dans les airs... Elle s'envolerait et l'emporterait au bout du monde, dans un pays où elle ne connaîtrait personne. Elle serait guidée par une voix sans visage, une voix d'homme qui ressemblerait à celle de son propre père. De son long bec, le cygne déposerait l'enfant dans un petit nid naturel, bien à l'abri entre deux rochers, sur une haute montagne, loin des regards, loin des rapaces, et s'en irait chaque jour lutter pour lui rapporter de quoi se nourrir. Elle combattrait de toutes ses forces, avec son bec, avec ses ailes, avec ses griffes. Meurtrie par les blessures, elle resterait en vie. Ses ennemis étaient partout, dans les airs, derrière les rochers, dans les sables, au-dessus des vagues de la mer. En l'entendant pleurer de faim, elle se réveilla. Elle lui donna le sein, et tous deux plongèrent à nouveau dans le sommeil. Après cette nuit-là, le cygne blanc ne revint plus.

Elya grandit et entra à l'école. Fluet, de faible constitution, la vue basse. Elle l'accompagna jusqu'à la salle de classe. Dans cette salle où son père était venu la chercher un jour. Elle voulut faire la connaissance de l'enfant qui serait assis à côté de lui, savoir qui étaient son père et sa mère.

— Et ne le frappe pas, tu m'entends?

Mais, dès les premiers jours d'école, les compliments affluèrent. "Un garçon intelligent", disait la sœur chargée des petits. Dans toutes les matières, il fut le premier de la classe. Elle lui interdisait de fréquenter le cours de gymnastique, lui ayant fait faire une dispense spéciale par la direction. En le regardant, elle disait:

— Vous ne voyez pas comme il est fluet?

D'après Mountaha, il ressemblait à Kemleh. Celle-ci avait beau le regarder longuement, elle ne voyait pas à quoi tenait cette ressemblance. Bien vite, il fut à son tour la proie des regards. Des langues aussi. Dès qu'il fut en âge de comprendre, ils lui lancèrent des allusions. Les réflexions étaient là, toutes prêtes, n'attendant que l'oreille qui pourrait les écouter. Toutes prêtes, dans la bouche des femmes. Des vieilles filles surtout. Elles s'efforçaient de le reconnaître, pour l'attraper au passage, dans la rue, et lui demandaient tour à tour, la main sur la hanche, en faisant la moue:

— Et toi, mon grand, tu es le fils de qui?

Il ne comprenait pas la question. Embarrassé, il ne savait pas quoi répondre. Avec un sourire, la femme lui demandait son prénom. Il répondait. Alors elle reposait sa première question:

— Et tu es le fils de qui, Elya?

Il la regardait en ouvrant de grands yeux, sans répondre. La femme se détournait de lui. Ce silence du petit, c'était un aveu. Même s'il ne racontait pas tout cela à sa mère, elle savait. Elle savait tout et le cachait dans son cœur. Jusqu'à en devenir folle par moments, explosant pour un mot, un regard, pour rien, déversant son immense colère sur les petits et les grands. Elle commença par s'en prendre aux gens, haut et fort, en pleine rue, les couvrant d'injures tout en marchant. Elle les insultait sans raison. Elle parlait toute seule, à haute voix, cherchant querelle à ceux qui lui gâchaient la vie.

Elya aimait les affrontements, qu'il s'agisse de paroles ou de bagarres. Echangeant des invectives avec un copain du quartier – un mot par ci, une insulte par là, des attaques visant les parents, la famille –, Elya était en train de gagner la partie, quand son adversaire finit par lui lancer: "Fils de Kemleh!".

L'expression fut amenée par tout un flot d'injures: "Espèce de singe!" avait lancé Elya, sans hésiter, se fondant sur la petite taille de son adversaire. "Tuberculeux!" avait répondu l'autre, un mot qu'on lançait souvent à Elya, à cause de sa maigreur et de la pâleur de son teint, sans se soucier, là non plus, de fournir des preuves.

"Vendeur de laitues!" avait tenté Elya, par mépris pour la profession du père de l'autre garçon, marchand de fruits et légumes. Car, dans ce domaine, Elya était particulièrement inventif.

En l'attaquant sur le chapitre du père, il faisait preuve de sa supériorité, et l'autre fut pris de court. Les bras lui en tombèrent. Il bégaya, sans trouver de réponse. Regardant autour de lui comme pour chercher du secours, il vit un jeune homme de 20 ans se pencher vers son oreille et lui souffler quelque chose. Le gamin eut alors un cri de joie: il avait trouvé ce qu'il cherchait:

— Fils de Kemleh!

Un bref silence se fit, suivi d'éclats de rire tonitruants, sitôt que l'assistance eut saisi le sens de l'accusation. Même si, parmi les rieurs, certains avaient compris et d'autres non. Ce fut comme si, ayant vaincu son adversaire au score, le garçon avait mérité les louanges de tous. Interdit, Elya hésita un instant puis se mit à bombarder l'autre de pierres, montrant ainsi que les mots atteignaient leurs limites et qu'il fallait passer aux actes. Ayant mis en fuite son adversaire, Elya courut à la maison, furieux, en larmes. Lui non plus, il n'avait pas très bien compris ce qui s'était passé. Mais s'était senti humilié, en devenant soudain la risée de tous. De sa cuisine, de son balcon, Kemleh essayait de suivre son fils des yeux. Elle avait peur pour lui. Peur d'eux. Elle aurait voulu qu'il ne sorte pas dans la rue, lui qui ne savait pas ce qui l'attendait. Mais elle, elle le savait, et elle se préparait au pire. Elle le vit arriver tout en pleurs: un coup de couteau lui aurait fait moins de mal. Elle le consola puis, à compter de ce jour, elle résolut de l'envoyer dans une école tenue par les Sœurs de la Croix. A ceux qui l'interrogeaient, elle disait :

— Moi, je n'ai que lui. Et ici, il a de mauvaises fréquentations. Ils lui apprennent des tas de choses, et, si je le laisse faire, il n'apprendra jamais rien.

Elle parlait de ce qu'on enseignait à l'école. Deux fois par semaine, elle allait le voir là-bas, dans sa nouvelle école. Elle lui faisait manger les petits plats qu'elle avait préparés et le contemplait un long moment. Mais elle ne voulait pas qu'il rentre à la maison. Elle craignait les vacances, quand l'école le lui renvoyait avec son accordéon. Elle inventait toutes sortes de prétextes pour qu'il ne sorte pas de la maison. Mais eux, ils le réclamaient. Ils s'attroupaient sous le balcon et voulaient qu'il vienne les rejoindre. Qu'ils disent donc qu'elle était sans cœur et que son fils ne lui manquait pas, du moment qu'ils se tenaient à distance, avec leurs regards et leurs mauvaises langues. Elle pensait à son beau-frère, le mari de Yasmine.

— C'est une bénédiction que d'être loin de vous tous.

L'ayant ainsi éloigné, elle resta là à résister, toute seule. Mais ils n'oubliaient pas. Même cent ans après. Devant elle, ils ne se permettaient pas le moindre mot, ils n'auraient pas osé. Mais elle le sentait à leurs petites questions – Alors, quelles nouvelles d'Elya ? Il paraît qu'il est très bon élève ? –, à l'intonation de la question, à la moue qui se lisait sur les lèvres – Et ton fils, il s'est trouvé une fille bien, là-bas, dans ces pays-là ? – ; elle sentait bien qu'ils restaient à l'affût de ses réactions. Si, aujourd'hui, elle ne voulait pas se faire opérer de la cataracte, c'était bien pour ne pas voir ce qu'il y avait dans leurs yeux, ce qui pouvait encore y rester. Ce qu'elle entendait dans leur voix lui suffisait bien. Peut-être même était-ce pour ne pas les voir que sa vue avait baissé. Si elle ne voulait pas les voir, elle ne voulait pas non plus voir Elya revenir à la maison. Plus il se tenait loin d'elle, moins la vie était compliquée pour tous deux. Elle leur tiendrait tête à tous, jamais ils n'auraient le dessus. Mais rendre coup pour coup tant qu'il était là, à ses côtés ?

XVII

Samih était le seul homme au milieu d'une foule de femmes ; ainsi en était-il dans chaque fournil. Gardien de la porte du four, Samih présidait à la cérémonie. Il cuisait leur pain depuis l'instant où elles arrivaient à sa boutique, au point du jour, portant leur pâte à pain sur la tête, jusqu'au moment où elles en sortaient, peu avant midi, chargées de leurs galettes rondes surmontées de petites bulles, dont la chaude vision donnait envie d'huile et de sel, sans rien d'autre.

Il faisait encore mieux que son père.

On avait même associé son nom à un certain type de galettes très blanches et très larges : "Ça, ça sort des mains de Samih !" disaient les gens d'un air approbateur. Le pain qu'il faisait était d'une finesse extrême ; on pouvait l'ouvrir par le milieu en deux couches très fines qui ressemblaient aux tendres hosties de l'église. Samih avait toujours l'œil sur le feu. Quand il retournait la galette, quand il la retirait du four, c'était juste au moment opportun. Tout l'art du métier résidait dans cette estimation. Il décidait d'arrêter la cuisson dès qu'il sentait monter une très légère odeur de brûlé, étape indispensable sans laquelle le pain restait trop pâteux. Un parfum qu'il repérait quelques secondes à peine avant que tout ne brûle, dans cet instant fugitif, juste avant le stade du pain trop cuit, qu'il aurait dû payer de sa poche, et juste après celui où, sur la face de la galette, que la flamme du four illuminait, on voyait apparaître de petites taches noires.

Le pain de Samih était parfaitement doré ; il sortait de la gueule du four gonflé comme un ballon. Si, profitant d'un jour de congé, nous avions accompagné nos mères au fournil, nous ne désirions rien tant que de découper une petite ouverture dans la galette gonflée que nous lançait Samih, pour voir la vapeur s'en échapper comme d'une cheminée fumante, avant que le pain ne retombe.

Il avait toujours l'œil sur le feu. C'est ce feu qui le faisait vivre. Son père avait su rester indifférent au bavardage des femmes. Il le lui avait bien dit: si, une seule fois, il se hasardait à répondre à telle ou telle, il laisserait à coup sûr brûler quelque chose dans le four. C'était inévitable. Ainsi serait-il puni de la sottise dont il avait fait preuve en accordant le moindre intérêt à ces propos féminins. Samih avait bien retenu la leçon: "Tes yeux, soit ils sont ici, soit ils sont là-bas."

Les femmes, elles, ne cessaient jamais de parler. Jamais la moindre trêve. C'était même devenu proverbial. Si l'une d'elles, un matin, restait muette, les autres en déduisaient qu'elle avait des ennuis: une maladie, des problèmes d'argent. Les questions pleuvaient alors sur elle jusqu'à ce qu'elle finisse par dire ce qu'elle avait sur le cœur. Chacun savait que ses soucis avaient pris fin dès l'instant où à nouveau elle se mêlait à la conversation. D'abord, en guise d'échauffement, des propos généraux qui ne pouvaient faire de mal à personne. Pour ouvrir la session matinale, quelques sentences: de nos jours, l'instruction était devenue indispensable – même pour les filles! – ; Le bon voisinage, c'était quelque chose de sacré; Finalement, un garçon restait toujours du côté de sa propre famille, tandis qu'une fille, elle, appartenait à la famille de son mari – à moins que ce ne soit l'inverse. Puis on passait à quelqu'un en particulier, sans qu'on sache au juste par quel biais on en était arrivé là. C'est alors que les choses sérieuses commençaient. Tout d'abord, par un bref coup d'œil alentour, les unes et les autres s'assuraient qu'aucune des femmes assises autour de la table n'avait de rapport direct avec la personne en question. Dans le cas contraire, le choix se porterait sur quelqu'un d'autre, quelqu'un avec qui aucune ne serait liée. On n'était cependant pas à l'abri d'une erreur d'appréciation, et il arrivait qu'une femme s'attaque aux affaires d'une autre, faute de connaître le lien de parenté qui l'unissait à une des femmes présentes. Mais il s'en trouvait toujours une pour sauver la situation en changeant de sujet, en soulevant une autre affaire, plus considérable, qui permettrait de dissiper la gêne sur le point de s'installer.

Sa mère, elle aussi, lui avait recommandé de ne pas écouter les femmes, comme d'ailleurs de ne pas se laisser rouler sur la part qui lui revenait. Sa mère était décédée un mois seulement après son père. Elle n'avait pas su vivre sans lui – c'est ainsi que les femmes du fournil elles-mêmes avaient commenté cette mort, cherchant à en faire l'éloge, même si elles savaient que cette femme-là ne les aimait pas. Samih était leur fils unique. Ils lui avaient laissé le fournil et la maison, une sorte de deux pièces attenant à la boutique. C'était tout ce qu'ils possédaient à eux deux. Sans doute le père de Samih, ou son grand-père, avait-il pris sur une partie de la maison pour la transformer en fournil. La chaleur du four à pain traversait le mur qui séparait la boutique de la chambre à coucher des parents. Ils refaisaient la peinture deux fois par an, mais elle se décollait toujours à cause de la chaleur. Samih était né là, et ses parents y étaient morts, dans la chambre à coucher adossée au foyer. Ils n'avaient pas eu d'autres enfants. Ils eurent bien une fille, mais elle mourut en bas âge de la rougeole. Sa mère lança un cri de deuil, un seul, puis se tut. Elle fit de même à la mort de son mari. Un seul cri, très fort, et ce fut tout.

Après leur mort à tous deux, Samih laissa la chambre de ses parents en l'état : une modeste armoire et deux lits en formica et, au mur, la photo d'un homme bien mystérieux, dont une bonne moitié avait été rongée par la chaleur venue du mur d'en face. Le père de Samih disait que c'était son propre père, qui avait émigré aux Etats-Unis au début du xxe siècle, en laissant au village son épouse toute jeune et son fils encore dans les langes, pour ne jamais revenir. Il était descendu acheter du cuir à Tripoli pour se faire faire des souliers, et sans doute lui était-il arrivé quelque chose là-bas, un accident, une querelle, qui lui avait interdit de reparaître au village, si bien qu'il fut contraint de s'embarquer sur l'un des bateaux du port. Samih ne toucha à rien, il ne prit même pas une couverture sur le lit, jusqu'au jour où quelqu'un lui dit qu'il fallait ouvrir grand portes et fenêtres pour aérer, faute de quoi la pièce serait toute rongée de moisissures. Pour sa part, il se contentait de l'autre chambre et de la cuisine, auxquelles s'ajoutait le petit espace de l'entrée. Quand il terminait son travail au fournil, une fois qu'il s'était changé, il apportait une chaise dans ce petit coin et venait s'y asseoir. On disait qu'il regardait la maison de la fille qu'il aimait ; elle, de son côté, était bien loin de se douter de cette passion immense qu'il éprouvait pour elle. Il disait qu'il l'aimait; mais il ne faisait rien d'autre que s'asseoir là, sur la chaise paillée, tenant dans sa main gauche trois billes, un peu plus grosses que celles dont se servent les enfants. Il restait assis là deux ou trois heures, selon la longueur du jour. Tournant et retournant les billes entre ses doigts, inlassablement, il levait les yeux vers le balcon de la jeune fille, dans l'espoir qu'elle se montrerait pour étendre le linge ou qu'il verrait passer sa silhouette derrière les carreaux. D'ailleurs, on disait qu'il n'était resté dans le quartier des Semaani que pour elle.

Il entretenait une véritable vénération pour les mots qu'avaient prononcés feu son père et sa mère. Les femmes, soutenait sa mère, sont plus hypocrites que les hommes. Dans leurs vêtements les plus usés, elles venaient s'asseoir au fournil, jambes tendues, en deux rangs face à face, de part et d'autre de la table de pierre très basse et bien lisse. Prêtes à l'attaque. Leurs mains travaillaient sans relâche. Leurs mains, mais aussi leur langue. Prélevant une boule de pâte qu'elle pétrissait, la main la roulait en boule sur la table de pierre. Ensuite, elle la saupoudrait légèrement de farine, avant de l'étirer pour la rendre la plus mince possible. D'abord la main droite, tant que la boule était encore bien ronde. Puis les deux mains, au fur et à mesure qu'elle s'élargissait. Ensuite, le rouleau à pâtisserie le plus fin poursuivait l'œuvre des mains en finissant d'aplatir la pâte. Alors la femme donnait un dernier coup de rouleau vers la droite, vers la gauche, de tous les côtés. Elle arrondissait la galette, l'affinait encore, la façonnait entre ses mains pour lui donner la forme d'une pleine lune et, après y avoir jeté un dernier coup d'œil, elle la confiait enfin à Samih. Où qu'il aille, le boulanger était poursuivi par les femmes. Un jour où il était descendu en ville, il entra dans un fournil, juste par curiosité. Là-bas, le pain était un métier d'hommes, d'hommes seuls. Il n'y vit pas l'ombre d'une femme. Il en fut jaloux.

Avant de se poster devant la porte du four, Samih traitait déjà avec les femmes. Son père avait tenté de l'éloigner du four à pain, en premier lieu pour le mettre à l'abri de cette terrible chaleur. Après l'avoir pris quelque temps au fournil, il ne tarda pas à avoir pitié de lui et lui proposa d'aller plutôt prêter main-forte à son oncle maternel. Samih se mit donc à lui porter ses outils, à l'accompagner de maison en maison. Il était matelassier. Contrairement au travail du boulanger, le sien se faisait chez les clients. A son arrivée, la femme lui jetait le matelas devant la porte de la maison ou dans une cour où il pouvait s'installer à son aise pour travailler. Samih ouvrait le matelas ou la courtepointe et son oncle battait le coton mort pour lui redonner du gonflant, avant que Samih le remette dans son enveloppe et recouse le tissu. Ils officiaient à domicile, quand les hommes étaient partis au travail. Un métier simple et reposant qui ne demandait rien de plus qu'une batte de fer, une aiguille, du fil et l'art de s'entendre avec les femmes.

Cependant, après la mort de son père, il revint au fournil et reprit la pelle à pain paternelle. Il ne ferma que trois jours, durant lesquels il pleura son père à grands sanglots irréguliers, après avoir porté son cercueil, lui devant, tout seul, et quatre hommes derrière. Il rendit les outils à son oncle et le quitta en expliquant que, étant le seul fils, il ne voulait pas fermer le fournil. Avec un regard plein de commisération, l'oncle lui dit seulement : "Prends garde à tes yeux, mon petit !".

Le fournil, c'était toute sa vie, et il semblait s'en contenter. Sept jours par semaine. Et le dimanche, une cohue sans pareille. C'était le jour du *kebbeh**, fait de blé concassé et de viande, des poêlées de *kebbeh** par centaines. La journée était longue, certes, mais plus lucrative que d'ordinaire. Le travail ne prenait fin que vers 2 heures de l'après-midi. Samih pouvait alors profiter de son temps libre à sa guise. Il se changeait, faisait sa toilette hebdomadaire et se peignait, avant de sortir dans la rue principale. Il allait "à la fontaine", à deux cents mètres de la maison et du fournil. Il marchait le nez en l'air, un Samih tout neuf qui regardait chacun des passants comme pour capter leur regard. Ce jour-là, il devenait un flâneur ordinaire, dont le seul dessein était de se fondre parmi les autres promeneurs. Il arrivait aussi que, dans la semaine, on voie Samih se rendre à la boutique toute proche de la fontaine, pour y acheter des œufs ou du yaourt. Il y allait dans sa tenue de tous les jours, celle du fournil, marchant d'un bon pas, regardant droit devant lui, dans le seul souci de rapporter au plus vite tout ce dont il avait besoin. Un trajet rapide qui faisait pour ainsi dire, partie de sa journée de travail.

Comment aurait-il senti qu'on était dimanche, s'il n'avait pas enfilé sa chemise propre et ralenti ainsi le pas pour cheminer jusqu'à la fameuse fontaine où il se tenait tout seul? Il n'avait pas eu le loisir de se faire des amis. Debout en plein milieu du trottoir, sans jamais s'appuyer contre un mur ou contre un arbre, il tentait d'occuper cet espace vide que nul ne venait partager avec lui. En passant près de lui, les femmes souriaient: "Tiens, c'est Samih dans ses habits du dimanche!" Elles souriaient du fait même de le voir hors de la boulangerie, comme s'il n'était habilité à nulle autre occupation que de faire cuire le pain devant son four. Attentif à l'excès, il guettait tout ce qui se passait dans la rue, comme si chaque allée et venue constituait un véritable événement. Il suivait des yeux les voitures américaines ou encore les Mercedes allemandes – de plus en plus nombreuses à l'époque –, jusqu'à ce qu'elles disparaissent dans le tournant; les filles qui arpentaient bras dessus bras dessous la rue principale, main dans la main, se chuchotant des secrets à l'oreille et pouffant de rire en entendant les commentaires que faisaient les garçons sur leur passage; un cortège de noces; une course de vélos. Il souriait à l'apparition du premier concurrent, penché avec effort sur le guidon; il s'approchait de la fontaine au niveau de laquelle les cyclistes ralentissaient, dans leur costume bariolé, pour attraper le sandwich ou la bouteille d'eau qu'on leur tendait et qui les aiderait à tenir le coup dans leur longue étape. Samih savait qu'avec ces petits vélos-là il leur faudrait maintenant gravir les plus hauts sommets. Il attendait le passage du dernier coureur du club arménien Homentmen, et l'applaudissait bruyamment. Il battait des mains tout seul, au moment où personne ne s'y attendait, faisant rire tous les badauds attroupés à ses côtés. Puis il commentait tout haut, haranguant les spectateurs massés sur le trottoir:

— La course est finie! Et maintenant, rentrez tous chez vous!

Le jour où les Arabes de la tribu s'avisèrent qu'ils appartenaient désormais à deux clans rivaux, sa maison se retrouva du côté adverse. Mais il ne l'abandonna pas. On lui conseilla d'aller rejoindre "ceux de sa race", comme ils disaient, imitant ici encore les tribus du désert; mais il refusa. "Ça, c'est la maison de mon père, de mon grand-père", déclara-t-il, "et moi, j'y resterai. Parce que, moi, je n'ai fait de tort à personne. Tout le monde m'aime bien. Pour moi, ce sont tous mes clients." Il resta donc dans sa maison, à moins de cinq cents mètres du quartier de sa famille, à un jet de pierres. Au début des hostilités, quand les échanges de tirs commencèrent, des enfants de sa famille l'interpellaient depuis les postes de tir, pour s'assurer qu'il était sain et sauf. Il les entendait très distinctement, mais il s'abstenait de répondre. Si quelqu'un l'appelait ainsi alors qu'il était dehors, il se hâtait de rentrer et verrouillait bien la porte derrière lui. Samih était resté du mauvais côté de la ligne de démarcation.

On ne lui donnait pas encore ce nom-là. Ce terme savant n'arriva que bien plus tard; c'est celui que les journaux de Beyrouth donnèrent aux lignes de front qui morcelèrent la capitale près de vingt ans après et qui avaient pris naissance dans les collines environnantes, en passant par la route de Damas, pour se prolonger jusqu'au port. Chez nous, cette frontière n'avait pas de nom. Peut-être n'étions-nous pas parvenus à nommer cette ligne fictive qui opposait le quartier des Semaani, du côté sud, à celui des Rami, au nord. Et pourtant, comme un trait en relief parcourant tout le village, elle était parfaitement connue de tous les habitants, qui auraient pu en préciser le tracé dans ses moindres détails, dans toutes ses circonvolutions, et savaient même où elle allait se perdre, au loin, dans un espace neutre dépourvu de toute identité. En vertu de cette ligne de partage entre les deux populations, les Semaani contrôlaient la sortie ouest du village, celle qui menait à la ville, tandis que les Rami, eux, disposaient de la sortie est, en direction des villages de montagne. A eux la plaine du littoral, à nous la montagne. Mais, dans le bourg, les contours de la ligne se compliquaient dès qu'on pénétrait dans les quartiers surpeuplés aux ruelles humides et anciennes. En montant, cette ligne faisait le tour d'un groupe de maisons dont les habitants étaient parvenus à résister, car ils comptaient bon nombre d'hommes armés, permettant à la famille Semaani de rester présente sur les hauteurs; elle créait des espaces vacants qu'on voyait s'élargir par endroits entre les deux quartiers, lorsque les lieux étaient visibles des barricades opposées, ce qui rendait impossible la perspective d'y vivre. En un mot, cette ligne-là était imprimée dans la tête de chaque habitant du village, du plus jeune au plus vieux.

Chacun savait que, en s'aventurant ne serait-ce que dix pas plus loin dans telle ou telle direction, il passerait d'un quartier à l'autre. Or, la rue principale ne coïncidait pas exactement avec la ligne de démarcation: c'était plus compliqué que ça, et il était toujours fastidieux d'expliquer la chose aux étrangers. La ligne s'était esquissée progressivement, au fur et à mesure que les tensions s'étaient accrues. Même après Borj al-Hawa, on pouvait encore la traverser – du moins ceux qui n'étaient pas directement impliqués dans le conflit. Mais, avec l'installation des postes de tir, les allées et venues se raréfièrent, et ce fut comme si un abîme insondable séparait soudain les deux quartiers. Quand les affrontements prirent fin, le commandant en chef fut élu président de la République, avec l'assentiment de Murphy, émissaire spécial des Etats-Unis au Liban, et du président égyptien Nasser. Un gouvernement d'unité nationale fut formé, qui envoya à nouveau l'armée au village. Les barricades furent désarmées huit mois plus tard; entre-temps, la ligne de démarcation n'avait pas bougé d'un pouce.

Il s'appelait Samih ar-Rami, et la maison de ses parents, avec le four adjacent, se trouvait dans le quartier des Semaani, à cinq cents mètres du premier collège public de jeunes filles, que la ligne de démarcation traversait, puisque aucune des deux parties n'était parvenue à y prendre position.

Au début, il ne montra nul signe d'inquiétude, semblant se fier à une force secrète qui le protégeait et qui viendrait le soustraire, à titre exceptionnel, au péril commun. Les Semaani eux-mêmes, et jusqu'à leurs femmes à qui on ne pouvait pourtant rien cacher, oubliaient son appartenance à la famille Rami. Quand les affrontements se faisaient plus violents, elles insultaient les siens tout en aplatissant la pâte à pain, sans s'attendre à la moindre réponse de sa part. Quant à lui, il n'était gêné que par ces voix qui l'appelaient de l'autre côté des barricades, de là où se tenaient les hommes de sa famille en armes, des voix dont certaines étaient reconnaissables et qui lui demandaient de quitter le quartier des Semaani pour venir les rejoindre. "Ils te tueront, Samih! Ces gens-là n'ont ni conscience ni religion!"

Au père Boulos, il demanda de faire savoir à tous ses parents, de l'autre côté, qu'il allait bien, qu'il ne fallait pas se faire du souci pour lui. Mais il insista surtout pour que le curé leur dise de ne plus l'appeler de la sorte, afin de ne pas "attirer les regards sur lui". Ils cessèrent donc de lui demander haut et fort de ses nouvelles. Mais certains, depuis les postes de tir Rami les plus proches, prirent l'habitude de se faufiler à la dérobée sur quelques mètres, dans l'espoir d'apercevoir Samih entrant ou sortant du fournil, pour s'assurer qu'il était encore vivant. La vie quotidienne de Samih connut peu de changements, si ce n'est sa promenade du dimanche, cette brève flânerie vers la rue principale, celle où désormais les cyclistes, avec leurs étranges couvre-chefs et leurs maillots bariolés, ne passaient plus, celle qu'avaient désertée les jeunes filles comme les voitures, qu'elles soient américaines ou allemandes. Dans son échoppe, il se concentra plus que jamais sur le four. Son souci n'était plus seulement d'éviter de répondre aux commérages des femmes, en se penchant sur son pain; désormais, il mettait la tête le plus près possible de la bouche du four, dans l'espoir de ne plus entendre un seul mot. Surtout lorsqu'on apprenait que tel ou tel des Semaani était mort sur une barricade, ou pire encore, qu'un de leurs jeunes gens sans armes était tombé dans une embuscade à l'extérieur du village. Car la langue des femmes se faisait alors impitoyable, leur bavardage se chargeant de terribles malédictions. Le plus souvent, elles ne lui adressaient pas directement la parole; mais, de temps en temps, il y en avait une pour lui dire, en le regardant droit dans les yeux:

— Hier, tes cousins ont cambriolé la maison d'Elias ar-Rami et, après ça, ils l'ont fait sauter à la dynamite. Dieu démolisse leur maison!

Samih levait les yeux au ciel en signe d'assentiment, signifiant qu'il n'avait rien à voir dans tout cela.

Samih était fils unique, son père avait été fils unique, son grand-père aussi. On ne leur connaissait pas de parents directs; aucun cousin paternel qui puisse constituer un véritable appui. Tout ce qu'ils savaient, c'est qu'ils étaient de la famille Rami. Ils n'appartenaient pas à une branche cadette; au contraire, on disait d'eux qu'ils étaient la source même de la famille.

Samih évitait de prêter l'oreille, et surtout, il se gardait bien de parler. S'il lui arrivait de dire un mot, c'était toujours au sujet du pain, de la pâte ou du comptage de la part du fournil, ces galettes confectionnées avec la portion de pâte à pain qu'il prélevait sur celle de chacune de ses clientes pour les vendre à son propre compte. Car Samih comptait à haute voix, comme incapable de se souvenir d'un chiffre sans le dire tout haut. Ou peut-être s'y prenait-il ainsi à dessein, ostensiblement, pour que chacun puisse être témoin qu'il n'avait pris que sa juste part, pas une galette de plus.

Peut-être croyait-il que son salut dépendait de sa langue. S'il restait muet, il serait épargné. L'importance de tenir sa langue bien au chaud, le pouvoir de la parole et son immense capacité de nuire, c'était une science que son père lui avait transmise. Sans doute l'autre conseil de son père, celui de ne jamais prêter l'oreille aux propos des femmes, était-il lié d'abord à ce souci de rester neutre sur le terrain de la parole plus encore qu'à la crainte de laisser brûler la fournée de pain ou, le dimanche, les plats de *kebbeh**. La guerre éclata. Samih se mit alors à surveiller ses moindres gestes, ses moindres déplacements entre le fournil, la maison et l'épicerie, sans laquelle il ne pouvait vivre. Il se limitait à ce petit triangle. Mais il ne prenait le chemin de la boutique, plus long, plus exposé aux regards, qu'entre chien et loup, pour courir le moins de risques possible. Elle était tenue par une veuve qu'il payait parfois en pain; il lui prenait des œufs et aussi du lait de chèvre, qu'il aimait boire bien frais. Si Samih comptait ses galettes tout haut, la veuve, elle, comptait ses œufs en criant à tue-tête.

Parfois, il faisait un détour par l'église. Il avait bien le désir d'y aller, mais se montrait peu assidu dans ses obligations religieuses, puisque son travail au fournil le privait de messe dominicale. Passant furtivement la porte, il trempait ses doigts dans le bénitier, rasait les murs pour aller s'agenouiller devant l'image de la Vierge brune aux traits indiens – celle que le généreux donateur installé au Mexique qui avait financé la construction de l'église avait exigé que l'on place à cet endroit précis. Ce dernier avait également demandé que lui soit réservée dans l'église une place rien que pour lui. Samih marmonnait une courte prière, après quoi il s'en allait, sans rencontrer presque aucun homme de toute la journée, hormis quelques passants croisés par hasard. S'il devait avoir peur, c'était des femmes. Il avait décidé que le danger venait d'elles.

Pourtant, quand la mort lui vint, ce fut du côté des hommes. C'est le jour où fut assassiné un jeune homme de leur bord, un garçon instruit, qu'ils arrivèrent. Ils étaient trois à escorter l'oncle du défunt. Tandis qu'ils attendaient dehors, l'oncle s'avança vers la porte.

Ses larges épaules obstruaient le passage, empêchant la lumière d'entrer dans le fournil.

Le jeune fils de son frère était en classe de philosophie à l'école des Frères. Il passait son temps à étudier, car il préparait les examens officiels, qui avaient été reportés en raison des événements.

Comme l'avait dit sa mère en le pleurant, ils l'avaient tué le livre à la main.

S'agissait-il d'une image, pour signifier que son fils n'était qu'un écolier qui ne savait rien de la langue des armes? Ou était-ce simplement qu'au moment de sa mort, sur le balcon, il était bel et bien penché sur ses révisions, se croyant hors de portée des balles adverses? Les Rami s'étaient apparemment aventurés jusqu'à un lieu élevé qui surplombait une arrière-cour, accédant ainsi à de nouvelles maisons dont les habitants, se croyant à l'abri des tirs, n'avaient encore rien changé à leurs habitudes. En abattant l'un des leurs, ils les avaient pris par surprise. Après quoi, désertant les lieux les plus exposés, les habitants construisirent un mur de fortune pour se mettre à l'abri.

L'oncle était un homme aux épaules larges et aux traits grossiers. Ses enfants, il ne les avait pas mis à l'école, mais son frère, lui, l'avait fait. Il en avait été bien récompensé! Accourant chez son frère dès qu'il avait appris la nouvelle, il s'était penché sur son épaule:

— Je te l'avais bien dit, mon frère, de ne pas les envoyer à l'école!

Il n'avait pas dit un mot de plus, comme si la scolarité de son neveu avait été la seule et unique cause de sa mort. Quoi qu'il en soit, on ne laissa pas le soleil se coucher sur sa mort. "Je l'ai juré sur la tombe de ma mère", se disait en lui-même l'oncle aux traits grossiers. Il se fit accompagner par l'un de ses fils – un seul suffisait – ainsi que par deux jeunes gens de la famille particulièrement zélés. Ils étaient au courant de la présence de Samih dans le quartier. Tous les Semaani connaissaient son existence; mais ils l'avaient volontairement ignoré, le gardant en réserve pour le moment opportun. Ils ne s'en étaient pas pris à lui en premier : peut-être constituait-il une proie trop facile. Saisissant leur fusil, ils montèrent en voiture et disparurent derrière le village. Mais, très vite, ils rebroussèrent chemin. Sans doute leur entreprise avait-elle tourné court, à moins qu'ils n'aient attendu en vain.

Ils prirent alors le chemin du fournil.

Samih ne se retourna pas pour regarder l'homme. Peut-être crut-il qu'il venait chercher sa femme ou celle d'un parent, pour une affaire urgente.

L'homme ne dit rien. Il n'entra pas dans la boutique. Il resta sur le pas de la porte, masquant la lumière du jour.

La mort du garçon occupé à réviser ses leçons sur son balcon n'était pas encore connue. C'est pourquoi les femmes non plus ne firent pas attention à l'homme qui barrait ainsi la porte et continuèrent à aplatir, étirer et saupoudrer leurs boules de pâte. Par précaution, toutefois, elles avaient interrompu leurs conversations. L'homme tenait sa main droite derrière le dos. Il baissa le bras, et le revolver apparut. Chargé et armé, il brillait au soleil.

Levant la main, il visa ; après avoir grommelé quelques mots incompréhensibles, il tira par trois fois. Les trois balles touchèrent Samih, qui n'avait toujours pas remarqué ce qui se passait à la porte du fournil ; peut-être même n'avait-il nulle envie de le savoir.

A cet instant, il guettait le moment opportun pour sortir les galettes du four, attendant que s'élève la légère odeur de brûlé et qu'apparaissent les petites taches noires. L'homme dit alors des mots que les femmes ne purent entendre. Les trois détonations, dans l'espace exigu du fournil, les avaient littéralement assourdies. Puis il rengaina son arme et s'en alla, escorté par les siens. A nouveau, la lumière du jour inonda la boulangerie.

Samih ne s'effondra pas sur le sol.

Il tomba sur la chaise qu'il gardait toujours près de lui.

Une légère expression de reproche dans les yeux, il s'assit.

L'une après l'autre, il regardait les femmes.

XVIII

Ne m'en veux pas de t'accueillir dans cette tenue. C'est que je vis seul depuis des années et que je sors rarement de la maison. Cette semaine, la femme qui vient me faire le ménage n'est pas venue. Je ne sais pas où elle est passée, ni ce que je vais faire sans elle... Approche, approche, ne sois pas timide! Je vais te raconter ce que tu veux savoir. Je ne sais pas qui t'a envoyé chez moi; je me souviens de toi, tout petit déjà, quand tu courais dans tout le quartier. Et Kemleh qui t'appelait:

— *Ya Elya*!

Et toi, tu ne te retournais même pas. J'entends encore cette musique:

— *Yaaa Elyaaaa*!

Je m'assieds ici. C'est ma place attitrée, sur ce canapé rouge. J'aime le toucher du velours, même si c'est vrai qu'en été ça donne chaud. Où as-tu trouvé cette photo? Davidian, je connais! Il avait un studio sur la place. Et je connais aussi un autre photographe que bien peu de gens se rappellent: il s'appelait Jorge al-Indari. Il aimait prendre les femmes en photo. Il a fait de moi le plus beau portrait que j'aie jamais vu, je l'ai toujours gardé. Mais il est mort dans des circonstances mystérieuses. Oui, ton père, c'est bien lui. C'est Youssef al-Kfouri. Il avait vraiment belle allure, et je me souviens que, chaque fois que je le rencontrais, il me demandait:

— Comment vas-tu, fils des Assi?

Il était le seul à m'appeler comme ça. Regarde par cette fenêtre, viens par ici, plus près: qu'est-ce que tu vois là-bas? La treille et, là-bas, couleur de rouille, le toit de tuiles. C'est votre maison, mais tu ne l'as peut-être pas souvent vue d'ici. Et là, ce sont les fleurs de Kemleh et ses plantes grimpantes. Les gens imaginent que notre maison est loin de celle de

Youssef al-Kfouri, mais en fait ils se trompent. Regarde, vu d'ici, nous sommes à un jet de pierre de chez vous. Vous êtes nos plus proches voisins. Mais maintenant, pour venir vous rendre visite, il nous faut passer par la grand-rue puis tourner près de l'église, dans un long chemin qui monte, et moi, franchement, je n'aime pas passer par là-bas. Parce que toute la journée, et même jusqu'à minuit quand les soirées sont chaudes l'été, les gamins sont lâchés dans les rues. Ils ne respectent rien ni personne, ils sont insolents. Et leurs mères, encore plus. Elles restent assises devant les maisons et les boutiques, sur des chaises basses, en ouvrant les jambes et la bouche, et attendent que quelqu'un passe pour en dire du mal. Elles se moquent de moi parce que je marche "sur la pointe des pieds", comme elles disent. Mais moi, je ne fais pas attention à elles. C'est ma façon de marcher, et je ne vais pas en changer pour leurs beaux yeux.

A l'époque, pour arriver jusque là-haut, nous traversions le verger qui s'étend entre les deux maisons ; il y avait un chemin de terre tout au fond, qui ne causait de tort à personne. Il nous épargnait bien de la peine. Il est vrai que tel ou tel d'entre nous, au passage, tendait bien la main vers les clémentines ou les nèfles, puisqu'on savait qu'à la fin de la saison tout allait dépérir sur les arbres, dans ce jardin abandonné. L'un de ces salauds a mis les propriétaires du terrain au courant de ce que nous faisions. C'étaient des gens qui avaient émigré depuis bien longtemps au Mexique ; il leur a écrit une lettre où il leur expliquait que leur terrain était pillé par tout le monde. Alors eux, qui là-bas avaient de grandes fortunes, et qu'on appelait "les rois du coton", ils ont demandé à un de leurs lointains parents de clôturer le verger et de nous en interdire l'accès. Ta mère connaît l'histoire, demande-lui. Quoi qu'il en soit, si, chez vous, quelqu'un parlait un peu fort sur le balcon, ici, nous l'entendions très distinctement. Je t'entendais jouer de l'accordéon. Je me souviens que tu aimais les chansons françaises. Si quelqu'un éternuait sur votre balcon, ici, nous l'entendions. Quand la nuit était calme, toutes vos conversations nous parvenaient, même un simple bavardage entre Kemleh et Mountaha, qui est sa compagne depuis qu'elle a emménagé dans le quartier. Dans la nuit, les voix portent loin. Votre balcon était très fréquenté par les voisins, avant, et ça m'a fait plaisir de les voir revenir chez vous ces derniers jours, pour féliciter ta mère de ton retour. Kemleh n'a pas toujours été renfermée comme ça, mais les choses ont changé peu à peu. Ces derniers temps, elle est presque toujours seule. Elle taille ses plantes, elle les arrose, elle leur parle. Ta mère se fâche contre ses fleurs ; si elles piquent du nez ou si elles commencent à se faner, elle les gronde. Mais parfois aussi, elle chante, nous l'entendons répéter des *mawwal*. Nous avons fini par attendre sa voix triste, presque tous les soirs.

Je me suis étonné qu'elle ait une si belle voix, aussi forte, bien qu'elle ait pris de l'âge, jusqu'au jour où on a appris, il n'y a pas si longtemps, qu'elle s'était enregistrée sur une cassette. Tu le savais? Elle avait enregistré sa voix pour pouvoir se la passer, et nous, en fait, nous entendions chanter le magnétophone. Elle en a eu un avant nous. Mais nous, nous avons eu la radio avant vous, et avant quasiment tous les voisins du quartier d'ailleurs. Tu n'étais même pas né quand j'ai pris l'habitude de m'asseoir ici. Ma mère me mettait tous les matins ma tasse à café sur cette petite table, car elle savait que, dès mon réveil, j'irai m'asseoir là et que j'y passerai la majeure partie de mon temps, à écouter la radio en fumant mes cigarettes.

Car j'étais fou de radio, et ce que j'aimais plus que tout, c'étaient les chansons de Layla Mourad* et Mohammad Abdel Wahhab*. Et quand les feuilletons radiophoniques ont commencé, je les suivais chaque jour, mais je n'osais pas trop monter le son. Après Borj al-Hawa, j'ai passé des années à ne pas oser monter le son de la radio. Je mettais le poste là-bas, dans le salon. Il me semble que si nous l'avions acheté si tôt, c'était à cause de ma cousine Odette. Elle faisait partie du chœur de la radio de Beyrouth, et nous avions appris qu'ils l'avaient sélectionnée comme soliste. C'est là que ma mère a fait des économies pour acheter ce poste. Et quand est arrivé le moment où la chanson d'Odette allait passer, tous les voisins se sont massés chez nous, avec les youyous de ma mère et de la sienne. Odette était là, assise avec nous. C'était avant les événements. Après ça, ils se sont tous mis en deuil. Ils se sont même arrêtés de piler le *kebbeh** dans le mortier. Moi, j'ai veillé à baisser le volume, juste assez pour pouvoir encore entendre les chansons si je passais dans la cuisine.

Dès que quelqu'un sonnait à la porte, nous courions éteindre la radio avant d'ouvrir. Nous avons continué comme ça pendant des années, même après la fin des événements, quand les gens se sont à nouveau mélangés. Nous faisions taire la radio – ça, c'était mon rôle à moi –, et ma mère cachait le chien dans l'armoire de la chambre à coucher, pour que ses aboiements ne parviennent pas jusqu'aux visiteurs. Oui, après avoir éteint le poste, on le recouvrait de sa housse en tissu, comme si personne n'y avait touché depuis longtemps, et nous cachions le petit chien "français" tout blanc. D'habitude, il restait tout le temps assis près de moi. Il fermait les yeux et lançait un bref jappement si quelque chose bougeait autour de lui. Je l'avais appelé Freddy. Mais je n'osais pas le promener dans la rue, je craignais que les enfants me suivent et me sifflent. Ce sont des sauvages, ils n'ont pas de parents !

Nous nous interdisions toutes les chansons. Surtout nous, la famille Assi. Il ne fallait pas que certains croient que ce qui s'était passé nous réjouissait, qu'on puisse y voir prétexte à nous attaquer. Ils voulaient que nous prenions parti pour eux, mais nous, nous ne voulions pas d'ennuis, ni de leur part, ni de la part des autres. Et nous avions peur que le son de la radio ne parvienne aux oreilles de ta mère, elle qui ne quittait pas le balcon de sa maison, en face de chez nous. Je m'asseyais ici, j'écoutais Asmahan* et Layla Mourad*, et je rêvais de théâtre. J'étais dans ma dix-huitième année et je prenais soin de mon apparence ; j'étudiais mes regards. Je m'en souviens, je surveillais aussi ma façon de m'asseoir, je me regardais longuement dans la glace. Mais malgré tous mes efforts, tout le monde disait que, quand je marchais, mon épaule droite s'affaissait, et tout le monde m'accusait de marcher sur la pointe des pieds. C'est vrai que je me croyais trop petit, mais ce n'était pas la meilleure façon de gagner quelques centimètres. A cette époque, je n'étais monté sur scène qu'une seule fois. Au lycée, j'avais insisté pour qu'on me donne ne serait-ce qu'un petit rôle. Le professeur avait accepté et m'avait fait enfiler une robe noire et tenir une longue fourche de fer. Il m'apprit à traverser la scène de droite à gauche et à dire une seule réplique :

— Je suis Lucifer, seigneur des Géhennes et dieu des Enfers !

Je l'ai dit deux fois et je suis resté planté là, refusant de sortir par l'autre côté. J'ai dû apprécier, alors, de faire face au public, jusqu'à ce que le professeur, qui s'arrachait les cheveux derrière le rideau, me crie enfin d'avancer. Aux premiers rangs, réservés aux parents des acteurs, ma mère l'entendit et elle se leva pour lui demander de me laisser sur scène plus longtemps. Quant à mon père, il n'apprécia guère ce rôle de Satan qu'on avait réservé à son fils, ni d'ailleurs celui de Judas qu'on m'attribua une autre fois, un Jeudi saint où mon père s'était mis en colère : j'étais beau garçon, pourtant ! Alors pourquoi ne m'avait-on pas donné le rôle de Jésus ou bien de saint Pierre, par exemple ?

Quoi qu'il en soit, mes parents s'inquiétèrent pour moi en constatant que je restais "bloqué", comme ils disaient. A 16 ans, je ne sortais de la maison que pour aller au cinéma. J'étais parmi les rares à aller voir les films dans les deux cinémas du village, quand chacun des deux quartiers a eu sa propre salle. Le reste du temps, je ne bougeais pas. Je suis resté pendant des années, sur ce canapé en velours rouge. Il y a même un creux dans les coussins à l'endroit où je m'installais, regarde, à fumer mes Lucky Strike, deux paquets par jour, à m'imaginer devant mon public, ce qui m'obligeait à garder un air sérieux.

Sans doute t'ont-ils dit que j'avais un drôle de caractère. Je sais bien ce que les gens disent de moi. Ils étaient tellement nombreux à se moquer de ma façon de marcher, ils étaient sûrs que je n'aurais jamais le moindre succès. Je crois qu'ils se disaient à l'oreille que j'étais "secoué". Leur jugement était péremptoire, sans appel. Mais tout ce qui comptait, c'était que j'étais tout le temps sur scène, sans interruption. Ils avaient raison quand ils disaient que je ne me souciais que de moi-même.

Je me prenais pour Humphrey Bogart, depuis que quelqu'un m'avait dit que je lui ressemblais. Je m'étais fait confectionner des chemises sur mesure à Tripoli, chez un tailleur qui brodait sur la poche les initiales du client. Je lui avais demandé d'inscrire sur les miennes un *H* et un *B*. Il s'en était étonné, car il connaissait mon vrai nom. Finalement, j'avais été obligé de lui dire que je les commandais pour un ami qui avait la même taille que moi et dont le nom et le prénom commençaient par ces lettres-là. Il n'avait plus qu'à en être convaincu. Je marchais comme je pensais que Humphrey Bogart le faisait ; j'adoptais les mêmes postures, celles que j'avais étudiées dans le film *Casablanca*. Quand j'étais seul à la maison, je mettais le même chapeau que lui et je calquais ma voix sur celle de Youssef Wehbi*. Je ne l'avais encore jamais vu au cinéma ; je ne connaissais que sa voix, entendue dans les feuilletons radio. D'ailleurs, je ne comprenais pas non plus ce que racontait Humphrey Bogart en anglais, c'est pourquoi je combinais ainsi la voix imposante de Wehbi et les poses viriles de Bogart. Ma mère venait parfois s'asseoir à côté de moi. D'une voix tranquille et pleine d'amour, elle me demandait ce que je comptais faire de mon avenir, en me disant que mon père s'inquiétait beaucoup pour moi, qu'il en perdait le sommeil et qu'elle avait peur qu'il fasse une crise cardiaque à cause de moi. Je n'osais pas lui dire ce que je voulais faire, puisqu'en révélant mon vrai désir j'aurais pu mettre en péril la santé de mon père et la sienne. Un jour où justement, ma mère discutait avec moi de mon avenir, du travail et de tous ses soucis, nous perçûmes un cri, puis un coup de feu, puis des hurlements qui montaient de tous les coins du quartier. Ensuite, ce furent les klaxons des voitures, le vrombissement d'un char qui actionnait sa sirène. Après quoi, on entendit la cloche de l'église. Nous étions maintenant passés maîtres dans le décryptage de tous les signaux sonores qui pouvaient nous parvenir. D'ailleurs, cette capacité s'était développée à la suite des événements. Nous n'osâmes pas sortir pour nous renseigner. Préférant ne jamais intervenir, nous nous en remettions à ce que nous avions entendu pour comprendre ce qui se passait. Au milieu de ces vergers, notre maison était isolée ; nos voisins, ceux que tu vois ici, à droite, n'ont construit leur maison qu'il y a quelques années. Près de chez nous, pour nous mettre au courant, il n'y avait alors que ta mère, Kemleh. Nous préférions éviter de l'interroger, car nous savions combien ses réponses pouvaient parfois être blessantes, et nous, nous voulions avoir la paix. Ta mère, c'était une forte femme. Ce jour-là, les cris venaient aussi de votre maison. Des cris douloureux. Je me souviens très bien de ce que ma mère dit alors, d'une voix assurée : "Youssef al-Kfouri a été tué, c'est la fin de sa maison !". C'est que toi, tu n'étais pas né, et nous pensions tous que Kemleh ne pouvait pas avoir d'enfants ; le frère de ton père ne s'était pas marié, et ton autre oncle était malade, comme tu sais.

— Comment as-tu pu savoir que Youssef al-Kfouri avait été tué ?

— Jamais Kemleh n'aurait crié comme ça pour quelqu'un d'autre. Mais ce n'est que quand les cris se sont amplifiés, quand les voix se sont multipliées, quand on a sonné les cloches, que nous avons compris que les choses étaient allées encore plus loin.

— Protège-nous, Seigneur ! Il y a beaucoup de morts ! s'écria ma mère.

Je ne sais pas non plus comment elle a pu deviner que les victimes étaient si nombreuses. J'ai voulu sortir, mais elle m'a retenu par la main, en me disant :

— Nous, ce qui se passe, ça ne nous regarde pas.

Je lui demandai :

— Mais de quoi s'agit-il ?

— Dieu soit loué, nous n'avons rien à voir avec leurs problèmes, me répondit-elle.

J'avais bien eu vent de tout cela, mais je ne m'y étais jamais intéressé, car nous étions, comme disait ma mère, "d'une petite famille". Au village, la famille Assi ne comptait que deux maisons : il y avait la nôtre, celle où nous vivions mon père, ma mère, mes frères et moi, et celle de Khalil al-Assi, le menuisier. Le plus étonnant, c'est que nous ignorions tout du lien qui pouvait nous unir ; mais, du fait même que nous portions le même nom, nous leur montrions de la sympathie et eux nous le rendaient bien, ne serait-ce qu'en paroles ; en manière de plaisanterie, nous avions pris l'habitude de nous appeler "mon cousin", pour imiter l'usage des grandes familles. Mais, en même temps, nous évitions de trop nous rapprocher d'eux, car la famille de Khalil al-Assi soutenait les Rami – ce qui était bien leur droit. Le fait est qu'ils habitaient en plein milieu de leur quartier ; quant à nous, nous ne voulions pas être liés avec eux au point de passer pour de proches parents, ce qui nous aurait valu l'animosité des autres. Mon père nous racontait que la famille Semaani avait proposé à mon grand-père d'ajouter leur nom au sien ou même de prendre le nom de Semaani, en abandonnant celui de Assi ; mais il avait refusé. Toute notre vie, nous avons marché sur une corde raide ; ma mère connaissait les principes qui permettaient de s'y maintenir en équilibre. L'une des premières règles à respecter était d'éviter tout déplacement dans les périodes de troubles. En effet, si quelqu'un nous avait tiré dessus, cela n'aurait pas prêté à conséquence : une simple erreur.

— Et moi, je ne veux pas vous voir mourir par erreur.

C'étaient ses mots à elle. Nous avons grandi dans une atmosphère particulière : jamais nous ne donnions notre avis sur ce qui se passait autour de nous, nous ne transmettions jamais à personne les informations dont nous disposions. Car, parmi les directives de ma mère, il y avait celle-ci :

— Qui te rapporte des paroles blessantes te blesse à son tour.

C'est pourquoi nous écoutions toujours sans rien dire. Nous écoutions et nous nous efforcions de deviner ce qui se passait. Mes parents identifiaient les sons et anticipaient leur résultat. Les voix des humains, le bruit des balles.

D'abord, les détonations "sourdes", qui n'annonçaient rien de bon, pour une raison aisément compréhensible. On les appelait ainsi parce qu'elles n'avaient aucun écho. On pouvait donc supposer que la balle avait atteint sa cible. Or, l'hypothèse la plus probable était que cette cible ait été un être humain. Ainsi, après une détonation de ce type, on s'attendait tout naturellement à recevoir de mauvaises nouvelles. Il y avait aussi la salve "de noces" (tirée en l'air ou "dans le vide", comme ils disaient). Cette appellation se rapportait aux réjouissances accompagnant les mariages ; mais les occasions de ces tirs "de joie" s'étaient diversifiées, de la réussite au Certificat d'études jusqu'à la naissance d'un garçon longtemps attendu. L'un d'eux s'avisa même de tirer spécialement pour enregistrer les coups de feu sur une cassette qu'il envoya à son frère installé en Australie, à qui, supposait le tireur resté au pays, le son des coups de fusil devait cruellement manquer, là-bas. Et cette histoire, qui circula sans qu'on puisse en avoir tout à fait le cœur net : les voisins et la famille d'Abou Saïd se mirent un jour à tirer en l'air, mais refusèrent de divulguer la cause de cette joie soudaine. Le secret ne leur échappa que quelques jours plus tard, par le biais des femmes qui laissèrent filtrer l'information hors des limites du quartier: Abou Saïd avait été victime d'une érection permanente, ce qui avait bien failli le faire crever d'inquiétude. Il avait consulté toutes sortes de médecins; puis, un jour, le membre récalcitrant voulut bien "s'endormir", comme ils disaient. La joie de ses parents et amis fut telle que ces tirs d'allégresse s'imposèrent. Il y avait aussi les tirs "en duo": à une salve tirée une autre venait répondre. Ce n'était pas le cas le plus défavorable, puisque la preuve était faite que les deux parties étaient prêtes à tirer. Il était fort probable que les choses en restent au stade de la simple provocation, chacun ayant rappelé à l'autre son existence. Mais le coup de feu le plus à craindre était peut-être celui qu'on ne pouvait entendre de loin, car il avait été tiré à bout portant, de manière à ne pouvoir manquer la cible. Souvent, on entendait dire: "Ce coup de feu, il ne me plaît pas!". Cette appréciation reflétait en général l'humeur sombre de celui qui parlait, plus encore que la réalité des faits. Cette remarque indignée, aussitôt suivie de franches insultes, accueillait le coup de fusil isolé qu'on entendait parfois retentir. Sans doute parce que, brisant le silence qui régnait sur les barricades, il venait rallumer les hostilités. Les événements finis, nul ne sut à qui appartenait l'arme en question. Jamais on ne put déterminer de quel côté provenaient les détonations, puisqu'il s'avéra que chacune des deux parties avait cru que ces tirs émanaient de l'autre camp.

A cela s'ajoutait le problème de l'écho. A coup sûr, un visiteur fraîchement arrivé au village n'y aurait rien compris du tout. Car nous savions qu'en vertu de cet effet de réverbération un son entendu du côté est pouvait fort bien, en réalité, provenir de l'ouest. Mais les choses se compliquèrent encore lorsque s'abattit devant nous le premier obus de mortier de 60 qui visa le quartier où nous nous trouvions. Ma mère vit la fumée monter de la rive du fleuve; ses yeux s'écarquillèrent, et c'est alors que mon père résolut en son for intérieur de nous faire partir d'ici.

Sans même sortir de la maison, nous sûmes qu'un événement de grande ampleur avait eu lieu. Ce fut une nuit pénible. Personne ne ferma l'œil dans tout le quartier. Par intermittence, on entendait des gens pleurer et quelqu'un qui sonnait le glas. As-tu jamais entendu sonner le glas en pleine nuit? Par moments aussi, un cri de douleur isolé. Ils veillaient les morts, et nous, nous étions consignés à la maison. Même aux funérailles du lendemain, nous n'avons pas osé y aller. On nous raconta que l'évêque avait appelé tout le monde à abandonner rancœurs et vengeances, et à pardonner. Alors s'étaient élevées des protestations indignées dans l'assistance, et il avait été obligé d'abréger son homélie. Moi non plus, je n'ai pas dormi de la nuit. L'atmosphère était pesante, et nous les savions tous réunis là-bas, autour de l'église, à pleurer, sans que leurs sanglots n'arrivent jusqu'à nous.

Dès le lendemain soir, j'ai rallumé la radio. Je n'ai pas pu m'en priver plus d'une journée. Mais j'ai rapproché le poste de ce canapé rouge et j'y collais presque mon oreille pour entendre, sans que personne ne sache que j'écoutais la radio. La nuit était profonde, sans lune, sans la moindre clarté. Je me souviens de la chanson que j'écoutais, c'était *al-Hawa wal chabâb*[1] de Mohammad Abdel Wahhab*, au moment où le courant a été coupé. "Il ne manquait plus que ça, en cette cruelle journée", s'écria ma mère. Tout le quartier, tout le village, était plongé dans le silence le plus total, après ces deux jours de malheur et cette nuit au cours de laquelle nul n'avait trouvé le sommeil. Ensuite, ce fut le moment où il fallait bien que les corps prennent du repos. Le village tout entier était comme une équipe de coureurs cyclistes qui, éreintés après une course épuisante, se laissaient tomber à terre pour reprendre haleine. Nous étions les moins atteints, puisque aucun de nos proches ne figurait au nombre des victimes, même si nous connaissions plusieurs de ceux qui étaient morts. Comme Farid Badwi as-Semaani, le tailleur, un beau jeune homme avec qui papa plaisantait souvent, tandis que lui ne répondait que par un sourire énigmatique. Et puis nous connaissions Youssef al-Kfouri, ton pauvre père. Il aimait la vie, il aimait faire la fête et il aimait aussi les femmes. D'ailleurs, Kemleh le savait, mais elle ne s'en plaignait pas.

Donc, j'étais assis là quand le courant a été coupé et que la chanson qui passait à la radio s'est arrêtée. Je m'en suis remis à Dieu, et en attendant, j'ai fumé dans le noir. Le silence était rare chez nous ; ce soir-là, il n'était interrompu que par le coassement des grenouilles au bord du fleuve ; dans la nuit

1. *L'Amour et la Jeunesse*, chanson extraite d'un film du même nom, 1948. *(N.d.T.)*

profonde, on ne voyait briller que les lucioles. Je me souviens avoir pris plaisir au silence, cette nuit-là, après le vacarme de cette journée, les tourments et les lamentations. Je suis resté là au moins deux heures, peut-être plus. J'aurais aimé que ce calme dure encore plus longtemps. Mais soudain, l'électricité est revenue. Durant quelques secondes, il s'est passé quelque chose que je n'oublierai jamais ; et d'ailleurs, je ne l'ai jamais dit à personne d'autre que ma mère. Maintenant qu'elle est morte, je suis le seul à être au courant de ce que j'ai vu, alors je voulais te le faire savoir. Je ne sais qui t'a envoyé jusqu'à moi. Moi, donc, pendant toute la coupure de courant, je n'ai pas bougé d'ici, de mon canapé en velours. Toutes les demi-heures, je craquais juste une allumette, pour ma cigarette. Mais, quand l'électricité est brusquement revenue, j'ai vu une chose incroyable, que je vais te raconter, puisque quarante ans sont déjà passés depuis.

Dans la maison, la lumière s'est rallumée, et ici, au salon, la radio est repartie, très fort. Le son était au maximum, et pourtant, au moment de la panne, j'avais mis le volume si bas que nul autre que moi ne pouvait l'entendre. Je fus saisi par le retour de la lumière, par l'irruption de la voix d'Oum Koulthoum dans la nuit. Ma première réaction fut alors de regarder en direction de votre maison, pour voir si ta mère, ou quelqu'un d'autre, ne risquait pas d'avoir entendu la chanson ; j'ai regardé avant même de tendre la main vers le bouton du volume. Quoi qu'il en soit, tout cela n'a duré que quelques secondes. L'image s'est imprimée dans mon esprit, mais, au moment où je l'ai vue, je n'y ai pas prêté tellement d'importance, parce que j'étais surtout préoccupé par cette radio qui jouait trop fort, par le scandale que cela aurait pu causer. Tout ce que mon grand-père aurait pu dire de mon inconscience, et plus encore, le scandale du fait même que j'aie pu écouter la radio alors que plusieurs de nos amis, de nos voisins, étaient morts. Lorsque j'eus enfin éteint, m'étant assuré que personne n'allait fondre sur moi, indigné, puisqu'après deux jours sans sommeil, ils dormaient tous profondément, j'ai repris ma place, ici, sur le canapé rouge, et c'est alors que j'ai repensé à cette scène que je venais de voir et qui n'a jamais cessé de hanter mon esprit : sur le balcon, j'avais vu Fouad et Boutros ar-Rami, comme par le passé. Sur le coup, je me suis demandé si mon imagination me jouait des tours, si ça n'était pas une scène que j'avais vue quelques jours plus tôt et qui ne voulait pas sortir de mon esprit. Tu sais qui sont Fouad et Boutros ar-Rami, n'est-ce pas? Puisque c'étaient les meilleurs amis de ton père. Mais comment pouvaient-ils se trouver là, eux qui étaient des Rami?

Nous connaissions bien Fouad, et aussi son frère Boutros. De temps en temps, ils buvaient un verre sur le balcon avec ton père, et Kemleh leur servait les *mezzeh*; alors arrivaient jusqu'ici le parfum de la viande grillée et les éclats de rire. Certains soirs, Fouad ar-Rami insistait pour que Kemleh chante, alors elle lançait dans la nuit un *ataba** et un *mijana**, suivis d'un petit rire timide, mais qui lui valaient de longues acclamations…

On nous a dit par la suite qu'ils étaient venus présenter leurs condoléances à Kemleh et que quelqu'un les avait accompagnés jusque chez elle à la faveur de la nuit. On n'entendait pas un seul mot de ce qui se disait là-bas, car ce n'étaient que des chuchotements. Lorsque l'électricité revint, la lampe se ralluma sur le balcon de Kemleh. Les deux hommes étaient assis près de ta mère et de son amie Mountaha. Moi, je n'ai pas quitté mon canapé jusqu'au matin, jusqu'à ce que ma mère se réveille et vienne me secouer par l'épaule, pour que j'aille me mettre au lit. Tout le temps durant lequel je suis resté assis là, entre deux petits sommes, je levais la tête vers la maison d'en face. Je dois dire que je ne me souviens plus à quelle heure au juste je n'ai plus vu personne sur le balcon.

XIX

Pour eux, le monde était devenu irrespirable, et les combats n'en finissaient pas.

Le monde était irrespirable pour Youssef Saïd ar-Rami.

Il avait dû renoncer à labourer l'oliveraie, à tailler les arbres de ses grosses mains noueuses, à les traiter avec le pulvérisateur qu'il portait sur l'épaule. Le lopin de terre qu'il possédait dans la région du Hariq inférieur était trop exposé. L'un de ses vieux amis l'avait mis en garde. Un ami de jeunesse – et la jeunesse, pour Youssef, c'était de l'histoire ancienne, car il approchait les 70 ans. On lui avait envoyé la nouvelle secrètement, par l'intermédiaire du père Boulos : la dernière fois qu'il était allé s'occuper de ses oliviers, ils l'avaient guetté de l'ancien poste de tir établi sur le toit du monastère. La fois suivante, ils ne le manqueraient pas.

— Youssef, ils vont te tuer, lui avait dit le père Boulos. Arrête de monter au Hariq. Vous faites partie de ceux qui ont été "atteints", et ça, ça vous suffit bien. Leur fusil allemand à lunette, ils vont le recevoir d'un jour à l'autre.

Les oliviers du Hariq, c'était tout ce que Youssef avait de bon dans la vie. Il était fâché avec ses voisins et avec tous ceux de sa famille. Ils ne l'aimaient pas, et lui le leur rendait bien. Un jour, ils s'étaient tellement moqués de lui qu'il les avait bombardés à coup de pierres. Quand il les croisait, il n'en saluait plus un seul. Il était fâché avec sa femme, Salimeh, et aussi avec ses fils. Sur les cinq il lui en restait quatre, dont un qui avait été atteint.

Ils ne lui demandaient pas son avis, et lui ne le leur donnait pas non plus. Quand ils mangeaient, ils ne l'invitaient jamais à partager leur repas. Même à leur dernière heure, jamais ils ne demanderaient rien à leur père. C'est leur mère qui les menait. Youssef avait projeté de se construire une chambre dans les oliviers, pour y dormir loin de Salimeh. Depuis longtemps déjà, il n'avait plus aucun ami. Ce qui le liait à son ancien ami du quartier bas, celui qui l'avait prévenu à propos du fusil allemand, bien plus que l'amitié, c'était bien le souvenir d'une amitié passée.

En allant au Hariq, il fuyait sa maison, son quartier. Il restait là-bas jusqu'à la tombée de la nuit, luttant contre les ronces, élevant un muret en pierres dont, à dire vrai, il n'avait nul besoin. Il y travaillait seul, de ses propres mains. Ce qui comptait, c'était de ne pas rentrer trop tôt chez lui. Et voilà qu'il était consigné à la maison. Il était trop âgé pour aller se battre, et d'ailleurs, à lui non plus, ça ne lui disait rien. Il comptait les jours en attendant de retourner à ses oliviers.

Pour Salimeh al-Hamati, sa femme, le monde était également devenu irrespirable. Elle regardait de travers les déserteurs et se tenait à l'affût de leurs nouvelles. Elle en dressait l'inventaire pour mieux les dénoncer haut et fort, devant tout le monde, partout où elle allait. Elle ne craignait personne: "Celui-là, sa femme l'a emmené avec elle dans son village, pour qu'il aille se cacher sous ses jupes: honte aux hommes! Celui-là, il a revendu deux caisses de munitions au lieu de s'en servir au combat et il s'est mis l'argent dans la poche. Celui-là, il se fait porter pâle chaque fois qu'on lui demande de se battre."

Elle persécutait tout le monde de sa langue, à commencer par ses parents "de sang", puis ceux de son mari. Mais elle visait surtout sa propre famille. Si elle avait appris que l'un ou l'autre se préparait à fuir avec les enfants vers des lieux plus sûrs, dès qu'elle les rencontrait, elle leur jetait au visage les mots les plus cinglants, les yeux dans les yeux.

Leurs enfants allaient à l'école, et ils ne voulaient pas leur faire perdre une seule année, sur toute leur vie; tandis que nos enfants à nous, pendant ce temps, ils sont sur les barricades, à défendre leur honneur à eux, disait-elle. Les enfants de Salimeh avaient rempli des sacs de sable, ils les avaient entassés sur les toits, ils les avaient arrosés d'eau pour que les balles ne passent pas au travers; de derrière ces sacs, ils avaient lancé tout ce qu'ils avaient, munitions ou insultes. Les jours paisibles appartenaient aux autres, les jours de guerre leur appartenaient à eux.

On avait fini par les appeler "les fils de Salimeh".

Ils étaient cinq : Hachem, Saïd – qu'on surnommait *Abou Ali* –, Francis, Chaker – dit *Abou Leïla* –, et enfin De Gaulle. L'un d'eux, Saïd, mourut dès le début des affrontements. Ce fut peut-être le premier mort de cette guerre de positions. Une bombe qu'il examinait avant de la lancer dans les lignes adverses lui avait explosé dans les mains. De Gaulle, le benjamin, touché par une balle dans le dos, était resté paralysé. Comme c'était le plus jeune, tous les jours, aux environs de midi, il quittait son poste pour aller chercher à la maison le déjeuner de ses deux frères. Ils avaient dû le guetter longtemps, pour repérer ses allées et venues. Un seul coup, avec une carabine améliorée à canon long, tiré du poste de Mohsen as-Semaani, juste en face du leur. Mohsen as-Semaani, c'était le frère de Hesneh. Mais son jour à elle viendrait. Salimeh regardait les efforts déployés par son fils De Gaulle, qui essayait en vain d'atteindre les toilettes pour aller faire ses besoins. Elle appelait à l'aide l'un ou l'autre de ses frères. On lui avait promis de lui procurer un fauteuil roulant, mais ça coûtait cher. En attendant, De Gaulle passait sa vie cloué à la maison, toujours sous les yeux de sa mère. Elle se frappait la poitrine, maudissant celui qui l'avait touché. Elle lui souhaitait à la fois une hémiplégie et une existence extrêmement longue. Le monde était devenu irrespirable pour eux, et les combats n'en finissaient pas ; alors il leur en fallut toujours plus…

Jusqu'au jour où, vers la fin du mois de septembre, un homme se planta devant la porte de la cordonnerie et demanda :

— Où est Hesneh ?

C'était un compagnon d'armes des fils de Salimeh. Il posa la question à la cantonade, à nous quatre qui étions là, sur nos chaises : deux qui travaillaient, à savoir mon patron, Abboud, et moi, plus deux habitués qui étaient venus passer un moment avec nous dans la matinée. Eux non plus, ils n'étaient pas aptes au combat, ni aux barricades. Mon père avait voulu que j'apprenne le métier très tôt ; au vu de mon jeune âge, il pouvait encore dire que je n'étais pas assez grand pour faire la guerre. Abboud s'occupait de moi ; au début, il me chargeait du collage et du cloutage. Mais ensuite, il voulut aussi que je reste près de lui pour lui transmettre ce que disaient les autres. J'étais pour ainsi dire devenu son oreille. Nous nous racontions justement les événements de la nuit passée, quand l'homme surgit devant nous. C'est la nuit que, les affrontements faisaient rage, tandis que, le matin venu, tout se calmait. Les combattants dormaient pendant la journée.

Les autres ne connaissaient pas celui qui vint nous interroger, et moi non plus. Ils ne trouvèrent pas convenable de lui demander de qui il était le fils. Comme d'habitude, je me mis en devoir de répéter la question dans l'oreille d'Abboud :

— Où est Hesneh?

Hesneh, c'était sa femme. Elle venait de passer devant nous quelques instants plus tôt, chargée d'un sac de légumes, pour entrer dans la maison, derrière la boutique. Mais je préférai laisser son mari répondre.

— Dedans.

Il m'avait répondu sans lever la tête de la chaussure sur laquelle il travaillait, croyant que la question venait de moi. Lorsqu'il vit l'homme devant la porte, avec son fusil, il s'arrêta de coudre et de couper le cuir.

Tout le monde connaissait Hesneh. Lui, on l'appelait même "le Abboud de Hesneh". Ce surnom, on l'employait en son absence, mais parfois aussi devant lui, dans l'idée qu'il n'entendait pas. C'était toujours elle qui décidait des affaires de la maison, de celles des enfants, de la répartition des clients en différentes catégories, allant de celui à qui on pouvait accorder un délai de paiement à celui en qui on n'avait pas la moindre confiance. Il ne lui manquait plus que de donner des conseils en matière de cordonnerie.

— Et qu'est-ce qu'elle fait, Hesneh? demanda l'homme en arme.

Les deux hôtes de la boutique se regardèrent. Je criai dans l'oreille de Abboud, qui regarda avec étonnement la source de la question, à savoir l'homme armé. Abboud était sans doute le premier mari à qui un inconnu venait ainsi demander "Que fait ta femme?".

Les temps étaient difficiles. On voyait de très jeunes gens porter des armes, et aussi quelques étrangers. Il sentit qu'il était tenu de répondre. Il s'adressa alors à moi :

— Je ne sais pas, elle doit donner le sein au petit.

Il avait répondu sur un ton un peu rude, sans relever l'étrangeté de la question. Abboud parlait fort, et je n'eus pas besoin de répéter ses mots à l'homme au fusil. A dire vrai, à voir la manière dont il portait son arme, on aurait dit qu'il allait chasser les cailles sur la colline d'al-Aamiriyya, au coucher du soleil. Il avait l'air de s'être arrêté à la cordonnerie en passant, comme tant d'autres, pour commander une paire de chaussures ou se joindre un moment à la compagnie. Il semblait poser sa question juste pour parler. Abboud le sourd lui avait répondu ; l'homme ne bougea plus et ne demanda rien d'autre. Abboud, lui, avait interrompu son travail, attendant la prochaine question. Peut-être croyait-il que l'homme avait dit autre chose, mais que lui n'avait pas entendu. Il me regarda alors d'un air interrogateur, mais ne lut aucune réponse dans mes yeux. Apparemment, l'homme n'avait pas d'autre question et n'attendait pas d'autre réponse. Il attendait autre chose. Tournant le dos, il regarda la rue principale, qui était déserte. Peut-être ne savait-il plus, maintenant, en quoi consistait l'étape suivante.

Il tenait à la main une liste de noms. Seulement des noms de femmes. Semblant avoir quelque mépris pour la mission qu'on lui avait confiée, il jetait les yeux sur sa liste. Le nom de Hesneh figurait tout en haut. L'homme au fusil sourit de toutes ses dents en consultant la liste et nous la montra : "Hesneh, femme de Abboud de Hesneh".

Pour moi, à ce moment précis, elle n'était pas en train de donner le sein au petit. Elle devait plutôt penser au menu de son déjeuner. Sept bouches à nourrir, sans compter la mienne, car je prenais parfois mes repas avec eux. Surtout les jours comme celui-là, quand les combats faisaient rage ; il valait mieux que je n'aie pas trop de chemin à faire entre chez moi et la cordonnerie. C'étaient des risques inutiles. Hesneh faisait bien la cuisine. Je me disais qu'elle finirait par choisir ce qu'il y avait de plus simple : *moujaddara**, *kebbeh** de pois chiches et pommes de terre sautées aux oignons, puisqu'on était vendredi. Avant les événements, elle allait acheter du poisson, mais les poissonniers ne montaient plus du port, avec leurs paniers de poissons frais. Quel que soit le moment auquel on demandait à Abboud des nouvelles de Hesneh, il répondait qu'elle donnait le sein au petit. Comme si cet enfant ne cessait jamais de téter. Peut-être était-ce que son père refusait tout net ou ce que son père aurait voulu dans l'espoir de le voir grandir plus vite. Il avait à peine 4 mois, et déjà, Abboud refusait tout net que Hesneh le sèvre avant qu'il sache marcher. Qu'on le voie marcher, et téter encore sa mère. Qu'en jouant avec ses petits camarades il s'arrête un moment pour téter, puis qu'il retourne courir. C'est ce qu'il faisait lui-même quand il était petit, lui avait raconté sa mère.

Il l'avait appelé Raouf. Son premier garçon, et sans doute le dernier, après quatre filles. Le jour où ils étaient tous accourus lui apporter la bonne nouvelle, il avait frappé à la porte du voisin, lui avait demandé son fusil et, avant de le lui rendre, il avait tiré sept coups.

Il n'entendait même pas son fils pleurer; pourtant, il ne cessait de donner des ordres aux deux aînées et à leur mère:

— Toi, prends-le dans les bras!

— Toi, emmène-le un peu au soleil.

— Va le changer!

Il était pénible, à se mêler ainsi de ce qui ne le regardait pas. Chaque fois qu'il jetait les yeux sur son fils unique, il trouvait une nouvelle chose à faire sur-le-champ, jouant au chef devant ceux de sa famille. Mais, à présent, il restait assis sans rien faire sur sa chaise de cordonnier, sans rien entreprendre face à cet homme en armes qui l'interrogeait sur sa femme et qui attendait.

Comme il était sourd ou presque, il se retranchait derrière son handicap. C'était sans doute le sourd le plus célèbre du village. Comme on me l'a raconté, on ne réussit que très tard à le convaincre d'utiliser un appareil spécial. A l'époque, je ne travaillais plus chez lui, ayant ouvert ma propre boutique. Quelques années à peine avant sa mort, donc, on le persuada d'utiliser un de ces appareils qui le gênait beaucoup par ses grésillements et ses sifflements inopinés. Il ne le supportait pas plus de quelques minutes, lui préférant le calme de la surdité, et cet isolement auquel il s'était si bien habitué.

Malgré cela, ils l'accusaient tous de n'entendre que ce qu'il voulait bien entendre. Telle était du moins sa réputation.

Et peut-être n'avaient-ils pas tout à fait tort.

Cherchant à en avoir le cœur net, ils venaient lui lancer une insulte à voix basse; et lui, il répondait par une insulte plus grave.

Même sans entendre, quand quelqu'un l'insultait, il finissait par s'en rendre compte. Juste en voyant le sourire qui se dessinait sur mon visage, il devinait que la personne présente me parlait de lui en se moquant. Il répliquait alors, en lui lançant les mots qui lui semblaient les plus appropriés pour se défendre.

Soudain, l'homme au fusil se retourna à nouveau vers l'intérieur.

— On a besoin d'elle, dit-il en montrant de la main un lieu indéterminé, vers l'est.

Ce n'est donc pas lui qui avait besoin de Hesneh. C'étaient eux, ceux de là-bas.

Cette fois-ci, Abboud l'entendit, bien qu'il n'ait pas parlé plus fort qu'avant. Je n'eus pas besoin de crier à son oreille. L'homme armé ne semblait pas très concerné. Plutôt gêné par ce qu'il faisait.

On lui avait dit que ces femmes transmettaient des informations à leur famille du quartier bas. Elles leur disaient quelles étaient nos positions. C'étaient des espionnes qui se cachaient parmi nous : il fallait "nous en débarrasser".

Il resta longtemps debout sur le seuil, pensif, à contempler l'horizon barré par une maison en ruine et un terrain en friche, en nous tournant le dos ; quant à nous, nous reprîmes notre discussion.

La boutique de Abboud, c'était le dernier salon où on commentait les nouvelles. Quand on avait entendu dire quelque chose, on venait y vérifier ce qu'il en était. Celui qui avait une opinion venait ici pour se faire entendre. Quand toutes les chaises étaient occupées, on continuait debout.

La situation va durer, à ce qu'ils disent.

A la une du journal qui traînait sur l'une des chaises, on lisait que des solutions au conflit étaient en vue. Les Américains participaient au processus. Depuis cette époque-là, les Américains ont été derrière bon nombre d'événements.

Chamoun ne réussirait pas à obtenir un nouveau mandat. Pour lui succéder, on parlait du chef des armées.

Abboud reprit son travail, se penchant à nouveau sur la chaussure qu'il avait en main.

Il me fit signe, et je me remis à planter mes clous très fins tout autour de la semelle.

On parlait politique. On commentait d'abord les nouvelles de la nuit précédente, agitée ou plutôt calme. Et, à chaque fois, nul ne sait comment, on se retrouvait brusquement à parler armes.

Dès qu'il s'agissait d'armement, tout le monde jouait les connaisseurs. Même nous, les inaptes au combat assis dans l'atelier de Abboud le cordonnier.

Eloge du fusil semi-automatique. Une arme à un seul coup. Mais irremplaçable sur les longues distances et pour ce qui est de la précision. La balle traversait le tronc des peupliers.

Eloge de la carabine Mauser améliorée. Chez nous, il s'agissait là d'une nouveauté dont on commençait tout juste à découvrir les qualités.

Eloge du revolver calibre 12. Leur idole.

Eloge des armes de toutes catégories.

Soudain, l'homme se rapprocha de la porte. Il franchit le seuil, interrompant la discussion sur les armes. Il reprit, sans préambule. Cette fois, il exposa à haute et intelligible voix, comme pour bien se faire entendre d'un sourd, les griefs retenus contre Hesneh. Il s'adressa à Abboud, en lui parlant suffisamment fort. En tout cas, il put se passer de moi. Autant il avait été avare de paroles au début, autant il était devenu intarissable à présent. Le fusil qu'il avait à l'épaule lui conférait une supériorité sur nous – nous qui nous contentions de compter les morts et les blessés, et de raser les murs pour rentrer chez nous.

— Hesneh descend en cachette chez ses parents. Ou, en tout cas, elle leur transmet des informations, sans qu'on sache comment. Bref, son frère Mohsen nous fait beaucoup de tort. C'est de son poste qu'a été abattue Khadra, la femme de Abou Haroun, et c'est aussi de là que De Gaulle ar-Rami a été touché au dos...

— Voyons, mon gars, sois raisonnable! intervint l'un des hommes présents. Cette femme vient d'accoucher, elle est heureuse d'avoir un fils. Comment veux-tu qu'elle descende au quartier bas en laissant là son bébé, alors qu'elle le nourrit encore?

Abboud, lui, ne répondit pas. Il écarquillait les yeux, commençant enfin à comprendre pourquoi l'homme avait demandé des nouvelles de Hesneh.

— Elle a dit à son frère où était le mortier de 60, et son frère l'a répété à tout le monde. Et nous, on a bien remarqué qu'ils ont intensifié les tirs dans cette direction-là. Il nous a fallu changer tous les angles de tir, et maintenant nous n'arrivons plus à atteindre les cibles.

— Qui donc vous raconte des mensonges pareils? Il faudrait lui couper la langue…

Hesneh apparut soudain. Elle avait écouté toute la conversation de la pièce qui donnait sur le fond de la boutique ; leur maison était une sorte de deux pièces, dont une chambre communiquait avec l'atelier. Elle n'avait pas le bébé dans les bras. Elle l'avait confié à sa fille aînée. L'habitué des lieux intervenait à nouveau :

— Soyez raisonnables ! Il y a là de quoi détruire des familles entières. Il ne faut pas nous causer du tort les uns aux autres, Hesneh est maintenant l'une des nôtres. Quel nom portent ses enfants? Voyons, c'est une honte !

Abboud se réfugia à nouveau dans le silence le plus total. Il n'entendait plus rien, même si on parlait fort.

— Une femme des nôtres…, dit l'homme armé. Une femme des nôtres, qui est mariée dans le quartier bas, nous a donné des renseignements. Nous aussi, nous avons nos informateurs. Le sang ne se change jamais en eau.

Abboud m'appela à son secours, et pourtant, je le sentais bien, il avait tout entendu. Je le savais à la gravité qui gagnait son visage, tandis que l'homme tenait sur Hesneh des propos de plus en plus accusateurs. Les voix se superposaient.

— Le mieux, c'est que tu redescendes chez tes parents et que tu restes chez eux.

Enfin, l'homme avait dévoilé l'objectif exact de sa mission. Même ma voix contre son oreille ne parvenait plus à Abboud. Il n'était plus en état d'écouter.

— Nous ne pouvons pas accepter que tu restes ici, poursuivit l'homme, au milieu des protestations. Moi, je suis venu à contrecœur, pour vous dire ça calmement.

— Et si elle refuse de quitter sa maison?

Abboud avait enfin osé. Il s'était levé de sa chaise, les yeux exorbités, le torse couvert de son tablier de cordonnier taché par le travail.

— Alors c'est un autre qui viendra et qui l'emmènera de force. Moi, je ne tire pas sur des femmes.

Abboud entendait, mais il ne voulait pas comprendre, se réfugiant dans sa surdité.

— Où allez-vous l'emmener? Qu'est-ce que c'est que ce scandale?

Toutes les femmes Semaani mariées dans notre quartier, ils comptent les regrouper dans la maison de Aziz ar-Rami. Il semblerait qu'il y en ait une vingtaine, voire plus. Là-bas, ils pourront les confier au père Boulos, qui les fera descendre jusqu'au quartier bas. Nous autres, dans l'atelier, nous avons imaginé la scène: le père Boulos conduisant toutes ces femmes, traversant avec elles la ligne de démarcation, avant que chacune s'en aille rejoindre la maison de ses parents. Au retour, il ramènerait chez nous les femmes nées Rami qui habitaient le quartier bas.

— Si c'est comme ça, si vous ne voulez pas de moi ici… alors je descends!

Hesneh en avait déjà entendu de belles. Ce qu'ils lui reprochaient, ce n'était pas tant d'être une Semaani, mais que son frère soit quelqu'un de si important, là-bas. Il était là, à leur tenir tête, juste en face d'eux, rendant tir pour tir et ruse pour ruse.

— Oui, je m'en vais dans ma famille.

Je n'essayai pas de répéter ces mots à Abboud, j'étais sûr qu'il avait entendu. Et Hesneh, pour plus de certitude, se pencha sur son oreille:

— Abboud, je descends chez mes parents…

Elle n'avait plus ni père ni mère. Sa famille, c'était son frère Mohsen. Et elle ajouta un ton en dessous, comme pour nous blesser tous, aussi bien nous que l'homme qui se tenait à la porte:

— Et, en tout cas, chaque fois que je regarde en direction du quartier bas, j'ai le cœur qui s'emplit de joie…

C'était sa vengeance. Soudain, trois hommes armés arrivèrent en renfort. Ceux-là, nous les connaissions. C'étaient les fils de Salimeh: Hachem et ses frères, Francis et Abou Leïla. Accomplissant une mission de la plus haute importance, sourcils froncés, ils ne nous prêtèrent pas la moindre attention. Nous n'avions absolument aucun moyen de nous opposer à ce qu'ils demandaient.

— Où est Hesneh? Allons, pressons, le père Boulos veut descendre avant midi…

Ils l'aperçurent à l'intérieur.

Comme pour se justifier, l'un d'eux déclara :

— Si Salimeh, ma propre mère, avait été de leur famille, moi aussi, je la leur aurais renvoyée...

Et s'adressant à Abboud :

— A la guerre comme à la guerre, Abboud. C'est eux ou c'est nous.

Hesneh, elle, ne dit rien. Elle tourna les talons et entra dans la pièce du fond. Abboud bondit sur ses pieds. C'était la deuxième fois qu'il se levait, en montrant son tablier couvert de taches. Il courut la rejoindre. Sans même chercher à discuter avec Hachem, le fils de Salimeh, il s'était soumis à la décision. Mais il voulut sauver ce qui pouvait encore l'être.

— Non ! Le petit, tu ne l'emmèneras pas avec toi !

— Et qui est-ce qui va l'allaiter? C'est toi peut-être?

— Tu ne le prendras pas avec toi. Je n'ai pas d'autre garçon.

Il était ferme et tranchant. Les petites fondirent en larmes. Nous l'avions suivi, les deux habitués et moi. La fille aînée tenait Raouf dans ses bras, ne sachant à qui le donner. Elle se mit à pleurer elle aussi, imitée par le bébé. Abboud était comme un enfant à qui on n'arrive pas à faire lâcher un objet qu'il serre dans sa main. Je ne sais pourquoi, Hesneh, saisissant brusquement un foulard qu'elle noua sur sa tête, quitta la pièce pour passer dans l'atelier. Elle avait décidé de s'en aller toute seule. Tout le monde lui emboîta le pas. Nous n'arrivions pas à croire qu'elle partirait aussi simplement que ça. Les fils de Salimeh étaient debout à l'attendre, à côté d'un taxi Mercedes. Elle ouvrit la portière, se tourna vers nous et dit à sa fille :

— Enlève du feu la *moujaddara** aux haricots, ça va brûler. Et prépare les radis de ton père, il aime avoir des radis avec sa *moujaddara*. Le *kebbeh** de pois chiches est dans le garde-manger. Change les langes de ton petit frère, ça commence à sentir. Et n'oublie pas de faire manger Bachir, ne le laisse pas rentrer chez lui. Il pourrait courir des risques en chemin. Sa mère me l'a confié...

Bachir, c'est moi.

Il leur en avait fallu toujours plus. Hachem, le fils de Salimeh, n'avait pas pu se contenter de tirer d'innombrables salves avec sa mitraillette 24×29. Depuis qu'il s'en était emparé de force, il tirait en l'air, sans raison. Juste pour montrer qu'il existait, comme il disait parfois. Les seuls qui l'approuvaient étaient les gamins qui accouraient pour ramasser les douilles encore chaudes.

Il lui en avait fallu encore davantage. Pour causer le plus de dégâts possible, il avait même réinventé le mangonneau*.

Avec son frère Francis, il commença par récupérer des pneus hors d'usage. Des roues de voitures mises au rebut. Ils en tirèrent les chambres à air dans lesquelles ils découpèrent de longues bandes. Ils les accrochèrent à une fourche de bois plantée sur un toit, créant ainsi un lance-pierres géant. Ils criaient à tout le monde de s'éloigner. Impossible de les arrêter.

Hachem lança ainsi une grenade qui explosa en plein vol avant d'atteindre le quartier bas. De l'autre côté, elle produisit tout au plus un brouhaha et quelques rumeurs.

Lorsque le mortier de 60 arriva, escorté par un officier étranger, disait-on, pour les entraîner au tir, Hachem fut parmi les premiers candidats. Il apprit vite. Lorsque vint le jour de passer aux choses sérieuses, Hachem proposa qu'on attende les ennemis à leur sortie de la messe, le dimanche, à dix heures et demie. La messe où l'affluence est la plus forte. Il se porta volontaire pour les guetter, tandis qu'ils arrivaient par vagues successives. Ils les visèrent à l'instant même où ils sortaient de l'église. C'est Hachem qui se chargea de la mise à feu. Mais l'obus tomba loin, au bord du fleuve : il mit le feu à des cannes à sucre sèches et blessa au pied un pêcheur.

Le monde parut alors irrespirable à Hachem, qui se mit à tirer ses obus de mortier de la façon la plus désordonnée, de jour comme de nuit. D'après les nouvelles qui remontèrent du quartier bas, il tuait des femmes et de jeunes enfants.

Mais il leur en fallait toujours plus. Les fils de Salimeh organisèrent deux attaques nocturnes. D'abord, après avoir réuni leurs troupes, ils se faufilèrent vers les postes adverses sous une pluie de balles traçantes et explosives ; ils tentèrent de déloger les ennemis de leur position retranchée, mais ce fut un échec. La fois d'après, ils avaient même fait des plans pour réussir à occuper les postes adverses, pour mieux déloger leurs défenseurs ; ils s'étaient même partagé à l'avance le butin. Dans les deux cas, il y eut un mort et plusieurs blessés dans leurs rangs. Cette guerre, ils ne pouvaient ni la gagner ni la perdre. Cela les rendait fous. Ils détruisirent les maisons et appartements ennemis du quartier avec des bâtons de dynamite. Mais, dans leur propre camp, plusieurs hommes furent blessés par divers éclats, tant ils manquaient d'expérience en matière de destruction de bâtiments. Ensuite, quelques-uns se mirent à voler des meubles ; ils agissaient de nuit pour mieux dissimuler leurs forfaits. Les propriétaires de ces maisons, des gens de l'autre camp qui vivaient jusque-là parmi nous, avaient quitté les lieux dans l'espoir de revenir quelques jours plus tard, quand les esprits se seraient calmés.

Reniant tous les saints, ils avaient même failli, du haut du clocher de l'église, lancer un appel à la prière à la manière des musulmans, pour provoquer leurs adversaires alliés aux Américains et au président de la République.

Il leur en fallait toujours plus ; mais désormais, la "Révolution" était finie. Le mandat du président avait pris fin, l'Assemblée nationale s'était réunie et un nouveau président avait été élu.

XX

Cette idée, c'était sa mère qui l'avait eue. La mère de Kemleh.

Jamais Mountaha n'aurait osé prendre une telle initiative. Elle, de toute façon, n'avait rien à voir là-dedans. Au début, quand Oum Kemleh lui avait parlé à l'oreille, elle ne l'avait pas prise au sérieux. Juste après les funérailles, elle lui avait demandé d'aller chez Fouad et Boutros ar-Rami.

Les funérailles…

L'odeur forte de la sueur. L'odeur des gens, l'odeur des morts.

On transporta les cercueils dans l'église, malgré les protestations des familles et après de violentes discussions. Au départ, quand les prêtres étaient intervenus, personne n'avait voulu les écouter. Il avait fallu attendre l'arrivée du chef de famille.

Le chef de famille…

Il était allé les voir l'un après l'autre, avant qu'on ne les emmène dans l'église. Il se pencha sur chacun d'eux, baisa leur front blême, entoura de ses bras la veuve et les orphelins, sans une larme. Il avait pleuré de son côté, dans sa maison, celle qu'ils lui avaient construite tous ensemble au temps de la pauvreté. Chacun des corps de métier avait offert sa contribution gratuitement : le maçon, le peintre, le menuisier. Il avait pleuré seul dans sa chambre, un long moment, assis sous une photo de son oncle, celui qui lui avait légué le pouvoir.

C'est ce que raconta son frère, qui avait monté la garde devant la porte de la chambre, en refoulant tous ceux qui essayaient d'entrer, à qui il criait :

— Laissez-le se reposer ! Le président de la République a demandé à s'entretenir avec lui !

Il raconta l'avoir entendu sangloter comme un enfant. Pendant plus d'une heure, il resta seul et il les pleura. Puis, épuisé, il se leva, se changea, se rasa et s'assit à son bureau pour rédiger le communiqué de presse qu'il allait diffuser après les funérailles ; il y rejetait l'entière responsabilité de ce qui s'était passé sur le camp adverse. C'était un guet-apens tendu à des hommes libres, c'était un acte de traîtrise qui visait des gens désarmés. Il plia la feuille et la mit dans sa poche, avant d'ouvrir la porte sans crier gare, heurtant au passage l'épaule de son frère. Il quitta la maison escorté par vingt jeunes gens. Les armes qu'ils portaient étaient bien visibles. Désormais, il ne s'enfermerait plus dans sa chambre. Il ne verserait plus une larme. Il avait pleuré d'avance, une fois pour toutes ; pleuré tous ceux qui étaient tombés, tous ceux qui tomberaient encore, ses frères, ses cousins, les membres de sa famille.

Lorsqu'il arriva sur le parvis de l'église pour passer en revue les morts, il fit taire les pleureuses :

— Ça suffit !

Alors une femme dont le fils mort gisait sur un des lits lui lança :

— Ce qui compte, c'est que toi, tu sois toujours vivant !

Il ne la fit pas taire.

Ce qui réduisit la femme au silence, ce fut le regard furibond que sa fille lui lança.

S'inquiétait-elle vraiment pour lui, ou la remarque était-elle ironique ?

Au ton de sa voix, on ne pouvait le dire avec certitude. L'ambiguïté demeura.

Nouvel affrontement avec les femmes dans l'église, au moment de refermer les cercueils : on rabattait les couvercles et, aussitôt après, les femmes les rouvraient. Les pourparlers se prolongèrent, les rappels à la raison. On finit par parvenir à un accord : à la fin de la cérémonie, avant de clouer définitivement les cercueils, on les ouvrirait une dernière fois. C'est le chef de famille lui-même qui proposa cette solution. Puis, se faisant maître de cérémonie, il entama lui-même l'office des morts.

Les prêtres comprirent le signal et se hâtèrent d'enchaîner, avalant les mots syriaques à toute vitesse, comme s'ils avaient soudain le feu aux trousses. Leur regard, leur esprit restaient fixés sur l'assistance, dans la nef. Les fidèles connaissaient la messe des morts sur le bout des doigts. Ils reprenaient en chœur les couplets en syriaque; certains les connaissaient mieux que les prêtres. A peine le chœur des officiants, qui se tenait à droite de l'autel, eut-il attaqué la dernière phrase que les clameurs éclatèrent. Les cris s'élevèrent soudain, montant de centaines de gorges à la fois.

Les enfants furent stupéfaits. Ils se retournaient, effrayés, croyant qu'il venait de se passer quelque chose. Le nouvel enfant de chœur en eut les yeux exorbités; il n'avait même plus la force de porter son encensoir. Les adultes, eux, savaient. Ceux qui occupaient les premiers rangs, devant l'autel, ne jetèrent même pas un coup d'œil derrière eux. Ils n'allaient tout de même pas regarder ces femmes qui se cramponnaient aux cercueils, en hurlant de toute leur âme. Ces derniers élans n'étaient pas un spectacle.

A la fin, aidés par les membres de la confrérie, les prêtres réussirent à séparer les vivants des morts. Entouré de ses hommes, le chef de famille se tint à la porte de l'église; au passage de chaque cercueil, il se penchait pour l'embrasser. Il se pencha un peu plus longuement quand passèrent ceux de son frère et de son neveu. Puis on chargea les cercueils sur les toits des voitures; dans chaque voiture, deux jeunes passagers, sortant les bras de chaque côté, maintenaient le cercueil en place et disaient aux gens de laisser passer. C'était surtout dans les descentes qu'il fallait bien les tenir. Il n'y eut pas assez de voitures pour les conduire au cimetière en une seule fois, et on dut faire un second voyage.

Ils les emmenèrent dans le champ d'amandiers, où les fosses les attendaient. Une seule rangée, bien droite; celui qui les avait creusées semblait avoir l'habitude de planter des arbres. Des oliviers, des orangers, dressés comme des rangs de soldats. Quelqu'un s'était levé tôt, sans doute, pour retourner la terre qui allait les accueillir. Une fosse pour chacun. On la remplirait avec la terre qu'on avait enlevée, et c'est tout. Ils y sont encore aujourd'hui. On avait choisi de les ensevelir là, dans ce terrain appartenant au monastère, car le cimetière du village se trouvait dans le quartier des Rami, ce qui empêchait d'aller pleurer sur leurs tombes. Et d'ailleurs, même s'ils avaient pu continuer à s'y rendre, jamais ils n'auraient laissé leurs morts là-bas.

On reconduisit Kemleh chez elle à pied. Elle faisait quelques pas puis s'arrêtait, soutenue par Mountaha. Elle faisait halte devant la porte d'une maison, interpellait les propriétaires et leur apprenait que Youssef était parti, qu'il ne reviendrait plus. Personne ne sortait pour la réconforter. Alors elle reprenait son chemin, avant de s'arrêter un peu plus loin: "Youssef est parti", dit-elle à une femme postée sur le balcon de sa maison, à regarder passer ceux qui rentraient de l'enterrement. La femme se couvrit le visage d'un mouchoir blanc pour pleurer, ou pour laisser croire qu'elle pleurait. Quand Kemleh fut enfin arrivée chez elle, ils la firent entrer pour qu'elle prenne un peu de repos. Elle se rebiffa violemment, comme une folle:

— Non, pas dans la chambre à coucher! Je n'y mettrai plus jamais les pieds, sortez-moi d'ici! sortez-moi d'ici!...

Ils la firent sortir sur le balcon et l'allongèrent sur la banquette. Elle posa sa tête près du pot de dahlias, et sa mère s'assit près d'elle.

Une volée d'hirondelles s'abattit sur le balcon. Trois oiseaux noirs, leurs fines ailes déployées, traçaient des lignes dans l'air, tout près, rasant les têtes.

C'était la saison des hirondelles.

On était le mardi 18 juin 1957, aux environs de 7 heures du soir.

En une nuit proche de cette date, quelques jours plus tôt, à moins que ce ne fût quelques jours plus tard, une autre dame s'était assise sur un autre balcon, lui aussi orné de fleurs et de plantes vertes, mais situé sur une colline toute proche, avec vue sur la Méditerranée. Cette dame s'appelait Lauris. C'est en tout cas de ce nom que furent signés les écrits poétiques qu'elle fit paraître plus tard, sous le titre Le Capitaine des vents. *Sur la photo ornant la couverture du recueil, elle porte une robe blanche et un chapeau de paille, et sourit timidement. Dans l'un de ses poèmes, elle écrit:*

"J'ai du mal à me séparer de toi, j'ai du mal à vivre. Le pays des mûriers et de la vigne, le pays des sources secrètes, des images de Dieu. Une vallée heureuse. Après ma mort, j'irai à ta recherche; dans la besace du pauvre, il y a un peu de terre et d'eau, le pain des promesses. Et on dira: cette femme au loin n'a d'ombre nulle part. Mes ancêtres ont habité les déserts et les dunes, ils sont allés, ils sont venus avec le sable et le vent. Ils ont chassé les gazelles qui ressemblent

à des femmes et, sur le pas de leur porte, ils ont attendu le Jugement dernier…". On raconte que, près son mariage avec le consul d'Italie à Damas, elle passa le restant de ses jours entre Rome et Venise.

Kemleh se détendit un peu, et ses yeux se fermèrent comme malgré elle. Sa mère prit alors Mountaha à part, à l'écart des quelques voisins présents et, à nouveau, elle lui demanda :

— Va trouver Fouad et Boutros ar-Rami…

— Aujourd'hui?

— D'ici une heure, quand la nuit sera tombée. Rentre chez toi, repose-toi un peu, va te changer, et puis tu reviendras.

— Oh! mon Dieu!

— Ils m'ont envoyé un message.

Elle ne précisa ni par qui, ni comment.

— Ils veulent venir à la maison pour présenter leurs condoléances à Kemleh. Pour eux, Youssef al-Kfouri, c'est comme un frère. Ils ne veulent pas manquer à leurs devoirs vis-à-vis de sa femme.

Peu convaincue, Mountaha rentra chez elle. Elle espérait qu'Oum Kemleh oublierait ou qu'elle serait trop accaparée par sa fille.

La mère de Mountaha était assise devant la porte de la maison, en tête à tête avec son cousin le muet. En pleine conversation, comme toujours. Il enchaînait ses signes à toute vitesse ; mais son interlocutrice, elle, prenait son temps, semblant chercher ses mots avec les mains. Comme quelqu'un qui parle une langue qui n'est pas la sienne et qui hésite sur le choix des termes adéquats. Ils se fatiguaient vite : au bout d'une ou deux phrases, déjà, il fallait se reposer. La mère de Mountaha avait pleuré avec les autres voisins, elle avait les yeux rougis. Le muet, lui, ne pleurait personne. Sans doute s'attristait-il en son cœur, mais sans verser de larmes. Ce jour-là, il n'était pas allé pêcher les anguilles. Malgré cela, il charriait encore avec lui l'odeur du fleuve. Il était pieds nus, comme d'habitude. Finalement, face au malheur, le muet était le plus solide de tous.

Mountaha demanda à sa mère des nouvelles de Hayfeh Abou Draa, à qui elle était allée rendre visite tandis que sa fille était chez Kemleh.

— Je n'ai jamais vu personne mourir à cause de quelqu'un d'autre.

Elle voulait dire "mourir de chagrin".

Sa mère était dure.

Elle ajouta :

— Le plus à plaindre, c'est celui qui s'en va.

Dans l'histoire, le perdant, c'était toujours le mort, et lui seul.

Le muet hocha la tête en signe d'assentiment. Il n'avait rien entendu, et elle n'avait fait aucun signe ; mais peut-être savait-il par intuition ce que sa cousine dirait en ces pénibles circonstances. Comment imaginer la manière dont pouvaient se transmettre ces vieux dictons dans la langue des sourds-muets, et plus encore dans le langage du muet pêcheur d'anguilles? Trouver les gestes appropriés n'aurait pas été chose facile pour son interlocutrice. Mais le muet souriait, hochant la tête en signe de compréhension.

Mountaha n'entendit pas la réponse de sa mère. Elle disait toujours la même chose, à chaque fois qu'elle rentrait d'un enterrement.

La mort, c'était le passe-temps des femmes.

Elle l'avait même un jour entendu le dire à son père.

Mountaha se jeta sur la banquette, éreintée. Elle savait que la journée était loin d'être finie. Elle n'alla pas enfiler une nouvelle robe. Juste pour ne pas obéir à Oum Kemleh.

Dans un moment pareil, lui demander de changer de robe !

Plus tard, Mountaha raconta que, pendant les quelques minutes durant lesquelles elle avait posé la tête sur l'accoudoir en bois et fermé les yeux, elle avait fait un rêve. Elle aurait même pu s'endormir debout.

Des soldats.

Elle avait vu des soldats,

Tout un bataillon,

Une longue file de soldats aux uniformes rouge vif,

Ils marchaient dans une forêt, sous de grands arbres, des peupliers, comme ceux qui bordaient le chemin du fleuve et dont les cimes montaient haut dans le ciel,

La terre était encore humide de la pluie tombée dans la nuit, les feuilles jaunes des peupliers couvraient le sol,

Chaque homme portait en bandoulière un sac de toile, qu'on appelait une besace et qui contenait du pain,

Ni des gradés, ni des officiers, c'étaient tous de simples soldats,

C'étaient les morts.

Ceux qui étaient tombés, ceux qui tomberaient encore.

Leur pain, c'étaient les prières que l'on récitait pour le repos de leur âme et que chacun portait avec lui comme des vivres, jusqu'au jour du Jugement dernier.

Alors chacun d'eux les sortirait de son sac pour les offrir au Seigneur assis sur son trône.

Celui qui était peint au-dessus de l'autel, dans l'église Saint-Jean-Baptiste.

C'est Oum Kemleh qui la réveilla.

Sans frapper à la porte, qu'elle avait trouvée ouverte, elle était entrée dans la salle de séjour.

Elle la tira par l'épaule.

— Lève-toi! Nous n'avons que toi.

Mountaha se demanda ce qu'elle voulait dire par là. Elle faillit rappeler à Oum Kemleh qu'elle avait encore deux filles à qui elle pouvait demander secours: l'une était mariée dans un village voisin et pouvait même venir à pied si ça lui chantait, et puis l'autre, qui habitait loin. Son mari ne les aimait pas, ni eux, ni leur village; mais, pour l'enterrement de son beau-frère, elle était venue de Beyrouth. Le mari, qui ne l'avait pas accompagnée, avait exigé qu'elle rentre au plus tôt. La mère avait vite renvoyé ses filles chez elles, craignant qu'il ne leur arrive quelque chose. Pourquoi n'envoyait-elle pas l'une des deux? Pourquoi n'y allait-elle pas en personne?

Pourquoi ne viendraient-ils pas lui présenter leurs condoléances le lendemain ou le jour suivant? On avait bien le temps... A moitié endormie, Mountaha se contenta de formuler cette dernière question.

— Il faut qu'ils viennent ce soir!

Deux hommes de la famille Rami, venir dans le quartier! Et cette nuit-là!

— Kemleh est complètement morte, que veux-tu qu'elle leur dise? Attends demain matin, et nous verrons comment Dieu y pourvoira!

— Ce soir, Mountaha! Nous ne pouvons pas attendre.

Quand le chameau a une idée en tête, le chamelier en a une autre. Mountaha s'en remit à Dieu.

Elle se traîna pour se mettre debout. Ni sa mère ni le muet n'étaient dans les parages. Personne ne demandait des nouvelles de personne, cette nuit-là! Elle se mit en route, apeurée. Dans sa vie, il ne se passait pas grand-chose: sans la fatigue et le manque de sommeil, elle aurait montré plus d'enthousiasme.

Elle était censée marcher devant eux pour leur ouvrir la route. Les rues étaient désertes, et son cœur battit très fort jusqu'à ce qu'elle arrive dans leur quartier.

Elle les trouva assis sur le pas de leur porte, silencieux, fumant cigarette sur cigarette. A peine à la moitié, ils les écrasaient sous leur chaussure. Ils l'attendaient.

Elle les connaissait très bien.

A l'époque, Kemleh s'était mis en tête de la marier à Boutros ar-Rami. Le gros, le plus âgé des deux. Celui qui était à droite. Entre deux bouffées de fumée, il poussait de grands soupirs.

Ils étaient assis sur des chaises cannées.

— Que disent les gens, dans votre quartier?

Elle ne sut que répondre.

A son tour, elle posa des questions sur leurs morts, sur la façon dont s'étaient passées les funérailles.

Ils ne répondirent pas, eux non plus.

L'un des deux répéta la première question.

Les gens peuvent dire ce qu'ils veulent; en tout cas, elle, elle ne raconterait rien.

Après réflexion, elle avança prudemment:

— Que veux-tu qu'ils disent? Ils ont perdu la voix à force de pleurer.

— Que disent-ils de nous deux, de mon frère Fouad et de moi?

C'était donc là qu'ils voulaient en venir, avec leurs questions. Ce qu'on disait d'eux, ils le savaient bien. Les racontars circulaient vite, surtout les médisances.

— Je n'ai entendu personne parler de vous... J'étais sans arrêt occupée, avec Kemleh.

— Pauvre Kemleh...

Ils savaient qu'elle allait repartir, qu'elle les précéderait sur le chemin. Un chemin vite parcouru, mais tellement difficile.

Elle marcha devant eux, le cœur battant. Tout le temps que dura le trajet, elle l'entendit battre. Tout le temps du trajet aussi, ils restèrent muets; mais, dans la main de chacun d'eux, elle avait entrevu un revolver. Un morceau de fer qui brillait.

Ils étaient installés autour d'une table au *Café Brésilien* de Tripoli, tous les trois, comme à leur habitude, les deux frères et Youssef al-Kfouri, quand le marchand d'armes était venu les trouver. Il leur parla d'un "arrivage" de revolvers qu'il venait de recevoir. Ils lui offrirent un café et échangèrent quelques mots avec lui, avant de passer commande pour trois revolvers. Il vint les leur livrer le lendemain. Il les avait apportés dans un sac, dans la salle du café. Ils se mirent à l'écart dans un coin discret pour les examiner. Youssef al-Kfouri choisit un Herstal 14; Boutros paya les trois revolvers et refusa que Youssef lui rembourse le sien. "Je t'en fais cadeau, avait-il dit, pas de ça entre nous." Youssef déclara que la situation actuelle n'allait pas durer, et que lui, il n'aimait pas les armes.

Personne ne leur barra le passage; ils ne rencontrèrent pas âme qui vive.

A chaque carrefour, au débouché de la moindre petite ruelle, les deux frères ralentissaient le pas. Par précaution, ils levaient leur revolver, tendaient l'oreille puis se remettaient en route.

L'ultime nuit de calme.

En cette nuit du mardi 18 juin 1957,

l'un des émigrés de ce même village couronnait une longue vie d'efforts, en signant dans la matinée – et peut-être même, grâce au décalage horaire, précisément au même instant de la soirée –, au cours d'une cérémonie à laquelle assistait, outre le ministre de l'Economie et une foule de journalistes vénézuéliens, son ami le ministre du Tourisme Rafael Picabia, l'acte officiel de fondation d'une banque à Caracas, banque à laquelle il avait donné le nom du fleuve Orénoque. Il avait pensé l'appeler Banco de Libano *jusqu'au moment où on lui avait expliqué qu'un tel nom ne paraîtrait pas assez engageant aux habitants du pays. Lui et les membres de sa famille, à savoir sa femme et ses deux filles, détenaient 45 % du capital. Il avait commencé par être marchand de chemises ambulant avant d'ouvrir un magasin de prêt-à-porter, puis de fonder une usine, dans l'espoir de réunir suffisamment de capitaux pour créer un établissement bancaire. Il avait demandé à ses enfants de l'enterrer dans son village natal. Mais ils ne purent faire transporter sa dépouille jusqu'au Liban : le jour de sa mort, survenue dans un hôpital de Caracas, les combats battaient leur plein dans le village en question.*

Cette nuit-là, les familles et les proches des victimes dormirent pour reprendre quelques forces. Ils dormirent, mais ne mangèrent pas.

Les hommes tournèrent le dos aux femmes.

Ils devaient recouvrer toutes leurs forces ; et les femmes, elles, devaient retrouver leur pleine capacité à pleurer, à soutenir et à encourager les hommes. Ce serait le lendemain, ou dans la nuit suivante au plus tard, qu'ils commenceraient.

Kemleh était étendue sur le balcon, seule avec sa mère, qui avait renvoyé poliment les voisins. En les remerciant, elle leur avait souhaité une longue vie, que Dieu les préserve du mal ainsi que leurs enfants, et leur avait fait comprendre que Kemleh devait absolument dormir un peu, sans quoi elle en mourrait. Et elle ajouta que nous n'avions plus de larmes pour pleurer.

Mountaha entra la première et annonça d'un signe que les deux frères la suivaient.

La mère dit alors, d'un ton éploré :

— Lève-toi, Kemleh ! Les amis de Youssef sont là !

Kemleh se redressa d'un bond. Depuis que la nouvelle était tombée, c'était la première fois qu'elle agissait par elle-même.

Elle ne dit pas un mot.

Ils ne lui serrèrent pas la main.

Les deux frères s'assirent sans parler et regardèrent Kemleh. Elle les regarda à son tour. Ils se dévisagèrent. Fouad et Boutros étaient descendus jusqu'au quartier bas pour la regarder. Ils auraient voulu assister à l'enterrement, mais ils n'avaient pas osé.

Boutros fut le premier à avoir les larmes aux yeux, puis ce fut le tour de Fouad. Tirant un mouchoir de la poche de sa veste, Boutros s'essuya les yeux. Il se moucha longuement. Longtemps et bien comme il faut. En profondeur, comme pour en finir une fois pour toutes avec les pleurs.

Oum Kemleh se retourna, craignant que les voisins aient pu entendre le bruit. Kemleh se contenta de les regarder dans les yeux, quémandant une réponse. Mais ils n'avaient pas la moindre réponse à lui donner.

La ressemblance entre les deux frères était frappante : la courbure du dos quand ils étaient assis, la largeur du nez, les petites plaques rouges sur les joues, les cheveux qui commençaient à se raréfier sur le front, les poils qui sortaient des oreilles. Fouad était le plus jeune, mais, avec le temps, la différence s'estompait, et on les aurait volontiers pris pour des jumeaux.

Le silence des funérailles se prolongeait, comme si nul n'était disposé à parler. D'ailleurs, ce n'était pas là le but d'une visite de condoléances.

Mountaha fut la première à se lancer. Elle se leva et s'excusa, expliquant qu'elle devait rentrer, sans quoi sa mère se ferait du souci. Kemleh se mit à rire puis tenta de pleurer, sans succès.

Mountaha se sentit soudain de trop. Personne ne la regardait.

— Attends un peu, Mountaha, rends-nous service jusqu'au bout.

Oum Kemleh voulait qu'elle les raccompagne chez eux. Qu'au moins elle retraverse avec eux le quartier bas. Qu'elle les ramène jusqu'à l'école et, là, elle rebrousserait chemin.

Le silence était total. Seulement les bruits de la nuit. De temps à autre, dans le lointain, les brefs appels d'un renard. Un coup de feu tiré dans un village voisin. Le chant des grillons dans les vignes. Soudain, Kemleh fut prise d'un tremblement continu. Elle ne s'arrêtait plus de trembler. Ses dents s'entrechoquaient.

— Elle a le frisson, décréta sa mère. Il faut la faire rentrer.

Mais Kemleh ne voulait pas. Elle secoua la tête et fit entendre un raclement de gorge.

Le silence revint, l'échange de regards reprit. On ne disait pas un mot de trop. Kemleh tremblait dans le vent froid de la nuit qui montait du fleuve. A cause de cette humidité, on avait du mal à séjourner sur le balcon le soir, même au mois d'août.

— Fais-la rentrer, dit Boutros ar-Rami.

Kemleh protesta à nouveau, et, d'un seul coup, tout fut plongé dans le noir le plus total. La lampe du balcon s'éteignit, puis toutes les lumières du village.

— Il ne nous manquait plus que ça, une panne de courant..., dit Oum Kemleh dans le noir.

Le silence, la nuit, l'air humide.

Elle tenta à nouveau de la convaincre, à force d'arguments qu'elle lui chuchotait à l'oreille. Cela dura un bon moment. Kemleh finit par accepter. Peut-être sa mère l'avait-elle persuadée que, dans le noir, elle ne verrait même pas sa chambre à coucher.

Mountaha resta seule, épuisée.

Un peu plus tard, Boutros ar-Rami reparut sur le balcon. Il resta debout, le regard perdu dans l'obscurité. Quelques minutes encore et la mère de Kemleh sortait elle aussi. Tous trois restèrent debout, scrutant les ténèbres : de petites lumières brillaient çà et là de l'autre côté, où l'électricité semblait avoir tenu bon. Dans les villages éparpillés sur le flanc de la montagne, d'autres vies.

Kemleh resta plus d'une heure seule avec Fouad ar-Rami.

Cette visite, jamais Oum Kemleh n'en parlerait à personne.

Boutros et Fouad ar-Rami non plus n'en diraient rien à personne.

Seule Mountaha aura du mal à garder le secret. Mais elle fera de son mieux.

Boutros, Mountaha et Oum Kemleh les attendirent donc dans le noir, sur le balcon. Soudain, le courant revint, et Fouad ar-Rami sortit à son tour.

Il était entre 10 et 11 heures du soir, le lundi 18 juin 1957.

Mountaha les raccompagna. Elle marcha devant eux ; ils gardèrent leur revolver à la main durant tout le trajet. Une fois parvenus devant l'école, ils rengainèrent leur arme et engagèrent Mountaha à rentrer chez elle.

— Beaucoup de gens vont mourir, Mountaha, dit Fouad ar-Rami.

— Youssef al-Kfouri, c'était plus qu'un frère pour nous, dit Boutros.

Puis ils gravirent le reste du chemin, tout en regardant autour d'eux dans le noir.

XXI

Nous étions tous debout, formant une longue file tortueuse, devant la caserne de Qobbeh.

Un bâtiment français de deux étages, en pierres sablonneuses. Sur le toit, un paratonnerre surmonté du drapeau libanais. Trois soldats à la mine sévère – moustaches recourbées pour les deux premiers, lunettes à fine monture pour le troisième – empêchaient tout changement dans la file, pour faire respecter l'ordre d'arrivée de chacun. Nous parvenions à apercevoir ceux qui étaient déjà au début de la file ; l'un après l'autre, ils entraient dans un petit pavillon situé devant la caserne, à la porte duquel se tenait un garde en faction parfaitement immobile, comme une silhouette dessinée.

On ne voyait pas ressortir ceux qui étaient entrés une fois qu'ils avaient accompli leurs démarches, comme si ce petit édifice, qui comptait deux pièces tout au plus, avalait peu à peu la longue rangée des habitants de Barqa. La porte par laquelle ils ressortaient donnait sans doute sur l'autre côté et restait invisible de la place où je me trouvais. Je progressais très lentement.

Juste derrière moi, il y avait un homme de notre famille dont le frère était tombé à Borj al-Hawa. L'homme qui faisait la queue s'appelait Hlel, mais, pour des raisons que je n'ai jamais songé à approfondir, on le surnommait *al-Gandour*, le bellâtre. Son frère, la victime de la tuerie, s'appelait Nassif.

Il me parlait à l'oreille presque sans interruption, et ce depuis que nous étions arrivés. Mon principal souci était donc désormais de me débarrasser de lui ; je lui avais bien proposé de passer devant moi, mais il avait refusé. A présent, les retardataires venus se joindre l'un après l'autre à la queue débordaient jusque sur la route principale, au-delà du monument au Soldat inconnu qui se dressait à l'entrée de la caserne : une statue de pierre qui représentait un combattant brandissant un drapeau, flanquée d'une plaque portant les noms de ceux qui étaient tombés au champ d'honneur. Le graveur n'avait pas opté pour l'ordre alphabétique, ni d'ailleurs pour l'ordre chronologique, en fonction de la date de leur sacrifice. En effet, il s'était efforcé de faire alterner noms chrétiens et noms musulmans : adjudant-chef Boutros Mansour Saba, sergent Mahmoud Ismaïl al-Qaafarani, première classe Moussa Gibrayel Touma, soldat Mustapha al-Asaad, et ainsi de suite. Mais il y avait plus de musulmans que de chrétiens ; aussi avait-il été contraint d'ajouter, tout en bas de la liste, trois noms musulmans d'affilée.

J'étais venu seul, et mon frère avait fait de même. Nous n'avions pas voulu attirer l'attention en arrivant ensemble. Dans la queue, il se tenait quelques mètres devant moi. D'ailleurs, dans tous les domaines, c'est comme ça que nous faisons : mon frère me précède dans ses actes, et moi, je le devance par la pensée. Devant mon frère, nous précédant donc tous deux, j'apercevais aussi la femme de mon oncle ; pour moi, elle avait bien le droit de passer avant nous. Elle était descendue très tôt à la caserne. Je tentai de me dérober à ses regards. C'était nous, à coup sûr, qu'elle cherchait des yeux, mon frère et moi. Elle n'arrêtait pas de se retourner. Mais elle ne me vit pas. Elle allait entrer dans le pavillon, en ressortir sans m'avoir vu ; j'aimais autant que les choses se passent ainsi. Chacun de son côté.

Juste devant moi, il y avait une grosse femme vêtue de noir.

Je ne la connaissais pas. Je ne l'avais jamais vue dans notre quartier ; en tout cas, ce n'était pas une parente à nous. Toutes les femmes de la file étaient en noir. En grand deuil. On pouvait juger de leur degré de parenté avec les morts à ces bas noirs et épais, à ce foulard sur la tête qu'elles portaient malgré la saison. Les jambes nues signifiaient une parenté du second degré ou un décès survenu depuis assez longtemps pour que les signes de deuil puissent être quelque peu allégés. Ma tante, elle, portait une tenue noire des plus strictes, avec un foulard qui cachait ses cheveux ; elle cherchait à être mise au nombre des veuves. Pourtant, elle aurait pu en faire un peu moins ; mon oncle était âgé, et sa mort remontait à plus d'un an.

En levant la tête, j'ai vu, au début de la file, une femme que seules quatre ou cinq personnes séparaient maintenant du garde posté devant le pavillon. Elle portait une robe verte. C'était la seule à ne pas être en noir. Elle se retournait avec étonnement, comme si elle venait juste de s'apercevoir qu'il n'y avait qu'elle, dans cette interminable file, à ne pas être en deuil. Elle pencha la tête pour en voir la fin, sur la route principale; oui, elle était bien la seule à arborer des vêtements de couleur. Elle ne devait pas être du village. On avait dû lui dire de venir, et elle était venue. Peut-être arrivait-elle de Beyrouth. Je faillis demander des explications au Gandour, mais j'y renonçai, de peur qu'ensuite on ne puisse plus l'arrêter.

Il y avait autant de femmes que d'hommes, peut-être même les femmes étaient-elles plus nombreuses. Tous les membres de la famille étaient là, sauf ceux qui étaient partis en Australie pour fuir les événements. Les émigrés avaient fait parvenir une procuration à leurs parents les plus proches. Kemleh, la femme de Youssef al-Kfouri, n'était pas venue. Sur le moment, personne n'y fit attention; mais on sut par la suite qu'elle était la seule à avoir refusé de descendre à la caserne Michel-Hlayel. Elle disait qu'elle ne voulait pas d'argent en échange de son mari. Elle signifiait par là que nous, nous vendions nos morts contre de l'argent. Kemleh n'avait rien à gagner à parler ainsi, car les gens avaient déjà beaucoup à dire sur son compte. Tout le monde savait qu'elle avait mis au monde un garçon après la mort de son mari. Plus de neuf mois après. Les gens n'ont rien d'autre à faire; ils surveillent, ils calculent, ils comptent sur leurs doigts. Ils attendent les autres au tournant.

La grosse femme devant moi essayait à tout prix d'engager la conversation avec quelqu'un, avec n'importe qui. Elle était inquiète. Elle regardait devant elle, puis derrière, sans voir aucun visage familier. Je ne pouvais lui donner satisfaction, puisque le Gandour n'arrêtait quasiment jamais de me parler à l'oreille, m'empêchant de suivre toute autre conversation. C'est à peine s'il s'interrompait, de temps à autre, pour renifler un coup, afin de retenir la morve qui coulait de son nez. Je fouillai mes poches à la recherche d'un mouchoir, en vain. J'eus alors l'idée de déchirer un morceau du sac en papier que je portais pour le lui offrir, afin d'en finir une fois pour toutes avec cette menace permanente.

Soudain, la grosse se mit à se plaindre toute seule, à haute voix. Elle ne regardait personne en particulier. Elle n'avait pas retrouvé sa carte d'identité, elle était descendue à la caserne sans rien qui puisse prouver qui elle était. Or, l'employé de la Sûreté générale qui était passé dans toutes les maisons avait bien dit de descendre samedi matin à la caserne Michel-Hlayel, à Qobbeh, muni de sa carte d'identité. Dès les premières heures de l'aube, nous avions afflué devant les portes, devançant ainsi les membres du "comité" venus de Beyrouth. Le préposé n'avait rien dit d'autre : tout ce qu'il avait demandé, c'étaient les cartes d'identité. Mais la grosse, elle, avait perdu la sienne. Elle s'était levée très tôt, elle avait retourné la maison de fond en comble, trois fois, pour la retrouver. Elle ne s'en était pas servie depuis les dernières élections. Je n'arrive décidément pas à comprendre cette propension qu'ont certaines personnes à parler haut et fort comme ça, à la cantonade. Quand elle s'était aperçue qu'elle avait perdu sa carte, elle était allée voir l'officier d'état civil pour en obtenir une autre, mais il lui avait répondu que ça prendrait du temps. Soudain, elle changea de ton pour se parler à elle-même, pour se rassurer : oui, elle trouverait sûrement quelqu'un qui pourrait leur dire qui elle était.

— Il y a ma sœur qui est là, et puis ses filles aussi. Mais je ne les vois pas, peut-être qu'elles ne sont pas encore arrivées. S'ils me laissent repartir sans rien, ils entendront parler de moi !

Tout à coup, elle aperçut, plus loin dans la queue, quelqu'un de sa famille. Elle le salua comme si elle ne l'avait pas vu depuis une éternité, soulagée d'avoir enfin trouvé quelqu'un qui la connaissait et qui pourrait confirmer son identité.

Je n'avais nulle envie de me rendre à la caserne Michel-Hlayel de Qobbeh. Mais mon frère avait fini par me convaincre, en usant d'un argument fort simple :

— Si tu ne prends pas l'argent qui te revient, c'est eux qui le prendront.

Par "eux", il entendait soit le fameux comité, soit des gens haut placés que nous ne connaissions pas. Eux, en tout cas, ils récupéreraient l'argent et se le mettraient dans la poche. Il avait ajouté :

— De toute façon, de ta grandeur d'âme, personne n'en saurait rien, en dehors de toi et moi…

En réalité, je n'avais que faire de la grandeur d'âme. Je pensais à ma tante. Il me semble bien qu'elle ne connaissait même pas notre maison; pas une seule fois elle n'était venue nous rendre visite. Entre elle et nous, c'était la guerre de Dâhis et al-Ghabrâ'*. Nous, nous étions d'avis que notre oncle nous aimait, mais que c'était elle qui le montait sans cesse contre nous. Je me souviens de la façon dont il attendait qu'elle ait le dos tourné pour nous donner de l'argent, en nous demandant de ne rien lui dire. Quand il me donnait un baiser sur le front, il sentait le tabac, le tabac à rouler local. Nous étions petits. Il nous aimait. Nous étions les fils de son frère, autant dire les siens: c'est ce qu'il disait, tandis qu'en sentant l'odeur de tabac incrustée dans sa veste je suffoquais.

— Ils veulent avoir ton héritage alors que tu es encore vivant...

C'était là le maître mot de la guerre qu'elle avait toujours menée contre nous. Nous lui répondions, sans honte, avec des mots cruels. Nous en avions longtemps discuté, à la maison: pourquoi ne lui avait-elle pas donné, elle, des enfants qui hériteraient de lui?

— Nous ne te laisserons pas prendre notre part pour que tu en fasses profiter les tiens!

S'il avait eu des yeux pour voir, mon oncle ne serait jamais allé ramasser une femme pareille. Mais l'influence qu'elle exerçait sur lui était bien plus puissante que la nôtre. Lui qui aimait tant manger, elle le menaçait de ne plus lui faire la cuisine s'il se montrait trop accommodant avec nous. Il aimait le poisson pimenté, les tripes et les feuilles de vigne farcies; elle les préparait remarquablement bien. Et même, elle avait fini par avoir sa peau avec ses bons petits plats. Une fois, une seule, elle nous avait invités à déjeuner: elle était bonne cuisinière, la fille de chien! A la fin, elle lui avait interdit de venir nous voir, et le fossé s'était creusé entre nous. Il avait fini par déclarer lui-même:

— Si je meurs, je ne veux pas qu'ils suivent mon cercueil.

Des gens étaient venus nous rapporter ces mots. Donc, il ne voulait pas que nous, autrement dit ma mère, mon frère et moi, nous prenions part à son cortège funèbre. Je n'aurais jamais cru qu'il puisse dire une chose pareille.

Et maintenant, nous étions là, à faire la queue devant la caserne, juste parce que nous étions les fils de son frère. Ma mère m'avait fait emporter de force une galette de pain fourrée de *chanklicheh**, avec des olives, le tout enveloppé dans un sac en papier. J'hésitais à offrir le sachet au Gandour, pour qu'il m'en débarrasse tout en se calmant un peu. Ma mère avait eu peur que j'aie faim si l'attente durait trop longtemps. “Toi, tu ne supportes pas d'avoir faim”, m'avait-elle dit. Ma mère me connaissait : c'est vrai, je ne supporte pas la faim. Mais j'étais embarrassé à la fois par le sac, par la *chanklicheh,* qui commençait à sentir fort, et par la présence de ma tante. Si elle nous voyait attendre ici, elle en crèverait de rage. Je me cachai donc tant bien que mal derrière la grosse qui bouchait la vue devant moi. Mais, malgré toutes mes ruses, on voyait dépasser ma tête, car la femme était petite. Le soleil commençait à taper, et la queue avançait à peine. Nous aurions donné cher pour savoir ce qu'il se passait dans le petit pavillon. Ceux qui sortaient ne pouvaient pas croiser ceux qui patientaient encore. Cependant, quelques nouvelles finirent par arriver, remontant de l'arrière vers les premiers rangs cette fois ; certains, après avoir refait tout le tour, étaient venus montrer aux autres ce qu'on leur avait donné. La plupart tenaient à la main un chèque, pour la première fois de leur vie. Pour commencer, nous n'avons pas compris selon quelle logique l'argent était distribué : les parts n'étaient pas égales. Mais, après examen, on finit par en conclure que la répartition correspondait à la quote-part de chacun dans l'héritage du défunt.

Le fait est qu'à mes propres yeux j'avais honte ; aussi tentais-je de fuir le regard de certaines personnes que je connaissais, sachant bien ce qu'ils penseraient en nous voyant ici, mon frère et moi. Quant à lui, il ne semblait pas y accorder grande importance. Je l'avais vu discuter et rire avec ses voisins de file. Ils avaient donc estimé le montant de la succession que laissait chacune des victimes, sans exception. Tout le monde était venu : c'est la moitié du village qui était là, et le Gandour, en jetant à chaque fois un coup d'œil, commentait :

— Tu vois la femme, là-bas, en face du soldat à lunettes? C'est mon frère Nassif qui a tué son mari. Tu vois, si mon frère Nassif n'avait pas été là, ç'aurait été la honte pour nous, à Borj al-Hawa. Ils l'ont eu par surprise, les siens n'ont pas pu le couvrir…

Ils nous avaient tous fait venir devant cette caserne, tous ensemble, dans la même file ; c'était la première fois que nous avions l'occasion de nous revoir depuis les événements. Deux ans plus tôt, quand l'Etat libanais, reprenant les choses en main, avait commencé à arrêter les hommes des deux camps, innocents et coupables confondus, il avait mis les Semaani dans la prison de Qobbeh et les Rami dans celle de la caserne de l'émir Bachir, à Beyrouth. A l'époque, ils nous avaient séparés. Mais, cette fois-ci, ils nous avaient tous réunis au même endroit.

Abou Jamil passa près de moi et mit sa main sur mon épaule. A son regard, je sentis qu'il m'aimait autant qu'avant. Autant que quand il vivait dans notre quartier, avant qu'il ne prenne la fuite et que des gens de notre famille n'occupent sa maison. Il me dit :

— Tu passeras à ta mère le bonjour d'Oum Jamil !

Quand je lui transmis le message en rentrant à la maison, elle poussa un soupir.

Le Gandour, qui les connaissait tous, poursuivait :

— Et le jeune, là-bas, c'est encore mon frère Nassif qui...

Il n'avait jamais rien à dire sur lui-même ; son héros, c'était son frère Nassif. Je mis la main sur mon oreille dans l'espoir de tenir sa bouche à distance.

Ma tante héritait de la moitié, et nous de l'autre. S'ils avaient eu des enfants, nous n'aurions eu droit à rien du tout. Mon oncle était tombé dans une embuscade tendue à l'attention de quelqu'un d'autre. Tandis qu'il était au volant, il avait entendu des tirs, tout près. Il s'était mis à paniquer, et la voiture avait quitté la route pour s'écraser au fond du ravin. Mais il n'était pas mort sur le coup ; on dit qu'il avait pu sortir de sa voiture démolie et faire quelque pas. Dans la voiture, on ne retrouva aucun impact de balles. En tout cas, les coupeurs de route étaient de notre bord : en s'apercevant de leur méprise, ils étaient accourus pour lui porter secours. Quoi qu'il en soit, la santé de mon oncle en avait pris un coup ce jour-là, et il était mort six mois plus tard. Nous avions assisté à ses funérailles à l'église, mais sans passer par sa maison, car sa femme avait chargé quelqu'un de nous prévenir que si nous osions entrer chez elle, elle ferait un vrai scandale. Elle nous lançait au visage toutes les accusations qui lui passaient par la tête. Partout où elle allait, elle disait que nous avions tout fait pour que son nom ne soit pas ajouté à la liste des victimes, que nous étions allés trouver le commandant de la zone militaire pour lui dire que notre oncle était mort dans un accident de la route et que sa femme n'avait droit à aucune indemnité.

Je cherchais quelque chose pour me protéger du soleil, qui tapait sur mon crâne, lorsque, du fond de la file, monta une rumeur :

— Le comité ! le comité !

On se réjouissait de son arrivée, comme de tout événement susceptible de nous distraire, de rompre l'ennui de cette interminable attente. Un convoi de trois voitures, précédé par un motard de la Sécurité intérieure, s'arrêta. Le premier à descendre fut un homme de petite taille qui portait de grosses lunettes noires, avec une tache noire en travers du visage. Deux gardes du corps l'encadraient. Un officier courut au-devant de lui, en l'appelant Henry *Bek**. Nous l'avions reconnu ; ou plus précisément, le Gandour l'avait reconnu. Il avait apparemment collecté lui-même les fonds versés par ses amis fortunés de Beyrouth. Nous avions également appris que les Etats-Unis avaient fourni une aide au Liban, sous la forme d'énormes quantités d'excédents de blé. Un businessman avait suggéré à l'Etat libanais de lui revendre le blé en question, à des prix raisonnables s'entend, puis d'utiliser les fonds pour nous indemniser, nous, les familles des victimes, afin de garantir la réconciliation intérieure. Mais, comme il avait tardé à payer, la réconciliation s'était fait attendre jusqu'à ce jour où nous nous tenions tous en file indienne devant la caserne Michel-Hlayel de Qobbeh.

Henry Bek avait trébuché, manquant de s'étaler de tout son long. "Oh ! Mon Dieu !", s'écria la grosse femme qui me précédait.

Un garde du corps s'empressa de le rattraper ; le *bek* regarda dans notre direction et sourit, comme pour remercier ma voisine de sa sollicitude. Sollicitude surfaite, comme elle l'était elle-même. Certains affirmaient qu'il était propriétaire de l'hippodrome de Beyrouth ; un homme, juste devant la grosse femme, dit qu'il avait été ministre des Affaires étrangères, à l'époque de l'Indépendance. Il s'arrêta pour attendre ceux qui l'avaient accompagné depuis Beyrouth.

Un officier en tenue de parade sortit de la deuxième voiture. Les trois soldats chargés de nous empêcher de perturber la file se mirent au garde-à-vous. Car les soldats saluent les officiers, même s'ils ne les connaissent pas, à la simple vue des étoiles qu'ils ont sur leurs épaulettes. Il était d'allure austère, et je sentais bien qu'il nous contemplait avec quelque condescendance. Durant mon séjour dans la queue, j'avais eu le sentiment que les militaires dans leur ensemble regardaient les civils avec mépris. D'ailleurs, nous les civils, nous le leur rendions bien. Nous les accusions d'être "les bêtes de somme de l'Etat", qui les "engraissait à ne rien faire". Nous ne leur prêtions jamais main-forte, persuadés qu'ils passaient leur temps à nous chercher des noises, à nous tendre toutes sortes de pièges. Chez nous, personne n'était jamais entré dans l'armée, à moins d'être officier supérieur.

Le troisième homme portait sous son bras un gros dossier bourré à craquer de papiers, qu'il s'évertuait en vain à mettre en ordre. Il portait d'épaisses lunettes et souriait à droite et à gauche, sans raison particulière, comme si ce sourire ne quittait jamais ses traits. On disait que c'était l'avocat du comité. Sur le moment, je ne compris pas pourquoi le comité avait dû nommer un avocat dans ses rangs.

Le comité, c'était donc ça. Peut-être venait-il sur place pour veiller à la bonne distribution des fonds. La rumeur annonça que les chefs de famille allaient arriver d'un instant à l'autre. Les trois délégués du comité entrèrent dans le bâtiment principal de la caserne. En montant les marches du perron, l'avocat se retourna vers la longue file d'attente. Peut-être se disait-il qu'il y avait là bien plus de candidats à l'indemnisation que ceux que recensaient ses dossiers, dont les pages menaçaient de s'éparpiller sur le sol.

Un peu plus tard arrivèrent les journalistes. Sans doute avaient-ils eu vent de la venue du comité; néanmoins, ils nous mitraillèrent avec leurs appareils photo, avant de rejoindre les officiels à l'intérieur du bâtiment. L'un d'eux tourna son appareil dans notre direction; j'eus le réflexe de tourner le dos et je tentai à nouveau de me cacher derrière la grosse dame. Mais trop tard: j'avais déjà pris le flash en pleine figure. Le lendemain, je vis même une autre photo de moi dans le journal, en première page. Le boiteux qui vendait les journaux était content. Avec son énorme pile de numéros, il arpentait à grand-peine les différents quartiers du bourg. Ce jour-là, il investit également les ruelles où il ne mettait jamais les pieds, en criant :

— Aujourd'hui, braves gens, on parle de ceux de Barqa !

Il vantait toujours sa marchandise de la sorte.

Sur la photo, j'avais l'air de sourire. Pourtant, mon humeur était loin d'être au beau fixe tandis que je me morfondais dans la file d'attente. Devant moi, on voyait la grosse dame qui, la main sur la bouche, lançait un youyou prolongé. Je n'avais même pas remarqué que le reporter nous avait à nouveau pris pour cible, occupé que j'étais, comme tout le monde, par l'arrivée du chef des Rami.

Il descendit de voiture à la hâte, sentant peut-être qu'il arrivait en retard à la réunion du comité. Deux de ses acolytes couraient devant lui. Dans les premiers rangs, quelques mains applaudirent prudemment, comme pour ne pas mécontenter les soldats chargés de notre surveillance, mais la grosse femme lança brusquement un youyou retentissant. Je sus ainsi qu'elle était de l'autre bord – ce que j'avais déjà soupçonné, puisque je ne la connaissais pas. Si elle avait été des nôtres, je l'aurais forcément vue un jour ou l'autre dans le quartier. Ses youyous n'en finissaient pas, comme à un mariage ; une autre femme tenta alors de l'imiter, mais sans le même succès, car sa voix s'éteignit bien plus vite.

Sur l'image publiée dans le journal apparaissait aussi le Gandour, qui se penchait sur mon épaule. En fait, ils avaient voulu prendre la femme aux youyous ; lui et moi, nous étions là par hasard. Je crois même me souvenir que, au moment précis de la photo, il était en train de me dire à l'oreille des insultes sur les Rami. Et d'ailleurs, quand la femme s'était mise à donner de la voix, je me souviens des insanités qu'il avait proférées sur elle, s'en prenant tour à tour à ses morts, à sa filiation, sans oublier sa mère, sa sœur et même sa fille, qui formaient à l'en croire une dynastie de putes, de mère en fille. Nulle part on ne voyait mon frère, ni ma tante. Le journal écrivait des choses qui n'étaient pas pour nous plaire, à nous autres du quartier bas. Il disait que nous étions là "dès le petit matin", une expression que je n'avais pas aimée, parce qu'elle suggérait que nous étions tous impatients d'aller toucher cet argent. Du reste, comment l'avaient-ils su, puisque les journalistes n'étaient arrivés qu'après le comité ? Puis le journal racontait comment les familles des victimes tombées au cours des années 1957 et 1958 s'étaient attroupées devant le bureau des renseignements militaires au nord du Liban. "Nos compatriotes de Barqa, cette foule de gens simples, se préparent à entrer dans le bureau du Comité d'indemnisation de ces sanglants événements" : qui donc était allé dire à l'auteur que nous étions, nous, des "gens simples" ? Assis sur une chaise basse devant la boutique de son cousin, Ghalib as-Semaani lisait à haute voix l'article en question. Il aimait s'entendre lire, et les habitués venaient l'écouter. Ça se déroulait ainsi ; quand le marchand ambulant passait, le patron ouvrait son tiroir-caisse et achetait un numéro, qui échangeait ensuite de main en main toute la journée. Parvenu à l'expression "Nos compatriotes de Barqa, cette foule de gens simples", Ghalib interrompit sa lecture et brandit son majeur devant le journal, juste à l'endroit où étaient imprimés les mots en question, en répétant, goguenard :

— "Des gens simples" ! Nous, des gens simples ! C'est ça, fils de ce que je pense !

Nous, dans le quartier bas, nous n'aimions pas qu'on nous humilie. La prochaine fois, le crieur de journaux en prendrait pour son grade.

Après le chef des Rami défila tout un chapelet de notables du village, qui arrivaient à leur tour à la caserne. Ils passaient devant nous en nous toisant, lançaient quelques saluts ici et là puis s'engouffraient dans le bâtiment. Le président de la municipalité arriva à son tour. Notre chef de famille était déjà passé. Il avait l'œil droit rouge et enflé, un orgelet sans doute. Il nous avait fait un signe de la main, et, tout au bout de la file, une femme poussa un youyou en son honneur ; mais aucune autre ne l'imita. On aurait dit qu'elle le faisait surtout pour rendre la monnaie de sa pièce à la femme de tout à l'heure. Il fut applaudi, lui aussi. Nous, nous allions retirer nos chèques dans le petit bâtiment, et eux se réunissaient dans le grand. Pour nous, c'était le bureau des renseignements militaires et, pour eux, le bureau du chef de la zone militaire nord. Le journal publiait deux photos : outre celle de la grosse poussant ses youyous, derrière laquelle on me voyait sourire tandis que le Gandour me chuchotait des insanités à l'oreille, un autre cliché les montrait tous réunis, aussi bien les chefs que les membres du comité, assis en cercle autour d'un bureau où siégeait un grand officier portant des lunettes noires. Ils souriaient. L'un d'eux, le chef des Rami, portait à ses lèvres une tasse de café.

Nous avions enfin avancé et nous étions maintenant tout près du bâtiment. Lorsque nous sommes parvenus devant le bureau du chef de la zone militaire, la porte était ouverte; ceux qui s'y trouvaient riaient haut et fort, échangeant des propos cordiaux, et peut-être même des blagues.

Quelqu'un qui avait assisté à la rencontre du début à la fin nous raconta par la suite tous les détails: leurs entrées, leurs poignées de main, leurs embrassades. A ceci près que le chef des Rami avait dit que, souffrant d'un rhume carabiné, il craignait d'être contagieux; il s'était donc abstenu d'embrasser ses voisins, se contentant de serrer des mains. Quelqu'un avait même apporté une bouteille de champagne; deux hommes se disputèrent le privilège de la déboucher et ils y mirent tant de zèle que le bouchon atteignit à l'oreille le chef des renseignements militaires au nord du Liban, qui s'était détourné pour s'entretenir avec l'avocat. Quand la mousse déborda, ils s'empressèrent de tendre leurs coupes et de porter des toasts: le premier fut en l'honneur du Liban, nous dit-il. Ils s'étaient tous levés, et c'est Henry *Bek* qui portait les toasts. Puis ils burent au nouveau président de la République et ancien général en chef des armées. Notre chef proposa un toast en l'honneur de la ville de Barqa; tous acquiescèrent avec enthousiasme.

Mon tour approchait. Devant moi, il n'y avait plus que la grosse. Je proposai alors au Gandour de me passer devant, et il accepta. Le soldat assis derrière le bureau ne demanda pas à la grosse de prouver son identité. Elle donna juste son nom, et il le retrouva dans sa liste. Quand il voulut la faire signer, elle répondit qu'elle ne savait pas écrire. Il lui fit plonger le doigt dans un encrier pour recueillir ses empreintes digitales, et elle repartit avec son chèque. Le Gandour, lui aussi, laissa son empreinte. Trouvant la somme bien mince, il fit entendre un chapelet de jurons. Je pris le chèque que me tendait le soldat, redoutant encore le regard de ma tante. Cet argent, j'en avais besoin. Depuis que j'avais appris que nous étions concernés par l'indemnisation nous aussi, j'avais emprunté la somme correspondante et l'avais déjà dépensée.

Mais je ne parvins pas à échapper à ma tante : je finis par la croiser en sortant du bureau. Elle attendait. J'imagine que c'est nous qu'elle attendait, mon frère et moi. Je ne l'ai pas regardée, mais je l'ai entendue dire bien fort :

— Dieu fasse que cet argent serve à t'acheter des médicaments !

XXII

Kemleh sortira du lit à l'aube. Chaque jour, ce sera plus difficile que la veille.

Dès qu'elle écarte la courtepointe, le froid la saisit. Le fleuve est tout proche, le soleil est encore loin.

Elle refera les mêmes gestes, ceux de sa vie obscure.

Sa mort viendrait le jour même où elle y changerait la moindre lettre, la moindre virgule. Elle s'imaginait bien mourir dans son sommeil.

Chaque jour, elle revoyait ce qui se passerait alors, dans les moindres détails : un soir, en parfaite santé, elle irait se coucher ; et, le matin venu, elle ne se réveillerait pas. Aux alentours de midi, les voisins s'aviseraient qu'elle n'était pas sortie sur sa terrasse, que sa porte et ses volets étaient restés fermés. S'approchant avec prudence, ils viendraient frapper à sa porte, en se parlant à voix basse. Elle n'entendrait pas. Ils l'appelleraient de plus en plus fort : elle n'entendrait toujours pas. Ils iraient à la fenêtre de sa chambre, taperaient du poing, l'appelleraient à grands cris, mais elle n'entendrait pas. Tout le monde serait là. On irait trouver son amie Mountaha, on la ferait venir. Dès qu'ils viendraient la chercher, elle saurait que Kemleh était morte. Oui, Kemleh s'était bien préparée pour cette matinée où ses voisins l'appelleraient en vain, où ils frapperaient à toutes les portes de sa maison et où elle ne viendrait pas leur répondre. Elle avait donc montré à Mountaha comment ouvrir de l'extérieur la porte de la cuisine, pour qu'ils n'aient pas besoin de l'enfoncer. Il lui faudrait passer la main par la fenêtre de derrière, pour tirer sur la cordelette accrochée au loquet de la porte, et celle-ci s'ouvrirait. Alors, en chuchotant, ils entreraient dans la chambre à coucher et la trouveraient là. En la voyant, Mountaha serait la seule à pousser un cri de désolation. “Ne me pleure pas! mais ne laisse pas non plus les voisins voler ce qu’il y a dans la maison. Mets vite sous clé les bracelets, le collier en or et les affaires de Youssef”, lui avait-elle ordonné. Youssef, son mari.

Mais aujourd’hui, elle ne changerait rien à sa vie. Surtout pas aujourd’hui.

Elle s’était couchée rassurée d’avoir bien préparé les provisions d’Elya, sans rien oublier. Une valise pleine de petits plats, comme celle qu’elle lui avait fait emporter pour son premier voyage, quand elle avait réussi à l’accompagner dans la salle d’embarquement, sans que personne ne puisse l’en empêcher.

Aujourd’hui, elle lutterait pour survivre. Elle allumerait la faible lampe de la cuisine, même si, depuis longtemps, elle ne voyait plus la différence. Si elle n’allumait pas la lampe, sa journée ne pouvait pas commencer. Encore en chemise de nuit, elle mettrait la cafetière pleine d’eau sur le plus petit brûleur à gaz, celui qui était devant, à droite. Debout, elle attendrait que l’eau se mette à bouillir, ajouterait deux petites cuillères et demie de café puis retirerait la cafetière du feu pour éviter qu’elle ne déborde. Car elle entendait aussi le liquide qui montait, juste avant de déborder. Avec le temps, elle avait fini par entendre des bruits qu’elle aurait été bien incapable de repérer auparavant: le battement d’ailes des hirondelles au printemps, la chasse d’eau de la famille Assi. A chaque fois, elle ôtait la cafetière du feu et attendait que l’écume soit entièrement retombée. Elle refermerait la bonbonne de gaz, un geste qu’elle faisait après chaque usage; il lui arrivait même de se relever la nuit pour vérifier si le gaz était bien fermé. Elle mettrait la cafetière sur le plateau, avec deux tasses à café en verre, posées la tête en bas. Elle prévoyait toujours deux tasses, qu’elle posait toujours à l’envers; et pourtant, elle n’attendait personne pour partager son café matinal. A cette heure-ci, Mountaha était encore couchée. Kemleh retournerait dans sa chambre, enfilerait sa robe puis trouverait facilement son chemin jusqu’au balcon, car elle sentait la présence de la lumière. Dans le temps, elle aimait attendre que le jour se lève derrière les hautes montagnes. Elle s’asseyait toujours en regardant de ce côté-là. Elle se versait une demi-tasse, la buvait puis se resservait. Elle avalait le marc de café jusqu’au bout. Elle remporterait alors le plateau, la cafetière et les tasses dans la cuisine, les laverait et les remettrait à leur place. Elle remplirait le seau et retournerait sur la terrasse pour arroser les plantes avant que le soleil ne la devance. Elle ne commencerait à changer tel ou tel détail de cette journée que quand elle serait fatiguée de tout cela. Le jour où elle n'aurait plus envie de se lever, une fois encore, le lendemain.

Ibrahim al-Halabi serait le premier à passer dans la rue, le premier à sortir de chez lui, à l'aube. Il ralentissait en s'approchant de la terrasse de Kemleh, qui lui rendait son salut sans engager pour autant la conversation. Lui, il avait toujours quelque chose à dire. Il se levait tôt pour aller attendre sur la place du village, debout devant la librairie-presse à siroter lentement une tasse de café que lui servait le marchand ambulant. Il assistait à l'éveil du village : ceux qui entraient acheter le journal du matin ou les tickets de loto, la préfecture qui ouvrait ses portes de l'autre côté de la rue. Au moment où ceux qui avaient du travail partaient à leurs occupations, la journée d'Ibrahim al-Halabi se terminait. Il rentrait chez lui à 9 heures du matin, pour ne ressortir que le lendemain, à l'aube. Lors de sa sortie matinale, il avait salué Kemleh : il n'était donc plus obligé de dire quoi que ce soit, tandis que, d'un pas chancelant, il faisait le chemin du retour. Il se contentait de jeter un coup d'œil au balcon pour s'assurer que Kemleh était toujours là, à arroser ses plantes, rassuré de voir que la vie continuait son cycle naturel et qu'il venait donc de gagner un jour de plus qui viendrait s'ajouter au jour d'avant. Une journée dont ne connaissaient la vraie valeur que ceux qui, comme lui, étaient à la fois en parfaite santé et tout proches du départ.

Quelques instants plus tard, il serait suivi par la maîtresse d'école, avec ses talons hauts qui claquaient. Un jour, elle avait salué Kemleh, qui ne lui avait pas répondu, à moins qu'elle ne l'ait pas entendue. Depuis, la maîtresse passait sans dire bonjour, sans même un regard en direction de la terrasse. Mais, avec Kemleh, cette froideur n'était-elle pas l'attitude la plus appropriée ?

Puis, comme chaque jour, avec le lever du soleil, arriverait Mountaha. Elle aussi fermait sa porte à double tour et gardait la clé sur elle. Elle n'osait plus la laisser grande ouverte comme autrefois. A l'époque, elle bloquait même les battants avec une chaise pour éviter que le vent les fasse claquer. Depuis sa naissance, elle avait toujours vu la porte de sa maison grande ouverte. Mais, à présent, elle craignait les voleurs. Chaque jour, on lui racontait un nouveau forfait. C'étaient des cambrioleurs très habiles, qui entraient chez les gens pendant leur sommeil. Ils s'introduisaient dans les chambres à coucher, prenaient les bijoux cachés dans le tiroir, au-dessus de la tête du mari tranquillement couché près de sa femme. Jusqu'à présent, personne ne s'était réveillé pendant leur passage, comme s'ils avaient aspergé de chloroforme les maisons qu'ils visitaient. Et d'ailleurs, le matin, ceux qui avaient été victimes de ces cambriolages se réveillaient particulièrement fatigués.

Mountaha était convaincue qu'au village les étrangers étaient maintenant plus nombreux que les gens du pays.

— On ne connaît plus personne. Mais d'où est-ce qu'ils viennent tous?

C'est ce qu'elle déclarait, en les regardant droit dans les yeux.

Le plus souvent, quand elle allait voir Kemleh sur sa terrasse, elle emportait avec elle un plateau de lentilles, dont elle enlevait les pailles et les petits cailloux avant de les mettre à cuire, ou alors un grand saladier de courgettes, qu'elle évidait avec dextérité. Si son déjeuner ne demandait pas tant de préparation, elle n'emportait que son tricot: un gilet bleu marine pour elle.

Mountaha n'avait plus personne à qui tricoter un pullover, ni même une écharpe. Une fois marié, son frère avait émigré en Australie. Là-bas, il avait appris à ses enfants à penser à leur tante. Elle ne les connaissait pas, mais ils lui envoyaient des vœux pour les fêtes, des cartes postales, de l'argent mis de côté sur le modeste salaire que leur rapportait leur travail harassant à l'usine. Elle les aimait bien. Elle n'avait qu'eux à aimer, même si elle ne les avait vus qu'en photo. Quand la mère de Mountaha était morte, le muet n'avait pas tenu longtemps. Un dimanche matin, il était allé au bord du fleuve pour pêcher les anguilles, comme d'habitude, mais il n'était jamais revenu. On l'avait cherché partout, mais il semblait s'être volatilisé – peut-être le fleuve l'avait-il emporté. Comme elle n'avait personne pour qui le faire, Mountaha tricotait pour elle-même. Toutefois une fois le vêtement terminé, elle ne le portait jamais. Si on lui demandait ce que c'était, elle répondait qu'elle finissait un pull-over pour le petit voisin qui allait entrer à l'école au semestre suivant. Comme s'il était honteux, pour une femme, de tricoter quelque chose pour elle.

Cette fois, elle viendrait les mains vides. Elle aurait eu soin de revêtir sa meilleure robe. Sans doute la marron foncé. Elles s'assiéraient côte à côte. Si Mountaha parlait, Kemleh lui répondrait, toujours aussi laconique.

La journée se réchaufferait, les bruits se multiplieraient. Kemleh ferait taire tous ceux qu'elle pourrait, pour laisser dormir Elya. Le moindre éclat de voix, elle saurait de qui il provenait dans le voisinage ; le moindre bruit, elle saurait à qui le reprocher.

Vers 10 heures, il sortirait sur le balcon, portant une veste blanche légère. Il prendrait place près de sa mère, en se serrant contre elle, et l'embrasserait sur le front avec un enthousiasme excessif, passant son bras autour de ses épaules. Alors elle le repousserait. Elle s'obstinait à refuser ces manières trop sentimentales à son grè. Il ouvrirait le carnet de notes qui ne le quittait plus, y écrirait quelque chose puis le poserait près de lui sur le banc.

Deux enfants passeraient la tête entre les plantes du balcon, comme entre deux pans d'un rideau de théâtre, afin de profiter du spectacle. Leurs yeux brilleraient de curiosité. Après avoir escaladé le mur avec adresse, ils se hausseraient sur la pointe des pieds pour ne rien manquer de la scène. Dans le quartier de la Bande, les informations circulaient toujours de porte en porte, comme par le passé. Désormais, après les annonces de tueries et de vengeance, il ne s'agissait plus que de la vie des gens. Les nouvelles passaient de bouche à oreille parmi les habitants ; elles évitaient au passage ces étrangers dont Mountaha avait peur, en attendant qu'ils finissent par s'intégrer. Or, telle était la dernière nouvelle, celle qui circulait ainsi depuis la veille et qui était arrivée aux oreilles des enfants assortie des jugements sévères de leurs parents : le fils de Kemleh, le fils de Youssef al-Kfouri (celui qui était mort à Borj al-Hawa) allait repartir ce jour-là pour l'Amérique, et sa mère ne le reverrait plus.

Dans les écoles, c'était justement jour de grève: les gamins n'avaient donc pas classe. Ces jours de congé imprévus avaient une saveur toute particulière. En entendant leurs parents commenter le départ du fils de Kemleh, ils s'étaient tous dit: "Demain, il y a grève, alors nous irons voir!".

Les deux garçons qui passeraient la tête entre les plantes de la terrasse attendaient donc le moment des adieux. On ignore qui avait ajouté à la nouvelle de ce départ le commentaire selon lequel Kemleh verrait son fils pour la dernière fois; quoi qu'il en soit, les gamins s'empresseraient de venir assister à cette séparation ultime. Ce qui les attirait le plus, c'était l'idée qu'après ce jour Kemleh ne reverrait plus jamais son fils; ils voulaient voir à quoi ressemblaient des adieux à jamais.

Lui, il ne reviendrait jamais au Liban; elle, elle allait bientôt mourir.

Après ces deux-là arriveraient leurs camarades de classe, libérés eux aussi par la grève. Juste après, ce serait toute une foule d'élèves du collège public de garçons qui ferait cercle autour du balcon de Kemleh, bientôt rejointe par d'autres camarades qui fréquentaient les mêmes bancs: les fils des étrangers installés dans le quartier de la Bande. Mountaha tenterait de les faire partir. Ils s'éloigneraient un peu, en restant obstinément dans les parages. Après avoir reflué de quelques mètres, le groupe reviendrait à la charge, inlassablement. Ils guetteraient chacun de leurs faits et gestes, dévisageant Elya lorsqu'il chuchotait à l'oreille de sa mère. Hésitant, celui-ci jetterait un regard à la ronde comme pour évaluer le public en présence. Avec un petit sourire, il se lèverait pour entrer dans la maison.

Quelques instants plus tard, on le verrait reparaître, muni cette fois de son instrument de musique, auquel il se cramponnait fermement. Il se pencherait dessus pour ôter l'épaisse couche de poussière qui s'y était déposée, faisant ainsi réapparaître les touches. Les enfants s'approcheraient: l'apparition de cet accordéon constituerait un signal. Quelques-uns oseraient escalader la balustrade pour aller s'asseoir par terre le long du mur de la maison, à côté des voisins venus partager avec Kemleh les adieux de son fils. Il jouerait une note, puis deux: l'instrument fonctionnait toujours. Il sourirait. Les spectateurs seraient de plus en plus nombreux. Les gamins ayant rameuté leurs camarades dans toutes les ruelles, le quartier de la Bande serait bientôt réuni au complet.

C'est pour eux qu'il jouerait ces morceaux qu'il n'avait pas oubliés, après toutes ces années ; et eux le regarderaient, silencieux, captivés. Ils suivraient des yeux ses gestes, quand il déployait l'instrument en entier, ouvrant grand les bras ; ils s'étonneraient de le voir prendre une telle ampleur, avant de se refermer complètement. De tout son séjour à l'étranger, sans doute Elya n'avait-il pas une seule fois touché un accordéon, mais il lui suffirait d'enfoncer une fois les touches et il retrouverait toute sa dextérité. C'était comme le vélo : une fois qu'on a appris, on n'oublie pas. Sans affectation, il se pencherait sur l'accordéon, fermant les yeux comme s'il souffrait avec sa triste mélodie, ferait danser ses pieds qu'entraînait un rythme joyeux, de plus en plus vite, ondulant, dansant avec son instrument. Il jouerait les airs qui lui passaient par la tête, jusqu'à ce que sa mère lui demande *Zourouni koulli sana marra*, "Venez me voir une fois par an". Alors il l'interpréterait aussi, en croisant le regard des gamins médusés par l'agilité de ses doigts. En fait, ils le regarderaient jouer sans vraiment écouter la musique qui sortait de son extraordinaire instrument. A peine Elya commencerait-il qu'un silence étrange s'abattrait sur le quartier, comme si plus aucune voiture ne circulait. On n'entendrait plus une mère appeler son fils, plus une porte claquer, plus un chien aboyer dans le voisinage.

Quand Elya semblerait se fatiguer, même s'il souriait toujours à son public, Mountaha demanderait aux gamins du quartier de partir, en leur annonçant que cette femme voulait maintenant faire ses adieux à son fils. Elle donnerait à chacun l'ordre d'aller jouer "chez sa mère" : Mountaha ne connaissait pas d'autre vocabulaire. Mais ils ne bougeraient pas d'un pouce, tenant à suivre le spectacle jusqu'à la fin. Elle les menacerait de rentrer au salon, en demandant à Kemleh et Elya de la suivre : mais aussitôt, les gamins du quartier protesteraient bruyamment. Ils voulaient voir Elya dire adieu à sa mère. C'est bien pour ça qu'ils étaient venus, dès qu'ils avaient entendu leurs parents dire qu'elle ne le verrait plus jamais.

Elle lui avait fait cuire une douzaine de galettes de *kebbeh* fourrées à la graisse de bœuf et avait encore préparé un kilo de haricots verts séchés et un bocal de boules de *labneh** baignant dans l'huile d'olive. Puis elle avait ajouté du fromage de chèvre, des olives marinées, de l'huile d'olive qui venait de la terre rouge du haut Hariq : tout était bien rangé et tenait dans une seule valise. Elle avait envoyé en secret quelqu'un à Tripoli pour lui acheter des *maamoul** aux pistaches, dans une boîte en bois hermétiquement fermée. Un demi-bloc de figues séchées, un petit sac de boulgour brun. Le chauffeur de taxi, celui qui l'avait emmené jusqu'à Borj al-Hawa, allait maintenant le conduire à l'aéroport. Durant tout le trajet, il ne dirait que le strict nécessaire. Kemleh garderait la question pour le dernier moment, pour l'heure de la séparation. Acceptant enfin qu'il lui prenne la main, elle lui demanderait à brûle-pourpoint :

— Que veux-tu que je fasse de la maison, mon fils?

La question le prendrait au dépourvu.

— Quelle maison?

— Cette maison-là. La tienne.

Il tenterait de répondre puis y renoncerait.

Elle n'insisterait pas davantage.

Elle le suivrait jusqu'à la porte et resterait là, flanquée de Mountaha, qui aurait désespéré de faire déguerpir les enfants, d'autant que la scène pour laquelle ils étaient venus approchait. Avec le temps, la vue de Kemleh baissant, Mountaha avait pris l'habitude de lui dire à l'oreille tout ce qui en valait la peine, quand quelque chose se passait devant elle sans qu'elle puisse le voir. On eût dit que Mountaha voulait en quelque sorte rendre à celle qui partageait sa vie ce dont la vieillesse la privait chaque jour un peu plus. Elya n'en finirait plus de la prendre dans ses bras et de l'embrasser ; elle se laisserait faire, sans pleurer, tout en souhaitant qu'il s'arrête. Puis il s'éloignerait pour aller chercher ses bagages, avant de la serrer une dernière fois dans ses bras. Kemleh dirait au chauffeur d'approcher. Elle lui recommanderait de ne pas rouler trop vite sur la route de Beyrouth. Une fois à l'aéroport, d'attendre pour vérifier que son fils était bien parti. Et, au retour, de passer la voir pour lui dire si son avion avait bien décollé. Il lui promettrait tout ce qu'elle demandait. Puis elle entendrait les portières claquer, l'une après l'autre, et un dernier appel d'Elya : Mère ! Le chauffeur ferait tourner le moteur. Kemleh savait que la voiture avait une cinquantaine de mètres à parcourir avant de tourner à gauche, dans la rue principale. Ayant laissé passer un temps suffisant pour la laisser disparaître au tournant, elle demanderait à Mountaha : "A-t-il regardé en arrière ?".

Mountaha ferait comme si elle n'avait pas entendu la question.

Mais Kemleh insisterait :

— Est-ce qu'Elya a regardé de ce côté, avant le tournant ?

— Oui, oui. Il a regardé.

Et Mountaha lui mentirait.

Un peu plus tard, quand les voisins seraient partis – sans faire le moindre commentaire avant d'être rentrés chez eux, car ils savaient bien que Kemleh, avec sa vue qui baissait, avait l'ouïe de plus en plus fine –, quand les enfants de l'école se seraient lassés de la regarder, maintenant qu'elle avait repris sa place sur le banc du balcon près du dahlia en fleurs, quand ils seraient tous repartis courir les ruelles ou hanter les boutiques de jeux vidéo en ce jour de congé imprévu ; quand Mountaha aurait dit qu'il lui fallait rentrer préparer le déjeuner – Kemleh ne ferait pas d'objections, alors qu'elle savait pertinemment que Mountaha n'avait quasiment rien à préparer, qu'elle grignotait sur le pouce debout devant son évier –, alors Kemleh pousserait un long soupir puis elle irait se faire une tasse de café qui annoncerait son retour à sa vie d'avant.

Cherchant à tâtons, sur les banquettes et les tables basses, les tasses et cendriers abandonnés, elle tomberait sur l'épais cahier qui y était également resté. D'abord, il lui faudrait un moment pour comprendre qu'il s'agissait là du carnet dans lequel Elya avait consigné toutes ses notes de voyage. Ensuite, elle se demanderait s'il l'avait vraiment oublié, s'il lui manquerait, s'il fallait qu'elle le lui renvoie ou s'il l'avait laissé exprès sur la banquette du balcon. Dans l'après-midi, elle interrogerait Mountaha, revenue la soutenir dans ces moments difficiles, sur ce que contenait le cahier. Mountaha tomberait sur des mots qui, dirait-elle, "semblaient des paroles d'Evangile" :

"Et Adam connut sa femme, Eve, qui enfanta Caïn, et elle dit : «Il m'a été fait don d'un homme grâce au Seigneur.» Puis elle enfanta à nouveau son frère Abel. Abel fut pasteur, et Caïn laboura la terre. Il advint quelque temps après que Caïn offrit en sacrifice au Seigneur les fruits de la terre, et Abel offrit aussi quelques-uns des premiers nés de son troupeau, et leur graisse. Dieu regarda Abel et son offrande, mais Caïn et son offrande, il ne les regarda pas…”.

Elle en aurait vite assez de lire, et Kemleh d'écouter. Alors Mountaha tournerait les pages :

“J'ai obtenu plus de sept versions divergentes des premiers moments de cet événement. Comme si tout le monde avait ouvert le feu au même instant. Chacune des personnes interrogées avait sa propre version des faits.”

Les deux femmes remarqueraient aussi une liste numérotée des victimes de Borj al-Hawa. S'il ne précisait pas leur nom, Elya mentionnait leur profession et leur situation de famille. Mountaha lirait à haute voix les notes consacrées à chacun d'eux, puis toutes deux essaieraient de deviner de qui il pouvait s'agir.

“Chauffeur d'un camion américain de marque Dodge, fabriqué en 1946. Travaille dans les transports internationaux vers la Syrie et la Jordanie. Pousse parfois jusqu'en Iraq. 32 ans, marié, quatre enfants. Le plus jeune n'avait qu'une semaine.”

— Ça, c'est Saïd el-Abras ! commenterait Kemleh.

“Apprenti tailleur, célibataire, 25 ans.”

— C'est Farid as-Semaani !

Mountaha l'avait reconnu.

“Mécanicien stagiaire dans un garage du coin. Avait vite appris le métier, si bien que le patron lui confiait déjà quelques réparations à lui tout seul. Célibataire, 25 ans.”

“Professeur d'arabe à l'école élémentaire et au collège ; rédacteur en chef d'une revue scolaire appelant à l'émancipation, à l'instruction des filles et autres valeurs progressistes. Correspondait volontiers avec quelques penseurs connus de l'époque. Avait reçu d'eux plusieurs lettres, qu'il conservait précieusement. Célibataire, 26 ans.”

— Ça, c'est Michel ar-Rami.

Ainsi défileraient les détails, les âges et les métiers :

“Garde employé par les propriétaires des oliveraies. Décidait de la date du début de récolte et empêchait chapardeurs et gardiens de chèvres de passer à travers champs, mais fermait les yeux quand passaient les glaneurs. Portait un revolver en raison de sa profession, 38 ans, sept enfants. Le dernier est né trois mois après sa mort ; on lui a donné le même prénom."

"Boucher, 38 ans, sept enfants, aîné âgé de 15 ans."

"Chauffeur de taxi collectif sur la ligne Barqa-Tripoli, parfois également sur Tripoli-Beyrouth, 27 ans, marié, père de quatre enfants."

"18 ans, non scolarisé car ne supportait pas les cours d'arithmétique et de français. Avait abandonné l'école. Ne travaillait pas non plus, avait essayé en vain la coiffure puis la menuiserie. N'avait pas encore fait ses débuts dans la vie."

— Est-ce que ça ne serait pas ton cousin, Mountaha? Le fils de ta tante paternelle?

"Employé d'une banque de Beyrouth, la *Banque Libano-africaine*. Nouveau poste, occupé depuis quinze jours seulement. Célibataire, 26 ans."

"Greffier mis à disposition du juge unique, en fonction à la préfecture locale le mardi et le jeudi, 26 ans, marié, deux enfants."

"Emigré vivant en Australie, rentré au pays quelques semaines avant les faits, car il avait appris là-bas les difficultés qu'affrontaient les membres de sa famille restés sur place. 33 ans, marié, quatre enfants au jour du massacre ; deux d'entre eux ont trouvé la mort par la suite dans les divers affrontements qui s'en sont suivis."

"Sans profession fixe, mais gagnait très bien sa vie. Doué pour le commerce. On dit que, un jour avant les faits, il avait acheté des revolvers à un prix très avantageux puis en avait revendu plusieurs à ses cousins, et quelques-uns aussi à des jeunes de la famille adverse. Certains ont donc voulu croire qu'il est mort sous les balles d'un revolver qu'il aurait lui-même vendu aux ennemis. Marié, cinq enfants."

Et puis, tout à la fin :

"Travaille dans les jeux de hasard : a ouvert un cercle de joueurs, s'associe avec des partenaires de jeu. Lui-même joueur et organisateur de jeux de cartes. 42 ans, marié, sans enfant."

Mountaha, après avoir lu, n'ajouterait pas un mot. Ce serait donc Kemleh qui le dirait :

— C'est Youssef, n'est-ce pas?

— Peut-être...

Mountaha regretterait d'avoir lu ces lignes qu'Elya avait écrites sur son père. Soudain, semblant intriguée, Kemleh prendrait la main de Mountaha.

— Relis-moi ça!

Mountaha s'exécuterait:

— "Travaille dans les jeux de hasard: a ouvert un cercle de joueurs, s'associe avec des partenaires de jeu. Lui-même joueur et organisateur de jeux de cartes. 42 ans, marié."

— C'est tout?

— Oui, c'est tout.

— Tu es une menteuse, Mountaha...

Elle reprendrait le cahier, le lui arracherait des mains et commencerait par déchirer la page où il était ouvert. Une fois Mountaha partie, elle cacherait le cahier. Mais malgré cela, incapable de supporter sa présence, elle finirait par le tirer de sa cachette.

Palpant les pages, elle jouerait un moment avec.

Puis elle ferait du feu et brûlerait le cahier.

Le soulagement serait immédiat.

Désormais, elle n'aura plus à faire l'effort de remettre les choses à leur place. Elle ne sera plus forcée, chaque matin, de rectifier la position du rideau qu'Elya avait ouvert plus que d'habitude pour mieux voir la montagne. Lui, si ça lui chantait, il avait bien le droit d'ouvrir plus grand le rideau. En voyant le ciel et les hauts sommets, il respirait plus à son aise. Mais Kemleh, elle, ne voulait pas apercevoir Borj al-Hawa, le village tapi là-bas sur le flanc de la montagne. Certes, au-delà d'un mètre, elle ne voyait plus rien; mais, malgré tout, elle tirait toujours le rideau pour cacher ce village où elle n'avait jamais osé se rendre, même en passant. Elle n'aura plus, chaque fois, à se relever pour aller fermer la porte à double tour. Elle pourra rouvrir sa cachette et en sortir tous ces objets qu'elle avait refusé de montrer à Elya. Comme avant, elle pourra exposer toutes les "affaires de Youssef". Elle remettra en place les photos de son mari sur les murs, sur la table où étaient disposés les cadres. Et cette nuit, elle s'endormira à nouveau au son de sa propre voix. Elle refera fonctionner le magnétophone installé au-dessus de sa tête, pour écouter sa voix, telle qu'elle était quelques années plus tôt quand elle chantait :

Ahmed Muhammad Ali Pacha me tuer avait voulu
En un vendredi !
Et tout le monde était au rendez-vous,
Et moi, on m'a fait monter sur un chameau très haut,
Celui qui le menait, c'était un bourreau...

XXIII

Tout au long du voyage qui le menait du Liban à l'île de Chypre, Elya resta silencieux, tendu. Il voulait rester seul. A la belle hôtesse qui lui servit un verre de jus de tomate, c'est tout juste s'il murmura un vague remerciement. Il se plongea dans le livre qu'il avait emporté à seule fin de convaincre quiconque le regarderait que, en habitué des voyages, il ne s'inquiétait ni du décollage, ni de sentir soudain trembler les ailes de l'avion, qui planait dans l'air clair et pur du crépuscule. Mais il fut incapable de lire la moindre phrase d'un bout à l'autre. Sans cesse, le fil du discours se brisait sous ses yeux, et les mots et ce qu'ils signifiaient se dispersaient dans son esprit. Car, à chaque nouveau décollage, au début de chaque élan au-dessus du vide, il avait peur, encore et toujours. La distance à parcourir était courte, et les bagages l'encombraient : la valise de nourriture, l'accordéon. Surtout l'accordéon, pour lequel il n'avait pas trouvé de solution satisfaisante. Il avait placé la valise de provisions dont l'avait chargé Kemleh dans le compartiment réservé aux bagages à main, au-dessus de la tête des voyageurs ; mais, malgré tous ses efforts, il lui fut impossible d'y faire entrer l'accordéon, qu'il garda donc avec lui, tantôt entre ses jambes, tantôt sur ses genoux. La présence de son voisin de siège le perturbait. C'était un homme d'âge mûr, brun et corpulent, moustachu, qui avait tenté d'engager la conversation en lui demandant avec insistance, mais sans succès, comment il s'appelait, où il était né et quel était le but de son voyage. Elya estima que c'était un vendeur de voitures d'occasion et décida de ne répondre à aucune de ses questions. Découragé, l'homme s'absorba complètement dans le spectacle qu'il voyait par le hublot, près duquel il s'était hâté de s'asseoir en montant dans l'avion. Bouche bée, il contempla, comme s'il lisait dans un livre, la surface claire de la mer et les nuages lumineux, jusqu'à l'atterrissage de l'avion, qui se fit avec une souplesse à laquelle Elya ne s'attendait pas.

Dans la nuit, à l'aéroport de Larnaka, Elya attendit de longues heures le départ du vol suivant, avec ses valises entassées près de lui. Il restait d'humeur sombre. Dans le hall, les visages des rares passants étaient à la fois familiers et antipathiques, tout comme leur teint. Des Arabes, ou peut-être leurs cousins chypriotes, soit Turcs, soit Grecs. On voyait aussi de jeunes Libanais rentrant au pays, qui tuaient le temps en entonnant des *mawwal*, et un groupe de touristes européennes blondes et minces, vêtues de shorts. Peu chargées, elles semblaient accoutumées à voyager et à passer du temps dans les aéroports. Sans doute partaient-elles en sens inverse. Il ouvrit la valise de victuailles qu'il avait gardée à la main pour respecter le désir de sa mère. Elle était lourde à se démettre l'épaule ; le trajet jusqu'à New York promettait d'être long. Il s'intéressa tout d'abord aux galettes de *kebbeh*. Il en ouvrit une pour examiner son contenu : le gras lui parut trop épais et trop sec. Reposant le *kebbeh*, il ouvrit le sachet de fromage et enfonça les doigts dans la boule blanche, salée et bien ferme. Il en prit une unique bouchée, un gros morceau sur lequel il referma la bouche après s'être assuré que personne ne le voyait ; il le mastiqua lentement, en savourant. Il laissa d'abord le fromage fondre en bouche, puis l'avala, et le goût des chèvres lui monta au nez presque enivrant. L'odeur des chèvres aussi, avec leur toison noire et épaisse. Lorsqu'aux alentours de 2 heures du matin on appela les voyageurs de son vol à l'embarquement, il jeta un regard autour de lui puis abandonna le sachet de fromage et les galettes de *kebbeh* sur la banquette. Puis il partit sans se retourner. Poussant le reste de ses bagages devant lui sur son chariot, il se mit en chemin.

Dans l'avion qui partait pour l'Europe, quelques regards vides, çà et là, s'obstinaient encore à le reconnaître, à le harceler. Il échangea quelques mots en français avec un jeune homme aux cheveux longs et à la tenue débraillée qui prétendait rentrer de Katmandou. Le garçon dégageait une odeur forte ; il cherchait des clients intéressés par de petites quantités de haschich. Il lui demanda comment il s'appelait ; "Elie", répondit-il sans hésitation, en français. Quant au gars aux cheveux longs, il s'excusa de ne pouvoir lui donner ni son nom ni son adresse, car, disait-il, il était recherché par la police de l'air, et même par Interpol. Puis il émit une hypothèse : Elya, avec son accent si particulier, n'était pas français. "Tu ne serais pas belge, par hasard ? Ou alors canadien, c'est ça ?" Elya eut un sourire malicieux, mais ne voulut pas répondre. Soulagé, il constatait que, là où il se trouvait à présent, il ne serait plus trahi par les multiples indices du lieu où il avait vu le jour.

A l'aéroport d'Orly, l'attente fut plus courte. La valise de provisions, ou plutôt ce qu'il en restait, fut abandonnée sur un banc, dans l'espoir qu'un passager aurait l'idée de la voler tandis que son propriétaire ferait les cent pas devant les boutiques de luxe. Mais aussitôt, un vigile français qui faisait justement sa ronde dans le hall le héla et lui demanda de reprendre sa valise. On ne laissait plus personne abandonner le moindre bagage dans le hall d'un aéroport. Au passage, dans une librairie, il acheta un nouveau carnet de notes. Quant aux *maamoul* à la pistache et à la *labneh* baignant dans l'huile, il s'en débarrassa dans une poubelle. Sa charge s'allégeait. Concernant les gâteaux à la pistache, il eut toutefois quelques regrets. A bord de l'avion qui le menait à New York, Elya nota ses impressions dans son carnet neuf, qu'il inaugura par ces mots : "Je voyage au-dessus de l'océan Atlantique à l'intérieur d'un diamant, au cœur de l'infini tendant vers le blanc, comme une suffocante prison. Assise près de moi, une fille qui ressemble à mes rêves précoces d'adolescent : lunettes à fine monture, mystère, beauté...". Il n'écrivit pas qu'elle était blonde, ni que c'était son genre de femme. Il contempla chacun des passagers, n'hésitant pas à les scruter avec attention, un à un. Aucun visage familier. Il se garda bien d'aborder sa voisine. Cependant, après avoir feuilleté un nombre suffisant de journaux, il lui sourit, avec assez d'indifférence pour éveiller sa curiosité au cours de ce long voyage nocturne. Elle finit par lui emprunter une revue ; alors il se présenta, optant pour un accent anglais : "*Ilay*". Quant à elle, elle s'appelait Susan. Le voyage allait durer de longues heures : ce fut elle qui engagea la conversation. D'habitude, elles ne parlaient pas. Mais cette Susan semblait ne s'adresser qu'à elle-même ; elle le regardait comme pour le prendre à témoin. D'emblée, avec lui, elle s'était sentie bien. Il avait quelque chose qui mettait les autres à l'aise, surtout les femmes. Elle vivait toute seule à New York, disait-elle, et était très attachée à cette belle solitude : ni mari ni amis. Il sourit à part lui ; elles affectaient toujours de s'en réjouir, de tenir à leur solitude. Elle poursuivit : pour elle, le plus beau moment de la journée, c'était le soir, après la fatigue du quotidien. Une fois rentrée du centre social où elle travaillait, dans les quartiers déshérités, elle ouvrait tout grand sa fenêtre. Alors elle voyait se confondre les étoiles et les lumières de la ville. Comme elle vivait dans les étages les plus élevés, elle voyait les avions traverser le ciel, l'un après l'autre, avec leurs signaux lumineux à l'approche de l'aéroport, comme d'innombrables petits points. Elle aimait la fraîcheur de la nuit et guettait ces moments de grâce, ces brefs instants d'équilibre avant que le flot violent de la vie ne reprenne son cours, le matin venu, pour l'emporter à nouveau. Dans sa vie, elle cherchait à prolonger ces moments de trêve…

Elya hésita. Laissant parler la New-Yorkaise, il parut d'abord, pendant près d'une heure, n'avoir rien à dire. Il se contentait d'écouter, de sourire, de renforcer cette impression de confiance qu'il savait inspirer à ses interlocuteurs. De son côté, elle n'attendait nulle réponse de sa part. Mais, après avoir tant parlé d'elle et de la manière dont se passaient ses journées, elle se rendit compte que les règles de la conversation impliquaient de montrer un certain intérêt pour celui qui vous écoutait. Elle lui demanda s'il connaissait New York. Sa langue se délia, et, comme à l'accoutumée, il se lança dans une nouvelle biographie improvisée. Egyptien de naissance, il résidait à New York. Il avait grandi dans une famille juive d'Alexandrie, aux côtés d'une tante paternelle à moitié folle, dont le vrai nom était Sarah, mais qu'on appelait Jamila pour mieux brouiller les pistes. Cette tante prétendait que le colonel Roger Whitaker, commandant de la Royal Navy (celui qui avait assiégé la ville au cours de la seconde guerre mondiale, le héros de la bataille d'el-Alamein, disait-elle), était amoureux d'elle. Elle disait aussi que les renseignements britanniques lui avaient proposé de collaborer avec eux en échange d'une somme considérable. Mais elle avait refusé. Quand personne n'était d'humeur à l'écouter, elle réunissait les gamins de la famille pour leur raconter toutes ses histoires d'amour et toutes ses déceptions. Il avait aussi, continua-t-il, une jeune sœur qui était tombée amoureuse d'un beau musulman.

Elle avait pris la fuite avec lui malgré les cris indignés de la famille, qui la renia aussitôt. Alors qu'avec sa conviction habituelle Elya allait mettre un point final à son récit, il s'aperçut que les yeux de Susan se fermaient : le magazine n'allait pas tarder à lui tomber des mains. Un instant perplexe, il constata qu'elle s'était bel et bien endormie, la tête appuyée sur l'épaule de son interlocuteur. Il fit comme si elle l'écoutait encore, mais profita de son sommeil pour lui conter une tout autre histoire :

— Il était une fois, dans un petit pays lointain sur la côte est de la mer Méditerranée, un lieu planté d'épais sapins qui se dressaient comme autant de femmes en deuil sur le flanc de hautes montagnes où brillaient encore des plaques de neige, sous le soleil du printemps. La plaine était couverte d'oliviers, et, par endroits, l'eau coulait à flots ; la montagne venait tremper ses pieds dans les eaux de la mer ancestrale…

Elya parlait comme s'il lisait un livre à haute voix. Ce rythme monotone plongea Susan dans un profond sommeil.

— … Il y avait là-bas un homme qui avait la quarantaine ; il avait épousé une fille qu'il aimait. Elle l'aimait aussi. Durant quinze années, ils n'eurent pas d'enfant. Par une chaude soirée de printemps, sa femme insista pour qu'il couche avec elle. Mais il advint que cet homme fut tué le lendemain même, lors d'un massacre qui eut lieu dans une église. C'est alors qu'au lieu de prendre fin les problèmes commencèrent. Car, au village, certains se mirent à parler. Tantôt on disait qu'il était mort par erreur, dans la confusion, sous les balles de son propre camp ; tantôt que – comble de traîtrise – c'étaient des amis qu'il avait au sein de la famille adverse qui l'avaient éliminé. Le vendredi 7 mars de l'année suivante, sa veuve mit au monde un garçon. Les neuf mois du terme étaient dépassés d'une semaine au moins – à supposer que la dernière fois que son père avait connu sa mère ait été fructueuse, après quinze années de vaines tentatives. En ce temps-là, les médecins ne disposaient d'aucun moyen pour provoquer les contractions, pour déclencher les accouchements. Du reste, dans ces circonstances, sa mère n'aurait pas pu recourir à un médecin ; sentant que la date du terme était passée, elle envoya une amie chercher la sage-femme qui demeurait dans le voisinage. Celle-ci lui ouvrit les cuisses pour regarder ; elle ne put rien lui proposer d'autre que d'attendre. Sa mère le mit au monde le lendemain, au milieu des tirs de la guerre entre clans, au milieu des épisodes d'une interminable vendetta. A la naissance, il était déjà grand, avec une grosse tête. Dès l'âge de 14 ans, il apprenait par cœur des poèmes français et jouait de l'accordéon et de la clarinette. Il savait tout, le français, l'anglais, le latin, sans rien maîtriser vraiment à fond. Il connaissait la philosophie allemande, mais pas les auteurs classiques; il était musicien, mais sans savoir le solfège; spécialiste des différentes cuisines du monde, mais incapable de préparer une omelette. Il eut une enfance excitante, sans que personne ne soit jamais convaincu qu'il était bien le fils de son père. On attribua sa naissance à plusieurs hommes; à la fin, on le désigna par le seul nom de sa mère, ce qui, dans leur âme à tous deux, fit s'ouvrir un vide immense. Ne supportant plus sa présence auprès d'elle, sa mère le poussa fermement au départ. Alors il était parti au bout du monde; et, depuis, sur son passé il racontait à ceux qu'il croisait des histoires montées de toutes pièces, auxquelles personne ne croyait. Et, à cet instant même, dans les airs, il parcourait pour la dernière fois la distance qui séparait son pays natal de la ville de New York, emportant avec lui ce prénom chargé de tout son poids biblique, et ce passé bruissant de légendes tenaces, tentant pour la première fois de sa vie de dire la vérité sur ses parents et sur lui-même à une blonde Américaine qui ne l'écoutait pas.

Dès qu'Elya eut cessé de parler, Susan ouvrit les yeux et prit un air de reproche:

— Pourquoi t'arrêtes-tu? J'aimais beaucoup ce que tu racontais. C'est vrai, ça ne m'intéresse pas tellement, toutes ces histoires de père, de mère et de fils. Mais ça faisait longtemps que plus personne ne m'avait raconté une histoire, tandis que je flottais comme ça entre le sommeil et l'éveil.

Après une brève hésitation, il dit:

— Ce n'est pas une histoire...

— Peu importe. Tu prends le même ton que mon père, quand il nous racontait, à ma sœur et moi, l'histoire de Peter Pan; et alors nous avions beau résister, nous étions vaincues par le sommeil. Continue, je t'en supplie.

Sur ces mots, elle cala sa tête contre l'épaule d'Elya, manifestant ainsi son souhait de se rendormir au son de sa voix.

Elya poursuivit donc son récit, avant de s'endormir à son tour dans ce long voyage au-dessus de l'Atlantique. Quand le haut-parleur de l'avion rappela aux passagers la nécessité de boucler leurs ceintures, le voyage touchant à sa fin, Susan s'éveilla. Elya, fidèle à son habitude, lança l'hameçon:

— Je connais un restaurant français, dans l'avenue…

Susan ne paraissait pas avoir entendu ce qu'il disait. Elle rassemblait ses petites affaires pour descendre de l'avion. Il revint à la charge:

— Aimes-tu la cuisine française?

Il ne put lui arracher aucune réponse. Dans son système si bien rodé, une anomalie survenait.

Elle préféra changer de sujet, et lui demanda, montrant l'accordéon:

— Tu sais en jouer?

A son tour, il préféra garder le silence et contempler les gratte-ciel de Manhattan.

Dans l'aéroport John-Fitzgerald-Kennedy, où l'avion venait d'atterrir, Susan lui donna son numéro de téléphone, avant de s'éloigner, perdue dans la foule des voyageurs. Il s'immobilisa, la suivant du regard jusqu'à ce qu'elle disparaisse, espérant secrètement la voir se retourner pour lui dire adieu.

Lorsqu'une semaine plus tard il l'appela, ce fut pour découvrir qu'il n'y avait pas de Susan à ce numéro. Son interlocuteur était cassant, pour ne pas dire furieux. Son père, son mari, son ami? A moins qu'elle ne lui ait donné un autre numéro que le sien. Il fut contraint de prendre congé et de raccrocher.

Elya se rendit compte qu'il était bien revenu dans son monde. Il sourit secrètement. A l'aéroport, une fois que Susan l'eut abandonné au milieu d'un groupe de touristes japonais, il alla récupérer sa valise de vêtements. Sa mère y avait ajouté ses habits et ses chaussures d'enfant, ainsi que ses livres de classe et ses cahiers de l'école primaire, sans oublier l'oiseau en métal brillant aux ailes déployées qui se tenait sur une seule patte. Il en tira aussi la photo de son père qu'il avait retrouvée chez Davidian, le photographe arménien, et l'examina longuement. Un homme de taille moyenne qui semblait assez content de lui; un peu de tristesse derrière le sourire de circonstance. Afin de se débarrasser du deuxième homme, celui qui se tenait debout près du père, Elya déchira la photo. Humant l'atmosphère, il s'aperçut qu'il faisait froid. Il prit dans ses bagages son manteau noir, le mit sur son bras puis referma la valise et la laissa derrière lui, comme il avait abandonné, déjà, la valise de provisions et tout ce qu'elle contenait. Enfin, il sortit, portant l'accordéon bordeaux et la photo de Youssef al-Kfouri ; léger comme un voyageur sans bagages. Si quelqu'un l'interrogeait – mais qui y songerait? –, il dirait que ses valises s'étaient égarées dans l'un des trois aéroports où il était passé.

Cette nuit-là, il ne put regagner son appartement, se sentant incapable de retrouver d'un seul coup toutes ses affaires. Il descendit dans un petit hôtel. Après avoir jeté un œil à sa chambre, il ressentit le besoin d'aller boire un café. Il s'installa dans le hall de l'hôtel, où il n'y avait personne, hormis le jeune homme de la réception, assis derrière son comptoir, qui entama la conversation avec lui pour tromper son ennui. Ce travail provisoire lui servait à payer ses études ; il était en dernière année de journalisme. Alors Elya entra en scène. Un élan irrépressible le força à dire qu'il pouvait assurer un premier poste au jeune homme au *Baltimore Observer* – titre qu'il sortit soudain de sa manche. En effet, Alfred Prescott, le rédacteur des informations locales de ce journal, était l'un de ses meilleurs amis – il connaissait bien un Alfred Prescott, mais il était pigiste à Wall Street et travaillait pour un tout autre journal. Cependant, il ajouta que le jeune homme du guichet – dont il ignorait le nom – devrait d'abord faire ses preuves, convaincre le comité de rédaction : il faudrait que ses papiers soient au niveau. En tout cas, pour sa part, il prendrait contact dès le lendemain avec son ami. Il pourrait aussi lui donner un coup de main.Quelques petits conseils sur la rédaction des enquêtes, des méthodes qui ne s'apprenaient pas dans les écoles de journalisme, mais que lui avait acquises sur le tas. L'expérience…

Pour compléter ces fables improvisées, Elya précisa qu'il rentrait tout juste d'une mission d'enquête au Moyen-Orient, mais qu'il avait oublié là-bas toutes ses notes. Il allait tout faire pour récupérer le carnet dans lequel il avait consigné les détails d'un massacre survenu dans une église cinquante ans plus tôt. Son élan ne fut coupé que par la sonnerie du téléphone et le départ précipité du jeune employé qui, en s'éloignant, insistait encore pour qu'Elya ne l'oublie pas.

Il ne s'endormit qu'à l'aube, après s'être tourné et retourné dans son lit. Les bruits de la rue, les lumières des enseignes inondaient la chambre. Après l'excitation qui avait accompagné ce voyage entre trois continents en l'espace d'une journée, il fut gagné tout à coup par une profonde mélancolie, qui se mêlait à la fatigue de ce long périple. Enfouissant la tête dans l'oreiller rebondi, il s'efforça de sombrer dans un sommeil sans rêves, qui se prolongea jusqu'aux environs de midi. Un coup de fil de la réception le réveilla alors ; l'employé lui expliqua que lorsqu'un client tardait à descendre, il préférait vérifier que tout allait bien. La voix n'était pas celle du jeune homme de la veille, qui devait avoir fini son service. Elya en fut soulagé. Il n'aurait pas à le revoir, à trouver comment se dérober aux engagements qu'il avait pris. Il descendit dans le hall et jeta un coup d'œil dehors par la grande baie vitrée. Il redoutait l'affrontement. Il eut envie de remonter dans sa chambre et de ne plus en sortir, comme le voyageur dont il avait lu l'histoire dans un roman fantastique, resté suspendu en dehors du temps dans une ville qu'il ne devait que traverser, mais qu'il ne put jamais quitter.

Quelques clients sortirent de l'hôtel, d'autres entrèrent : une femme et sa fille, un vieillard, un jeune Noir. Elya s'assit un instant, juste le temps d'écrire un bref message manuscrit, attention particulière destinée à surprendre sa dernière amie en date, Heather Pollock, fille du pasteur Henry Pollock Junior, qui s'était rendu célèbre par ses sermons consacrés à l'arrivée imminente du troisième millénaire, que diffusait en direct une chaîne de télévision locale. Il se concentra, tâchant de se remémorer, parmi les choses qu'il lui avait dites, celles qui avaient fait briller ses yeux, qui l'avaient maintenue sous le charme. Pour commencer, il souligna le fait que ce message lui parviendrait par la poste, avec un timbre, comme au temps passé. Cette fois-ci, au moins, elle trouverait quelque chose à lire dans sa boîte aux lettres, à côté des annonces de soldes et des bulletins d'abonnement à des magazines de mode – "que tu jetteras aussitôt dans la poubelle la plus proche. A toi, donc, je t'envoie une lettre écrite à la main ; les sentiments qu'elle contient sont eux aussi manuscrits". Il ajouta que cette année, au pays, le printemps avait été précoce. A son arrivée, il avait été privé du spectacle des fleurs blanches sur les amandiers. Quant à sa mère, elle n'y voyait plus très bien; sans doute était-elle atteinte de cette maladie héréditaire susceptible de le frapper, lui aussi, à tout moment. Il était rentré, il aspirait à la revoir, à l'inviter une fois encore au *Relais d'Arcachon*.

Il paya sa note et s'arrêta dans l'embrasure de la porte qui menait à l'avenue grouillante. A peine la porte franchie, il faillit à nouveau revenir sur ses pas. Il s'immobilisa pour contempler le flot des piétons. Il avait peur. Une boule se formait dans sa gorge. Il craignait que la vague des piétons ne l'emporte. Comme toujours, ils avaient l'air de marcher d'un seul pas, en rangs serrés, comme une armée en marche dans les batailles d'autrefois, n'ayant tous qu'une seule et même destination et se hâtant pour arriver à l'heure dite. L'affrontement était inévitable. Il fit un pas sur le rebord du trottoir, comme un nageur trempe prudemment le pied dans l'eau pour en estimer la fraîcheur, pour s'y acclimater peu à peu. Il parcourut une courte distance, mais brusquement, de peur d'étouffer, décida de prendre à droite et d'entrer dans un magasin de prêt-à-porter. Il lui fallait un nouveau costume. Il resta longtemps devant la glace et fit de nombreux essayages, jusqu'à ce que sa nouvelle tenue le satisfasse. Son choix se limitait au noir et au blanc. Il s'attacha longuement aux moindres détails, s'assurant qu'on lui donnait bien la taille la plus juste, la coupe vraiment parfaite. Ensuite, il choisit une cravate et des chaussettes. Mais, comme à chaque fois, il semblait manquer quelque chose à sa tenue. Dans chacun des vêtements qu'il choisissait, comme dans son accent français saccadé, son anglais fautif, comme dans sa vie passée – ses études universitaires tortueuses et discontinues, ses histoires d'amour dont les épisodes se répétaient, les innombrables petits métiers qu'il avait exercés –, dans tout, sauf dans ce retour soudain à sa mère et à son village et dans ce qu'il en avait rapporté, il y aurait toujours une imperceptible lacune, une pièce manquante, une posture à l'équilibre incertain, un regard étrange dans les yeux – un vide, un courant d'air entre ce vers quoi il tendait et les efforts qu'il déployait pour y parvenir, une brèche que, sans le savoir, il tenait à garder ouverte pour ménager sa fuite. Elya, le fils de Youssef al-Kfouri, était une œuvre inachevée.

Il s'arrêta un instant sur le seuil du magasin ; sa capacité à affronter le monde s'était améliorée. Soudain lui revint en mémoire le goût du fromage de chèvre, l'odeur des chèvres à la longue toison noire. Cramponné à l'accordéon brillant couleur bordeaux, il prit une longue inspiration, comme un nageur s'apprêtant à plonger en eau profonde, puis vint se mêler au flot des passants, en se laissant emporter par le courant. Au début, il tenta de se ménager suffisamment d'espace, d'autant que ceux qui le suivaient venaient le heurter à chaque fois que, ralentissant un peu le pas, il les empêchait d'avancer ; il gagnait alors le côté du trottoir que frôlaient les voitures ; là, l'un des quatre points cardinaux au moins s'ouvrait à ses yeux, lui permettant d'entrevoir une marge de liberté. Mais, bien vite, il perdit jusqu'à ce besoin de respirer ; oubliant son propre corps, il s'élança dans le flot des piétons, au milieu du trottoir, pour ne plus jamais s'arrêter.

NOTES

Abdel Wahhab, Mohammad (1907-1991)

Chanteur, compositeur et acteur égyptien considéré comme l'un des principaux artisans du renouveau de la musique arabe au XXe siècle. Apparaissant dans divers films musicaux, il composa plusieurs chansons célèbres pour Oum Kalsoum et fut lui-même l'interprète de grands succès populaires.

Abdulhamid II (1842-1912)

Sultan ottoman de 1876 à 1909, il opte rapidement pour une politique autoritaire. Confronté au morcellement de l'Empire dès 1877, il encourage et organise la répression violente des minorités (massacre des Arméniens, 1894-1896). Peu après la révolution des Jeunes-Turcs (1908), il abdique en faveur de son frère Mehmet V.

Antoura

Fondée en 1657 par des jésuites français, la mission Saint-Joseph d'Antoura (*Aïntoura*) est ensuite reprise par des lazaristes, qui en font en 1834 un collège d'enseignement soutenu par le Vatican. Jusqu'au lendemain de la seconde guerre mondiale, l'établissement jouit d'un prestige important dans tout le Moyen-Orient. Le père Ernest Sarloutte (1878-1944) en fut le supérieur à partir de 1922.

Asmahan (Amal al-Atrache, 1912?-1944, dite)

Actrice et chanteuse d'origine syro-libanaise, issue d'une famille aristocratique druze installée en Egypte, sœur du célèbre chanteur et compositeur Farid al-Atrache. Comme Layla Mourad, elle est lancée par le compositeur Daoud Hosni, qui lui donne son nom de scène, un prénom signifiant “la sublime”. Elle devient rapidement la principale rivale d'Oum Kelsoum. Sa mort prématurée a donné lieu à toutes sortes de rumeurs.

Ataba
Type de *mawwal* (voir *infra*), poème improvisé chanté en langue dialectale, composé de trois vers dont le dernier se termine en *-ab* ou *-aba*. Comme le suggère la racine du mot, il s'agit à l'origine d'un "reproche" adressé à l'être aimé pour son oubli, son éloignement ou son indifférence. En principe, un premier chanteur lance l'*ataba*, et un autre complète le poème ou vient y répondre par un *mijana* (voir *infra*).

Bek ou Bey
Titre de noblesse délivré par l'Empire ottoman.

Casino du Liban
Etablissement de jeux, salle de spectacles et restaurant chic donnant sur la baie de Jounieh, à une vingtaine de kilomètres de Beyrouth.

Caza
Ancienne subdivision territoriale de l'Empire ottoman, cette unité inférieure à la *muhafaza* (région) correspond aujourd'hui à un sous-district. Certains *caza* sont divisés en *nahieh*. Le *caza* constitue également une circonscription électorale.

Chanklicheh
Fromage séché au goût fort qui se présente sous la forme d'une boule enrobée d'herbes et se consomme en salade avec de l'huile d'olive, des échalotes et des tomates.

Corm, Daoud (1852-1930)
Peintre originaire du Kesrouan, formé à Rome, connu pour ses nombreux portraits de notables et ses tableaux monumentaux destinés à différents lieux de culte.

Dabkeh
Danse folklorique pratiquée en signe d'enthousiasme lors des grandes occasions, publiques ou privées. En longue file, les danseurs font face au public ; ils se tiennent par la main et marquent fortement la cadence avec leurs pieds. Le danseur qui mène la file peut se singulariser pour exécuter des figures.

Dahis et al-Ghabra, guerre de

Affrontement entre tribus survenu au cours de la période anté-islamique et réputé avoir duré plus de quarante ans. Il doit son nom aux deux chevaux (ou encore aux deux chamelles) à l'origine du conflit. Devenue proverbiale, l'expression souligne le caractère archaïque d'une guerre dont le point de départ est dérisoire, voire largement oublié.

Eden, sir Robert Anthony (1897-1977)

Ministre britannique des Affaires étrangères puis Premier ministre à la suite de Churchill (1955). Après la nationalisation du canal de Suez par Nasser (juillet 1956), il engage la Grande-Bretagne aux côtés de la France et d'Israël dans une intervention militaire contre l'Egypte. Devant l'opposition des grandes puissances à l'ONU, l'opération tourne court, le poussant à la démission en janvier 1957.

Fassoulia

Plat de haricots secs à la viande et au jus de tomate, servi avec du riz pilaf aux vermicelles.

Frangi

Adjectif se rapportant à l'origine aux Francs et désignant plus largement tout ce qui est occidental, français, raffiné, par opposition à ce qui est local, ordinaire.

Howayek, Youssef (1883-1962)

Fils d'un prêtre maronite au nord du Liban, neveu du patriarche Howayek, il part se former à la peinture à Rome au début du XXe siècle. Il s'installe ensuite à Paris, où il fréquente quelque temps l'atelier de Rodin aux côtés de Khalil Gibrân. De retour au Liban, il se consacre surtout à la peinture religieuse et à la sculpture, réalisant plusieurs monuments.

Karam, Youssef Bey, ou Bek (1823-1889)

Leader nationaliste issu d'une famille féodale au nord du Liban. A partir des années 1850, il intervient dans les affrontements entre Druzes et maronites et s'oppose à la tutelle de l'Empire ottoman. Gouverneur des chrétiens du Liban (voir *infra-moutasarrifiyya*), il est exilé vers la Turquie. Par la suite, il s'empare du pouvoir local, mais doit à nouveau s'exiler après des tractations entre le pouvoir ottoman, le patriarche maronite et les consuls européens. Son corps embaumé et sa statue équestre sont visibles dans son village natal d'Ehden.

Kebbeh
Plat traditionnel à base de viande pilée pétrie avec du blé concassé (boulgour ou *bourghol*) qui se consomme cru ou cuit, sous forme de boulettes, de galettes cuites sur les braises ou encore de poêlée passée au four.

Labniyyeh
Boulettes de *kebbeh* cuites, accompagnées de yaourt de chèvre, agrémentées d'ail frit et de menthe fraîche.

Labneh
Yaourt égoutté ayant l'aspect du fromage blanc, traditionnellement consommé au petit déjeuner avec du pain et des olives, accompagné de menthe fraîche, de thym et d'huile d'olive.

Lafif
D'une racine signifiant "entourer, s'enrouler autour", satellite, client, au sens antique de ces termes : individu ou famille gravitant autour d'une famille de notables qui lui accorde diverses faveurs.

Maamoul
Gâteaux secs de forme arrondie traditionnellement consommés pendant les grandes fêtes religieuses, parfumés à l'eau de rose et de fleur d'oranger et fourrés aux noix, aux pistaches ou aux dattes.

Maliki, Adnan al- (Mort en 1955)
Lieutenant-colonel de l'armée syrienne, membre du parti Baas, assassiné en 1955 dans un stade de Damas par un membre du Parti social nationaliste syrien.

Mangonneau
Machine de guerre de l'époque médiévale, sorte de trébuchet qui joua un rôle important au cours des Croisades. Il s'agit d'une catapulte montée sur des pièces de bois dressées à la verticale,

capable de lancer de lourds projectiles à plusieurs dizaines de mètres de distance.

Mawwal

Genre poétique vocal chanté dans un style non mesuré, supposant une improvisation personnelle sur des poèmes en arabe dialectal. *A cappella* ou accompagné par un ou plusieurs instruments, il se construit sur des variations mélodiques et des répétitions. Précédant traditionnellement une chanson, il exprime, par ses différentes formes, la douleur de la séparation ou de l'abandon. Souvent liées au thème de la nuit, les paroles se présentent comme un message envoyé au ou à la bien-aimé(e) par un(e) amant(e) au cœur brisé. Voir aussi *ataba* et *mijana*.

Mijana

Improvisation sur des poèmes en langue dialectale traditionnellement chantée en réponse à un *ataba*, cette forme de *mawwal* se caractérise par un vers comportant une syllabe de plus que le *mawwal traditionnel* ainsi que par une finale attendue en *-na*.

Moujaddara

"Plat du pauvre" très populaire au Moyen-Orient, sans viande, à base de céréales et de légumes secs. Il en existe plusieurs variétés selon les régions et les ingrédients disponibles.

Mourad, Layla (1918-1995)

Issue d'une famille de musiciens juifs égyptiens, elle fait ses débuts dans des opérettes de Daoud Hosni. En 1930, Mohammad Abdel Wahhab (voir *supra*) lui donne son premier rôle au cinéma. En 1953, Nasser fait d'elle la "chanteuse officielle" de la Révolution égyptienne.

Moutasarrifiyya

Nouveau statut accordé en 1860-1861 par le pouvoir ottoman à la région correspondant approximativement au Mont-Liban, à la suite des violentes revendications exprimées par les populations locales. Malgré la nomination de deux *caïmacam* (gouverneurs locaux), un pour les chrétiens et l'autre pour les musulmans, l'autonomie concédée reste très limitée, le territoire restant gouverné par Constantinople.

Mouqaddam

Littéralement "préposé" : dans le système de l'Empire ottoman, dignitaire civil administrant localement les affaires de telle ou telle minorité dont il est le représentant.

Saadé, Antoun (1904-1949)

Journaliste et homme politique, fondateur du Parti social nationaliste syrien (1932), mouvement prônant l'instauration d'un Etat laïque pansyrien. Emprisonné par les autorités mandataires, il affronte les milices chrétiennes de Pierre Gemayel puis s'exile en Amérique latine (1939-1946). Après l'échec d'un soulèvement contre le gouvernement libanais de Riad al-Solh, il se réfugie à Damas, avant d'être livré par le colonel Zaïm aux autorités libanaises, qui le font juger et exécuter en 1949.

"Vent du bouchon" (*rih as-sedad*)

Appellation populaire donnée à une inflammation aiguë assimilable à la péritonite ou à l'occlusion intestinale, imputée à certaines propriétés de l'air ambiant.

Wehbi, Youssef (1898-1982)

Acteur et réalisateur, star du cinéma et du théâtre égyptien, notamment dans les années 1930 et 1940, il partage volontiers l'affiche avec les chanteuses Asmahan et Layla Mourad.

COMPOSÉ PAR NORD COMPO MULTIMÉDIA
7, RUE DE FIVES, 59650 VILLENEUVE-D'ASCQ

ACHEVÉ D'IMPRIMER
SUR ROTO-PAGE
EN MARS 2010
PAR L'IMPRIMERIE FLOCH
A MAYENNE
POUR LE COMPTE DES ÉDITIONS
ACTES SUD
LE MÉJAN
PLACE NINA-BERBEROVA
13200 ARLES

DÉPÔT LÉGAL
1re ÉDITION : AVRIL 2010
N° impr. : 76342

(Imprimé en France)